The Collected Stories of
Vernor Vinge

［美］弗诺·文奇　Vernor Vinge　著
胡 纾　罗妍莉　雅典娜　吴垠　译

孤注一掷

弗诺·文奇科幻杰作选 I

上海文艺出版社

献给我所有的编辑
（包括那些拒绝过我的故事的人）
感谢他们多年来对我的帮助

致　谢

　　我要感谢本书的编辑吉姆·弗兰克尔。在完成这些故事的过程中，我得到了许多人的帮助，在这里要特别感谢在完成《费尔蒙特中学的流星岁月》这一篇的过程中帮助过我的人：萨拉·巴斯－迈耶斯、大卫·巴克斯特、约翰·卡罗尔、鲍勃·弗莱明、吉姆·弗兰克尔、彼得·弗林、迈克·甘尼斯、帕特·希尔迈耶、切丽·库什纳、基思·迈耶斯、菲尔·波内尔、比尔·鲁普、玛丽·Q.史密斯和琼安·文奇。

前　言

1965年对我来说很特别，那一年，我卖出了自己的第一篇科幻小说。在接下来的几年时间里，我又卖出了一些故事。我将小说的理想字数限制在12000字左右——如果字数过少，我就没有足够的空间来表达故事的要点；如果字数过多，我会很难协调各个角色和故事细节。后来，我习惯了撰写长篇小说。我的大部分短篇小说都被分散地收录在各类选集中，就像是孤儿从一个家搬到另一个家。出版商通常不愿意出版一位作者的作品集，除了令人高兴的例外，比如二十世纪八十年代由贝恩出版社出版的选集，以及2001年由托尔出版社推出的这本《弗诺·文奇科幻杰作选》。本书几乎囊括了我迄今为止发表的所有短篇小说，遗漏的篇目是：《真名实姓》，收录于《弗诺·文奇的科幻世界与现代计算机网络的发展》中；《格林的故事》，即《塔迦·格林的世界》这本书的核心。本书还收录了我第一次发表的中篇小说《费尔蒙特中学的流星岁月》（刚离开文字处理器，热乎着呢）。

弗诺·文奇
2001年8月

目　录

孤注一掷　　　　　　　　　1

炸弹惊魂　　　　　　　　　19

呱啦啦　　　　　　　　　　35

野人公主　　　　　　　　　109

非管辖区域　　　　　　　　161

宝　石　　　　　　　　　　213

原　罪　　　　　　　　　　243

正义和平　　　　　　　　　281

LONG SHOT

孤注一掷

Loading...

雅典娜 译

作者的话：

战争本身似乎不太可能摧毁人类，或者永远阻止我们接近奇点。然而，宇宙有时候是危险的，大量物种大灭绝便是证明。如果人类经历了一场颠覆科技的战争，再加上一场旷日持久的自然灾难，我们很有可能会步恐龙的后尘。

当然，自然灾难不仅会夺走人类的生命，还会摧毁整个星球。幸运的是，最极端的灾难——比如超新星爆发——对于像太阳这样的恒星来说，是不可能出现的。那么，在太阳平静的一生里发生的小概率事件呢？我们无法保证太阳不会受到任何伤害。如果在接下来的十五年里，我们发现太阳即将进入长时间的增亮状态，阳光炙烤着内行星的表面，我们该怎么办？人类能否用十年的时间，在外太阳系建立一个自给自足的移民地？如果不能，我们能在其他星系中找到类似地球的行星吗？截至目前（2001年），即使向最近的行星发射最小的太空探测器也超出了人类的能力范围。如果未来没有一个人能得救，那人类所做的一切都将变成什么呢？

他们将她命名为伊尔丝。在地球上的所有生物中，她将是活得最久的那个——可能也是最后一个。谨慎的陆龟能活三百年，狐尾松能活六千年，而伊尔丝的计划寿命超过了一万年。尽管她的头脑是掺杂着砷的铁和锗，她的心脏是一小团氢等离子体，但伊尔丝也算是地球上的生物之一，从一开始便是如此：她能感知，能质疑，而且——正如她燃尽之前在无垠黑暗中度过的诸多世纪里所发现的那样——她也能遗忘。

伊尔丝最早的记忆是一个残存的片段，时长不到十五秒钟。在她还搭载在S-5N推进器上时，或许是在无意间，她被人唤醒了。当时是夜里,她即将发射升空,推进器在十二台聚光灯的照射下,闪耀着银白色的反光。伊尔丝锐利的眼睛迅速扫视地平线,丝毫未受到下方强光的干扰。三十座发射台从她所在的位置排成一列,向北延伸。有几座发射台也架设着推进器,但都没有像伊尔丝一样已经点火。西边三公里开外有着更多的光亮,偶尔还能捕捉到自动步枪开火时的闪光。在东边,散发着磷光的海浪不停地拍打着梅里特艾兰[1]的海岸。

记忆碎片就此结束,因为她在发射过程中失去了意识,而这一幕永远是她最清晰却无法理解的记忆。

再次醒来时,伊尔丝已经身处近地轨道。她的独眼安装了一台一百五十厘米口径反射式望远镜,所以现在她能清楚地辨认出星星,间隔小于十分之一秒。如果直接朝下望去,她还能数清下方两百公里处的一群大雁共有几只。一年多来,伊尔丝一直保持在这个轨道上,但她可没闲着。在这段时间里,她的创造者为她安排了测试。一座小型载人空间站随她一起绕轨道运行,发送了一系列不间断的无线电指令和练习。

绝大多数问题都属于弹道学范畴:双曲线轨道相遇、椭圆形轨道转移,诸如此类。不过,测试经常需要伊尔丝使用自带的望远镜和光谱仪去获取解决问题所需的参数。例如,一道典型的练习题:确定金星和水星的轨道,并计算对这两颗行星进行近地飞掠时的最低能量。另一道练习题:确定火星的轨道,对其大气层进行分析,并在约束条件下设计一次双曲线轨道相遇。还有许多观测问题则与地球有关:测定大气压力和成分,对植被进行多光谱分析。通常,她被规定在三十秒之内解决有机分析问题。在最后的那些问题中,即使测试已经开始,规则也仍会经常发生改变,例如,她的定向喷射器会出现故障,她的头脑和感官的关键部分会发生退化。

---

1. 梅里特艾兰,美国佛罗里达州大西洋沿岸的一片区域,紧邻卡纳维拉尔角。位于此地的肯尼迪航天中心,是NASA最重要的航天器发射中心。

伊尔丝学到的第一件事，就是除了私密记忆之外，她还有一份程式化记忆，就像一座由程序和事实组成的"图书馆"。与大多数图书馆类似，程式化记忆并不像伊尔丝自己的记忆那般易于读取，但其中包含的信息要更加完善和精确。几乎任何有关弹道学或化学的问题，都能通过这座"图书馆"来解决，在数秒钟或数小时之内，它作为伊尔丝头脑的必要组成部分进行运转，随后返回"图书馆"中。真正的诀窍在于，在信息不完整的基础上选择恰当的程序，然后通过修改该程序来应对能量短缺或设备故障等各种组合。尽管在起初表现不佳，伊尔丝最终还是超越了自身的设计规格。到此刻为止，她的测试就结束了。于是，伊尔丝第一次——但不是最后一次——可以随心所欲地自主行动。

虽然尚未考虑自己的终极目标，她还是想尽可能地多看一看自己的世界。每个白天，她基本上都会一直向下方眺望，尝试在蓝色、绿色和白色的混杂中发现某些秩序。当补给火箭从梅里特艾兰和拜科努尔[1]升到天空与她会合时，伊尔丝可以轻易地追踪到它。到最后，一百余枚火箭飘浮在她周围。几个星期过去，这些粗短的白色圆罐被组装在细长弯曲的框架上。

现在，伊尔丝十米长的身体已经隐没在向身后延伸两百米远的网状系统中，后者由粗短圆罐和金属大梁构成。她的程式化记忆告诉她，整个组装体的质量为22563.901吨——比绝大多数远洋轮船还要重。在用自己的姿态控制喷气装置做了一些实验后，她确信这个数字是正确的。

很快，伊尔丝的创造者将她的感官与这个庞然大物的控制机制连接到了一起。她仿佛被赋予了一具新的身体，因为她能感觉，能看见，也能调用系统内一百个推进剂储罐和十五个聚变反应堆中的任意

---

1. 拜科努尔航天发射场，位于哈萨克斯坦西南部克孜勒奥尔达州，是由苏联建造的世界第一座太空发射中心。

一个。她意识到，自己现在有实力去执行测试时计划的那些练习了。

重大的时刻终于到来了。航线方向是载人卫星通过微波激射器链路发来的。伊尔丝迅速计算出适用于这些方向的弹道轨迹。她得出的答案是正确的，但这只能揭示她未来命运轨迹的极小一部分。

在初始轨道的两百公里上方，伊尔丝平稳地朝着太平洋上空的正午方向移动。她的眼睛朝向前方，这样她就能在模糊的蓝色地平线上看到北美洲大陆的边缘。在更近的地方，颗粒状的云层遮蔽了海洋。开始发射的指令已由载人卫星发出，但伊尔丝遵循自己的时钟，并决定一旦出现任何差错，就接管整次发射。在她身后两百米处，在补给容器和铍制大梁组成的"迷宫"深处，伊尔丝感觉到磁场和氢等离子体的形成，感觉到聚变开始反应。卫星空间站发来另一个信号，推进剂在十个反应堆周围流动开来。

伊尔丝带着两万吨的推进器开始了旅程。

她平稳地提升到一个地球重力加速度。装载在推进器上部结构的光导摄像管显示，在她身后，地球正逐渐缩小。在伊尔丝的监控下，推进剂燃烧持续了半个小时，载人空间站现在也远远落在她身后。随后，伊尔丝在她的推进器的陪伴下，独自以每秒超过二十公里的速度远离地球，也离开了她的创造者。

接着，伊尔丝开始朝着太阳坠去。她下落了十一个星期之久。在这段时间里，几乎没什么事情可做：监控推进剂，确保推进器的遮阳板朝着正确方向，向地球传回数据。然而，相较于她未来生命中的大部分时光，这段时间又显得忙碌不已。

朝着像太阳这样巨大的天体下落十一个星期的结果只有一个：极高的速度。在最后的几个小时里，伊尔丝以每秒超过两百五十公里的速度向下猛冲——每半小时就走过一个地月距离。还有四十五分钟就要抵达最接近太阳的近日点了，伊尔丝丢掉已经排空的第一级推进器及其遮阳板。现在，她还剩下第二级推进器的两千吨负载，其绝缘层是一层明亮的白漆。她感觉到推进剂储罐中的压力开始上升。

尽管她的望远镜背对着太阳的方向，装载在第二级推进器上的光导摄像管还是让她目睹了太阳这颗大火球的壮观景象。她现在的移动速度飞快，因此视野中太阳那炽热的日珥也在变换着角度。

距离抵达近日点还有十七分钟。在火球之外的某个地方，伊尔丝收到了预期的微波通信。她让自己和推进器一起仰转，这样就能沿着轨迹看过去了。现在，她的身体完全暴露在太阳的直射光之下。通过望远镜，她能看到日冕内部的明亮花纹。推进器的燃料箱接近爆炸临界点，十分危险，而伊尔丝很难让身体保持在适当的温度。

距离抵达近日点还有十五分钟。来自地球的指令宣布发射。伊尔丝在思考自身的轨迹数据后，得出了结论：该指令提前了十三秒钟。与地球进行沟通需要等待至少十六分钟，而她必须在接下来的四秒钟之内做出决定。任何人类早期的、不够精细的造物，都会因为接受了错误指令而将任务引向灾难。然而，独立性是伊尔丝的本质天性。她无视微波通信的指令，将点火延迟到她自己认为正确的那一刻。

太阳的北半球从她下方经过，与她只有不到三倍太阳直径的距离。

点火之后，伊尔丝获得了近两倍的地球重力加速度。当她朝着太阳的近日点转向时，推进器将她从椭圆形轨道转移到了双曲线轨道。半个小时后，她以每秒三百二十公里的速度——每一个小时就走过一个太阳的直径距离——从太阳射出，进入了黄道以南的宇宙中。排空的推进器燃料箱被抛在她与太阳之间，她的身体慢慢冷却下来。

熄火后没多久，地球立即承认刚才的指令发生了错误。这并不是说伊尔丝的创造者对自身的失误毫无歉意，也不是不愿对伊尔丝表示赞赏，只是因为他们并不相信她能理解道歉或赞美。事实上，有几个人因为差点危害此次任务，也就是差点危害人类最后的希望，而让自己所剩无几的财产尽数充公。

现在，伊尔丝逃离了太阳的重力井。她花了十一个星期从地球坠向太阳，但在两个星期之内就重新恢复到原来的高度，而且仍在以每秒一百公里以上的速度向外飞驰。这一速度是她从这场太阳之旅中获得并保持下来的。如果没有这套利用重力井的操作，她的推进器会比现在庞大五百倍，或者旅程的时间要延长三倍才行。考虑到人类余下的那点时间，这已经是他们能为她做的最好的事了。

于是，这场即将持续数百年的航行开始了。伊尔丝与已排空的推进器分离，独自飘浮在太空中——一个粗矮的圆柱体，宽十二米，长五米，其中一端探出一架大型望远镜。在她下方四光年之远的茫茫夜色中，她看到了半人马座阿尔法星，也就是她的目的地。以人类肉眼望去，半人马座阿尔法星似乎是一颗明亮的恒星，但伊尔丝用望远镜能清楚地看到两颗恒星，其中一颗比另一颗略暗淡，也更发红。她仔细地测量了自己与它们的位置，并得出结论：她的航行线路是如此完美，在一千年内都无须中途修正。

数月以来，地球一直保持着微波通信——不断提出问题并询问她的健康状况。这种问候有些可悲，因为假如此时此刻或者在接下来的几个世纪里，真的发生了什么情况的话，地球根本帮不上忙。不过，这些问题很有意思。地球要求伊尔丝在星图上绘制太阳系中的不发光体。她在这方面已经相当娴熟，最终发现了九颗行星[1]、它们的绝大多数卫星，以及一些小行星和彗星。

在不到两年的时间里，伊尔丝与太阳的距离已经比任何已知行星都要遥远，也超过了以前发射过的所有地球探测器。在她身后，太阳只不过是一颗非常明亮的恒星，而伊尔丝毫不费力地将她那冰冷的内部结构保持在适当的温度。不过现在，向地球提出一个问题并获得

---

1. 2006年国际天文联合会经投票表决，将冥王星划为"矮行星"，至此，太阳系只剩下八颗行星。

答案，需要等待十六个小时了。

一件奇怪的事情发生了。在三个星期的时间里，太阳在持续变亮，最终其亮度达到了从前的十倍。这其实算不上什么大的变化，远不及地球上的天文学家所定义的超新星爆发。然而，伊尔丝以自己的方式对这件事苦苦思考了数月，因为正是在那个时候，她失去了与地球的通信，而且再也没有恢复。

现在，伊尔丝开始改变自己，以迎接后面数个世纪的空虚。正如她的创造者所计划的那样，她把自己的头脑分成了三个同等的实体。理论上，这三个头脑中的任何一个都可以独立处理整个任务。但对于任何重要的决定，伊尔丝需要征得至少两个头脑的同意。在这种分流状态下，伊尔丝既没有刚发射时的聪明程度，也没那么思维敏捷了。然而，在星际空间中，几乎什么都不会发生，最大的危险就是老化衰退。她的三个头脑在相互检查上花费的时间，与它们监测各个子系统的时间一样久。

这些头脑没有定期检查的内容只有一项，就是那份程式化记忆，因为伊尔丝的创造者错误地做出判断，认为这种检查对记忆造成的危害，要比时间流逝所带来的影响更严重。

即使心智水平有所下降，外加身负看护任务，伊尔丝仍花了大量时间来思考在她周围无限延伸的宇宙。她发现了双星系统，随后便在数十年甚至数百年的时间里，注视着那对微小的光芒彼此围绕，来回旋转。对她而言，宇宙变成了一个活动的、几乎拥有生命的存在。周围几颗较近的恒星，每过一个世纪就会偏移一度，而仙女座的大星系在一千年里只移动了不到一弧秒[1]。

她偶尔还会转过头来望向太阳系。哪怕已经过了一千年，她仍然能分辨出木星和土星——简直是个好兆头。

---

1. 弧秒，又称角秒，是量度平面角的单位。一弧秒是一弧分（角分）的六十分之一，是一度的三千六百分之一。

终于到了进行中途修正的时间。在此之前的一个世纪，她都在完善自己的校准和导航观测能力。她在太阳近日点的发射时间非常精确，因此眼下只需每秒一百米的机动变轨操作即可。尽管如此，如果不进行中途修正，她终将完全偏离半人马座星系。当那一刻来临时，伊尔丝已经完美对准，并点燃了自己的小火箭——随后发现她最多只能获得额定推力的四分之三。她不得不多进行了两次同样的操作，才对新航线感到满意。

在接下来的五十年里，伊尔丝都在研究推力不足的问题。她对火箭的电气系统进行了数百次测试，甚至以微秒为单位点燃火箭。她永远无法查清这百年来的光阴是如何对自己造成损耗的，但根据她的观察来推断，伊尔丝意识到，等到进入半人马座星系时，她的火箭将会只剩每秒一公里的速度——根本不及当初设计能力的一半。即便如此，如果情况没有进一步复杂化，她还是有可能观测到该星系中那两颗恒星的周边行星。

然而，还没等她完成对推力不足的研究，伊尔丝就发现了另一个故障——也是她要面对的最严重的情况：

她已经忘记了自己的任务。经过了数百年，程式化记忆的磁场模式已经慢慢消失，因为使用得最少的程序会最先消失。当伊尔丝调用那些程序、想查清她的机动性下降会对任务造成何等影响时，她发觉自己不再有任何关于终极目标的记录了。那些记忆止于已严重消退的程序，包括生化勘察和行星着陆，而伊尔丝猜测，在成功登陆某颗适宜的行星之后，还有某件至关重要的事情必须去做。

伊尔丝是那种很有耐心的类型——尤其是在巡航配置下——对于自己的终极目标，眼下她并不担心，毕竟那还在遥远的未来。不过，她确实在尽最大努力来保护余下的那些程序。她把每个程序都调入自身记忆中播放，再将其放回程式化记忆里。她发现，如果每七十年重复一次这个步骤，她就能阻止程式化记忆的消退。另一方面，这种无穷无尽的重复工作会引发多少错误，她也无从得知。因此，她命令自己的每个头脑分别执行这一步骤。她经常利用它们解决问题来检查弹道和天文程序。

伊尔丝开始了进一步的探索：她对自己的身体展开研究，以寻找与任务有关的线索。她的大部分空间都装载着一种必须保持在绝对零度以下的物质，有几条导线连接其中。然而，除了温度计的读数，她对这一部分没有任何知觉。现在，她把这部分的温度提高了千分之几摄氏度，这种程度的变化完全处于设计规格之内，但又足以让她能感觉到。伊尔丝用化学分析程序将观察结果和该物质的质量进行比较，得出了结论：这个神秘的区域是一片相对均匀的冰冻水体，里面掺杂了各种杂质。这个信息很有意思，但无论她怎样与自己的记忆进行对比，也没法儿看出它有什么重要意义。

伊尔丝在宇宙中飘啊飘。从中途修正到她日程表上的下一次重大事件所间隔的时间，比人类在地球上的农耕历史还要久远。

几百年又过去了，作为目的地的那两颗紧密相连的恒星变得更加明亮。距离抵达半人马座阿尔法星还有一千年，她决定开始搜寻该星系中的各个行星。伊尔丝将望远镜转向双星之中更亮的那颗……就叫它艾博吧。目前，她与艾博还有那颗较小的伴星（叫作贝克）的距离，仍然是地日距离的三万五千倍。即使在她那只敏锐的眼睛看来，艾博并不是一个圆盘，而是一种衍射图案——一个比恒星真实直径要大上许多倍的圆形光斑，被一圈光环包围着。任何行星发出的昏暗微光都会消失在这种衍射图案中。伊尔丝花了五年的时间观察这个图案，用自己最精巧敏锐的程序对它进行分析。她偶尔会将遮星板塞进望远镜，以研究由此产生的变形图案。五年后，她在衍射图案中发现了某些具有暗示性的异常现象，但并没有行星的明确存在迹象。

没关系。耐心的伊尔丝将望远镜稍稍扭转几度，在接下来的五年里，她开始观察贝克，之后又换回艾博。这样的循环伊尔丝重复了十五次。在观测期间，贝克绕着艾博完成了两次公转，而这对双星的最大间距也增加到近十分之一度。最终伊尔丝确定，她发现了一颗围绕贝克旋转的行星，也许还有一颗在艾博周围旋转。而且，它们很可能都是气态巨行星。没关系，她很清楚，任何小型内行星都可能消失在艾博与贝克的强光之下。

距离她航行至半人马座星系，还有不到九百年的时间。

伊尔丝仍然坚持自己的看法。那些气态巨行星在她眼中终于变成了微小的光点，而不仅仅是她仔细收集的衍射数据中的统计相关性的一堆系数了。四百年过去了，她断定在艾博的衍射图案中，那个剩余的异常现象必定是另一颗行星，它到艾博的距离与地日距离大致相同。又过了十五年，她在贝克附近也有了类似的发现。

如果对这两颗行星同时展开调查的话，她就必须精心制订计划。根据设计规格，她没有剩余的机动能力去研究整个星系。不过，伊尔丝的导航系统这么多年都保持得比预期好，所以她估计对这两颗行星同时展开调查是可能的。

三百五十年后，伊尔丝进行了一次规模较大的航向修正，并将速度变化量控制在每秒两百米。这一改变在本质上是个步调问题，这样一来，她的到达时间将会推迟四个月。如此，她便能经过想要调查的行星附近，如果不尝试着陆的话，她的飞行路径将会精确地被艾博的重力场弯曲，她就能被抛射到贝克的行星系统之中。

现在，伊尔丝的火箭推力还能让她产生每秒不到八百米的速度变化——这小于她飞向艾博和贝克的相对速度的百分之一。如果她能在正确的时间出现在正确的位置，那推力就还够用，否则……

伊尔丝将她探测到的各天体的轨道绘制得越来越精确。最终，她又发现了几颗行星：艾博周围共有三颗，贝克周围则有四颗，但只有她那两颗首要候选——就称为艾博二号和贝克二号——才与它们的太阳保持着适当的距离。

十八个月之后,伊尔丝看到了艾博二号周围的卫星。这是个好消息。现在,她可以精确地计算出这颗行星的质量,从而进一步完善航行路线。伊尔丝目前距离艾博不到五十个天文单位,距离贝克则不到八十个天文单位,因此轻松地对两颗行星进行了光谱观察。它们的大气层中都含有大量氧气,尽管更远的贝克二号似乎缺少水蒸气。另一方面,艾博二号的大气中含有复杂的碳化合物,其净色为蓝绿色。根据伊尔丝已受损的记忆,这几项全都是着陆的理想特征。

数个世纪的航程缩短到了几十年,然后是几年,最后变成几天。伊尔丝进入了艾博的这颗气态巨行星的轨道内。在前方一千万公里处,她的目标行星沿着一个近乎圆形的轨道,围绕其太阳艾博旋转。在距离艾博约二十七个天文单位的地方,贝克也在闪闪发光。

伊尔丝的注意力一直集中在艾博二号这个目标上。现在她可以辨认出它的大致陆地轮廓了。她挑选了一处着陆点,并以每秒两百米的速度飞行。如果她选择降落,应该会在一个绿意盎然的多云区域。

距离接触还有十二个小时。伊尔丝最后一次检查了自己的每个头脑。她删除了所有故障回路,并用余下的一切重新组装成一个完整的头脑。数百年来,她有三分之一的电子元件已经失效,所以,除了记忆缺失之外,她也没有当年刚发射时那么聪明了。尽管如此,她的子头脑已经组合在一起,她还是比航行时聪明得多。她需要这种更高的机敏性,因为在她与艾博二号接触之前的数小时或数分钟里,她要做的分析和决策可比以往多得多。

距离接触还有一个小时。伊尔丝进入了目标行星的外部卫星轨道。暂定的目的地在前方隐约可见——呈新月形状,两度宽,蓝白相间。她的着陆点就在行星的地平线附近。没关系,在这最后的时刻,首要任务是进行生化勘察,至少,她幸存的那些程序是这么告诉她的。她扫描着新月,透过云层寻找绿色的痕迹。她在一片太平洋大小的海洋中找到了一座大岛,并开始了精密的复杂分析,以保证蛋白质定向进化[1]。每隔五秒钟，她就会花一秒钟来重估大气密度。这些问题似乎比她当初在地球轨道上进行的训练更加复杂。

距离接触还有五分钟。她还剩不到四万公里的行程。这颗行星的朦胧边缘填满了她的视野。在接下来的十秒钟内，她必须决定是否着陆在艾博二号上。这项长达万年的任务成败皆系于此。一旦选择着陆，伊尔丝很清楚自己永远无法再次起航。如果没有巨大的推进器一路推着她走过这段旅程，她除了一个头脑、一块防护盾和一大片冰冻水体之外，什么都没有。如果她决定绕开艾博二号，那么现在必须耗费剩余推进剂中的大部分推力，向着与当前轨道成直角的方向加速。这能让她掠过行星的大气层上缘，急速冲出艾博的行星系统。十三个月后，她将抵达贝克附近，也许那时她的火箭还有足够推力，带自己进入贝克二号的大气层。可是，如果那颗行星并不宜居住，那时就没有回头路了。她只能在那里着陆，否则会飞入黑暗的星际深处。

伊尔丝权衡了三秒钟，得出结论：根据她能回想起的所有标准，艾博二号都能满足，而贝克二号似乎有些偏黄，有点太干了。

伊尔丝旋转了九十度，扔掉曾给她带来不少麻烦的小火箭，同时也把为她尽心服务过的望远镜弹射了出去。她飘浮在空中，浑然一体，像一个白色的双凸面圆盘，直径十二米，重达十五吨。

她再次旋转了九十度，沿着自己的轨迹望向来时的方向。她现在没有望远镜，什么也看不见，但还是认出了某个光点——那是地球的太阳。她再次渴望知晓那些被自己遗忘的程序中，到底包含了什么记忆。

只剩五秒钟了。伊尔丝闭上眼睛等待着。

最初几乎察觉不到加速度，在两秒钟之内，就猛增到二百五十倍

---

1. 定向进化，是指在试管中模拟达尔文进化过程，通过随机突变和重组，人为制造大量的突变，按照特定的需要和目的给予选择压力，筛选出具有期望特征的蛋白质，实现分子水平的模拟进化。

重力加速度。这超出了伊尔丝的经验，不过她天生就能承受这样的力量，因为她的身体不含任何活动部件，而且除了聚变反应堆之外，也没有任何空隙。真正的困难在于防止身体侧翻和燃烧。伊尔丝并不知道，她正在大规模重复着人类在很久以前使用过的着陆技术。然而，她必须消耗的动能总量，是阿波罗太空返回舱的八百多倍。她的机动操作相应地更危险，但由于她的创造者无法为她装配足够强大的火箭来减速，这也就成了唯一的选项。

此刻，伊尔丝运用自身智慧和微型电动推进器提供的每一丝动力，让自己以正确的姿势和高度向着艾博二号飞行，逐渐上升到五百倍重力加速度，或者说，自身正在损失的速度是每秒五公里。除此之外，伊尔丝也知道自己将会失去意识。离她身体只有几厘米的地方，空气的热度达到五万摄氏度。围绕在她周身的火球，把下方七十公里处的海洋映照得如同处于白昼之中。

四百五十倍重力加速度。她感觉到有个低温恒温器碎裂了，而且头脑里的某个分支也短路了。伊尔丝依旧耐心而盲目地保持着身体的正确方向。如果她计算正确的话，现在只剩下不到五秒钟了。

她降落至地表上方六十公里内，然后稳步上升回到太空。她的速度只有每秒七公里。她已经下降到十五倍重力加速度，随后归零。她沿着椭圆形轨道长长地滑行了一段，随后近乎轻柔地坠入了艾博二号的大气层深处。

伊尔丝在两万米的高空睁开了眼睛，扫描着下面的世界。她的视觉镜头已经裂了，有几个格式塔程序也损坏了，不过她还是看到了绿色，确定自己的导航水平还不赖。

要是她能记起在着陆之后应该做些什么，那将会是一个胜利时刻。

在一万米的高空，伊尔丝弹出了她的滑翔伞。坚韧的塑料在她头上绽放开来，坠落变成了平缓的滑翔。伊尔丝发现自己正在飞越一片大草原，森林到处可见。此刻将近日落时分，树木和山丘投下的长影让她能轻易地测量地形。

距离地面两千米。以一比四的下滑比例计算，她最远也就只能再滑行八公里。伊尔丝看向前方，发现了一小片森林，还有一条小溪在树木之间闪闪发光。随后，她看到森林之中有一小块空地，某些模糊的记忆告诉她，这是个合适的地点。她收紧滑翔伞的前绳索，以更陡的角度向下滑行。在飞到空地周围树木上空三四米处时，伊尔丝拉紧了后绳索，把滑翔伞停了下来，随后跌在茂盛湿润的草地上。绿褐相间的滑翔伞掉落并覆盖在她烧焦的身体上，乍看上去，她可能会被当成一块覆盖着植被的黑色巨石。

耗费一万年的时间、跨越四光年距离的旅程终于结束了。

伊尔丝坐在渐浓的暮色中聆听着。对她而言，声音是做梦也想不到的存在：有小小的生物正在挖洞，附近的小溪流水潺潺，远处传来微弱的啁啾声。暮色散去，黑暗的林间空地上腾起一层薄雾。伊尔丝知道自己的航行已经结束，再不会重来了。没关系，这都在计划之内，她对此很肯定。她知道自己的大部分计算机器——也就是她的头脑——已经在着陆过程中毁掉了。作为有意识的生命体，她最多还能再存活一两个世纪。没关系。

真正要紧的是，她知道自己的任务尚未完成，还剩下最为重要的一部分，否则，她的创造者所投入的巨大赌注将一无所获。这种可能性是唯一会让伊尔丝感到害怕的事。这是她预设天性的一部分。

她检查了从万年光阴和着陆过程中幸存下来的全部程式化记忆，但没有任何新发现。她又以一种彻底的、近乎破坏性的方式，测试了身体的其余部位，在距离目的地尚有几百年时，她从不敢这样做。还是没有任何新发现。最后，她开始排查自己全程携带的那片冰冻水体。由于其中一个低温恒温器已经损坏，她最多只能在适当的温度下再保存几年。她回想起来，有几条从表面上看不出用途的导线仍连接其中。只剩下一件事可以尝试了。

伊尔丝关掉了所有低温恒温器，等待体内温度逐步攀升。在她小型聚变反应堆附近的冰最先变暖。在这块冰冻水体的某处，有一小块金属受热后开始膨胀，刚好连接成一个电路。伊尔丝发现，她的创造者其实准备了最后一道预防措施，以确保她能稳定可靠地完成任务。在冰冷的舱体底部，靠近反应堆的地方，他们放置了一个备用记忆单元。现在伊尔丝可以读取它了。她的创造者早就意识到，无论推测出怎样可能的危险，也总会有想不到的情况，所以他们决定让这个备用装置在寒冷中一直闲置，直到最后。伊尔丝隐约意识到，这个新的记忆单元与她以前的那些完全不同，使用的不是磁存储，而是光存储。

现在，伊尔丝了解自己必须做什么了。她将一个装满冰冻羊水的圆柱形容器加热到三十七摄氏度，又从旁边的材料库中抽出单个微小的有机体，将其注入容器。再过几分钟，她会用血液灌满容器。

此时已是清晨，天色尚暗，潮湿凉爽。伊尔丝试图进一步探索她的新记忆，但系统受到了阻碍。显然，指令是按照某种时间表依次递送的，以避免非必要的内存占用。伊尔丝复习了她目前掌握的一切知识，确定在接下来的九个月里，她将会了解到更多。

作者的话：

《孤注一掷》对我来说有很多意义：我想成为二十世纪主导太空探索的所有行星任务的典范；我想描述一次有史以来最小型的移民任务。（事实上，我"炸掉"太阳的唯一正经理由，就是为了进行这种疯狂的尝试。）

我所描写的这场冒险当然是"孤注一掷"的，但这并不是整个任务中最令人绝望的部分。在故事的最后，我们知道伊尔丝开始孕育人类的受精卵。考虑到她的个头，她可以装载很多受精卵，但远没有办法让所有孩子出生。那么，她会怎么处理这些孩子呢？如何喂养他们，以及如何教育他们？当然，出乎人类意料的是，这颗目标行星上存在一个外星文明。(好吧,也许他们料到了!毕竟,我们只知道伊尔丝的记忆。创造外星种族虽然是一种写作上的逃避,但会让续作变得更有趣。)我确实对伊尔丝的未来有一些构想(这才是标题背后真正的"孤注一掷")。对于我尚未创作的续作,《长子》可能是一个不错的标题。

当然,伊尔丝并不是最小的星际探测器。早在二十世纪初,斯万特·奥古斯特·阿累尼乌斯[1]就提出,微生物可能在星际航行中幸存下来,并以某种生命形式在宇宙中传播。即使想实现这一点,此类"星际探测器"也条件有限,等待过程还很漫长。自从开始撰写《孤注一掷》,我了解到了比伊尔丝小得多、更有针对性和实用性的星际探测器。罗伯特·福沃德[2]曾描述了一种只有几克重的星际探测器"星灵"[3]。马克·齐默尔曼将这一想法与人工智能结合起来,提出了一种在相同质量范围内的有感知的探测器。看看你的周围!这类星际旅行者可能会出现在车道上的鹅卵石中,或者藏在怪异的蓟种子冠毛中飘过后院。

---

1. 斯万特·奥古斯特·阿累尼乌斯(1859—1927),瑞典物理化学家,1903年因建立电离学说获得诺贝尔化学奖。
2. 罗伯特·福沃德(1932—2002),美国物理学家及科幻小说家。福沃德一生发表了200余篇论文以及11部小说。他将自己的小说处女作《龙蛋》称为"一本伪装成小说的中子星教科书"。
3. 星灵(Starwisp),一种假想的无人星际探测器设计。它由微波帆推进,概念上类似于太阳帆,但由人造来源的微波提供动力。

BOMB SCARE

炸弹惊魂

Loading...

吴　垠　译

作者的话：

在《论推想小说的写作》一文中，罗伯特·海因莱因提出了发表小说的五条规则。这些规则看起来简单，要一一遵守却不容易。其中，第五条规则是：坚持投稿到最后一刻。《炸弹惊魂》就是这样一个例子，发表过程经历了一点小波折。1963年完稿后，这篇小说屡投屡败。我本人也无法否认它是个单薄的故事，所以从不敢寄给自己最中意的编辑约翰·坎贝尔。我并不想令约翰失望。直到1970年，我实在没法子了，如果再不考虑向《类似体》杂志投稿，第五条规则就要被打破了。

谁能想到，约翰·坎贝尔果断地买下了这篇小说。所以，除了遵守海因莱因的规则，还要记住一点：预判编辑的选择对自己可没什么好处！

拉尔·多维克王子咧开大嘴，漫不经心地剔着一口尖牙。他仔细地扫视穹顶，只见在五十度角的高处，"大旋涡"流光溢彩，如同一团浮动的银色迷雾。穹顶附近悬着一颗盈凸的蓝色星球，在其光芒的映衬下，就连"大旋涡"也黯然失色。蓝色的光辉透过多维克帝国旗舰的透明船壳，倾洒在规则式庭院中，使得庭院里松软的褐色沙丘化作一块又一块绵延起伏的蓝色地毯，偶尔有装饰庭院的蜥蜴从沙丘上匆匆掠过。视线范围内，少说也有五种仙人掌科灌木。植被太茂密了，几乎令多维克王子心生厌恶。如果没有盈盈蓝光，这儿简直和他母星的冬季行宫一模一样。

他装出若无其事的样子，看向身边的哈尔·卡夫将军。哪怕在族人之中，多维克王子也以暴戾著称——要知道，他可是出自一个为了整饬军风而诛杀一万名士兵的帝国。拉尔倾身过去，和气地问：

"这儿总是晚上吗?"他早已恶名在外,因此就算声音柔一点、轻一点,又有什么关系呢?

"是的,殿下。我们固定了旗舰的相对位置,使恒星永远处于当前的'地平线'以下。当然,我也可以制造一场'日出',不到十五分钟就能调转舰体……"

"噢,不必了。"拉尔拒绝,"我只是对那颗超级太阳有点儿好奇。"他瞥了一眼空中的蓝色星球,"从理论上来说,一颗巨型恒星不是没法建立星系吗?"

年轻的将军细细斟酌了一番后才敢回话:"是的,这种尺寸的恒星一般无法通过星云凝聚而形成星系。不过,它可能碰巧从其他星系捕获了三颗行星。这种情况极其罕见,我们能遇上也是一种天意。"

"我来帮你捋一捋:你先是发现了不可能存在的行星,上面还住着科技发达的智慧种族;为了实现星域扩张,帝国必须占领这些'本不该存在的'行星,并用作工业基地。可到目前为止,你仍一无所获。"拉尔打住话头,脸色猛地一沉,恶狠狠地逼问道,"为什么?"

一时间,在对方冷酷的目光下,卡夫将军全身都僵住了。他扯了扯嘴角,终于在脸上挤出一丝讪笑:"殿下,您要不要尝一只米尔瓦克?"他说着,指向一碟开胃菜。

拉尔不得不对将军的镇静刮目相看。尽管他带兵不力,眼下可能面临惩罚,遭受生不如死的折磨,但他却不急于为自己开脱,而是先为长官递来一碟小菜。有意思。拉尔用爪子叉起一只蠕动的米尔瓦克,尖牙刺穿了这只哺乳动物无毛的皮肤。只听见吸溜一声,他吮干了这个小畜生最重要的体液。

哈尔·卡夫将军恭敬地候在一旁。等拉尔用完餐后,他呈上了一沓彩色照片。

"糊脸人正如您所说的那样发达。他们的两颗外围星球可以产出无尽的供给,这样一来,帝国在095星域的任何扩张都不在话下。他们——"

多维克王子摆出一个更惬意的坐姿，扫了一眼最上面的照片。糊脸人，真是人如其名。照片里的怪物有着橄榄色的皮肤，体型臃肿，好像全身上下都病得不轻。

"他们尚未发明出质能转换器，但目前的驱动装置已采取非常高效的氢聚变模式。他们最大的太空战舰重达三万吨。"

这个吨位对氢聚变驱动装置来说还不赖，拉尔暗自想着。他翻到下一张照片，是糊脸人太空战舰的示意图：氢聚变动力飞船呈现出经典的雪茄外形，舰尾大部由磁性文丘里喷嘴[1]构成，前端配有十枚火箭弹，舰首下方的外部支架上还托着几枚。

"然而，他们有一项技术走在了我们前面。"卡夫将军顿了顿，才郑重地说，"糊脸人可以防御我们的质能转换器。"

这条情报本该让拉尔大惊失色，但他的探子已经先一步通报过了。

拉尔的第三十代曾祖父——格里什纳赫一世——在母星上仗剑收服了三座绿洲；他的第二十一代曾祖父——埃尔贝克四世——凭借火药和蒸汽沙地车统一了整颗星球；他的第十二代曾祖父则率众发射第一枚火箭，并用改良的氢弹镇压了南极沙漠的异端团体。然而，所有的剑、火药、蒸汽车，甚至氢弹，都抵不过质能转换器分毫。这种武器操作起来很简单：在一定距离内，对准目标并启动武器，就能把目标的任意部分直接转换成能量。如果糊脸人连这样的神器都能拦下，多维克帝国就失去了最大的王牌。

卡夫将军继续解释道："糊脸人八成是误打误撞发现了防御方法，毕竟，他们连转换器都没有，不太可能专门研发针对性的防御装置。眼下，歼灭糊脸人舰队的唯一策略，就是在屏障外进行大量的质能转

---

1. 文丘里喷嘴，一种常用于火箭发动机中的燃烧室喷嘴结构。它的设计原理是利用高温高压气体的喷射来产生推力，使火箭发射升空。

换。迫于形势,我军只能重新依赖火箭弹了。

"他们的身体构造还有一项优势,殿下。糊脸人所能承受的加速度至少是多维克人的五倍。他们的太空部队既拥有优秀的身体性能,还装备着上千枚重力火箭弹,实力绝对不容小觑。

"殿下,我军已经尽可能破坏了糊脸人的工业中心。可是,他们的意志相当坚定。除非那两颗星球完全落入我们手中,否则谈不上真正的征服。"将军一针见血地坦白道。

拉尔的脑海里浮现出一幅画面:敌军的小型飞船越过多维克军队的防线,火箭弹直捣帝国的战舰。无论是将军的陈述还是探子的密报,都证实了一件事:多维克军队的确已经尽力了。这些腿长的糊脸人在防御层面占了上风。要不是卡夫将军深谋远虑,展现了高超的战术技巧,军队可能根本撑不到今天。余下的照片都是多维克侦察器的改造图。帝国早在三个世纪前就淘汰了火箭弹,眼下要重新启用却找不到现成的,只能将侦察器改造为自行炮弹。

拉尔再度开口,但神色和语气都不见丝毫赞许之意:"这么说,这些满身脓包的家伙不好对付?将军,你的眼界太窄了。"他从衣服的腰部掏出一块气派的石板,然后指了指穹顶明亮的星体,"那颗恶心的蓝色星球拥有整个星系百分之二十的人口,工业却只占百分之三。就算它化成灰,也影响不了这个星系对帝国的效用。这是——"拉尔扬了扬手中的三角石板,"父王签署的一道命令,要求你引爆那颗星球。"

一瞬间,卡夫将军的鼓膜血色全无。

多维克王子轻哼一声:"你觉得太过分了?"

"是……是的。"将军直言不讳地回答道。

"可能有些过分吧,但要的就是这个效果。那颗星球质量的百万亿分之一将转换为能量,造成的大爆炸将烧焦另外两颗星球的部分地表。这个计划的关键就是野蛮和暴力,我们得让那个种族明白,继续反抗绝不会有好下场。"接着,拉尔引用了征服仪式的颂词,最后几

24

句是：

"坐拥万物，征服万物。
多维克人，沙丘之子。
顺我者昌，逆我者亡。"

"你信不信这几句烂诗其实不重要。重要的是，无论神权是否在上，多维克帝国必须君临天下。我族在宇宙中退居第二的那天，便是帝国末日的开始。如果精神上的软弱阻碍了我们的征途，便无异于把全族送进未来的博物馆，吃败仗也是板上钉钉了。"拉尔坐在休息架上把手一伸，将军立刻接过了石板，"立即执行。确保转换的能量在这个范围内，否则，整个星系都可能被摧毁。"

"我明白——"卡夫将军刚一开口，他的一名属下就突然出现，打断了他自掘坟墓的发言。属下的三维影像闪了闪，最终稳定下来。

"殿下，将军。"属下向两人各鞠了一躬，"十三秒前，我们在太阳附近探测到一次重力干扰。有人入侵了这个星系。"

"什么？！"拉尔勃然大怒地吼道。他心想，等这个胆大包天、擅闯战区的蠢材落到自己手里……

属下激动地补充道："殿下，入侵者没有回应我们的敌我识别系统，应该不是我们的战舰。"

多维克王子心下一惊，立刻问卡夫将军："难道是糊脸人在研制星际驱动装置？"

"不太可能，殿下。帝国的最小驱动装置都在十亿吨以上，而他们组装的最大惯性驱动装置还不到十万吨。"

这是多维克帝国的另一张王牌。如果没有质能转换器，他们的驱动装置不可能被推到运行轨道上，自然也启动不了。

在三维影像的捕捉范围外，有人给那名属下送来了最新消息。属下的脸唰地变白了，然后战战兢兢地报告道："入侵者到太阳的距离恰好在杀伤半径[1]内!"

拉尔倒吸了一口冷气。当他下令摧毁一颗有智慧种族居住的行星时,却有恶人——或是恶鬼——想要转换一整颗恒星的质量,从而摧毁整个星系。

在一切发生之前,那儿原本什么也没有。

突然,在距离太阳一个杀伤半径内,一艘卵形飞船出现了。船身反射着日光,刺眼夺目的光芒掩盖了飞船表面错综复杂的纹路。

在这艘离奇出现的飞船内,坐着两个生物。综览全宇宙的各色物种,你会发现那两个生物的外表和多维克人非常相似。经过一番细致的检查,接受过相关训练的聪明人也许会看出,他们的身体构造更整齐、更高效。这一特征是任何自然种族都不具备的,因为早在十万年前,两个生物所属的种族就开始人为地调控自身的进化。单看他们的外表可能还不太明显,但那些躯干内的大脑比任何自然进化的大脑都要聪敏,也精妙得多。我们或许能从以下对话中感受到两个生物的强烈情绪,但是对话内容并不完整,很可能会给人造成误解。

其中一个生物——头上顶着两根叉开的硬毛须——对另一个说:"我还是想要剑鱼座S号。"

"基德,这颗几乎和剑鱼座S号一样大,而且更容易够到。"这个生物顿了顿,稍微调整了一下控制面板,"我要集中注意力计算跃迁的数据。待会儿等我抛下转换器,你就开始消除相对速度。"

基德回应道:"别在我面前装老大,安。"

一时间,狭窄的驾驶舱内充斥着火药味儿,两个生物差一点儿就要打起来了。最终,基德认输地点了点头。

"这还差不多。"安放松下来,"想象一下吧,所有蛆虫都将在我

---

1. 杀伤半径,距炸点或爆心的距离。在这个距离上,炮弹、导弹或其他射弹很可能摧毁目标或杀伤人员。

们这把大火中被烤焦!"

拉尔打破令人窒息的沉默,问道:"入侵者离我们有多远?"

"一百二十亿公里,殿下。再过十个小时,我军的电磁设备就探测不到它了。"

"计算从这里跃迁到那里的数据,需要花多久?"

属下飞快地评估了一下。"如果调用战术计算机在内的所有设备,计算跃迁的数据大约需要十分钟。"

"很好,动用所有设备,并安排一艘战舰跃迁过去。"

"是,殿下——"属下说。

"殿下,糊脸人怎么办?如果不使用战术计算机进行最低限度的防御,他们会趁机一窝蜂冲上来的。"卡夫将军打断道。

拉尔态度坚决地说:"我们必须有所取舍。如果现在不阻止那个……那个东西接近太阳,我们就都完蛋了。不出十个世纪,多维克帝国也会彻底陨落。"他发现属下仍紧张地等候在一旁,便冲着三维影像大吼一声:"快去!"属下笨拙地鞠了一躬,关闭了影像。

多维克王子努力保持镇定。"将军,准备好一艘空战舰。我要让它的全部质量转换为能量,并在敌人的旁边引爆。"他着重强调了"敌人"一词——这个称呼只针对入侵者,因为糊脸人根本算不上敌人。

"是,殿下。"

"你只有十分钟。"

卡夫将军点了点头,用加密通信把任务分配了下去。有王室成员主持大局,作为将军的他也不过是一名小小的通信员。

从命令下达到一切就绪的十分钟万分难熬,似乎无穷无尽。拉尔意识到,此时此刻,巨型战术计算机正在计算着跃迁的数据;在某一艘战舰上,一万名士兵正赶在最高指令要求的时限内紧急撤离。为了整个星系的安危,一百二十亿公里外的那个东西必须被摧毁。

这时,一颗灿烂的"红星"从旗舰庭院的"地平线"上升起,如同一只发狂的凶兽之眼。随着红星越来越大,它的光亮也逐渐减弱。几乎在同一瞬间,距离第一颗红星两度的方位,又出现了三颗凑得很近的"星星"。拉尔认出那些是聚变炸弹的标志性光芒。看来,糊脸人趁他们防御系统瘫痪之际发起了进攻。失去了战术计算机的保护,多维克军队只能像餐盘里的米尔瓦克一样任人宰割。眼下,那些炸弹位于十万公里以外。

"敌方火箭弹正在逼近,距离我方还有五万公里。"一个机械声播报道。

拉尔紧张地留意着火箭弹的动向。距离帝国旗舰两百公里的位置有一艘多维克战舰,看上去如同一弯银色的新月。除此之外就没有别的东西了。

一时间,多维克王子和卡夫将军坐在皇家庭院里,默数着生命的最后几秒钟。

突然,一道茫茫白光照亮了庭院。拉尔抬起头来,望见了震撼人心的一幕:他之前注意到的那艘战舰点燃了助推器,正缓缓划过穹顶。助推器发出的光芒短暂地给庭院带来了"日光"。

"没用的。"卡夫将军喃喃道。

然而,那艘战舰成功了。糊脸人的火箭弹错误地将它当成了目标。帝国旗舰展开防护屏障,曲面舱壁随即变得不透明。等到船壳再次恢复透明时,那艘战舰已经消失了——一万名士兵,外加整个大陆一年的生产总值,都在一毫秒内化为乌有。

卡夫将军将獠牙咬得嘎吱作响。在战场上,伤亡难以避免,但士兵手无寸铁地死在敌人的劣等武器之下,实在是一场噩梦。他突然抬起头,耳边响起了别人听不到的声音,接着汇报道:"殿下,'复仇号'的船员已经转移到了'阿克拉之剑号'上。"

又有几颗"红星"出现在穹顶,但拉尔没有在意。军队必须再撑一会儿……

属下的三维影像再次出现。"殿下，跃迁计算完毕。您只需要告诉我们派出哪艘战——"

"'复仇号'。完成跃迁之后，等敌人一靠近，你就立刻转换这艘战舰的全部质量。"

拉尔的紧迫感影响了属下，后者来不及鞠躬便消失了。

卡夫将军对加密通信吩咐了几句，随后，一幅二维影像出现在两人面前。"这是'复仇号'上的摄像头拍摄到的画面，通过引力实现信号传输。我们可以看见爆炸前发生的一切。"

画面里除了"大旋涡"，还有位于边缘的蓝色星球。刹那间，蓝色星球消失了。拉尔震惊地抬头确认，发现它还好端端地悬在穹顶附近，这才羞愧地意识到是摄像头里的画面发生了变化。看来，"复仇号"已经完成跃迁。由于这艘战舰在宇宙中的定向没有改变，所以画面背景里的其他星星并没有移动。

然后，摄像头开始移动，群星从画面中划过。摄像头四处寻找，终于对准了目标。拉尔看见画面中央有一粒极小的白点，正在群星间缓慢飘浮，看上去似乎跟"复仇号"相距一万公里。虽然在这个范围内引爆也能发挥作用，但跃迁后的位置本应该更近一些。

卡夫将军显然也抱有相同的想法，问道："导航，'复仇号'距离目标有多远？"

"十公里。目标的长度不到九米。"

不到九米！多维克帝国最小的星际飞船也有一公里宽。敌人远比拉尔想象中的任何一个种族更优越。如果他有机会截取敌舰并研究它的秘密，那该多好啊。更重要的是，他想知道到底是何方神圣能摧毁一颗太阳。

"引爆'复仇号'。"

画面立刻变成了一片空白。

卡夫将军开口道："我军战舰的全部质量已经转换为能量，殿下。"

拉尔怔怔地望着前方。一切结束得太草率了。他们刚才在一秒钟内制造的能量，比普通的G型恒星在一小时内产生的能量还要多。然而，他们只能借由一片空白的画面，以及引力波动仪表盘上的指针运动，来观测这场爆炸。十个小时后，爆炸产生的火光才会抵达帝国旗舰所在的位置。到那时，爆炸的余威足以点燃那颗蓝色星球上的房屋。

也许再耽搁几秒钟，敌人就会实现歹毒的计划，而多维克帝国也将因此陨落。至少现在，他们都获救了。他看着卡夫将军，对方则露出了如释重负的表情。

"将军，我——"

将军的下属再次出现，打断了他的话："殿下，爆炸之后我们探测到了严重的干扰。"

"之后？"

"是的，殿下。不知怎的，入侵者还活着。"

"不可能！"拉尔失态地尖叫起来，尽管他立即接受了这个可怕的事实。任何人造物都不可能从"复仇号"爆炸的大火球中逃过一劫。敌人到底是怎样的存在？

也许，游戏已经结束了。拉尔将目光落在皇家庭院，仿佛看见地狱的浪潮从一颗湮灭的恒星中缓缓漫出来。恒星爆炸所产生的能量足以蒸发一百个秒差距[1]外的行星；毁灭会以光速继续扩散，最终不可阻挡地波及整个星系。多维克帝国会提前得到警告，在这颗毁灭之球膨胀前撤离。但星系将一点一点地从他们身边消失，直到所有星球都陷入死寂，而他的种族……

"你瞧！蛆虫猜到我们的计划了。刚才那一下可真猛啊，是不是，基德？"

---

1. 秒差距，天文单位。1个秒差距约等于3.26光年。

"看来蛆虫不想当'大烤串'。可惜啊,它们根本救不了自己。"基德缓了口气,陶醉在喜悦之中,"我要让这场大火烧啊烧,吞没一个又一个虫窝,烧他整整一万年!"

安热情地表示赞同,几乎忘记了他们之前的不快。两个生物都没察觉到身后空气的轻微波动。起初,畸变只发生在远红外线波段,非常接近微波波段。接着,折射率不断变化,逐渐从可见光变成紫外线,再一路转化为伽马射线。基德和安仍然一心扑在自己的计划上。

"设置好了!一旦完成跃迁,我们就抛下转换器。安,你还在磨蹭什么?"

"当然是调整导航了。这可是跨星系跃迁,再给我几秒钟。"

"蠢材。"

微光终于凝聚成形。基德从安的身上移开目光,注意到了出现在身后的形体。

"母亲!"

这位母亲的完美外表很像她遥远的祖先——他们曾在非洲驯服了火,数千年后,又在芝加哥大学的体育馆里研究核裂变。她的神色慌张极了,因为她刚刚发现这些没教养的孩子是不折不扣的小怪物——尽管他们的能力可以比肩神明,但内心的恶毒却丝毫不逊于魔鬼。她注视着基德,然后慢慢地问道:"你们为什么在这儿?"

安说:"因为我们迷路了。"

母亲摇了摇头。"安,我已经拆掉了转换器的引信,就在基德抛下它的地方。你们别以为自己撒撒小谎或者找找借口,今天就能蒙混过关。那一百万个不同的种族,原本可能成为和我们一样的高级智慧生命,却差点被你们的计划害死。"

基德紧张地揪着自己的小辫子。"它们只会在自己的虫窝里慢慢腐烂,不像我们那样能够感受到痛苦。这么做很好玩——"

"好玩?"母亲反问道。基德一下子尖叫起来。

"赶紧回家。"她皱着眉头,专心工作了一会儿,"计算完毕,新的跃迁准备好了。我就跟在你们后面。"

安和基德呆住了，不敢再开口争辩。他们调整了控制装置，便驾驶飞船消失了。母亲独自站在虚空中，若有所思。

拉尔只听到了后面半句话。

"……离开了这个星系。"属下说。

"混账！你怎么不早说？"卡夫将军怒斥道。

"没关系，将军。"拉尔安抚道，然后对属下说，"重复一遍。"

"殿下，我军的仪器显示，入侵者没有做出任何引爆太阳的行为，而是直接跃迁离开了。"

宇宙活了下来。

卡夫将军率先打破沉默，说："殿下，是否重启战术计算机？"

拉尔的视线越过他，落在了远方。一时间，他的心中只感受到了美轮美奂的庭院和得以幸存的群星。今天的这种意外情况可能会再次发生。敌人随时可能横扫任意一颗巨大的恒星，然后投下炸弹。"将军，下令撤军。我们去跟糊脸人达成停战协议。"他不甘心地咬紧牙关，因为这个决定背离了多维克种族的梦想，宛若接受了一场噩梦。"我们要把今天发生的一切传遍整个星系，我们的传播速度比帝国更快。我们要尽可能得到一切帮助。"然而，拉尔在心中产生了无法言喻的绝望感，因为他知道要想保护所有超星体，光凭借他们这些高级种族是远远不够的。

"所有生物必须联合起来抵抗入侵者。"他对着穹顶挥了挥爪子。

母亲等待了一会儿。"大旋涡"——一些人称之为银河系——似乎缠绕着她的双足，稀薄的气体在她身边盘旋。她从太阳的位置向外望去，"看见"了一百二十亿公里外的多维克战舰。她心中有所期待，也许今天的一番波折能结出善果。她非常希望他们都是好孩子……

所有人都是。

作者的话：

  我的老朋友肯·温特斯在另一个更早的故事里提出了这个点子。如今（2001年），人们已经普遍接受了这一观点：某些极其严重的自然灾害可能会对数千光年以外造成损害。肯大概在1960年提出了这个点子，也可能更早，就在我们读小学的时候。

THE BLABBER

呱啦啦

Loading...

胡 纾 译

1989轨迹奖最佳长中篇提名作

作者的话：

在我的小说《实时放逐》中，我与奇点有过小冲突。写完那本书之后，我觉得自己似乎也被"放逐"了。我的故事越接近奇点，时间尺度就越短，也越没有机会看到伴随我长大的那种冒险故事。此后的任何未来史都像是一路小跑至悬崖，然后坠入深渊……没有与人类相抗衡的外星人，也没有能够理解的星际文明。

如果要创作关于未来史的系列作品，我似乎只能进行诚实的外推，并迅速结束人类的历史——或者明面上写科幻小说，但实际上写的是幻想小说——因为我的创作基于我所预见的科学进步的缺失。我陷入了两难境地，这种困境持续了大约两年时间。

最终，我找到了一个解决方案，既能忠于我对科学进步的想法，又能让我写出类似人类的角色和星际冒险的故事。总的来说，我把外推的方向做了调整，正如你将在下文中看到的那样。《呱啦啦》是我进入"银河界区"宇宙的一次尝试。

有时候，梦想在很长时间之后才会熄灭，甚至还会在最后一刻来个回光返照……应该说，后一种情况更糟糕。

猫王纪念活动现场距离大学的中心地带只有两公里多一点儿的路。哈米德·汤普森穿过一片伐得只剩断树桩的林子，然后穿过了旧城区——这么走会绕些远路，但显然更讨呱啦啦喜欢。它在哈米德跟前跑来跑去，不时用鼻子拱拱地上的蟑螂洞，同时偷偷观察那些被它发出的声音诱来的鸟儿。跟平常一样，它这么做并不是想猎食，而主要是为了游戏好玩。

一旦鸟儿进入呱啦啦的攻击范围之内，它就会猛地一抬头，用鼻子碰碰鸟儿。它还会模仿人类哈哈大笑的声音，把鸟儿吓得魂飞魄散。他俩有好些日子没打这儿经过了——在呱啦啦平常出没的地方，周围的鸟儿早就学乖了，很难再让它玩这套把戏。

走到老城区后头的断崖附近，地上不再有蟑螂洞，鸟儿也变得谨慎起来。呱啦啦于是不再闹腾，乖乖地陪在哈米德身边哼着调子——那是零零碎碎的猫王曲子——还混杂着几个月前的新闻播报。有一两分钟，它甚至一声不吭……也许是在聆听？有些人曾经嘲讽呱啦啦说，只要它醒着，就一秒钟也没法安静下来。但事实上，有时候它会一连好几个钟头都不发出任何声音——不过即使在这种时候，哈米德脑子里也会时不时地响起点儿嗡嗡声，或者感到耳边闪过一丝疼痛。呱啦啦的震膜所能发出的声音频宽高达二十万赫兹，这意味着，其中的大部分声音人类都听不到。

他俩来到悬崖最高处。"坐下，呱呱。我要喘口气。"

哈米德心想，是的，喘口气，看看这儿的景致……还要考虑一下到底该拿你、拿我自己怎么办才好。

这座悬崖是新密歇根州海拔最高的自然景观。在它四周平坦的土地上，遍布着池塘、小溪和河流——这里有整颗星球上最好的耕地。从空间轨道上看，初来乍到的移民者再也找不到比这更合适的地方了。当然，在水里降落会更容易些，但人们总得尽可能地为长期生存做好准备。

透过灰色的薄雾，哈米德隐约看到了三十公里开外的一片玻璃质感地面，那是当初降落时留下的痕迹。历史书上说，从那艘巨大的宇宙飞船上把所有人员和物资都转移出来，花费了整整三年时间。直到现在，那儿还有轻微的核辐射——这也是促使人们穿过峡谷，搬到西部平原的原因之一。

从这里望过去，满眼都是黑色、棕色和灰色的农田，根本看不到头。只有两处例外：降落点周围的森林和悬崖正下方那座古老的大学城。正值深秋时节，最后几棵来自地球的树木已经掉光了叶子。吹过平原的风冷飕飕的，冻得哈米德的鼻子通红——大概过不了几天就该下雪了。万圣节也快到了。

不知道人类三千年的历史上,有没有哪一次万圣节能比得上我们下星期这次。想到这儿,哈米德下意识地想回头看一眼玛盖特,但忍住了这股冲动。从前,玛盖特是他最喜欢的地方之一:星球的首府,四十万人口,一座真正的城市。在他小时候,去一趟玛盖特简直就像是一次前往遥远星系的探险。但现在不同了,那些远方的星星似乎已经触手可及……用不着回头看,他也能准确地说出每一艘旅行团驳船的位置。那些驳船飘在玛盖特上空,看上去活像一堆彩色气球——事实上,每艘驳船都至少有一千吨重。但对游客们而言,这些不过是小艇。猫王纪念日结束后,玛盖特仅剩的旅游项目就是万圣节了。接下来,旅行团将会前往西部平原,那里的阿美里卡纳还有更多花样等着他们。

哈米德一屁股坐在遍布干苔的石头上。"说说看,呱啦啦,我该怎么办?我该卖了你吗?卖掉你,咱俩就可以一起到外头去了。"

呱啦啦竖起耳朵。"说话?交谈?呕吐?"这个四十公斤重的家伙靠着哈米德坐下,脑袋偎依在他胸前,头部震膜发出像猫一般的咕噜声。这种声音在哈米德的胸口引起嗡嗡的共鸣,甚至震动了他身下的石头。找个伴儿好好唠唠嗑是呱啦啦最喜欢做的事情之一。哈米德轻轻抚摸它黑白相间的皮毛。"我是问,该不该卖掉你?"

咕噜声停了,呱啦啦似乎真的在仔细考虑这个问题。它深色的大眼睛转了转,脑袋左右晃晃,又上下点点——它正在惟妙惟肖地模仿大学里的一个教授。"别催!我正在想。我正在想。"说完,它优雅地舔舔胸前光滑的皮毛。在哈米德看来,它好像真的是在思考该怎么回答。有时候,呱啦啦好像在试着理解他的话;有时候,它的回答听上去好像还真有那么点道理。但是最后,它闭上嘴,开始用震膜说话。

"我该卖掉你吗?我该卖掉你吗?"虽然是哈米德的语气,但它并没有模仿他的声音。他俩这样交谈时,呱啦啦通常会发出一个成

39

年女性的声音（而且是个很迷人的女性，哈米德暗想）。但从前可不是这样。小时候，它会模仿小男孩说话。呱啦啦的策略很明显：它知道哈米德最有可能喜欢哪种声音。莫非这就是动物的狡猾？"嗯，"它接着说，"我知道自己是怎么想的。买，别卖。而且永远要谈好价钱。"

它经常说出预言一般的话。不过，哈米德已经跟呱啦啦相处了一辈子，太了解它了：它的评论越长，说明它明白得越少。至于刚才那句话嘛……哈米德回想起上过的金融课，那是在他找到现在的公寓之前的事了。足足有半学期的时间（对所有人来说，那个学期都是令人兴奋的），呱啦啦整个白天都躲在他的书桌下头。"买，别卖。"课上不是讲过吗？这是十九世纪某个商业大亨的话。

它呱啦呱啦地说开了，越说越离题万里。听了一会儿，哈米德猛地拽住呱呱的脖子，和它在满是石头的斜坡上摔起跤来。哈米德又是笑又是叫，只用了不到一半的力气；呱呱则小心地缩起爪子。一会儿工夫，哈米德就败下阵来。他仰面躺着，呱呱站在他胸口上，用长长的嘴尖叼住他的鼻子，咕噜道："叫我叔叔！叫我叔叔！"

呱啦啦的口鼻骨前两厘米没有长牙，不过它咬得挺用力，所以哈米德立即投降了。呱呱从他身上跳下来，一边得意地咯咯笑，一边叼着他的衣领帮他站起来。哈米德起身，小心翼翼地揉了揉鼻子，然后朝山下安·阿伯小城的方向招招手："好吧，坏蛋，咱们走。"

"哈哈！当然。咱们走！"呱啦啦蹦蹦跳跳地朝山下跑去，速度之快，哈米德一辈子都望尘莫及。不过隔个几秒钟，它就会停下，回头看看哈米德有没有跟过来。哈米德摇摇头，开始往下走。真要跟上呱呱的话，他准得摔断腿。看着呱呱，他突然想到，虽然不知道它是从哪颗星球来的，但那儿的气候肯定跟玛盖特附近的冬天差不多。瞧它的颜色搭配：纯黑和纯白的毛发掺杂起来，弯曲盘绕——活像哈米德在海豹身上见过的花纹。地上有雪的时候，你简直看不见它。

现在，呱啦啦已经跑到五十米开外了。从这么远的地方看过去，很容易误以为它是条狗。只是它的爪子太大，脖子也太长了。当然，它能学狗叫；不过话说回来，它也能模拟雷暴声，甚至学人交谈——还能同时发出所有这些声音。整个中美星上都找不到呱呱的同类，在这颗星球上，它是独一无二的。上星期哈米德还了解到，它这种生物在外头也几乎同样稀少。有个游客想买下它……游客能给的东西，是哈米德一直梦寐以求的。他活了二十岁，足有十几年都在为此努力。

哈米德非常需要点儿好的建议，但上次向父亲求助已经是五年前的事了，再去找他还不如干脆死了。也许，可以去大学找懒虫拉里……

以中美星的标准来看，安·阿伯小城配得上古老二字。当然，星球上还有更老的建筑：着陆点附近至今还保留着一部分玛盖特旧城。学校有时会组织学生到那儿去参观，每次时间都不长，因为那些简陋的屋子至今还带有轻微的辐射。即使是在今天的首都，人们也还能找到一些当初的古老建筑。不过，坐落在安·阿伯小城的大学已经繁荣了整整一百九十年，学校的大部分建筑比最初修建的那些房屋晚不了多少。

有什么事儿不对劲，不过看来跟哈米德的问题无关。他俩走在城里，看见两架警用直升机从玛盖特飞来，在大学上空盘旋。哈米德发现，自己平时最喜欢的几条捷径都被学校的巡逻队堵死了——肯定是跟游客有关的事。看来他只能从正门进去，还得经过数学楼。

呸。已经过去十年了，可他还是厌恶那个地方。哈米德回忆起自己被当成神童的那段日子：父母强迫他学习数学，而他根本没那个头脑。他知道自己不是父母想要的那种孩子，可在他终于说服他们相信这点之前，家里总是充满了怒气与泪水。

他俩沿着大学的外墙往前走。哈米德完全无视那些优雅的拱壁，以及路旁树木和石墙上蜿蜒的常青藤。对他而言，这些再熟悉不过了……唯一不同寻常的就是那些警车。学生们东一堆西一群地站在一起，打量着那些联邦警察，但空气中嗅不到骚动的味道。看来学生们只是有些好奇而已。再说，以往联邦警察也从没干涉过大学事务。

"保持安静，听见了吗？"哈米德低声说。

"当然。当然。"呱呱把脖子缩起来，装出一副小乖狗的样子。有段时间，他俩在校园里可谓臭名昭著，但那年夏天他就退了学，而且今天大家都在关心别的事儿，所以他俩顺顺当当地走进大门，没引起任何学生或者警察的注意。

来到拉里所在的那栋可怜的"老鼠洞"时，哈米德才真正大吃一惊。道德楼年代久远，看上去破破烂烂，却又还没古老到足以被尊为文物的地步——它是人们尝试建造砖块建筑的失败作品。现在，这里全然看不出是住人的房子，更像是一堆泛红的碎石礅，墙体已经朽坏，裂缝丛生，爬满了藤蔓和害虫。这是学校行政部门安置那些最惹人讨厌的终身教员的地方之一，也就是大家所说的"被遗忘的角落"的一部分……不过今天却有点儿名不副实，因为楼前正停着长长的两串警车，入口处甚至还站着荷枪实弹的警卫！

哈米德走上台阶，有一种不祥的预感：这会儿，懒虫拉里恐怕已经成了整个星球上最难见到的教授。不过，也不是全无希望。哈米德曾为游客担任导游，因此跟其中一些警卫混得很熟。

"你有什么事，先生？"可惜，他不认识面前这个。

"我来见我的指导教师……藤山教授。"虽然拉里从没当过他的指导教师，但现在他不正打算寻求拉里的指导吗？

"噢。"那个警卫啪的一声打开喉咙处的麦克风。谈话内容哈米德没听清多少，只知道对方提到了"那个黑白相间的外星生物"。在过去二十年中，除非你住在地洞里，否则不可能对呱啦啦一无所知。

过了几分钟，一个年龄大些的警官走了出来。"抱歉，小伙子，这星期藤山教授不见任何学生。官方事务。"

不知从哪儿传出一支葬礼上的哀乐。哈米德踢了踢呱呱的前爪，音乐戛然而止。"我不是为了学校的事，夫人。"他突然来了灵感：干吗不告诉她点儿实话呢？"是关于游客和我的呱啦啦的。"

那个警官叹了口气。"我就担心你会提到这个。好吧，跟我来。"他们走进黑洞洞的走廊，呱啦啦发出得意的笑声。总有一天，呱呱的这套小把戏会惹到什么了不得的家伙，然后给人家打得屁滚尿流——但显然不是今天。

他们来到地下二层。这里的照明很糟，昏暗的荧光灯嵌在吸音瓷砖里，他们脚下的木楼梯时不时还会往下陷。楼里空荡荡的，平时门前排队等候的学生们都不见了，但哈米德知道警卫并没有把教员们也赶出去——某间办公室里正传出响亮的呼噜声。"被遗忘的角落"——特别是道德楼——稀奇古怪，这儿的教员们有个共同点：他们都是某些人的眼中钉、肉中刺。这意味着最无能的人和最出色的人都在这些小房间里。

拉里的办公室在一段长长走廊的尽头，其实该称之为半个地下室。两个警卫一左一右守在门边，其余没有任何变化。墙上有一个黄铜牌子：L.拉里·藤山教授，天人理论研究系。名牌旁边耀武扬威地写着令人简直不敢相信的办公时间。门中央是张印有一只小猪的图片，旁边还附有说明："如果一个学生假装需要帮助，那就假装给他帮助。"

他们走到门边，警官往旁边一站——看来哈米德得自己想办法进去。他飞快地敲了敲门，门里传来脚步声，接着门开了条小缝，拉里问："暗号是什么？"

"藤山教授，我得跟你谈谈——"

"答错了！"拉里啪的一声关上门。

警官把手搭在哈米德肩上，安慰道："真遗憾，小伙子。要知道，比你大牌得多的主儿也吃过他的闭门羹。"

哈米德甩开她的手。他脚下黑白相间的家伙发出阵阵警报声。哈米德抬高嗓门盖过噪声："等等，我是哈米德·汤普森！天人201班的学生!"

门又开了。拉里走出来,瞥了一眼警官,又看看呱啦啦,道:"你怎么不早说?进来吧。"哈米德和呱呱赶紧从他身边挤进门去,拉里冲警官纯洁无邪地笑了笑,说:"别担心,苏西,是公事。"

藤山的办公室又长又窄,两排高高堆放的仪器之间,勉强空出了一条过道。拉里的学生们(有胆量下到这个地洞里来的那些学生)有一个猜想:要是拉里生活在旧地球,他没准儿能在信息存储器里安家。放在架子上的垃圾少说有好几吨,还有不少小部件支棱到过道里。考古学是拉里的专长之一,所以这地方简直像个博物馆——说不定真是个博物馆。大部分机械都静悄悄的,但时不时也有些东西滴答作响或者发光发热。这堆东西里有鲁布·戈德堡式的搞笑发明,早期移民地的模型……还有些东西是从界区外搞来的。暖管和水管几乎把天花板遮了个严严实实。每次到这地方来,哈米德都会联想到潜水艇的船舱。

拉里的办公桌放在屋子最里头。桌上的废铜烂铁堆得老高,其中包括一个平板显示器和一尊美丽的深黑色雕塑。在天人课上,拉里向学生们介绍过他的收藏品管理方式:去旧纳新,每年买一张干净的床单,在上面注明日期,然后把它铺在前一年的那层杂物上面。大多数人都以为这不过是懒虫拉里的另一个玩笑罢了。可哈米德却发现,桌上那堆垃圾下头真的露出了床单的一角。

台灯在桌上投下长长的影子。一眼看去,拉里周围的墙似乎都在朝他倾斜。墙上贴满了海报——拉里之所以被安置在这个洞里,那些海报也尽过一点力。它们对任何脑子没毛病的社会成员都是一种冒犯。一堆……什么东西……被扔在为客人准备的椅子上。拉里大手一挥,东西便全体转移到了地板上,然后他示意哈米德在那张椅子上坐下。

拉里也在自己的书桌后坐下。"我当然记得你,天人课嘛。不过提那干吗?你不是呱啦啦的主人、侯赛因·汤普森的儿子吗?"

哈米德心里反驳道，我可不是什么侯赛因·汤普森的儿子！但他最后开口说："抱歉，刚才没想到那么多。我今天来是为了呱啦啦的事。希望你能给我些建议。"

"啊！"藤山露出他有名的大嘴蝌蚪式笑容，看上去既天真无邪又阴险狡猾，"那你可来对地方了。要说建议，我这儿可多着呢。对了，听说你退学去了旅游局？"

哈米德耸了耸肩，尽量让自己看上去不像在辩解。"唔，没错。因为当时我已经是高年级学生了，而且我对美国思想与文学的了解比大多数毕业生还多……另外，旅行团再待半年就要走了，谁知道下一个旅行团什么时候能来？凡是我们有的而他们又可能感兴趣的东西，我都带他们去看了。说实话，就连咱们没有的，我也摆出个样子让他们看了。要想碰上另一个旅行团，恐怕得等上一百年了。"

"嗯嗯。"

"无论如何，我学到了很多东西，还认识了几乎半数的游客。可是……"整个中美星有一千万人口，其中至少十分之一都做着飞到界区之外的美梦；在这些人里头，至少又有十分之一的人会不惜一切代价离开爬行界，前往一个横跨上千个世界的飞跃界文明。十年前，中美星就已得知这个旅行团即将降临此地的消息。哈米德从那时起开始做准备，希望能凭一技之长弄到去外头的资格。十年，等于他哈米德的半辈子，等于他摆脱数学之后的全部时间。

还有无数人像他一样卖命。过去十年间，星球上每一个美国思想与文学系都快被挤爆了。许多人甘冒大风险，把宝押在一般认为外头的人不会感兴趣的东西上。有些家伙真是傻得可以，他们把目标定在成为世界顶尖运动员或象棋大师之类的上面，但只要有点儿脑子的人都知道，在飞跃界的无数人口中，这儿的高手连九流都算不上。不，如果真想搭便车，你得拿出点儿在本界区之外显得稀奇的玩意儿。选择不多，基本上只能从地球老家的角度着手——至于具体方式，那可就令人大开眼界了。比如吉莉·温博格，学的也是美国思想与文学，挺聪明，但算不上了不起的天才。等旅行团抵达轨道后，她绕过旅游局，告诉游客们说自己是个货真价实的美国啦啦队长。这计谋不少人都用过，男女都有，但其他人没吉莉这么直接，也就没她成功。她靠这法子赚到了进入飞跃界的机票。最搞笑的是，资助她离开中美星的是旅行团里少数几个非人类成员之一，一只从罗斯林马尔星来的虫子——那家伙在有氧环境下连一秒钟也活不了。

"我猜我跟其中三个游客关系不错，但至少有五个导游比我干得更好。而且，要知道，那些游客又复活了四个最初乘'中美号'从地球来的人。只要这四个人自己愿意，游客肯定会带他们走。"那些男女在地球度过他们的幼年和青年时代，接着用两万年，跨越两千光年的距离，来到了这颗星球。看起来，中美星已经没什么其他东西可供出口了。"要是他们过几年再来就好了，等我毕业之后……那时或许我已经搞出点儿名堂来了。"

拉里打断了他的自怜自伤："你从没想过用呱啦啦来吸引那些游客的注意吗？"

"想过几次。"哈米德瞥了一眼蜷在自己脚边的那团毛球。呱呱太安静了。

拉里注意到了他的目光。"别担心，它正摆弄那些超声波图像仪呢。"他指了指哈米德身后那排仪器，上头有道紫色的亮光在一些看不见的隔断之间蹦来蹦去。

哈米德笑了。"待会儿带它离开可要费点儿劲了。"他公寓里也有几台超声波扩音器，但呱呱难得有机会玩一把高清晰超声波设备，"没错。从一开始，我就希望他们会对呱呱感兴趣，我还告诉他们我是它的驯兽师。可他们一看出它不是从地球来的，就完全失去了兴趣……教授，那些家伙简直有毛病！你把飞跃界和超限界弄来的宝贝砸在他们头上，他们连眼皮都不眨一下；可放点猫王翻唱布鲁斯·斯普林斯廷的歌，他们却肯在塞勒涅上修个太空基地作为交换！"

拉里只是微微一笑。当某个学生说话不经大脑、在学术上自掘坟墓时，他总这么笑。这表情让哈米德冷静了下来。"唔，我明白，有时候，他们举止奇怪是有原因的。"

飞跃界和超限界的任何正常人都不会对这里感兴趣。中美星被困在爬行界的九光年之内。这里的科技不过是些老古董，而且，考虑到他们所处的位置，中美星永远别想发展出有竞争力的技术。哈米德倒霉的故乡只有一张好牌：它是地球的直接移民地，而且这里的人是最早从地球出发的移民者之一。这趟悲剧性的航行持续了两万年，在这么长的时间里，地球早已成了大多数人类心目中的传奇。

在飞跃界，已知存在类人智能生命的恒星系就有上百万之多，大部分都能进行不同程度的即时通信。在这片汪洋大海里，人类不过是一朵小浪花，大概占据着四千个世界。而即使在这四千个人类世界里头，对爬行界第一代地球移民地感兴趣的人数也几乎为零。不过，毕竟基数这么大，说不定能找到一些甘愿在爬行界飞上二十年的家伙，例如几个有钱的怪人，或者某个历史基金会。所以，中美星真该为这一小群呆子的存在感谢老天。过去的一百年里，除了偶尔有几艘商船外，只有两个旅行团光临过中美星，那几次贸易让这里的生活水平有了实质性的提升。但对于包括哈米德在内的很多人来说，意义绝不仅止于此：游客几乎是中美星人了解外面情况的唯一途径。在过去的一个世纪里，有两百个人成功上演胜利大逃亡，去了飞跃界。最早出去的是政府职员和肩负政府分配任务的科学家。中美星对这些人的投资全都打了水漂：所有离开的人中，只有五个人最后又回来了。拉里·藤山和侯赛因·汤普森都名列其中。

"是啊，我早就知道他们是怪人。我们都明白二十一世纪的美国是什么样子：重工业全都已经搬到地球的空间轨道上，北美挤着五亿人口。我们在这儿表现的，最多是二十世纪中期的美国——说不定比那还更早些。我费了老大劲儿才搞明白地球的历史，煞有介事地模拟给他们看，但除了几个真正值得尊敬的人物之外，其他人连年代是

47

否正确都不怎么在乎。似乎只要来这儿跟我们在一起，他们的目的就达到了。"

拉里张开嘴，好像准备发表点儿什么意见；不过最后他只是笑着耸了耸肩。他的其中一句格言就是："要是你不能自己弄明白，那你无论如何都别想弄明白。"

"现在已经过了好几个月，你找到呱啦啦的用处了没有？"

"那只负责整个旅行团的虫子刚刚通知我说，有人想买呱啦啦。那家伙平时总爱讨价还价，它……等一下，你很了解它，对吧？奇怪的是，这次虫子却报了个一口价：它负责付钱给联邦，再送我去罗斯林马尔星。"罗斯林马尔星是飞跃界区内离这儿最近的文明，"还外加些超光速飞行特权什么的。"

"所以你准备同你的宠物吻别了？"

"差不多吧。我跟它说，需要有人照顾呱呱——那个人当然就是我。顺便说一句，这也不全是谎话。我们是一起长大的，没有我的协助，呱呱肯定不会接受其他人。但它对此毫无兴趣。你看，虫子说没人会伤害呱呱，但是……你相信它吗？"

"啊，那只虫子的黏液基本上还是挺干净的，我敢肯定它没说假话。它还十分正直，一定会先对买主的背景做点儿调查。它告诉你买主是谁了吗？"

"一个叫拉芙娜&尖爪的人，嗯，这可能不是人名，我也不清楚。"他递给拉里一张写着出价的薄纸，上头还有拉芙娜&尖爪的标志：看上去像一只挺漂亮的爪子。"这个名字不在游客名单里。"

拉里点点头，把纸上的内容输入平板显示器。"我知道。嗯，让我看看……"他在显示器上捣鼓了一通。平板显示器被设置成教学模式，两侧都能看到图像。哈米德发现拉里正在搜索联邦内部网络。很快，他扬起了眉毛，"啊哈！拉芙娜&尖爪上星期刚刚抵达这里，根本不是旅行团的人。"

"一个独自行动的贸易商？"

"没那么简单。他的飞船待在朱庇特后头——这是虫子要求的。联邦太空网拍了些照片。"显示器上出现了一张模糊的图像，那是一艘长长的蜂腰状飞船，看上去是本界区之外的标准技术。但那上头有些古怪的鳍状物，几乎像是滑翔机的机翼。拉里输入了一些数据，图像变得清晰起来。"唔，看看这些鳍的纵横比。这家伙装备着高性能的超光速飞行设备。在爬行界当然毫无用处，但在很多很多地方可都是抢手货呢！"拉里吹起了口哨，是《噩梦华尔兹》中的几个小节，"我想这是个高级贸易商。"

一定是来自超限界的人。

在中美星，几乎每所大学都成立了天人研究系。自从那五个人返回后，这就成了流行。但多数人把它当成笑话。天人系主要研究天文学和计算机，大家把所有夸夸其谈、不称职的家伙都往这儿塞。大学的超限界系是懒虫拉里成立的，而且在大部分上课时间，他都在雄辩地论证其虚假性。想想看，在飞跃界的脚底下猜测飞跃界头顶上有些什么东西！连游客们都会回避这个话题。超限界是存在的——也许它包括宇宙的大部分空间——不过那可是个棘手、危险而又模糊的东西。拉里曾说过，超限界的存在是飞跃界经济发展的主要动力，但所有关于超限界的理论都是靠不住的道听途说。拉里声称，他把天人研究提升到了更高的层次，这是最让他自豪的事情之一。

可现在……这个贸易商显然经常深入天人的地盘。要是政府没有封锁消息，这家伙绝对会让旅行团黯然失色，而他将会是呱呱的买主。哈米德几乎是下意识地伸手拍了拍他的宠物："你……你觉得船上有天人吗？"一个钟头以前，他还在为跟呱呱分开而伤心，可跟眼前的情况相比，那点儿烦恼简直不值一提。

有那么几秒钟，他还以为拉里会耸耸肩，回避这个问题。但老家伙叹了口气道："如果说我们关于天人的知识有那么一丁点是正确的，那便是天人在爬行界根本无法思考。就算是在飞跃界，他们也会解体、死亡。总之，只有死路一条。我认为拉芙娜&尖爪是类人智慧生命,但他很可能比一般来自外界的人危险得多……那些招数,那些装备……"拉里的声音越来越小,现在他的注意力似乎集中在桌上那个四十厘米高的雕像上了。那东西泛着绿光,像是用一整块无瑕的绿玉雕成的。等等,绿色?刚才那玩意儿不是黑色的吗?

拉里忽地把目光转向哈米德:"祝贺你,你的麻烦比想象的要有趣得多。说说看,为什么一个外来的高级贸易商想买呱呱呢?"

"唔,它这个品种肯定很少见。我跟不少游客聊过,他们谁也认不出呱呱到底属于什么种族。"

懒虫拉里点了点头。太空可不是个小地方,呱呱说不定来自爬行界的另一颗星球。

"小的时候,很多人都研究过它。你也看过那些文章。它的大脑跟黑猩猩的差不多大,但大部分都用在震膜上,以及处理它听到的声音。有人说它是语言功能的终极形式:全是嘴,没有心。"

"啊!就像学生一样!"

哈米德对这种拉里式的嘲讽置之不理。"看这个。"他拍拍呱呱的肩膀。

它的反应很慢,肯定是被超声波仪器迷住了。最后,它抬起头问:"干吗?"年轻女人的声音响起,语调也很正常。

"有些人觉得它不过是只学舌的鹦鹉。虽然它录音回放的本事比高保真录音机还棒,但它也有自己喜欢的句子,说这些句子时还常常使用不同的声音——基本上都用得很得体。"哈米德指了指靠在拉里脚边的电暖炉,"嘿,呱呱,那是什么东西?"呱呱把头向前伸,绕过桌角,眼睛盯着那些烧得红红的线圈——这个炉子和哈米德公寓里用的那种不一样。

"那是什么东西?"呱呱好奇地把头朝火光伸过去,但太急了点儿,鼻子碰上了电炉的安全网,"烫!"它往后一跳,鼻子埋到脖子上的毛里,一只前脚还朝着电炉,"烫!烫死了!"它坐下来,小心翼翼地舔舔鼻子,"天啊!"它瞥了哈米德一眼,像在责备他,眼里还带着几分怀疑。

"相信我，呱呱，我没想到你会碰那玩意儿——"哈米德转向拉里，"为这事儿，它肯定会报复我。它的幽默感只到打埋伏暗算我为止，但这方面，它执着得要命。"

"嗯，我还记得动物协会对它的研究报告。"藤山冲哈米德笑了起来，嘴咧得大大的。哈米德一直觉得拉里和呱呱的脾气像极了，简直跟一家人似的。听了拉里的两堂课以后，呱呱连咯咯的笑声都同这老头儿一样了。

拉里把电炉往后移了移，然后绕过桌子。他弯下腰，平视着呱呱的眼睛。他对呱呱表现出一副关怀备至的样子，因为眼前的它正露出满嘴的尖牙，演奏起了《定时炸弹之歌》的音乐。过了一会儿，音乐停了，呱呱闭上了嘴。"要说它的脑袋里没藏着类似人类的智慧，我是不相信的。真的，我见过不少刚入学的新生表现还不如它呢。一个没有智力的动物弄那么多声音出来干吗？"他伸手揉了揉呱呱的肩膀，"肩膀痛不，亲爱的？里头说不定会长出一双手来吧？"

呱呱把头一扬："我喜欢飞。"

哈米德时常想起海因莱因小说里的场景——地球老家的科幻小说在美国思想与文学课里占据着很重要的位置。"如果呱呱只是幼体，它准会在成年前就死掉。它骨头里的钙和肌肉的力量已经开始退化，跟三十岁的人差不多。"

拉里说："嗯，是啊。我们知道它跟你一般大。"

我才二十岁，哈米德心想。

"我猜，它也可能是某个具有自我意识的生物的一部分。那种生物要么是大脑受损的天人，要么是人造物。"拉里回到桌前坐下，嘴里吹着没有调子的口哨。哈米德在椅子里不安地扭了扭身子。他来找拉里是想让对方帮自己出点儿主意，结果却听到这么些事儿。但没什么好吃惊的，拉里就是这样的人。"我们知道得太少，还得多打听点儿消息才行。"拉里说。

"唔，我猜我可以尽力从虫子那儿多挖些消息，但不知道怎么才能让那些游客也帮我的忙。"

拉里轻快地挥了挥手。"我不是这个意思，当然要问问那只罗斯林马尔星的虫子。不过总的来说，那些游客穿越了九光年才到咱们这个偏僻的地方，带来的数据全都过时了。至于联邦政府，当然，他们压根儿什么都不知道。嘿嘿，要不然也不会来找我了。他们已经一筹莫展……不，我们需要直接连入本界区之外的资料库。"

拉里的态度漫不经心，好像他说的只是再弄部电话，而不是查清中美星眼下最棘手的难题一样。他沾沾自喜地对哈米德笑了笑，但后者打定主意不接茬。最后，拉里问："你不奇怪为什么今天大学里，特别是道德楼里都挤满了警察吗？"

"是啊，挺奇怪的。"如果我没那么多心事的话，本来应该觉得奇怪，哈米德心想。

"你知道一个叫斯卡德尔·弗里尼米斯里尼坦的人吧？他算是游客中态度比较郑重的。这家伙带了一件真正来自超限界的东西。这几个月，他一直不肯出手，希望用别的东西来交换他想要的本地产品。政府那些人——这个问题上我还是得替他们说句好话——一点儿也没让步。最后，他只好拿出自己的秘密武器。那玩意儿现在就在这间屋子里。"

哈米德的眼睛移向摆在拉里桌上的雕像。现在，它又变成了蓝绿色。老头儿点点头，说："这是安塞波[1]。"

"他们肯定不会直接管它叫这个名字吧？"

"他们不会这样称呼，可实际上就是同一个东西。"

"你的意思是说，这么多年，大家都说什么在爬行界超光速通信是不可能的——这些话其实全是谎话？"哈米德内心质问道，我花了一辈子时间想办法奉承那些游客，结果全是白费劲？

---

1. 科幻小说中的一种星际通信设备。

"不全是。瞧瞧这东西,颜色变个不停。我敢打赌,它的大小和质量也在变。这是真正的天人制造,虽然不是智慧体,但绝不是由人设计、再拿到超限界制造的那种玩意儿。斯卡德尔说,别的游客手头都没有这样的东西。我相信他的话。"

一个天人创造的物体。哈米德简直着了迷,同时也感到一丝恐惧。关于这种事儿,大家都只听说过一些抽象理论,而且还是在那些疯子教授开的课上。

"斯卡德尔还说,这东西'连着'罗斯林马尔星的商用网络。从那儿,我们能跟飞跃界任何登记过的地址联络。"

"即时通信。"哈米德的声音小得都快听不见了。

"差不多。要想了解宇宙的动态,总得花些时间。当你以相对速度运动时,总不免会遇到一些比较微妙的问题。"

"那它的局限性呢?"

拉里笑了。"问得好。斯卡德尔自己也承认这东西存在局限性。要想让它正常工作,你必须把它放在离界区分界线十光年以内的地方。我敢打赌,整个星系里最多只有二十颗星球满足这个条件,而我们中美星就是其中之一。另外,它的能耗大得吓人。斯卡德尔说,要让这个宝贝动起来,咱们的太阳会变暗半个百分点。街上的人不会看出什么变化,但从长远角度看,说不定有些害处。"拉里停了一会儿。他故意对某件事轻描淡写的时候,这种停顿便会出现,"从你的角度来看,哈米德,这东西还有一个很大的缺陷。它的带宽小得可怜:每分钟不到六比特。"

"啊?发送一个比特要花十秒钟?"

"没错。斯卡德尔在罗斯林马尔星预留了三种协议:一个美国信息交换标准码;一个通信位置图,使用一种由英语演化出来的分支语言;还有一个人工智能系统——据说只要多用,它就能中途猜出你想说什么。第一个纯属笑话,是斯卡德尔开的无聊玩笑;第三个嘛,我看最多是他一厢情愿的想象罢了;但有了位置图,你就能在一天之

53

内发送一封信——五百个英文单词左右吧。而且这是双向的，所以很可能你的信件还在发送过程中就会收到一部分回答。挺棒的，对吗？反正比等上二十年要强多了。"

哈米德心想，自从一百年前第一次与外头的人接触以来，这大概是本地最轰动的新闻了。"那……呃，教授，他们干吗把它给你呢？"

拉里环顾一圈这间地洞一样的办公室，脸上的笑容越来越灿烂。"嘿，虽然我们伟大的总统也是从外头回来的五个人之一，但真正在飞跃界有熟人的却只有我一个。你瞧，联邦政府对这笔买卖非常紧张，万一这是个假货怎么办？所以，斯卡德尔把它借给联邦政府一个星期，政府又把它借给了我——基本上不附带任何条件。我可以联络联络老朋友，同时让太阳变暗一点儿。一个星期以后，我写份报告，告诉他们这东西是不是真能跟外头联系上。"

"我敢打赌，你肯定另有打算。"哈米德心想，我还不了解你吗？

"当然。你来之前，我主要想调查一下资助斯卡德尔的那个基金会，看看他们是不是像他说的那么干净。现在嘛……从道德的角度来讲，你的事儿没那么重要，但很有意思。我想可以两件事同时进行。我会用斯卡德尔给的账户在网上搜索一番，看能不能找到听说过呱啦啦或者拉芙娜&尖爪的人。"

哈米德从来没有什么特别亲近的朋友。他不知道是因为自己天生不讨人喜欢，还是该归咎于他的离奇身世。当他决定找藤山帮忙的时候，心里只想着提一堆问题，以帮助自己理清头绪。可现在，拉里似乎准备热心地帮他一把。这让他不禁起了疑心，同时又满心感激。最后，他只是喃喃地说了些感谢的话。

拉里耸耸肩。"对我来说没什么麻烦的。我很好奇，而这星期我又有法子满足我的好奇心。"他边说边拍了拍桌上的安塞波，"不过有件事我倒真能帮帮你。迄今为止，中美星人虽然时不时地受骗上当，但还没有谁对我们直接使用武力。这也是旅行团的优点之一——游客相互监督，不乱来，这对所有人都有好处。拉芙娜&尖爪是个未知数。他要真是个高级贸易商，很可能会直接动手抢走自己想要的东西。如果我是你，就会尽可能跟呱啦啦待在一块儿……等会儿我问问虫子，看能不能把它的驳船移一艘到大学上空来。这样一来，只要你别跑太远，就算有人来找麻烦，也别想逃过它的眼睛。嘿，瞧见没有？瞧我是怎么帮你的！我一点儿也没解决你原来的问题，反而让你多了整整……呃，一船的烦心事儿……"

拉里往后一靠，语气变得严肃起来："不过，对于你最初提出的那个问题，我确实没什么好说的。如果最后证实拉芙娜&尖爪值得信赖，你还是得自己拿主意。我敢说，随便哪个认为自己能独立思考的家伙——包括天人在内——都会为自己和自己所爱的人着想。我……噢，该死！你干吗不去问你爸？这些事干吗不去找侯赛因？自从你离开家，他的心都碎了。"

哈米德觉得脸上发烫。父亲从没说过藤山的好话，谁能想到藤山竟然会谈到他？早知如此，哈米德今天绝不会来找拉里。他想站起来冲老头儿大声嚷嚷，让他别管闲事。但他最后没这么做，只是摇摇头，轻声说："这是我跟他之间的问题。"

拉里看着他，仿佛在考虑要不要继续追问。哈米德知道，只要对方再多说一个字，所有痛苦便会喷涌而出。过了一会儿，老头儿只是叹了口气，看着趴在桌子后面的呱呱，对它说："嘿，呱呱，好好照顾他。"呱呱正上下打量着那台电炉，听了这话，它抬头看着拉里，"当然，当然。"

哈米德的公寓在小城的南边，紧挨着星球上最古老的大学，距离首府也不过几公里。这么宽敞的房子，租金却便宜得惊人——打开后门，眼前就是一大片无人居住的森林。这片地方大概很久以后都不会被开发，因为往南走二十公里就是当初飞船的降落点，要是遇上暴风雨，没准儿会吹过来些烫手的东西。其实，那儿的辐射也许还不到自然环境下最高值的百分之五十。但既然整整一颗星球都空着，那为什么非得挤在降落点附近居住呢？

哈米德把自行车放在停车场的前排，然后静静地绕着大楼走了一圈。楼上亮着灯，楼下照常停放着其他住户的摩托车。好像有人站在那后头。啊，原来是万圣节的稻草人。

他和呱呱朝公寓的方向走去。已经过了黄昏时分，两个月亮都不在天上。哈米德的指尖早冻得麻木了。他把手插进衣兜，停下脚步往上望。旅行团驳船停在空间轨道上，跟中美星保持同步，看上去就像南方天空上的一串光斑。他的头顶正上方也悬着一团阴影，纹丝不动，肯定不是云——想必是拉里承诺的那艘驳船了。

"我饿了。"呱啦啦说。

"再等一分钟，咱们马上就进去。"

"好吧。"呱呱乖巧地靠着哈米德的腿，发出嗡嗡的声音。它现在看上去胖乎乎的，其实只是因为它的毛发蓬松了起来。对呱呱来说，这种天气大概是最舒服的。哈米德的目光扫过满天的星星。曾经有多少个钟头，他就像这样站着，一心想弄明白这些星星都意味着什么。还有一个小时，大方块星座就要从空中消失了。那个星座里亮度第五的恒星就是罗斯林马尔星的太阳。在罗斯林马尔星和更远的地方，超光速飞行是可以实现的——尽管在长达二十一个世纪里，它只是一颗跟地球老家差不多的普通行星。如果中美星的位置离星系的中心再远十光年，哈米德就会生活在广袤的飞跃界了。

对于爬行界里存在的各个文明，就连飞跃界的人也只知道个大概。巨型飞船、吸气式冲压推进器……所有这些都一次又一次被反复发明出来；那些文明向外移民，获得知识，但这些知识通常都会失落在爬行界无尽的死寂中。在这里，没有任何东西能作超光速运动，那些爬行界深处的文明会用什么理论解释这一现象？没准儿他们也曾观察到遥远地方的超光速事件。在爬行界，无论是大自然还是人造领域，与人类相当的智慧就是最高的智力形式。对这种事，他们又会发明出什么样的理论？那些生活在爬行界深处的人很容易说服自己，认为自己处于造物的顶端。也许，他们才是最快乐的人吧？要是中美星再深入爬行界一百光年，哈米德就永远不会知道真相。他会满足于热爱这个世界和这个世界上的文明。

哈米德顺着银河望向东边的地平线。那儿的光亮并没有头顶上方的星空强，但他了解天上的星星，知道那儿就是星系的中心。他无力地笑了笑——在地球二十世纪的科幻小说中，那些星云被想象成古老种族居住的地方，住在那里的都是神一样的生物……游客们却把那儿称作"深渊"。零意识深渊。那儿不仅无法实现超光速飞行，而且连科学也不可能存在——这只是他们的猜测，还无法证实。最快的往返式探测器也需要大约一万年才能飞到深渊边缘。这类探险十分稀少，不过记录在案的倒也不是没有。

哈米德哆嗦了一下。他低头看向地上，四只猫正静静地坐在草坪后头，一动不动地看着呱呱。"今晚不行，呱呱。"说完，哈米德领着呱呱进了屋。

屋里和平常一样，乱得一团糟。他替呱呱做好晚餐，又为自己热了点汤。

"呸。这东西的味道简直臭极了！"呱呱一屁股坐下，发出恶心的声音。很少有人像哈米德·汤普森这样，时常有机会重温自己童年时期不愉快的经历。小时候吃饭时，他曾对母亲说过同样的话，一字不差——她当时真该朝他嘴巴里塞只臭袜子。

他瞅了一眼呱呱的鸡肉，说："咱们买不起更好的了，呱呱。"为了当导游，他已经把全部积蓄花了个底朝天。人人都觉得，为游客工作简直是天上掉馅饼，因此谁也没想到要付给导游酬劳。

"呸。"它总算开始一点点地吃起来。

哈米德看着它吃东西，突然意识到有一个问题已经解决了。如果拉芙娜&尖爪不肯把他当成呱呱的"驯兽师"一起带走，那就让这个来自外界的家伙自个儿回飞跃界去吧。不仅如此,他还要让虫子提供更确凿的证据,并通过安塞波直接联系罗斯林马尔星的人。总之,必须确保拉芙娜&尖爪会履行承诺。跟拉里的那番谈话让他的所有恐惧全都浮出水面——正是出于同样的恐惧,有些人才提出要把旅行团拒之门外。谁知道跟随旅行团离开的那些人现在都怎样了?中美星对飞跃界的了解几乎全部来自不到一千个游客,也就是本界区之外的怪人。要不是那五个人回来了,中美星人根本无法证实游客们所说的任何话。至于那五个人,这么说吧,侯赛因·汤普森是个谜——即使对哈米德来说也同样如此——表面上心地善良,其实却是个不讲道德、唯利是图的家伙;懒虫拉里也是个谜——不过令人愉快——总说对别人的话要三思。只在一件事上,他们五个人的话是一致的:宇宙非常广阔。飞跃界有上百万个文明世界,好几千个跨恒星的帝国。在这么大的空间里,并不存在统一的法律和秩序。相互合作和利己主义都很常见,但是……噩梦也四处潜伏着。

可是,如果拉芙娜&尖爪拒绝了他的要求,或者拿不出可靠的保证,那他该怎么办?哈米德走进卧室,调出新闻频道,把自己淹没在五颜六色的动态画面中。中美星是一个美丽的地方,绝大部分土地尚未开发。这次的旅行团带来了反重力材料和常温聚变器,有了这些东西,这里的日子会比以往任何时候都更有意思……再过二三十年,还会有别的旅行团上这儿来。如果他和呱呱仍对这颗星球心存不满,至少还有几十年时间可以做准备。拉里·藤山就是在四十岁那年才出去的。

想到这里,哈米德叹了口气,几天里第一次高兴起来。

刚看完新闻,电话就响了。大号红色字体在显示器上跳动着,显示出呼叫者的名字:拉芙娜。哈米德费劲地咽了口唾沫,从床上一跃而起,四下瞅瞅,找了个稍微整洁点的角落,把电话的接收器转到这个方向,然后坐下来接通了电话。

拉芙娜是人类,还是个女人。"请找哈米德·汤普森。"

"我……我就是。"该死的,别结巴。

几秒钟的时间里,对方毫无反应。接着,她的脸上闪过一丝笑意——不是友好的微笑,更像是在讥笑他的紧张。"我打电话来是为了跟你谈谈那个生物,叫作呱啦啦的那个。你已经知道我的出价了,现在我决定再次提高价码。"她说话的时候,呱呱正好走进房间,并且经过了电话摄像头。奇怪的是,拉芙娜连眼睛也没眨一下,就像没看见呱呱似的,可屏幕旁的视频传输指示灯明明亮着。呱呱开始哼哼起来。又过了一会儿,她才有了反应,看上去微微吃了一惊。

"你想出什么价?"

又有半秒钟的延迟。看来拉芙娜&尖爪今晚肯定不在朱庇特。她已经靠近这里了,不过应该还没到中美星。"我们有些仪器,能跟飞跃界的一个世界实现超光速通信。想想这意味着什么!有了这个东西,如果你决定留在中美星,你会成为整个星球上最富有的人;如果你决定出去,它也会帮助你的星球向前迈进一大步。"

哈米德发现自己的脑子转得飞快,除了在拉里的口试上,他的反应还没这么快过。他发现了不少信息:拉芙娜的英文比大多数游客讲得更流利,但发音真是糟透了。她的重音很奇怪,简直让人听不明白;再有,她的读音也不准,把"世界"念成了"四界",把"整个"念成了"怎个"。

与此同时,他仔细地分析她说的话,然后思考合适的回答。哈米德暗自庆幸,还好他已经知道了安塞波的事。"你的出价很慷慨,拉芙娜女士。尽管如此,我还是坚持最初的要求——我必须陪着我的宠物,因为只有我才能照顾好它。"他把头一扬,"有个随叫随到的宠物专家难道不好吗?"

当他说这番话的时候,拉芙娜的脸色沉了下去,好像他们之间有什么私人恩怨似的。但等他说完,她脸上很快露出看起来相当友好的笑容。"当然,你的条件也在协议范围之内。我一开始没有意识到呱啦啦对你来说有多重要。"

老天,我撒谎的本事都比她高明得多!这个拉芙娜大概是一帆风顺惯了,很少有机会练习当面撒谎;要不就是情绪极端不稳定。谁知道究竟是哪一个?"还有,因为我们所处的地位悬殊,我还要跟罗斯林马尔星的虫子商量商量,让它为我们的协议提供一个可靠的担保。"哈米德最后开口道。

她那张伪装得很不成功的面具彻底崩溃了。"这太可笑了。"她看了看镜头之外的什么东西,"罗斯林马尔人对我们根本一无所知……我会试着满足你的要求,不过你听好了,哈米德·汤普森,比起尖爪先生来,我算是好脾气的,而且比较……呃……人道。尖爪先生已经很不耐烦了。我正在试着安抚他,但如果再这么继续下去……咱们都可能有麻烦。你明白我的意思吗?"

先是撒谎,现在又来这套。哈米德挤出了一个笑脸。他心想,小心点儿,别以为这不过是欺诈和虚张声势,没准儿她是个货真价实的疯子呢?"是的,拉芙娜小姐,我明白你的意思。你的出价的确很慷慨,不过……我还得想想。能再给我点儿时间吗?"他暗自想到,好让我向旅游局申诉。

"好吧。我想可以再给你一百个小时。"

通话结束后,哈米德对着数据机呆坐了老半天。这个拉芙娜究竟是什么东西?人类向外星球移民已经两万年了,有些移民星球的环境比中美星怪异得多,人类的外形已经发生了很大变化。如今,比起地球老家的各个种族,住在不同星球的人类之间的差异要大得多;不过,大多数星球的人类还是彼此通婚。拉芙娜长得比很多游客更像地球人。假设她身高中等,她几乎可以冒充中东裔美国人:结实、深色皮肤、黑发。当然,区别在于她的眼睛长有内眼睑,虹膜是哈米德见过的最深的紫色。但比起她刚才的举止,这些微小差异简直无足轻重。

为什么她没有收到哈米德传输过去的影像?难道她的眼睛看不

见吗？不太可能，他记得拉芙娜看到周围东西的表情。也许，她是某种人格模拟器的产物。人格模拟器在二十世纪末的美国科幻小说里很常见；但到了二十一世纪早期，这东西似乎已经难不倒计算机了，在科幻小说里也就不再流行。飞跃界里应该有类似的东西，更不用说超限界了。不过，那边的设备在爬行界无法维持良好运转。所以，没准儿她只是那个尖爪先生的虚拟形象。但不知何故，哈米德觉得她是个真人。他对她……有好感。她穿着柔软的白色衬衣和长裤，身材显然很不错。而哈米德呢，在过去的五年里，他的心思老围着女孩子打转。他常常在玛盖特市区的商店里花去大把时间，就为了跟过往的女孩子抛抛媚眼。但这些都不能解释为什么哈米德会对她产生好感。如果他们是在学校里认识的，哈米德觉得自己肯定会尽全力追她，比追求吉莉·温博格认真得多——这很能说明问题。

哈米德长叹一声。也许这只能说明他自己才是个疯子。

呱呱用头蹭了蹭他的手臂，说："想出去。"哈米德这才发现，尽管屋子里很冷，自己却浑身是汗。

"噢，不。今晚不行，呱呱。"他猜测，拉芙娜&尖爪的威胁虽然有很多虚张声势的成分，但像他们那种人只要能逃脱惩罚，很可能会毫不迟疑地抢走呱呱。

"我想出去！"呱呱抬高嗓门。它晚上常常待在屋外，多数时间是在森林里。这样一来，它回到屋里时就比较容易保持安静。这附近的阿猫阿狗都是呱呱的宠物；对于呱呱来说，夜晚就是它跟宠物玩闹的时间。他们刚来这儿时，呱呱引发了一场不折不扣的大战。在此之后，两只最凶猛的狗失踪了，动物间的关系也彻底改变——这件事的结果非常古怪。那些猫彻底迷上了呱呱，它们常在院子附近晃来晃去，就为看呱呱一眼。它在家的时候，猫连架也不打了。今天这种日子是呱呱最喜欢的：再过两个钟头，银色的塞勒涅和金色的黛安娜都会升起来。当一银一金两个月亮出现在夜空中时，哈米德常看到呱呱在森林边散步，身后还跟着一打忠心耿耿的"随从"。

"今晚不行，呱呱！"接下来便是一场大吵大闹。呱啦啦开始表演摇滚和儿童节目，声音非常吵；不过，这还不是它能制造的最大的噪声。如果呱啦啦拿出看家本领，能让哈米德浑身上下都不舒服。现在它只不过像一台音量太大的廉价收音机罢了。要不了多久，整栋楼的人都会怨声载道。哈米德今天运气还不错，至少旁边的几家现在都没人。

忍受了二十分钟的噪声之后，哈米德成功地用"人类游戏"转移了呱呱的注意力。像很多宠物一样，呱呱也当自己是人。但不同于猫、狗，甚至鹦鹉，它真的能把人模仿得八九不离十。问题是有耐心愿意陪它玩儿的人并不多。

他们在餐桌的对面坐下，呱呱前腿搭在桌上，姿势怪模怪样。玩这个游戏的时候，哈米德会先提个问题——随便什么问题，内容并不重要——呱呱会意味深长地点点头，努力想出一个答案。如果是个抽象的问题，呱呱的回答基本上毫无逻辑可言，只有心有灵犀的人才听得懂。不过那也没关系，哈米德照样会回答它，有时候甚至评论一番；如果呱呱摆出讲笑话的架势，他就大笑一阵。他们说话的节奏和语调跟真人间的对话毫无区别。要是你听不懂英文，只会以为这是两个好朋友在闲聊。"来个模仿秀怎么样，呱呱？乔·奥特加。奥特加总统。你能行吗？"

"呵呵。"呱呱模仿懒虫拉里的笑声，"别催，我正在想，我正在想！"他们常玩的游戏有好几种，比如，它可以用另一个人的声音重复哈米德说的话。在打语音电话时，呱呱最喜欢这么干，因为这种时候，对方真的相信它是人。事实上，只要呱呱进入角色，哈米德现在提议的这种玩法也挺有意思的。

它用一只爪子摸了摸下巴。"啊，我知道了。"它装出一副傲慢的样子，往后一靠，差点儿倒在地板上，"在这激动人心的时刻，我们必须携起手来。"这是奥特加最近演讲时说过的一句话，一个简单的模仿。哈米德继续提问，呱呱则开始自由发挥，声音始终跟总统一模一样。哈米德的肚子都笑疼了。奥特加是回到中美星的五个人之一，不怎么聪明，但野心勃勃，自以为是。想想看，对界区外的那么一丁点儿了解就足以使他坐上星球总统的宝座。用懒虫拉里的话来说，他们五个人就像是小水坑里的大鲨鱼。

呱呱是个超级爱出风头的家伙，没过多久，它就被自己的聪明才智迷得忘乎所以了。它不断挥动前腿，最后失去平衡，从椅子上摔了下来。"哎呀！"它一跃跳回椅子上，看了看哈米德，然后哈哈大笑起来。他俩前仰后合地笑了有半分钟。这种事以前也发生过。呱呱最多能理解"摔个屁股蹲儿"之类的笑话，再复杂的就不知所以了，但它会跟哈米德一起笑，这让它觉得自己像个人。再说，它也喜欢跟哈米德保持一致。"噢，天哪！"它一屁股坐到桌上，两只前腿交叉在脖子后头，笑得喘不过气。

笑声渐渐低了下去，屋里偶尔有几声喘息，接着是一阵惬意的寂静。哈米德伸手摸了摸呱呱前额震膜上的硬毛："你是个好孩子，呱呱。"那双深色的眼睛转向他。它发出一种像叹息的声音，震动了哈米德手掌下的毛发，说："当然，当然。"

哈米德拉上一半窗帘，又打开了一扇窗，这样呱呱就能坐在那儿朝外看。哈米德躺在光线黯淡的卧室里，注视着呱呱。它沐浴在金色和银色的月光里，鼻子紧贴在纱窗上，长长的脖子弯着，好让头部和肩部的震膜对着窗外。它的头时不时地微微一晃，好像看到了什么有趣的事。

夜色深沉，只有森林里传来低低的虫鸣，呱呱也很安静——至少在哈米德的听力范围之内，它没发出任何声音——哈米德很高兴看到它能这么乖。真是个好孩子。

他长长地吁了口气，把被子拉到鼻子底下。这一天可真长啊，好像生活中所有的问题都赶到一块儿了似的。

今后几天他得非常小心才行：既不能离开玛盖特和安·阿伯小城，也不能留呱呱单独待着没人照顾。至少虫子的保护似乎还不错。

不过最好把第二台安塞波的事告诉拉里。如果拉芙娜&尖爪带着那玩意儿直接去找政府的话……对于哈米德和呱呱来说，这可能是最危险的情况。政府的人成天严令禁止私下交易，但事实上，只要他们认定哪笔买卖对星球有利，便什么都肯卖，包括他们自己。感谢老天，他们已经有一台安塞波了——或者说快有了。

真好笑。这么多年来，他做了那么多白日梦，结果人家想要的并不是他，而是呱呱……

哈米德是汤普森夫妇收养的孩子。等他一懂事，父母就把这事告诉了他。在很早的时候，他就已经猜到了真相：他其实是侯赛因从飞跃界带回来的，不知道用什么办法瞒过了大家。当然，这件事政府是知道的，而且还帮忙掩盖。在父母还没有逼他学数学的那些年——那时，他以为父母都是真心爱自己的——这对他来说是个快乐的小秘密。很多被父母宠爱的孩子都觉得自己特别与众不同，哈米德也不例外。自从知道自己是从飞跃界来的，哈米德就更加坚信这一点。他常常暗地里做着美梦，想象自己是飞跃界的"被放逐的王子"。等他长大了，等下一艘飞跃界的飞船降落的时候……他将听从命运的召唤启程出发。

八岁上大学似乎正说明了这种命运的必然性。尽管哈米德的成绩比中等分数高不了多少，但父母始终对他充满信心。他并不是个天才，但父母一直坚持让他学数学——那一年也是他童年的终结。他同他们吵闹，流了无数眼泪。最后，母亲离开了侯赛因·汤普森。直到那时，侯赛因才大发慈悲，让哈米德回到他原本该去的普通学校。他的家庭从此永远改变了。母亲很少回家看望哈米德，就是回来，时间也很短，而且气氛总是非常紧张。哈米德真正开始恨他父亲则是在五年之后。他无意中听到一番谈话，原来侯赛因之所以早早地送他进学校，逼他学数学，折磨他……都是受雇于人。哈米德当面质问他，而老头子也没有否认。他试着做出"解释"，可那不过是些不知所云的咕哝——比谎言更糟糕。如果哈米德真是个王子，那也是一个遭人陷害的王子。

　　这些回忆都是老一套了，哈米德在半梦半醒的时候常想起这些事……但今晚有些新东西，非常讽刺，简直像魔法一样。这么多年过去了，原来呱呱才是人家要找的王子！

　　屋里响起嘶嘶的声音。哈米德挣扎着想摆脱睡意，可还残留着梦里那种恐惧和迷惑的感觉。他滚到床边，使劲睁开眼睛，窗户周围只有星光。呱呱呢？它已经不在纱窗前了，大概又做了噩梦。呱呱难得做回噩梦，可每次都会闹出老大的动静。有一次，在一个冬夜里，它在梦里发出轰隆隆的雷声，把哈米德吓得够呛。呱呱的雷暴当然没有那么大威力，不过……

　　他瞅了瞅地上的一堆毯子，那是呱呱的窝。没错，它还在屋里，正面朝哈米德的方向。

　　"呱呱？没事的，宝贝儿。"

　　没有回应，屋里只有嘶嘶声，似乎比刚才更大了些。这不是呱呱弄出来的声音。有那么一会儿，哈米德的脑子好像停止转动了，就跟老鼠遇到蛇的反应差不多。然后，他啪的一声打开灯。屋里没人，声音是从数据机里传出来的，显示屏却还是漆黑一片。真是疯了。

　　"呱呱？"他从没见过它这副样子。它的眼睛睁得大大的，瞳孔周围露出一圈眼白，前腿露在毯子外头，爪子伸着，爪尖在塑胶地板上弄出了深深的划痕，嘴角还淌着一行口水。

　　哈米德起身朝它走过去。这时，嘶嘶声变成了人的嗓音："我要她。人类，我要她。我一定会得到她。"

　　"她"指的是呱呱。

　　"你怎么弄到权限的？你干吗打扰我们休息？"这问题虽然很蠢，但至少可以让对方清醒一下。这种叫早方式对大脑的正常运转可没什么好处。

"我是尖爪。"哈米德突然想起拉芙娜&尖爪标志上的那个图形。尖爪。真是可爱极了。"我出了大价钱，而且一直很有耐心。但那些都是过去式了。我要她。就算把你们这些肉……肉猪全都干掉，我也一定要得到她。"

嘶嘶声现在已经基本消失了，但音效还是很差，就像出自一台廉价的电子合成器。这位尖爪先生的句法和口音跟拉芙娜的如出一辙。他们要么根本就是一个人，要么是在同一个地方学的英文。不过也有区别：拉芙娜听上去是生气的语气，而尖爪则是彻底疯了。他的语气急躁不安，语速也一直很快，只在说到"肉猪"的时候结巴了一下。声音泄露了他的意图，夹杂着一种饥渴和吞噬的欲望。哈米德现在终于明白对方为什么想要自己的宠物了。

哈米德的怒气战胜了恐惧。"你干吗不滚回老家去，你这个可笑的怪物？！我们这儿有保护措施，不然你就不会来这一套虚张声势了——"

"虚张声势！虚张声斯——丝——肆——"最后这个词听着怪里怪气的，像是在狼吞虎咽的时候给噎住了。在哈米德身后，呱呱尖叫起来。过了一会儿，噪声低了下去。"我不是吓唬你。侯赛因·汤普森现在已经知道惹怒我的人会有什么下场。如果你不把她交给我，你们所有人都得死。我知道有一辆陆行车就停在你的房子旁边，一小时之内，用这辆车带她往西走五十公里；否则，你会跟侯赛因·汤普森一个下场。到时候你就知道我是不是虚张声势了。"说完这句话，尖爪先生的声音消失了。

他肯定是在虚张声势！要是他真的那么强，为什么不直接干掉我们，然后把呱呱抢走呢？说真的，他这事儿干得可真蠢。一个星期以前，只要花言巧语一番，他就能得到自己想要的一切，而且不费吹灰之力。看来，他从没想过有人会违抗自己——要不就是他已经绝望到孤注一掷了。

哈米德转身向呱呱走去，伸手抚摸着呱呱脖子上的毛。它往后一缩，针尖般的爪子抓破了哈米德睡衣的袖子。"呱呱！"

它放开他的袖子，缩回自己的那堆毯子里，发出一种口哨声似的噪声。有一次，它被一辆行驶得很快的三轮车撞了，哈米德曾听到它发出这种口哨声。哈米德的父亲猜测说，这很可能就是呱啦啦本来的声音，就像是人类的呜咽或牙齿打战发出的声音。他跪下来，喃喃地安抚它。这次，呱啦啦由着他抚摸自己的脖子。哈米德发现它尿床了。呱呱从小就知道如何上厕所，几乎跟哈米德同时学会。看来，不管尖爪先生的话是不是真的，呱呱的确被对方吓坏了。尖爪先生还说自己会杀了所有人呢。哈米德想起了那台安塞波——该死的通信设备，使用的时候还能让太阳变暗。

那个人到底是虚张声势还是发疯了？

他跌跌撞撞地走到数据机那儿，按下旅行团领队的号码。有时候，虫子在晚上只接收邮件，不接电话。老天保佑今晚不一样。响铃模式变化了两次，接着出现了一幅云端与蓝天的全景图。你或许以为这是中美星上空的景象，不过只要向下看，你就会发现云层盘旋着，颜色越来越暗，根本望不到头。事实上，这是拍摄于罗斯林马尔星高空地带的图像。每次打电话时都会出现这幅图，虫子无疑认为它可以安抚人类，同时表达思乡之情。它的故乡罗斯林马尔星是一颗直径三万千米、类似木星的行星。

云层翻卷了足足有五秒钟。起来接电话，该死的！

图像消失了，哈米德眼前出现了一个人类——拉里·藤山！看见哈米德，懒虫拉里似乎一点儿也不吃惊。"你算找对地方了，小子。我一直在虫子这儿，已经有些进展了。"

哈米德目瞪口呆，惊得说不出话来。拉里接着往下说道："从午夜起，拉芙娜&尖爪就一直缠着虫子，又是许诺又是威胁；自从那个叫尖爪的家伙接手以来，基本上就全是威胁了……对你父亲的事，我们感到很抱歉，哈米德。我们早该想到——"

"什么？"

"你打电话来不是为了这事儿吗?噢,新闻上都播了。喏……"画面变成东密歇根州的一个农场,上空还盘旋着一架报道新闻的直升机。哈米德花了整整一秒钟才认出那些小山丘,那是距离玛盖特两千公里以东的汤普森农场附近。已经过了日出时分,摄像机摇晃着,始终对准一条小溪;记者不住地自吹自擂,声称新闻报道团抢在搜救队之前到达了现场。他们飞过几个山头,眼前出现了……等一下,那些树上哪儿去了?地上有数千条黑线,全是倒下的树干,其中一端都指向爆炸的中心。那个记者继续喋喋不休,说什么陨石坠落在有湖的山谷里,幸好爆炸只波及一个农场……哈米德咽了口唾沫,那个农场是侯赛因・汤普森的;自从母亲离开后,他们就搬到了那儿。爆炸中心满是升腾的水蒸气,湖水都干涸了。记者向观众证实说,陨石已经把农场的建筑物彻底摧毁了。

新闻画面消失了。"这不是中美星的核武器造成的,但也不是天灾。"拉里说,"两个小时前,拉芙娜&尖爪发射了那个东西。就在爆炸前几分钟,侯赛因给我打电话说'尖爪'要来了。他的语气听上去非常害怕。你想看吗?我可以放给你看——"

"不!"哈米德似乎噎住了,接着,他用稍稍平静些的声音说,"不用。"从前他是那么爱他的父亲;知道真相之后,他又是那么恨侯赛因・汤普森。现在父亲死了,哈米德也许永远无法理清自己对他的感情了。"尖爪刚给我打电话,说他杀了我父……侯赛因。"哈米德把通话内容重复了一次,"无论如何,我得跟虫子谈谈。它能保护我吗?要是我拒绝尖爪,中美星真的会有危险吗?"

这次,拉里没有耸起肩膀露出"你自己琢磨吧"的表情,而是回答道:"这儿都乱成一锅粥了。虫虫简直晕头转向。它就在附近,你等——"突然,安宁的云层图像又出现了。该死,该死,该死!

背后有什么东西轻轻撞上哈米德的后腰——呱呱过来了。它那黑白相间的脖子绕到他身侧,深色的眼睛注视着他。"怎么了?"它轻声问。

哈米德觉得自己又想哭又想笑。呱呱还是战战兢兢的，不过至少已经能认出他来了。"你没事吧，宝贝儿？"呱啦啦蜷起身子，把头伸到哈米德的膝盖上。数据机屏幕上的云层散开，拉里·藤山和虫子同时出现了——当然，他们并不是在同一间屋子里，那样两个人都得完蛋。旅行团驳船就像一个巨大的压力舱，舱内被氨气和氢气充满，压强达到了一千个大气压，只适合虫子生存。飞船上还有一间密闭舱室，是专门为人类准备的。画面上，虫子占据了最显著的位置。它背后的墙体有一部分是透明的，那是人类专用舱室的窗户。拉里透过窗户挥了挥手，哈米德忍不住笑了。瞧瞧，是谁给关在动物园里了？

"啊，汤普森先生。很高兴你打来电话。我们正面对着一个很严重的问题。"虫子的英语非常标准，声音是合成的，听上去就像再普通不过的中美星人，"当然，如果你能尽快把你的宠物卖给他们，很多问题都能迎刃而——"

"不行。"哈米德回答得很干脆，"反正只要我还有一口气在，这件事就没得商量。这可不是做生意。你听见他们是怎么威胁我的，也看见他们是怎么对待我父亲的。"过去六个月中，虫子一直都是哈米德的大老板和敬畏的对象，他甚至没多少机会跟对方说话，可现在这些都不重要了，"你总说旅行团领队的首要职责是确保交易的任何一方都不会被另一方伤害。现在我希望你能说到做到。"

"呃，严格说来，交易双方指的是你们中美星人和我旅行团里的游客，我能保证他们守规矩……但我才刚认识拉芙娜&尖爪，要对抗他们恐怕不太公平。"说着，这只重达上千公斤的虫子朝拉里跟前的窗户侧了侧身子。哈米德知道，在罗斯林马尔星的重力下，虫子会被压成一只扁虫，那些穗子似的触手也会一根根贴在地上。但这会儿，在一个G的重力下，它看起来活像个充得太胀的真丝枕头，上面还有红色的穗子做装饰。"拉里跟我说了斯卡德尔那个能在爬行界使用的安塞波的事。我听说过这种东西，相当了不起，而且很难弄到

69

手。一台就抵得上整个旅行团的所有花销，还绰绰有余……哼，斯卡德尔之前还谎称他的组织陷入财政困难，求我让他搭便车呢……嗯，拉里一直在用这玩意儿查询关于呱啦啦的信息。"

拉里点点头。"你一走我就开始干了，机器直到现在还在我的办公室里嗡嗡作响。斯卡德尔说得没错，它连着罗斯林马尔星的商用网络，从那儿可以联到寰宇文明网。呵呵，斯卡德尔在罗斯林马尔星留下了一个存有大量资金的账户；为了帮政府测试机器，我可花了不少费用，但愿斯卡德尔和奥特加别为账单的事生气。我把呱呱的样子形容了一番，然后要求深度查询。那儿有上百万个子网络，遍及整个飞跃界，这会儿数据库正在大查特查呢。我——"他顿了顿，脸上的热情减了一度，"呃，虫虫发现了一份描述，跟呱啦啦很像……"

"是的，而且情况非常令人不安，汤普森先生。难怪游客们谁都没听说过呱啦啦。拉里收到的唯一比较可靠的线索来自星系的另一端，那是飞跃界的一个偏僻角落，与寰宇文明网只是偶尔有联系。对方同样没见过呱啦啦的同类，但听到过一些传闻。这些传闻是从距他们星球一千光年的爬行界深处传来的……故事的主人公与呱呱的特征相符。据说那个种族智力超群，很快就开发出爬行界速度最快的星际交通工具。他们向外移民扩张，控制了大片空间，最终建立起一个由上万颗星球组成的帝国。所有这些都是在无法进行超光速飞行的情况下完成的。但爪族——这个名字似乎也对得上——帝国可不是依靠兄弟般的友爱来维系的，种族灭绝是常有的事。他们还用相对动能弹摧毁了不少星球。爪族的科技是爬行界最发达的，也是最致命的。他们过去控制的地盘现在大都沦为一片死寂。过了好几个世纪，有关他们的故事才被那些慢吞吞的飞船带出了爬行界。"

"等等，藤山教授说过，安塞波的带宽每分钟不到六比特。现在距离我离开办公室还不到十二个小时，你们怎么可能发现这么多信息？"拉里露出一丝窘迫的表情。在哈米德的记忆里，这是破天荒头一遭。

"我们用了斯卡德尔的人工智能系统。在我们跟罗斯林马尔星的链接两头，系统帮忙添加了很多内容。"

"啊哈！"

"别忘了，汤普森先生，在这条数据传输链接上，只有爬行界的第一环才需要压缩数据。寰宇文明网位于飞跃界，那儿的大多数链接的带宽和数据完整性都相当不错。"

虫子的话听上去的确很有说服力。但哈米德读过很多关于寰宇文明网的文章，对他来说，文明网几乎跟超光速飞行一样令人着迷。任何一颗星球都不可能与其他星球直接相连，部分是因为通信范围有限，但主要还是因为涉及的星球数量实在太多了。另外，文明网也不是由某一家"电话公司"维护的——就算有一万家也办不到。这些从星系各个角落传来的消息，很可能经过了五个甚至十个中转站。这些中转站连人类都维护不完，更别提其他种族了。打个比方，这就像有人用英语提出一个问题，然后被别人用西班牙语翻译后传给其他人，接着又有人把问题译成了德语。文明网的情况比这还要复杂上百万倍。再说，比起外头的某些种族来，虫子已经算跟人类很相似了。

哈米德把他的想法一股脑儿地倒了出来。"还……还有，就算对方说的确实是我们理解的这个意思，他们的话仍然有可能是谎言。瞧瞧那些历史学家是怎么描述理查三世的就知道了。"

懒虫拉里又露出了蝌蚪式的笑容。哈米德意识到，他俩肯定已经讨论过这个问题了。拉里开口道："还有一个问题，虫虫，他们说的到底是不是呱呱的同类？从描述上看，爪族应该有类似于手的前肢，但哈米德的呱啦啦身上可没有长这个。"

虫子的触手飞快地转了三圈，不知道它是出于激动还是不耐烦。"对方的回复还没完全传送过来，但我有自己的一套解释理论。要知道，拉里，我在性别学的课堂上一直是个好学生。我对性别非常着迷。对于无数种族来说，它是地球人所谓的'推动地球旋转的动力'。"哈米德突然理解了吉莉·温博格成功获得机票的原因,"所以,我绝对称得上这方面的专家。我猜,爪族在性别方面表现出了极端的两极分化:雄性长出像手一样的前肢,于是担任杀手的角色;相反,像呱呱这样的雌性则非常友善,而且智力低下。"

呱呱把眼睛从虫子身上移开,看着哈米德,喃喃地说:"当然,当然。"它开口的时机好极了,言下之意就像是在说:这个满嘴胡说八道的乡巴佬到底是谁啊?

虫子没注意到这一幕,继续说:"这甚至可以解释雄性为什么那么凶恶。回想一下汤普森先生同尖爪的对话,后者似乎将同族的雌性视为供自己使用的财产——就像是男性至上主义的终极形式。"哈米德一阵哆嗦。这倒提醒了他——他一直忘不了尖爪先生声音里的那种饥渴感。

"上面这番话,是你拒绝向我提供保护的前奏吗?"

虫子沉默了大约十五秒钟。这段时间里,它的触手不停地上下摇动。最后,它说:"恐怕差不多就是这个意思。我没把这些信息告诉游客,他们只知道新闻里报道的事情。无论如何,他们是游客,不是探险者。他们要求我拒绝保护你,有些人还要求立刻离开这颗星球……这条线路安全吗,拉里?"

拉里回答道:"地下光纤,外加激光加密的链接。碰碰运气吧,虫虫。"

"好吧,汤普森先生,我能向你许诺的帮助不多:我可以停在你的城市上空;如果他们想直接搞绑架,我会试着阻止这件事——除非我发现他们准备达不到目的就摧毁你的星球。我觉得他们不大可能那么干,但如果真的发生了……这么说吧,面对以接近光速撞过来的小行星,就算是你,恐怕也不会再考虑什么体面了。"

虫子接着说:"我不能下来接你,这样做太引人注目了。我不能明目张胆地违背游客的要求,不过,"它顿了顿,触手晃得更快了,"如果你……呃……出现在了驳船上,我会让你留下来——就算有人看见，那也是既成事实了。这种情况下，我肯定能说服我的游客。如此一来，最糟的情况大概也只是两手空空地提前离开中美星罢了。"

"这、这真是太慷慨了。"哈米德觉得虫子慷慨得令人难以置信。大家都说它是个守信用的家伙，但做起买卖来可非常厉害。就连哈米德自己也承认，虫子没必要仅仅为了个好名声而帮他的忙。可现在，为了帮助他，虫子竟然愿意用这个为期长达二十年的任务冒险。

"当然，如果真走到那一步，到了外头以后，我会要求你为我工作几年。我敢打赌，你只要好好研究一下呱啦啦，取得的成果大概就足以弥补我的一切损失了。"

在一天前，哈米德还对合同、保证什么的条件吹毛求疵；可今天，唉，除此之外，唯一的选项就是拉芙娜&尖爪了……最后，拉里充当见证人，哈米德跟虫子定下了两年的契约和这期间的薪金标准。

现在，他和呱呱只需要设法往上爬个五千米就成。他已经想到一个办法了。

车是戴夫·拉尔森的，不过反正戴夫欠哈米德一次人情。哈米德叫醒自己的邻居，告诉他呱呱病了，得带去玛盖特看医生。十五分钟之后，哈米德和呱呱就驾车穿过了安·阿伯小城。这天是星期六，加上天刚蒙蒙亮，路上一个人也没有。他本以为警察和军队会蜂拥而至。要是拉芙娜&尖爪知道吓倒乔·奥特加是多么容易，要是政府弄清了事情的原委，呱呱肯定会被立即交出去。但政府显然给搞糊涂了，目前只想找个地方躲起来，希望上空那些大人物吵架的时候别注意到自己。农场爆炸的消息没上头条新闻，因为政府不想大肆声张。这种毫无头绪的恐慌至今还被限制在政府高层内部。

呱呱一直在副驾上喋喋不休。它一会儿趴在仪表板上，一会儿又嗅嗅哈米德给自己装玩具的口袋。它还是有些战战兢兢，但私人小轿车的吸引力实在太大了。电子设备价钱很便宜，可机械消费品还是很贵。由于没有大规模修建高速公路，汽车永远不可能像在地球上那样多得令人心烦；至于货运，则基本都是靠铁路。不过，现在旅行团带来了十万张反重力垫，足以改变整个交通系统。中美星很快就会进入"空中汽车时代"，也就是说，第一次超过地球老家——反正乔·奥特加是这么说的。

过了大学就是一片开阔地。在车前灯照射的范围之外，哈米德还能瞥见平整的土地和地上霜冻的反光。他紧张得要命，每隔几秒钟都要抬头向上看看。塞勒涅和黛安娜斜斜地挂在西边的天空中，光线黯淡。在早晨第一缕阳光的映衬下，旅行团驳船好像一团模糊的灰斑，中间还有东一朵西一朵的白云飘来飘去。没有发现入侵者，但有三艘驳船不见了，大概移到空间轨道上去了。虫子的驳船停在玛盖特的东边，就在仓库区的正上方。看来，它已经履行了承诺。

哈米德把车开进玛盖特市中心。城里那座两百层的塔楼上飘着一打明亮的招牌，都是产品广告——其中一些产品确有其物。舞厅和大商场里的灯光倾泻在公路上。这是一条八车道公路，路面相当宽敞，不过因为是星期六早晨，这地方空荡荡的。大部分商业区都是照着二十一世纪中期地球上的玛盖特重建的。那个老玛盖特坐落在苏必利尔湖边，湖的面积非常大。在地球世纪里，从太空来的重型货物都在苏必利尔降落，玛盖特也成了伟大的港口和通往太阳系的门户。游客们说，在上千个世界的传说中，它都扮演着母亲的角色。

哈米德开下公路，进入一段地下坡道。中美星的玛盖特只是个花架子，大概只有原型的百分之一大小，人口甚至还不及当初的百分之一。但如果从空中俯视，灯光营造出的热闹气氛十分真实，显得这地方还挺不错。遇到重大节日，星球上每个抽得出空的人都会到这儿来——大概有一百万人之多。其实，这也不算骗人的把戏，因为游客都知道这里不过是地球上玛盖特的复制品。但重要的是，这可是个一模一样的复制品，唯有距原型一步之遥的地方才能达到这种水平——这是官方的宣传词。事实上，中美星人为此做出了巨大的牺牲：将近二十年里，整颗星球的人力和物力都消耗在这上头，为的就是在旅行团到来之前建好城市。

租车处位于一幢十五层的建筑物底下，再下面就是火车的起点站。火车可是真家伙，下一班要半小时以后才到。哈米德一下车，就闻到一股冷飕飕的霉味——石砌地下建筑老有这种味道。他的脚步声在四周引起一阵阵回音。现在，他和天空之间隔着上百万吨的陶瓷和石头，就算是外界的人也没法透过这么多障碍物看见他……至少，他希望如此。

一个睡眼蒙眬的警卫看着哈米德填写表格。他紧盯着屏幕，尽管天气挺凉，但还是出了一身冷汗。排在他后面的家伙不会发现有什么不对劲吧？想到这儿，他几乎要笑出声来。这是哈米德生平第一次犯法，现在可不是为这种事情忐忑不安的时候。如果拉芙娜&尖爪侵入了网络，说不定会发现待在地下的哈米德。要真是那样的话，唯一的保护就剩下他填写的假账号了。

哈米德开着一辆观光车离开了那儿。以前在地球上时，观光客常开着这种车东游西逛。哈米德先往北开，接着往东；等终于钻出隧道后，车子朝南边的仓库区开去。仓库区的正上方就是虫子那艘绿色的驳船。天色越来越亮，哈米德能清楚地分辨出驳船半球形的船身和圆润的穹顶。它的体积相当大，看上去似乎近在咫尺。但哈米德知道，其实驳船离地面足有五千米。

一架直升机也许可以把人送到驳船顶部，或者直接停在驳船的某个平台上。当然，有那么多障碍物挡着，直升机降落时会比较麻烦。可是，哈米德不会开直升机；再说了，一大早他也不知道该上哪儿去租这种东西。不，他和呱呱要用的办法比这直接得多——自从游客到来之后，他俩每隔一个星期都是这么上驳船的。

车子离入口处越来越近了，联邦政府的人和游客们平常都在这块地方结算费用。再往前走，房顶上便安装着摄像头。哈米德把车窗变成深色，只留驾驶座这边的窗玻璃没动。接着，他空出一只手，按住呱呱的肩膀说:"来玩会儿藏猫猫。"

"好吧。"

三百米之外就是第一道门。跟平常一样,三个警卫站在门外,还有一个待在门边的防弹岗亭里。如果奥特加因为察觉到事情的严重性而加强了警力,那他们的旅程便会到此为止了。

三个警卫看上去都紧张极了,不过大部分时间只是盯着天上——他们知道有什么不对劲儿,但认为自己对此完全无能为力。这些人只略微瞟了一眼观光车,就挥手放行了。通过里层的第二道门同样轻而易举,但在那儿,哈米德必须输入自己的导游编号……如果拉芙娜&尖爪在监视网络的话,留给他和呱呱逃走的时间不会太多。

他把车开进主仓库前空荡荡的停车场,找了个合适的位置,让车子右侧正对着警卫室。"安静地待会儿,呱呱。"说完,他跳下车,走过碎石铺成的院子。也许他应该走快点儿,做出一副惊慌失措的样子……噢,不,警卫已经看见他了。好吧,冷静点儿。他挥了挥手,继续往前走。晨光中,院子里的探照灯已经显得不那么亮了。星星全都消失了,天空中只剩下驳船和几朵白云。

仓库确实不小,长和宽大概都有两百米,但除此之外一无是处——建筑材料用的是薄薄的塑料外加些烂木板。这地方早就老掉牙了,真不知道旅行团为什么把从飞跃界带来的货物放在这种鬼地方。

哈米德还没伸手,警卫室的门锁就嗡的一声打开了。他推门进去:"嗨,菲尔。"

真是好运气!其他几个警卫都不在,肯定正在巡逻呢。菲尔·卢卡斯人挺和善,但不怎么机灵,而且不太了解呱呱。卢卡斯坐在警卫室的中间,屋里有一块可升降的铁板把警卫与来访者隔开。左边还有一扇通向仓库的门。

"嗨,哈米德。"菲尔看着他,神色紧张,"你今天可真早啊。"

"是啊,出了点儿小问题。车里有个游客,"他说着,朝身后的深色车窗挥了挥手,"已经醉得不省人事了。我得把他送到上头去,而且最好别让其他人看见。"

菲尔舔了舔嘴唇。"天啊,什么事都挤一块儿了!听着,哈米德,我很抱歉,但联邦安全局有令:谁也不准下来,谁也不准上去。那些游客之间好像出了什么麻烦,要是他们开始互相扔石头,就让他们在上头窝里斗好了,反正千万别冲着咱们来。"

"就是说啊。我怀疑车里的家伙跟那个麻烦有关。如果能送他回去,事情也许会平息下来。你肯定听说过他:安提斯·本·利普忒。"

"噢,他呀。"本·利普忒是所有游客中最惹人讨厌的一个。这家伙在短短六个月里惹出了好些麻烦;如果他是中美星人,那得在牢里待上整整一个世纪。幸好他还没杀过人,所以当局尽量对这个小丑睁只眼闭只眼。卢卡斯敲了敲数据机,说:"可我没接到命令。"

"该死的,现在都陷入僵局了。咱们得赶紧把这家伙弄上去,否则永远无法摆脱麻烦。"哈米德装出一副深思熟虑的样子,仿佛自己在仔细考虑这个问题,"这样吧,我回车上去打个电话,看看能不能找人证实我的话。"

卢卡斯有些犹豫:"好吧,哈米德,但你得找个能拍板的人。"

"当然。"

门嗡嗡地开了,哈米德快步走过停车场。事情看来很顺利。感谢老天,他跟这儿的警卫关系一直不错。在他们看来,大多数导游都是上过大学的浑蛋——其实这倒也不无道理。但哈米德不同,他跟这些人喝过好几次咖啡。他了解他们的系统,甚至知道通过安全确认的电话号码。

走到停车场中间时,哈米德突然发现自己不再发抖了。整个计划,还有临场的随机应变,一切都显得很自然。他从没想到自己竟有这种本事。也许是因为绝望吧……不知何故,他甚至觉得这挺有意思的。

他一打开车门，呱呱就急着往外钻。"别出来！现在还不行。"他把呱呱按回座位上，"我们来玩儿个大的，呱呱。"他在小背包里一阵乱翻，找出了两部对讲机，其中一部专门为呱呱改装过。他把麦克风别在风衣领子下头。耳机应该用不上，不过他还是把音量调低，再把耳机塞进耳朵里——反正这东西体积不大。接着，他把另一部对讲机的皮带拴在呱呱的脖子上，关掉上面的麦克风，最后把耳机夹在它的耳朵上。哈米德拍了拍它的肩膀。"我们来玩模仿游戏，呱呱。模仿。"

呱呱激动得在车厢里蹦来蹦去。"好。当然，当然！谁？谁？"

"乔·奥特加。试试说这句话：我们必须携起手来……"

呱呱立刻重复了一遍哈米德的话，几乎没有任何延迟，但声音已经变得跟中美星总统一模一样了。哈米德把驾驶座旁的窗户摇了下来。如果能看到他的眼睛，呱呱的表现会更好。再说，没准儿呱呱待会儿需要从车里跳出来。"好了，你留在这儿。我去找那个傻蛋。"呱呱立即用奥特加的声音重复了哈米德的指示，还带着自负的语调。

还有最后一件事：他在车里的电话上输入一个号码，定好时间，选择语音传输模式。做完这些，他下车朝警卫室走去。哈米德和呱呱在学校里常玩这套把戏，而且屡屡得手，他希望老天保佑今天也能成功，保佑呱呱不会乱来。

哈米德在卢卡斯开门的同时关掉了麦克风。"我找到上头的人了。等一下有人会打进专线——说不定是联邦安全局的局长呢。"

菲尔的眉毛抬得老高："他的话当然管用了。"在他眼里，哈米德的地位无疑上升了一大截。

哈米德装模作样地在来访者划定区域里走来走去，一脸不耐烦的样子。最后，他背对卢卡斯，在通向停车场的门前站住脚。这会儿他可真的着急了。就在这时，电话响了，他听见菲尔拿起了听筒：

"一号仓库，卢卡斯探员，长官！"

哈米德从站的位置一眼就能看见呱呱。它正在驾驶座上，好奇地望着仪表板里的电话。哈米德打开麦克风，轻声说："卢卡斯，我是乔·奥特加。"几乎同时，他听见身后的话筒里传出了一模一样的话。每个字都自负极了，正是哈米德想要的效果。但话里还带着一丝神神秘秘的味道——也许是因为哈米德自己说话时有点儿偷偷摸摸的——不过听上去还不坏。

无论如何，菲尔·卢卡斯已经五体投地了："长官！"

"卢卡斯探员，我们有麻烦了。"哈米德把注意力集中在要说的话上，尽量不让其他声音干扰自己。同时，他还必须把话说得非常简短。对他而言，这是最困难的部分。"如果不能让游客们冷静下来，很可能会发生核攻击。我现在正跟国家指挥中心的人待在一个很隐蔽的防空洞里——事态非常严重。"也许这能解释为什么电话不带视频。

"是，长官。"菲尔的声音有些抖。毕竟，他可没有防空洞做掩护。

"你确认……咔嗒……我的身份了吗？"菲尔的话筒里并没有出现咔嗒声，声音是从哈米德的耳机里传出来的。大概是哪个零件松了？

"是，长官。唔，我的意思是说……请稍等。"哈米德身后的键盘噼里啪啦地响了一阵。他知道声波纹肯定能对上号，他要让菲尔彻底消除疑虑。"是的，长官，您没问题。我是说——"

"好。现在仔细听着：那个导游汤普森跟一个游客在一起。我们必须悄悄把游客送回驳船，而且动作要快。把升降梯准备好，别让其他人打扰他们。如果汤普森失败了，很多人都会送命。满足他的所有要求，尽全力协助他。"

这时，车里的呱呱正玩得不亦乐乎。它的前爪怪模怪样地钩着方向盘，把它转来转去。一边"开车"一边"谈话"，还被当作真人对待，简直是人生的顶峰！

79

"是，长官！"

"很好。现在……咔嗒……去干吧。"最后一声咔嗒之后，奥特加的声音消失了。该死的便宜货！

卢卡斯沉默了一会儿，充满敬意地等待总统的进一步指示。最后，他说："是，长官。我们现在该怎么做？"

观光车里的呱呱现在一副惊慌失措的样子，它看着哈米德，眼睛睁得大大的。现在说什么？哈米德尽量大声地重复了一次最后那句话，但奥特加的声音还是没有出现。它完全听不到我的声音！他关上了麦克风。

"长官？您还在吗？"

哈米德装出满不在乎的样子，说："一定是掉线了。"说着，他偷偷地朝呱呱做了个手势，要它赶快过来。

"灯还亮着，哈米德，线路没问题……总统先生，您能听见吗？刚才您说我们该怎么做，总统先生？"

呱呱没看懂他的手势，动作幅度太小了。他又试了试，看见它用一只爪子拍着嘴巴。哈米德心想，别自作主张，呱呱！"嗯，呃，"话筒里又传出奥特加的声音，"别催。我正在想。我正在想！我们必须携起手来，否则很多人都会送命。你说呢？我的意思是说，这符合逻辑——"符合逻辑才怪，而且越来越狗屁不通了。

卢卡斯不住地发出嗯嗯的声音，努力分辨着呱啦啦话里的逻辑。他听上去越来越迷惑，甚至有些怀疑了。

没办法了。哈米德使劲冲呱呱挥手，让它上这儿来。奥特加的声音突然断了。他转过身，发现卢卡斯正盯着自己，看上去既吃惊又不安。"事情有些不对劲儿，我可不喜欢这样——"他从柜台上倾下身来，想知道哈米德究竟在看什么。

计划完全失败了，但奇怪的是，哈米德并不惊慌，也没有任何疑虑。他还有别的选择。哈米德露出笑脸，越过柜台，把卢卡斯推到墙壁和柜台的夹角处。菲尔使劲挣扎，想按下隔板的控制钮。但哈米德使劲把菲尔按在墙上，接着，他一下子把菲尔的枪从枪套里拔出来，枪口抵住了对方的胸口。"安静，菲尔。"

"浑蛋！"骂归骂，菲尔还是停止了挣扎。哈米德听见呱呱撞上了大门。

"好了。把外头的门打开。"嗡的一声过后，门开了。呱呱跑进屋里，绕着哈米德的腿打转。

"呵呵呵！太棒了，实在是太棒了！"笑声是懒虫拉里的，但说话的语调还是奥特加。

"现在，把里头的门也打开。"看见菲尔坚定地摇摇头，哈米德用枪口对着菲尔的肚子一戳，"赶快！"有一秒钟，菲尔似乎吓呆了；然后，他用膝盖撞了撞按钮，门嗡的一声开了。哈米德用脚把门抵住，接着把卢卡斯从柜台上推开。卢卡斯一跳，站直了身子，眼睛盯着枪口，脸色白得吓人。他的想法清清楚楚地写在脸上——死人是不会拉警报的。

哈米德有些犹豫。对于自己的成功，他几乎跟卢卡斯一样吃惊。"别担心，菲尔。"他把枪口抬高，朝卢卡斯肩膀后头的仓库警报处理器连开几枪，火星和碎片溅得到处都是。然后，所有警报全都响了。

他往仓库跑去，呱呱紧随其后。他们身后的铁门啪的一声关上了。既然现在安全警报已经拉响，门很可能会自动锁死。仓库里堆满了货物，但一个警卫也看不见，只从不远处传来叫喊声。哈米德顺着走廊往前跑。反重力升降梯停在最里边，仓库最大的天窗下面。事情没能按原计划进行，但只要升降梯在，他还是能……

"他在那儿！"

哈米德猛地栽到旁边的一条通道里，在放货的平台中间跳来跳去。然后，他轻手轻脚地朝目标走去。他现在到了仓库的后部。迄今为止，旅行团交换给中美星的所有货物都堆在这儿——就是那些东西将使中美星超过二十一世纪的地球。他头顶上方十米的地方堆着常温聚变器。有了它们——再加上制造它们的方法——中美星的经

81

济将不再依赖甲醛燃料，人们也不再需要那些固定式反应堆了。两条通道之外是尚未加工的反重力材料，它们不像高科技产品，倒像是一堆堆布料。仓库的升降梯就是用反重力垫制造而成的。今后，中美星制造飞车会像现在生产汽车一样容易。

哈米德知道屋顶的灯上安着摄像头，但如果运气好的话，它应该跟安全装置一起报废了。相邻通道传来了脚步声。哈米德悄悄藏进两个货架之间的阴影里，想保持安静。可惜呱呱并不想安安静静地待着，它一个劲儿往前冲，同时还模仿开枪的声音，动静大得吓人。再有一秒钟，他们就会发现它了。哈米德朝相反的方向跑了几米，然后朝天开了一枪。

"老天！卢卡斯那个浑蛋到底放了多少人进来？"

隔着没多远，另一个声音说道："用的还是低能武器。"然后，先前那人压低声音接道："让他们见识见识什么叫真正的火力。"

哈米德突然醒悟过来，仓库里只有两个警卫。由于警卫室被堵住了，除非外面的人听到警报赶过来，否则他和呱呱很可能一直被困在仓库里。

哈米德避开声音传来的方向，继续朝仓库后边走。

"砰！"呱呱站在他头顶的货架上，冲下面的什么人叫道。一颗炮弹击中它身边的一堆常温聚变器，巨大的爆炸声在仓库里回荡。不管那玩意儿是不是炮弹，反正它的威力跟他的手枪相比无异于一门大炮。那玩意儿肯定是禁止在室内使用的，不过，再多的禁令现在也帮不了哈米德的忙。他不管不顾地径直朝前跑，边跑还边冲货架上喊："下来！"一团影子出现在他跟前，转眼之间就消失在通道尽头。

第二颗炮弹在他刚才站立的地方爆炸了。这次还有别的什么东西。那堆常温聚变器发出蓝光，在前头的墙壁上投下一片亮光和几处阴影，就像有人打开了熔炉的大门似的。哈米德回头一看，那片像是电焊机发出的蓝光不断扩散着。他以为自己一定会被烧伤，但身上什么感觉都没有。哈米德赶紧把眼睛移开，可眼前还是有很多残像晃来晃去，就算闭上眼，他好像还是能看到那些货架在热气中纷纷倒地。

　　自动灭火器启动了，仓库里立刻下起一场暴雨。但水是无法扑灭这场大火的，甚至可能火上浇油。水转眼间就砰地化成水蒸气，哈米德被气流冲得跪倒在地。他使劲蹦起来，又跌倒在地，然后再次努力站起身。反重力升降梯应该就在下一排货架附近。他下意识地分析起当前的情况来：炮弹爆炸引发了聚变材料的逃逸反应。要是在中美星的核电站发生这样的事故，整个大陆肯定都会受到核污染。不过，这里的东西应该比甲醛引擎更安全——虽然也会熔化，但游客们声称它们不会污染环境，只会发散低能量的光子和大堆大堆的粒子，而这些粒子基本上不会跟寻常介质发生反应。哈米德简直想歇斯底里地大笑几声。也许有一天，无数光年之外的微中子望远镜上将产生一丝波动。爬行界的天文学家会注意到这个现象，而对他们尚有缺陷的宇宙学来说，这又将是一个打击。

　　现在，货架之间和通道上也充满闪光，仿佛暴风雨里又出现了闪电似的。这些光已经扩散到了堆放反重力垫的地方。那些像布匹一样的材料猛烈地上下起伏、摆动，就像被妖怪放飞的魔毯一样，整张整张地往上飞去。

　　巨大的声音震得哈米德耳朵生疼，他感觉有无数双大手正击打着自己。暴雨突然消失了，取而代之的是湿热的狂风。晨光透过蒸汽形成的薄雾照进来，一道彩虹出现在这片废墟上——爆炸的冲击波把房顶掀开了。哈米德费力地向前爬，有什么黏糊糊的东西从他脸上滴下来，在地板上留下点点红色。放置常温聚变器的架子全塌了。十五米开外，在熔化的金属上，塑料已经化成了一摊稀泥。

　　他看见反重力升降梯了，或者说，升降梯剩下的部分。那东西像燃了一半的蜡烛似的浮在熔化的金属上。完了，上不去了。哈米德脑子里一片空白，好不容易才把眼睛从报废的升降梯上移开。他后退几步，靠在一堆反重力材料上。这些垫子不断地晃动着，虽然质地很柔软，却能隔热，还能挡住些噪声。仓库里，最后一点儿雨雾也快散了；仓库外，清晨的蓝色天空中带着一抹粉红。哈米德能毫不费力地看见旅行团驳船，连密密麻麻的斜面和开口中间的四个球形压力舱都看得一清二楚。

天啊，仓库的房顶大部分都……不见了。远处的墙上有个大洞。在那儿！哈米德看见了那两个警卫，他们背对着他，其中一个正靠在另一个身上。他俩这会儿一心只想找条路逃出仓库，早把哈米德忘到九霄云外去了。一条由熔化的银色金属形成的小溪挡住了他们的去路，走错一步，他们的脚脖子就会全陷进去。不过他们的运气还不错，十五秒钟以后，他们逃出仓库，从哈米德的视线中消失了。

他应该也能从那儿出去……但他进来的目的不是为了逃出仓库。哈米德挣扎着站起来，大声喊着呱呱。仓库里仍然满是爆裂声和嘶嘶声，不过已经不像刚才那么吵了。只要它神志清醒，肯定能听到。他抹了抹嘴唇上的血，沿着那堆反重力材料一瘸一拐地往前走。你可千万不能死，呱呱，千万别死。

这时，四面八方都传来动静。那些反重力垫好像活了一样，最上头的垫子卷起来又舒展开，翻滚着往上飘；压在下面的几张也不断地晃动、变形。常温聚变器产生的粒子并不活跃，与普通的物质根本不会有反应；不过反重力垫可一点儿也不普通。最下方的垫子周围闪着某种光芒，非常柔和，跟之前那种灼伤眼睛的蓝光不同——不是迸发，而是慢慢苏醒。哈米德的眼睛被上升的反重力材料吸引住了：在早晨的光线中，它们像灰色或黄褐色的旗帜，随风飘舞。他向后一靠，看见飞得最远的几张已经成了蓝天中的小斑点。说不定……

有什么东西狠狠地撞到了他的腿上，哈米德一个踉跄，差点儿倒在地上。"哇。太吵了。"呱呱找到他了！哈米德跪下来，一把搂住它的脖子。呱呱没事儿！反正比他自己好多了。跟很多体型不大的动物一样，一点儿碰撞对呱呱来说算不了什么。他用双手检查呱呱的肩膀，发现了几处伤口，还有几块血迹。它不停地说着"吵死了"，看上去很温顺，一点儿不像平时那种调皮捣蛋的样子。

"我知道，呱呱。不过就快没事儿了。"他又往天上看了看，那些反重力垫正朝虫子的驳船飘去。这么做太疯狂了……就在这时，外头传来了警笛的声音。

他站起来，爬上了离自己最近的一堆垫子。好几百张反重力垫像毛毯似的摞在一块儿，哈米德穿着靴子踩上去，感觉跟踩在海绵乳胶上差不多，每一步都会打滑。他用力抓住上头那些垫子的边缘，好不容易爬到了靠近顶部的地方。现在，他可以测试一下那些正往上飞的垫子了。最上边的一张已经开始在难以察觉的微风中起伏波动。哈米德抓住垫子，从口袋里掏出一把小刀，用力划了下去。手上的分量很重，垫子的切口也十分平滑。他切下一条塞进衣兜，接着又用双手抓住垫子。这个边长四米的正方形在他手里摆动起来，挣扎着向上飞。它慢慢地把哈米德往后推，让他的双脚离开了下方那堆垫子——上升的速度竟然和那些空垫子一样快！

"等等我！"呱呱绝望地在他脚边跳来跳去。两米、三米……哈米德吸了口气，然后松开手。他结结实实地摔到地上，好半天都没法动弹。刚才，如果他再犹豫一会儿……不过那只是"如果"。他从兜里掏出切下的那块反重力材料，看着它在自己的指尖使劲挣扎。这块红灰色的材料上面有一种变化的图案，循环往复，非常复杂。游客们说它跟常温聚变器完全不同。虽然聚变器使用了不少先进技术，但只要掌握方法，在爬行界也能制造。至于反重力材料……你可以用理论来解释它的作用，可在实际应用时，材料靠的是原子的不断重新平衡。据说，里边还包裹着几十亿个蛋白质大小的处理器。就算是对飞跃界的人来说，这也是一种进口产品——因为它来自超限界。直到刚才，哈米德对这一点还颇为怀疑，在他看来，飞行的原理很简单。但是……这东西的逻辑可不是那么容易弄懂的。它们就像是活物，或者是复杂的控制系统。拉里曾说过，天人的科技里有很多具有自我意识的装置，也许反重力材料就是其中之一吧。

哈米德把那条反重力垫切成大小不等的两块，切口很光滑，跟切割布料或皮革时完全不同。他松开手……它们像微风中的树叶一样慢慢往上飘。几秒钟之后,大的那块飞到前头,两块材料之间的距离越来越大。我可以靠切割垫子实现飞行!他又回想起一个细节:刚才抓住垫子的时候,垫子往他的手施加压力的地方偏移了。这么一来,掌控方向也没问题。

警笛声越来越响。哈米德低头看看那堆反重力材料。真好笑。一个星期之前,他还在为乘坐飞机而担心呢。"想玩游戏吗,呱呱?这是有史以来最棒的一场游戏。"

他爬回反重力垫顶部。最上边那张刚刚开始抖动。照先前的情况推断,他们还有大约三十秒钟。他把反重力垫往身上一围,在胳膊底下系牢。"呱呱!快给我上来!"

它来了,但不像平时那么兴高采烈——大概是今早经历的麻烦太多了,也可能只是因为它比他更机灵点儿,知道什么时候应该害怕。哈米德抓住呱呱,把反重力垫的另一端绑在它的肩膀下面。垫子抖动着往上围住呱呱的身体,与此同时,好像还自动缩紧了。哈米德仍然可以活动双手,但他打结的部位似乎更紧了。他抱住呱呱的腰,让它靠在自己胸前。呱呱小时候,哈米德的父亲常这么抱它。不同之处在于,它现在长大了,前腿垂下来老长。

腋下的垫子拉紧了。哈米德顺着这股力站了起来,然后双脚悬空。他往下看着那些熔化的货架,还有那条腐蚀了仓库地板的银色小溪。呱呱发出小男孩哭泣的声音。

他们飞过房顶。清晨的寒意让哈米德湿漉漉的衣服变得冰凉,他不由得哆嗦了一下。太阳已经越过地平线,可惜它的光芒还不足以帮哈米德抵御寒冷。仓库在地上投下长长的、清晰的阴影,内部一览无遗:虽然蓝光已经暗了下来,但时不时还能看到几道闪光。更多红灰色的正方形从那片废墟里飘出来。仓库前的院子中间停着救火车和装甲车,不少人从警卫室里跑进跑出,还有一队人马正朝仓库的侧翼移动。装甲车旁的两个人发现了哈米德的身影,其他人也停下脚步，张口结舌地盯着那只"不是狗的狗"和它的主人，望着他们吊在一顶飞错方向的降落伞下头。哈米德看过不少"警察和小偷"之类的电视剧，知道这些人可以轻而易举地把自己击落，而且方法多种多样。他看见一个人爬进了装甲车，如果对方像仓库里那两个家伙那么乐于开枪的话……

半分钟过去了。下边的场景渐渐缩小，缩到了哈米德的两脚之间。呱呱不哭了，冷空气似乎对它没什么影响。呱呱把头和脖子伸到哈米德肩膀上，左右转动，四下打量，不断地轻声说着："哇！哇！"

跟下面说再见吧，宝贝儿。他们在反重力垫的控制下飘来荡去，晃得越来越厉害！一次让人头晕目眩的旋转之后，天与地互换了位置。哈米德发现自己一头埋进了垫子里，奋力想要撑起上半身。现在他们不是吊在垫子下边，而是躺在垫子上了。真是疯了，这样还怎么保持平衡？要不了一秒钟，垫子就会翻个面，重新把他们吊在下面。哈米德再次搂紧了呱呱……摇晃停止了，看来，他们吊在下头才更不利于保持平衡。这又一次证明反重力材料是有自我意识的，它的处理器能利用自身的法则制造看似不可能的结果。

这鬼东西还真是张飞毯！当然，上头结着那么多疙瘩，垫子难免皱巴巴的，还扭曲得厉害。所以，他们的"坐骑"跟神话里的飞毯差得很远，倒是比较像公寓里呱呱的窝。

仓库区已经完全看不见了。在他们的头顶和四周，不少反重力材料正跟着一起上升。有的离他们只有几米，有的仅仅是空中的小斑点。往西边看，他们正好和玛盖特的几座高塔处在同一水平线上。塔楼的墙面呈棕色或象牙白色，大块大块的玻璃反射着清晨的风景；往南边看，安·阿伯小城里十字形的街道几乎全被光秃秃的大树遮住了。学校里的人行道清晰可见，还有一个醒目的小红点——道德楼。每次乘飞机回农场时，哈米德几乎都能看到这些景象，但现在……他周围可是空空如也啊。这儿只有他和呱呱，而且脚下的天空似乎在无限延伸。哈米德倒吸一口凉气，好一会儿工夫没敢再往下看。他们还在上升。风直直地吹到他们头上，好像还有越刮越猛的趋势。哈米德忍不住哆嗦起来，上下牙齿开始打架。现在有多高了？三千米，还是四千米？哈米德已经冻僵了，只要一动，就能听到夹克上的冰破裂的声音。他觉得头晕眼花，简直快吐了。在中美星，如果不带氧气瓶，五千米的高度大概就是极限了。他觉得自己需要开始控制反重力垫了。要是不行的话，他们就得和其他垫子一起飞向太空了。

但他要做的不仅仅是放慢上升速度或者控制下降那么简单。他朝上看了看虫子的驳船，发现距离越来越近了——还得往东移两百米。如果不能让垫子往旁边移动，他就需要虫子主动出击了。

他在仓库里考虑过这个问题——总共想了大约五秒钟——如果反重力材料只是比空气轻的话，哈米德和呱呱就完了。一个没有螺旋桨和喷射器的气球，只能让风说了算，希望风正好把你带到需要的高度。但当他拿起第一张垫子的时候，它确实朝哈米德握的方向水平滑动来着……

他爬向垫子边缘。反重力垫在他的膝盖下变了形，但晃动的幅度很小，跟一只平稳行驶的小船差不多。在他身旁，呱呱正把头伸出垫子，直直地往下看。它的脑袋左摇右晃，仔细观察着地上的景物，还不住地说"哇"。它真能理解眼前的东西吗？

风向改变了一些，现在有点儿从旁边而不是上方吹过来了。他真的能控制方向！哈米德一边牙齿打战，一边使劲咧嘴笑了起来。

他们的飞毯越飞越快。往下吹的风就像来自北极，冷极了。他们的速度没准儿有每小时十五到二十公里呢。虫子硕大的驳船悬在他们头上……现在几乎和他们平行了。

老天，他们就要飞到驳船上面去了！哈米德一把拔出小刀，用麻木的手指使劲拉开刀刃，小刀猛地弹开——差点儿从他发抖的手里飞出去。他在垫子边缘削下几小块，可风一点儿也没减弱。他尽全力朝垫子割去，一大块、两大块。风小了……停了。哈米德从垫子边上弯腰往下看，同时硬生生地把眩晕感吞回肚子里。太好了。他们在驳船的正上方，正向它不断靠近。

离他们最近的那个压力舱已经近在眼前。事实上，由于距离太近，它把其他三个压力舱都挡住了。哈米德还看到了驳船内部的人类居住区和会议区。他们会在压力舱旁边的一大片平坦地带降落，方位好得不能再好了。大概虫子也在调整，把驳船对准自己的客人。

一股热气传来，紧接着，飞毯似乎被一只看不见的拳头击中了。哈米德和呱呱翻起了跟斗，一会儿趴在垫子上，一会儿又吊在垫子下头。他瞥了一眼驳船，看见一道黄色和白色相间的气体正从最上头的压力舱喷涌而出——那是压力舱破裂后，泄漏出的氨气和氢气在一千个大气压下的样子。氢气还和大气中的氧气发生了反应，把这根由超高压气体形成的长矛围在苍白的火焰里。

垫子又是一晃，驳船从哈米德的视野里消失了，只剩下灼热的雾气。哈米德抱紧呱呱，尽可能地用垫子裹住他俩。垫子终于不再翻跟斗，他们从头到脚包了个严严实实。哈米德赶紧观察周围的情况。

他的"头顶上方"是深秋的农田，一片单调的棕色和灰色。玛盖特在他左边。他使劲弯起身子朝天空看过去。在那儿！虫子的驳船就在几公里以外。最上面的压力舱正不断喷出火焰和水雾，但下面的几个似乎安然无恙。突然，两个压力舱之间喷出了刺眼的紫色光芒。片刻之后，巨大的轰隆声回荡在空中。虫子开始还击了！

哈米德在裹成一团的垫子里扭来扭去，想看清楚上面的情况。在北边……一道明亮的蓝光向南飞去……蓝光裂成五条跃动的轨迹，颜色也由蓝色转为橙色，最后变成了红色。这画面美极了……不过却有点儿像一只划破天空的利爪，爪尖部分逐渐变淡，最后消失了。然而，发出这些光的东西还在继续往前飞。它们反击虫子的进攻，把驳船北面打了个稀烂，像燃烧的塑料垃圾一样变了形。下面的压力舱看起来问题不大，可要是访客甲板给打成那副样子，拉里恐怕就活不成了。

有好几次，音爆把他们的飞毯震得摇摇晃晃的。他们眼前飞过不少东西，不过体积太小，飞得也太快，根本看不清楚。虫子驳船上的大炮还在不断地发出紫光，可驳船已经开始上升了——哈米德从没见这艘船跑得这么快过。

过了一会儿，飞毯再次翻了个跟头，他们终于又可以头朝上坐着了。早晨的天空已经完全变了样。在他们头顶和四周堆满了奇奇怪怪的云，有的在燃烧，有的在发光，全带着氮氧化物的棕色。恶臭的氨气把哈米德的眼睛嘴巴烧得生疼，呱呱也给呛得直咳嗽——这一次，它不是用震膜，而是用嘴发出了咳嗽声。

远处空中有一个小圆点，那是虫子的驳船。游客们早跑了，其他反重力材料也已经无影无踪。只有他和呱呱还留在这片云里。也许还有其他人快来了。哈米德开始摆弄反重力垫，先扯下一块，感觉着上升的气流，然后再扯掉另一块。他们穿过云层，飞进一阵细雨中；这种雨落在皮肤上，烧得人火辣辣地疼。哈米德让垫子往旁边飞，躲开雨雾，终于又在阳光下自由呼吸起来。现在，大片大片的云在农田里投下昏暗的阴影，可除此之外，四周的景物跟平常几乎没什么不同。

在哪儿降落好呢？哈米德从垫子边缘往下看，发现敌人正等着自己。这是一个圆柱体，两头呈锥形，其中一头还有一对小巧的机翼。它飘过飞毯投下的影子，哈米德意识到敌机已经很近了。它的长度不到十米，最宽的地方不到两米。它悄无声息地与飞毯同步下降。哈米德抬起头，看见还有四个一模一样的阴影。它们包围过来，就像食人鱼嗅到了猎物一样。其中一架飞到他们的正上方，离他们非常近，哈米德一伸手就能摸到它的底部。仔细一看，它黯淡的表面既没有舱门也没有缝隙，但机翼中间闪着红色的微光，能觉察出一股热浪。

这列奇怪的队伍就这么前进了一分钟，五个"杀手"一起盯着他们。呱呱的头随着它们不断地转动，眼睛瞪得滚圆，还不停地发出昨晚那种害怕的口哨声。哈米德感觉到轻微的上升气流,大概是飞毯下降引起的。除此之外,空气似乎静止了。不过也许是他的错觉?昨晚电话里尖爪先生发出的嘶嘶声又出现了,声音从五架敌机里同时传出,音量越来越大。声音里有某种东西,非常微妙,很难察觉,从一部普通的电话里根本听不出来。

"呱呱。"他伸手想抚摩呱呱的脖子,却被它一口咬住,尖牙深深扎进了肉里。哈米德痛得倒吸一口冷气,赶紧收手。呱呱全身的毛都竖了起来,看上去足足比平时大了一倍,活像一只巨大的食肉动物,眼里闪动着杀气。哈米德从没见过它这副模样。它长长的脖子不断晃动着,想同时监视所有的敌机。它的前爪和后爪在垫子上划出老长的口子。它爬到垫子折得最厚的地方,冲着那些东西尖叫……最后瘫倒在垫子上。

哈米德好一会儿工夫没法动弹,只觉得有剃刀划过他的手,还有冰碴塞住了他的耳朵。接着,他挣扎着爬到呱啦啦身旁:"呱呱?"没有回答,也没有动静。他摸了摸呱呱,它的身体像刚死去的动物一样柔软。

二十年来,哈米德·汤普森从没有过亲密朋友,但他也从不是孤身一人。直到现在。他把目光从呱呱身上移开,看着那些盘旋的阴影。

其中一架朝他飞来,腹部出现了什么东西,又大又暗。独自待在四千米的高空,哈米德感到束手无策。接着,那片黑暗笼罩了他,吞噬了一切。

哈米德以前从没上过太空。要不是发生了刚才那些事,他一定会高兴得忘乎所以。有一次他去到近地轨道,从那儿看到的中美星漂亮得像个梦。可现在,他趴在一个牢笼里,已经这样飞了好几个钟头。他向下望去,中美星只是一个泛蓝的小圆点,几乎被太阳的光芒淹没了。哈米德用力推着软乎乎的地板,费劲儿地翻过身,仰面躺着。他猜测，母船的加速度大概有四五个 g^1。

哈米德被他们从攻击舰上拉下来的时候，并没有完全失去知觉。他不知道当时的加速度究竟是多少，反正对他来说简直难以忍受。他记得自己最后看了一眼安详而平静的中美星，然后……呱呱——或者说呱呱的尸体——就被他们带走了。其中一个是拉芙娜，她处理了他手上的伤，血已经止住了；还有一个是呱啦啦，不，它皮毛上的图案完全不同。想必它就是尖爪了。哈米德听到了嘶嘶声，声音的主人似乎跟拉芙娜起了争执。

天花板和墙上洒满阳光，他的影子正四仰八叉地映在天花板上。前几个小时里，他晕头晕脑的，一度以为那是另一个囚犯呢。墙上没有一丝缝隙，不过能看到污点和划痕，好像有人在这里使用过重型设备。他记得顶上有扇门，但记忆不是很清晰。反正现在那儿已经什么也看不见了。这个房间像是空荡荡的卧室，什么家具都没有。透过地板，他能看见船外的星星——这一点可不像普通牢房。房间里没有厕所，就算有，在五个 g 的加速度下也发挥不了作用。空气里充满了他的体味……看来，房间是密封的。透明的地板没准儿只是程序制造出的幻象。说不定拉下开关，哈米德就会永远消失。

呱啦啦死了，父亲死了，拉里和虫子可能也死了……哈米德没受伤的那只手往上抬了几厘米，然后握紧了拳头。躺在这儿，他第一次有了复仇的冲动。他反复想着这件事……这样就没时间害怕了。

"汤普森先生。"是拉芙娜的声音。经历几个钟头的愤怒后，他终于又听见敌人的声音了。哈米德惊得微微一跳，然后赶紧控制住自己。"汤普森先生，十五秒后我们进入零重力状态。请别紧张。"

哼，她突然客气起来了。

这几个小时里，他一直被压在地上，连呼吸都像是在做运动。现在，这股力道渐渐减弱了。从墙壁和天花板后边传来砰砰声，有一瞬

---

1. g 是重力加速度的符号，其标准值约为 $9.8 m/s^2$。

间,他惊慌失措,以为地板消失了,自己马上就要掉出去。他扭动身子,结果一只手摸到了坚实的地面,接着,他慢慢朝自己的对面——刚才的天花板——飘了过去。一扇门开了。他穿过门,进入一间大厅。墙上布满样式复杂的沟槽和突出物,除此之外,一切都很正常。

"往前走十五米有一个洗手间,"不知从哪儿传来了拉芙娜的声音,"那儿有些干净衣服,你应该能穿。等你换好衣服,我们得谈谈。"

你算是说对了。哈米德绷紧肩膀,飘过走廊。

她不像个杀人犯,脸上的表情不知是恼怒还是紧张。她似乎很久没有休息过了,看上去像个不停抗争、却又早已放弃希望的人。

哈米德慢慢飘进拉芙娜所在的房间,试着搞清楚眼前的情况。这里是会议室还是舰桥?反正屋子很大,只不过天花板很低。零重力下,在这间屋里行走并不困难:轻轻从地板弹到天花板,然后再弹回来就行了。四面的墙壁围成一个圆弧,大部分地方都是透明的。外面是星星和夜空。

拉芙娜原本站在一盏灯下面,现在她往后退了一步,使自己不再处于灯光的直接照射下。她用脚钩住地板上的某个东西,固定住身子,接着挥手示意哈米德站到桌子的另一头。现在他们相距两米,在零重力的房间里,两人的身体都微微弯曲。但即便如此,她还是比视频电话里看起来更高些,体重应该跟哈米德相当。拉芙娜和哈米德记忆中的没什么不同,只是整个人看上去非常疲惫。她的目光从他身上掠过,马上又转到别的地方去了。"你好,汤普森先生。你可以轻轻碰一下地板,它能帮你停在地上。"

哈米德并没有采纳她的建议。他紧紧抓住桌沿,双脚使劲抵着地板。这样一来,如果待会儿需要迅速移动,他就有了支撑点。"呱啦啦在哪儿?"他声音嘶哑,虽然是在询问,语调里却透着绝望。

"你的宠物死了。"

93

"死"字前有一个很短的停顿——她撒谎的本事一点儿也没长进。他把满腔愤怒咽了回去。如果呱呱还活着,除了复仇之外,他还有别的事情可做。他面无表情地"噢"了一声。

"无论如何,我们准备把你安全地送回家。"她对周围的星空做了个手势,"刚才那六个g的加速度是为了避免跟罗斯林马尔人发生不必要的冲突。我们还会继续向外滑行一段距离,甚至可能用吸气式冲压推进器飞一段时间。尖爪先生会用一架攻击舰带你回中美星。你可以在大陆西部找个没人的地方降落,不会引起别人的注意。"她的语气很冷淡。

哈米德注意到,她从没长时间直视过自己的眼睛,比如现在,她只看着他的半边脸。哈米德想起昨晚的通话,那时的她似乎也故意不看他的双眼。从近处看,她跟视频里一样迷人——不,应该说更迷人了。他多想看她笑一笑啊,但内心还是有点儿不安:自己竟会被一个陌生的杀人犯迷得晕头转向。如果她……

"如果你能告诉我这是为什么,我也许会考虑的。你们为什么要杀了呱呱?为什么要杀了我的父亲?"

拉芙娜眯起眼睛。"那个肮脏的骗子?他太诡计多端了,没那么容易死。我们到农场的时候,他已经逃走了。这次行动我们并没有杀人,就连罗斯林马尔人的驳船也还在正常工作。"她叹了口气,"我们都很幸运。你不知道这几天尖爪都变成什么样子了……昨晚他给你打了电话?"

哈米德无动于衷地点了点头。

"那时候,他的脾气还算好的——我准备接手飞船时,他甚至想杀了我。再晚一天他就死定了,你的星球很可能也得陪葬。"

哈米德想起了虫子说的关于爪族的传闻。现在,呱呱落到那家伙手里了。"这么说,尖爪现在已经满意了?"

拉芙娜没发现他的声音在颤抖,只是心不在焉地点了点头。"尖爪现在很茫然,但已经度过危险期了。可怜的家伙,组合是很困难的，可能需要好几个星期……但他会调节好的，很可能比以往任何时候都要好。"

天晓得这是什么意思！

她轻轻一推，从桌边退开，用一只手撑住低低的天花板，然后停了下来。看来，这次会面结束了。"别担心，尖爪稍稍恢复一点后就会带你回家。用不了多久的。现在，我带你去看看你的——"

"别催他嘛，拉芙。他有什么理由要回中美星呢？"说话的是个好听的男高音，像人类的声音，不过稍微有点儿含糊。

拉芙娜从天花板上往下一跳。"我以为你不会插手这件事！这孩子当然要回去，那是他的家，他该待的地方。"

"是吗？"那个声音笑了，听上去像个高兴的——兴高采烈的——醉汉，"哈米德，你在那儿的名声已经糟透了，你知道吗？"

"呃？"

"没错。旅行团带来的一整船常温聚变器都被你熔掉了。当然，这件事上，那两个警卫也帮了点儿忙，不过大家都很乐于忽视这一点。更糟糕的是，大部分反重力材料也没了。啊哈，飞啊，飞啊，飞走了！除非从外界再运一艘船来，否则你们永远不会有反重力——"

"闭嘴！"拉芙娜的呵斥声盖过了那个快活的声音，"反重力材料不过是些廉价的小把戏罢了。那么精密的东西在爬行界运转不了多长时间，五年以后它们就没用了。"

"当然，当然。这事儿我明白，你也明白。可是，中美星人和游客都认为是哈米德坏了事。傻瓜才会在这种情况下回去呢。"

拉芙娜喊了句什么。哈米德从没听过这种语言。

"说英语，拉芙，英语。我希望他弄清楚现在的情况。"

"他必须回去！"拉芙娜听上去愤怒极了，几乎有些狂暴，"我们说好了的！"

"我知道，拉芙。"那个声音里那种过剩的欢乐比刚才少了些，变得充满同情，"我很抱歉。但那时的我跟现在不同，我的脑子更清楚

95

了……嘿,我马上下来,好吗?"

拉芙娜闭上双眼。在零重力的地方,想摔一跤还是很有难度的,不过她差点儿就做到了。她赶紧放松手臂和肩膀,身体又慢慢从地板飘了上去。只听她轻声道:"哦,天啊。"

外边的大厅里,有人在吹口哨。那是六个月前在玛盖特很流行的一支曲子。墙上出现了一个影子,接着……那是呱呱吗?哈米德摇摇晃晃地移动起来,双臂在空中乱舞,想找个支撑的东西。他稳住身子,凑近看了看。

不,不是呱呱。它们肯定属于同一个种族,但这只身上的黑白条纹和呱呱的完全不同。它的一只眼睛周围有一大圈黑毛,另一只周围则是一大圈白毛,看上去挺可笑的。不过哈米德一点也笑不出来,因为他终于见到尖爪先生了。

人类和外星人对视了好一会儿。它的体形比呱呱小些,脖子上还围着条橘红色的方格围巾,爪子似乎并不比呱呱的更灵活……但哈米德毫不怀疑这双充满智慧的眼睛。尖爪先生飘到天花板上,爪子灵巧地一挥,停住了。现在,空气中有些微弱的声音:吱吱声和类似鸟叫的啁啾声,轻得几乎听不见;如果距离近些,应该还能听到那种嘶嘶的声音。

尖爪先生看着他,愉快地笑了,发出刚才那个男高音:"别着急!我还没来齐呢。"

哈米德看向门口。又来了两只,其中一只戴着宝石项圈——是首领吗?它们从空中滑过,降落在第一只身边。哈米德发现还有更多的阴影正往这边来。

"一共有多少只?"他问。

"我现在是六位一体了。"哈米德觉得不是第一只在说话,不过声音听上去没有任何区别。

又有三只进了门,其中一只既没戴围巾也没戴珠宝……看着非常眼熟。

"呱呱！"哈米德一推桌子，想到门边去。他打起了转，结果冲到离门口好几米远的地方。呱啦啦——哈米德敢肯定它就是呱啦啦——转身逃出了房间。

"躲开！"一瞬间，尖爪的声音变了，像昨晚一样凶狠。哈米德站在墙上往大厅里看。呱呱就在那儿，正坐在大厅另一端那扇关着的门上。哈米德的方向感一下子没了……他觉得大厅如同一口透亮的深井，呱呱给困在了井底。

"呱呱？"哈米德的声音很柔和，他知道尖爪就在身后。

它抬头看着他，用最温柔的女声说："我不能再玩以前那些游戏了，哈米德。"哈米德不明所以地瞪大了眼睛。这么多年里，呱呱说过不少似乎颇有深意的话，但那要么是碰巧了，要么是听者自己想象出来的。但眼下，哈米德知道自己面对着一个有智慧的生命，这还是二十年来头一次……他现在终于明白为什么拉芙娜说呱呱已经死了。

他从那口"深井"旁退开，看着其他几个尖爪的同类。这时，哈米德反应过来了，它们每一个都能说话，而且几乎像是同一个生物。他问："你们就像是同一窝的，对吗？"

"有点儿。"声音从它们中间的某个方向传来。

"而且拥有心电感应。"哈米德补充道。

他曾经的朋友用男高音回答道："我们并不依靠什么第六感，这点其实你一直都知道。我不是老爱说话吗？所以你才叫我呱啦啦。"原来，那些吱吱声和嘶嘶声是它们相互之间交流的语言，或者说，人类的耳朵能听到的部分。"很抱歉我刚才跑开了。我还有些迷惑，不太明白自己是谁。"

呱呱轻轻一用力，飘回舰桥里，来到哈米德跟前。它抓住天花板停了下来，试探着把头伸向哈米德，好像他是个陌生人。哈米德心想，我对你的感觉一点儿也没变。他伸出手，用指尖轻触它的脖子。它猛地一缩，藏到其他尖爪同类中间去了。

97

哈米德望着它们,它们也回望着他。他突然觉得这些生物像一群长脖子的老鼠,正专心致志地研究自己的猎物。"那么,谁才是真正的尖爪先生?是那个想摧毁世界的恶魔,还是现在这个好人?"

拉芙娜说话了,她的声音疲倦而冷淡:"那个恶魔已经消失了……或者说正在消失。你还不明白吗?那时的尖爪组合错乱,差点儿死掉。"

"我那时的组合共有五只个体。哈米德,这数字并不坏,有些聪明的组合就是五位一体的。但我是从七个变成五个的:其中两个被杀死了,剩下的无法形成一个完整的组合,而且只有一个雌性。"尖爪先生顿了顿,"我知道人类可以好几年不接触异性,最多只是感到轻微不适——"

你眼前就是一个"轻微不适"的绝好例子,哈米德心想。

"但爪族完全不同。如果一个组合的性别比例太悬殊,特别是个体的技能不匹配的话,意识就会解体……这期间可能会发生很多可怕的事。"哈米德注意到,有两只个体围在戴橘红色围巾的那只两侧,不断把围巾解开又打结,动作很快,非常协调。尖爪根本不需要手,或者说,已经有六只手了。一个人在非常紧张的时候会不住地摆弄自己的领带,这两只的行为大概跟那差不多吧。

"拉芙娜说呱呱死了并不是真的。但我原谅她,因为她希望你乖乖下船,别再提什么问题。事实上,呱啦啦得救了。否则,它一辈子都是个无知的生物。同时,它又救了整个组合。我感到非常……快乐,甚至比七位一体的时候还要好。过去很多年都不明白的事儿,现在都已经豁然开朗了。你的呱呱比我的其他任何个体都更有语言天赋。要是没有它,我绝不可能像现在这样说话。"

拉芙娜飘到了尖爪身边。她的脚固定在它们身下的地板上,头挨着其中一只的肩膀,眼睛跟另一只处在同一水平线上。她对哈米德说:"你可以把呱啦啦当成一个大脑里掌管语言的半球。"

"不全是这样。"尖爪先生说,"大脑的半球几乎可以独立运作,

98

呱呱却永远无法成为一个真正的人。"

以前,呱呱最大的愿望不就是成为一个真正的人吗?而在这家伙的话里,他还能听到呱呱的回声。尖爪的话似乎很有道理……可如果稍稍改动几个字,你也可以把这解释成奴役——就像虫子提出的那个可怕的理论。

哈米德避开那许多双眼睛,向外面的星云望去。我能相信多少?我该让它们以为我相信了多少?"有个游客想卖给我们一台安塞波,我们用它打听了爪族的事儿。想知道我们打听到了什么消息吗?"他把拉里从银河系另一端听到的传闻告诉了对方。

拉芙娜与她脑袋旁边的那只个体交换了个眼色。有一会儿工夫,谁也没说话,舰桥里只有些吱吱声和嘶嘶声。接着,尖爪开了口:"你们地球上也有可怕的恶棍,相信我,有些地方发生过更可怕的事……想象一下,如果那股邪恶势力非常强大,没有任何公正的历史学家能逃出它的魔掌,在这种情况下,那些被灭绝的种族——依你之见——会在宇宙里产生什么样的谣言呢?"

"好吧。那么——"

"爪族不是恶魔。总的来说,我们不比人类嗜血。我们是从某种狼一样的生物进化来的,是致命的战士。只要有适当的人员和武器,我们大概可以战胜爬行界里的任何种族。"哈米德想起了那些攻击舰,每架都载着一只个体,再加上心电感应……人类根本无法与它们抗衡。"在我们居住的那片区域,爪族曾经很强大。即使在没有爆发战争的时候,我们也有敌人。这不难理解。虽然组合是永生的,但随着旧个体的死亡和新个体的加入,我们对其他种族的态度很可能从友好变为满不在乎,甚至充满敌意。你会信任这样的生物吗?"

哈米德看着拉芙娜和她周围的那一群生物。爪族曾经是强大的战士,这一点他能相信;它们曾遇到更致命的对手,因此现在几近灭绝,这一点他也能相信。除此之外……只有傻瓜才会听到什么信什么。他大概可以和尖爪交上朋友,还希望能和拉芙娜成为朋友。但所有这些话,这些看似合理的证据,也许不过是尖爪操纵他的手段罢了。有件事哈米德很肯定:如果回到中美星,他就永远无法得知真相了。他也许能安稳地活一辈子,但呱呱再也不会陪在自己身边了,他也永远无法弄清它身上到底发生了什么。

他歪着嘴冲拉芙娜笑了笑。"那咱们还是回到先前的条件上来吧。我想跟你们一起去飞跃界。"

"那不可能。我一开始就已经说得很明白了。"

哈米德靠近她,停在一米开外的地方。"为什么你从不正眼看我?"他轻声问,"为什么你这么恨我?"

她直愣愣地盯着他看了足有一秒钟。"我不恨你!"她的脸色阴沉下来,好像快哭出来了,"只不过你太让人失望了!"她猛地后退,把身后的尖爪都撞开了。

哈米德跟着她慢慢走回桌边。她"站"在那儿,用某种听不懂的语言喃喃自语着。

"她在对自己的祖先发誓。"一只尖爪个体飘到哈米德旁边,低声说,"她那族的人把这种事看得很认真。"

哈米德在她面前站定,仔细端详她的脸。拉芙娜看起来很年轻,似乎不到二十岁,但外界的人有办法阻止衰老。再说,她至少在过去十年里都以接近光速的速度飞行。"是你雇了我的……雇了侯赛因·汤普森,让他收养我?"

她点了点头。

"为什么?"

这次她没有退开,而是看了他几眼。最后,她叹了口气说:"好吧,我会尽力解释……但很多事情是你们爬行界的人无法理解的。虽然中美星离飞跃界很近,但你们也只是管中窥豹罢了;对于超限界的事,你们就了解得更少了。"她说话的口气越来越像懒虫拉里了。

"我愿意从五岁小孩儿的版本开始学习。"

"好吧。"她的脸上出现了笑意,虽然只是一闪而过,却跟哈米德心里期望的表情一模一样。他真希望自己能让她多笑笑。"很久很久以前,"那个笑容又出现了,这次嘴角上扬的幅度更大了,"有一个非常聪明的好人。在所有人类或类人生命中,他的智慧和心地都算得上是最顶尖的。他不仅是数学天才、伟大领袖,更是个了不起的和平缔造者。他活了五百个主观年,其中一半的时间里,他都在同一个非常邪恶的势力抗争。"

尖爪插话道:"就是那个邪恶势力的一部分把我的族人当早饭吞了。"

拉芙娜点了点头。"最后,它把我们的英雄也吞噬了。他已经死了大概一百个客观年。敌人一直很警惕,不让他有机会复活。尖爪和我是仅存的两个想要他复活的人了……你对克隆了解多少,汤普森先生?"

哈米德好一阵子开不了口,拉芙娜的意思简直再清楚不过了。"呃,游客们说,只要有一个细胞,就可以造出一个可以发育为成体的受精卵。他们说克隆的过程很容易,但最后得到的不过是原来那个的同卵双胞胎而已。"

"大致是这样。事实上,克隆体通常远不如同卵双胞胎。母亲子宫里的环境对人的大部分特征起着决定性作用。以数学天赋为例,这里头除了有遗传因素,还有很大一部分是由于胎儿在母体里吸收了过量的睾丸激素。而且,这个量必须刚刚好——稍微多一点,你就从天才变成了白痴。很长时间里,尖爪和我都在逃亡。五十年前,我们到了罗斯林马尔星——那个死胡同——还带着那个人的一个可供克隆的细胞。虽然可以用于培育人类的医学装备不多,但我们尽了最大努力。新生儿看上去挺健康的……"

沙沙声,嘶嘶声。

"可你们为什么不自己养大那个孩子?"哈米德问,"为什么要雇人带他去爬行界?"

拉芙娜咬住嘴唇,移开了视线。尖爪回答道:"第一个原因是,敌人想让你永远消失,而藏在爬行界是躲开它的最好方法。另一个原因则更微妙些。想要一个完美的复制品,记忆的拷贝必不可少。我们虽然没有那东西,但如果能让你在相似的环境下长大……应该也能得到相似的结果。"

"就像原来那个回来了,只不过得了严重的健忘症。"

尖爪吃吃地笑了。"没错。一开始,事情进行得非常顺利。我们在罗斯林马尔星遇到了侯赛因·汤普森,这真是天大的好运气。这家伙看起来挺机灵的,而且愿意挣这笔钱。他把还不会走路的你带回中美星,然后跟一个聪明女人结了婚,让她做你的母亲。一切都计划好了,后天环境比我们想象中还匹配。我甚至还放弃了自己的一部分,一个新生儿,让它陪着你。"

"我猜,后来的事情基本上我都知道了。"哈米德说,"头八年一切都很顺利,我在一个充满爱的家庭里度过了一段快乐的时光。直到发现我根本不是什么数学天才后,你雇的帮手就不知所措了,你的计划也土崩瓦解了。"

"本来不该是这样!"拉芙娜用力一拍桌子,这个动作让她的身体往上一冲,脚上的固定也差点儿松了,"数学天赋固然很重要,但就算没有,我们也还有一次机会——汤普森却耍了我们。"她对哈米德怒目而视,然后又看着尖爪,"那个人的父母在他十岁那年双双去世了。侯赛因和他的妻子也应该在你十岁时一起消失。我们早就说好的!他们本该伪造一场空难,结果……"她咽了口唾沫,"我们试着同他联系,他却不肯跟我们面谈。那个狡猾的浑蛋!他满肚子都是借口:'我看不出再这么伤害这孩子有什么意义,他不是超人,只是个好孩子。我希望他过得开心!'"说到这里,拉芙娜简直被自己的愤怒噎住了,"开心?!要是他知道我们都经历过什么,知道赌注有多大——"

哈米德的脸像冻住了似的,完全失去了知觉。不知道在零重力下呕吐会是什么样子?他问:"那……那我母亲呢?"他的声音小极了。

拉芙娜略一摇头，说："她试着说服汤普森，等发现自己无能为力便离开了你们。但那时已经太晚了。再说，我们原先的英雄经历的创伤并不是遗弃。总之，她履行了自己那部分义务；作为回报，我们把约定中的大部分报酬都付给了她……我们原本期待在中美星找到那个能创造奇迹的人，结果，我们只找到了——"

"一堆垃圾？"哈米德现在已经连生气的力气都没有了。

她发出一声叹息，声音有些颤抖："不，我并不真的那么想。侯赛因·汤普森真的培养出了一个好人，这已经比大多数人都了不起了。但如果你是我们想要的那个人，现在应该已成为中美星的著名人物——最了不起的科学家，移民地建立以来最伟大的实干家——而那一切只不过是个开始。"她的目光似乎穿过了哈米德的身体……仿佛是在回忆。

尖爪清了清嗓子，声音与上一次不同："他才不是什么垃圾呢，他也不只是个好孩子。我的一部分跟他一起生活了二十年；作为个体，呱啦啦的记忆算是非常清晰的。对我来说，哈米德并不是一个破碎的梦想。他确实与我们期待的不一样，但我很喜欢跟他在一起，可以说，我喜欢他的程度不亚于喜欢……那位。而且，在发生危机的时候……嗯，我见到了他的反应，就算是原来那位也不可能做得更好了。用没加工过的反重力材料飞上天，那种胆识正是——"

"这我承认，阿爪。这孩子胆子确实不小，反应也很快。但鲁莽和冒险是有区别的，后者经过了考虑。他已经这么大了，这辈子也只能当个好人了。"说这话的时候，拉芙娜的声音里充满了嘲讽。

"情况本来可能更糟，拉芙。"

"你很清楚，我们必须做得比这好得多！想想看，飞出爬行界还要两个主观年，我们的悬浮设备又坏了。难道要我每天看着他的脸，看整整两年？绝不可能！他必须回中美星。"她一蹬腿，朝停在哈米德头上的尖爪飘了过去。

"我可不这么想。"尖爪说,"只要他不想走,我就不会送他回去。"

拉芙娜的脸上出现了愤怒的表情。奇怪的是,她似乎还非常惊恐。"上星期你可不是这么说的。"

"呵呵呵。"是懒虫拉里的笑声,"我已经变了。你没发现吗?"

拉芙娜撑住天花板,从高处俯视着哈米德,看样子正不停地算计着。她开口道:"小子,我想你还没搞清楚状况。我们的时间不多了,不会在罗斯林马尔星那种地方降落。我们还有最后一招,也许能让那个人复活,甚至连他的记忆也一起找回来。我们要去的地方是超限界,你真的想跟来吗?我们生还的可能性……"她停下来,脸上浮现出笑容,但不是什么友好的笑容,"你难道从没想过吗,你的身体对我们还有什么用?你一点也不了解我们的计划。也许,我们可以想办法把你改造成一个,嗯,空白的资料存储器。"

哈米德试着回敬她的目光,暗暗祈祷自己心中的恐惧没有写在脸上。"也许吧。不过我还有两年时间准备,不是吗?"

他们互相瞪了老半天——这是迄今为止最久的眼神交流——最后,拉芙娜说:"那好吧。"她飘近了一点儿,"给你些建议:我们要关在这儿两年,这是艘大船,别挡我的道。"她后退几步,顺着天花板飘了出去,速度越来越快。接着,她冲进后面的走廊,消失了。

哈米德·汤普森拿到了去外头的机票。有的票比其他的更昂贵。他会为这张票付出什么代价?

八小时后,飞船开启了吸气式冲压推进器,朝星系外围飞驰而去。哈米德一个人坐在舰桥里。透过房间一边的"窗户"可以看到船尾的景象,中美星的太阳在房间里洒满了阳光。

在他们前边,飞船正在吸收星际物质,以充当冲压推进器的燃料。目前的加速度大概只有五十分之一个g,几乎察觉不出来。冲压推进器能实现远距离飞行,因此这个加速度会一直持续下去,最终达到大约半个g——从而接近光速。

中美星看起来像块蓝斑，后面还拖着一白一黄两个小点。再过几个钟头，哈米德的故乡和那两个月亮就会从肉眼中消失。再过几天，就算用望远镜也无法看见它们了。

尖爪领哈米德看过他要住的房间后不久，他就上这儿来了。他在这里待多久了？一个小时，还是两个小时？

他觉得脑子里像刚打完一场大仗似的。他的好伙伴竟是那样一种生物；他憎恨的男人原来是自己一直渴望的那种父亲；而他的母亲却是个漠不关心、自私自利的人。哈米德心想，现在我永远没法回去了，永远没法问母亲你究竟是怎样一个人，你是不是真的爱过我。

他觉得脸上湿了。有重力的好处之一是，即使只有五十分之一个g，眼里的泪水也能掉落。

今后两年他必须多加小心。要学的东西太多了，只能靠自己猜测的信息则更多。哪些是谎言，哪些是真话……在他们的故事里，有些东西实在是……一个人类怎么可能有拉芙娜和尖爪说得那么重要？比起天人来，任何类人生命都不算什么。

还有一种可能：他们沉迷于自己的故事——而那正是最可怕的一种可能性——故意把那个人说得很伟大。那个所谓的英雄说不定就是毁灭上千个世界的凶手。

哈米德不由得笑出了声。这么一来，我成了什么？一个恶魔的克隆能比本体更好吗？

"你在笑什么，哈米德？"尖爪轻手轻脚地走进舰桥。它跳到桌子上，其他个体围绕在哈米德身旁。曾经的呱呱离他只有一米远。

"没什么。我只是在思考。"

他们静静地坐了几分钟。飞船外面的气体有些波动，像炉子上的热气一样——表明他们周围存在着吸气式冲压推进器形成的力场。他瞟了一眼尖爪，其中四只正看着窗外，另外两只回应着他的目光。它们深色的眼睛是那么温柔，跟呱呱的一模一样。

"请别责怪拉芙娜。"尖爪说,"她跟以前那个人有着很深的感情。他们非常相爱。"

"我猜到了。"

注视着他的那两双眼睛转而投向窗外的太空。今后的两年里,他必须好好观察这个生物,然后做出判断……但抛开这些怀疑不谈,他越是跟尖爪接触,就越喜欢它。哈米德觉得自己不仅没有失去呱呱,反而还认识了它的五个同类。那个曾经只知道呱啦呱啦的大嘴巴就像是变成了一个真正的人。

他们沉浸在一种友好舒适的沉默里。过了一会儿,曾经的呱呱慢慢来到哈米德面前,用头撞了撞他的肩膀。哈米德迟疑片刻,然后抚摸着它的脖子。他们一起看着太阳和那一点蓝色。接着,尖爪开了口,用的是呱呱最喜欢的女性声音:"知道吗?我会怀念那个地方,而且……我会特别想念那些小猫小狗的。"

作者的话:

虽然《呱啦啦》是最先创作出来的,但它是《深渊上的火》和《天渊》的续篇。在未来,二十世纪之后的几个世纪非常有趣——但对于我这样的科技乐观主义者来说,这是令人沮丧和费解的。计算机的能力增强了,但不知何故,人类所期望的拥有知觉的实体迟迟未能出现。在二十一世纪,来自二十世纪的人工智能专家被视为老古板,他们的疯狂预测从未实现。随着时间的流逝,人类登上了附近的行星,甚至遍布太阳系。其中一些人类的后代永远不会知道真相,另一些则搭乘宇宙飞船和相对论火箭前往银河系之外,最终到达飞跃界。(还有一些人在前往星系的中心时,以无意识的毁灭告终……也可能没有。最悲惨的情况可能是掉入零意识深渊边缘的一座移民地,在那里,即使是最聪明的人类也是蠢材。)

飞跃界是一个有趣的地方,就像是二十世纪三十年代科幻小说中狂野的星际游乐场,除了在更远的地方有超限界诱惑着帝国离开人类的视野。进入这些界区的贸易商在回来之后，会变得非常奇怪。

更重要的是，哈米德和呱呱该怎么办？爪族是如何被摧毁的？那个所谓的英雄呢？在我的想象中，其他作家笔下的虚构世界一定是完全成形的，而那些故事只是围绕作者脑海中已经存在的地方来展开。然而，我的写作并非如此。我确实有想法——但太多了，还不统一，《深渊上的火》便是脱胎于《呱啦啦》——但现在，《深渊上的火》限制了我把《呱啦啦》扩展成一部长篇小说的工作！

THE BARBARIAN PRINCESS

野人公主

Loading...

罗妍莉 译

1987雨果奖最佳短中篇提名作
1987轨迹奖最佳短中篇提名作

作者的话：

我相信有些作家即便是刚开始写作，对自己所写的短篇小说也一直不满意，而我则遇到了相反的问题。在我职业生涯的前五到十年里，我几乎写不出长篇小说。我想，这种缺陷反而令我有所受益。短篇小说是推理作品的绝佳媒介。虽然短篇小说的稿酬一般低于长篇小说，但对新人作家而言，科幻杂志是一个理想的平台，因为许多家杂志都敞开怀抱，接受主动投稿。与此同时，大部分新人作家在能够持续售出作品之前，都会遭遇多次退稿。所以，每一个短篇都是一次"小实验"。作家可以迅速获得大量的反馈。

最终，一名短篇小说作家也能成长起来，写出长篇作品。以我为例，这种成长的步骤尤其简单。1968年，达蒙·奈特在《轨道》选集中发表了我的中篇小说《格林的故事》。当时，达蒙还在为伯克利出版社担任科幻小说编辑。他告诉我，如果我想扩写《格林的故事》，那他可以替我争取一份长篇小说的合同！（这个感叹号反映了我对这一提议的感受。我还从未卖出过长篇小说呢，现在居然有人请我写一本。我觉得自己终于成功了。）1969年，伯克利出版社将我扩写后的《格林的世界》出版了。

若干年过去后，我才得知自己的第一本书卖得非常好，而第二本则很不好卖。不过，到了二十世纪八十年代中期，我又有几部小说大获成功。吉姆·班恩提出，他想要重印《格林的世界》，但要添加一些新的内容。最后，这本书变成了《塔迦·格林的世界》，包括《野人公主》这篇新作以及《格林的世界》的修改版。

重拾自己最早的故事设定，我觉得相当有趣。我很惊讶地发现自己还有新的东西想写，而且现在有能力把这些内容写好。我认为，《野人公主》本身就是个不错的故事。1986年，本篇曾单独发表于《模拟》杂志，并获得了雨果奖提名。

南岸的费尔黑文[1]是座脏兮兮的小镇。破烂不堪的仓库在港口两侧一字排开，木制外墙上没有刷漆，已见腐烂。在靠近内陆的区域，主要的文化景点是几家妓院，以及皇家卫戍部队的军营。然而，从某种意义上说，费尔黑文又是名副其实的"美丽的港湾"。无论这里多脏多乱，大家也清楚再往东走还不如这里呢。这里是大陆南岸文明的最底层。从南岸继续前行，是绵延四千英里的蛮荒海岸，靠海而居的海盗和蛮族部落常常出没于此。

雷伊·吉尔很快就要向东航行了，但这样的前景并未令他烦心。事实上，他倒是十分期待。出于显而易见的原因，南岸沿路的客户并不多。"塔鲁勒号"驳船会驶入较大的两处蛮族聚居地，那些村子对塔鲁勒出版公司古里古怪的出版物还算青睐。还有一位作家生活在海滨的荒野中，他的作品怪诞难料，值得额外为他多停一站。除了这三次登陆之外，驳船会径直沿着南岸航行，不受外界的影响。他们要过三十天才能到达奥斯特莱。

三十天，六十次清醒期。这段时间足够译者准备奥斯特莱语和察纳尔特语的译本，也足够布莱利·图恩斯修好"塔鲁勒号"上的打印机。雷伊打量着他这间小小的办公室。三十天啊，或许还足够他处理完目前积压的全部工作——在他身后的手稿从地板一直摞到了天花板。桌上一堆又一堆的稿件挡住了他远眺费尔黑文港的视线，更重要的是，挡住了从水面徐徐吹来的微风。这堆投稿全是他们在途经彻恩佩尔斯和克朗内斯的航程中收上来的，其中有一流水准的作品，但大多数稿件的下场就是变成图恩斯的造纸桶里额外的纸浆。(因此，正如雷伊曾在一篇编者按中指出的那样，《幻想》杂志的每一篇投稿最终都成了杂志的一部分。)

---

1. 费尔黑文在文中的原意为"美丽的港湾"。

雷伊猛地推开小小的窗户，摆好椅子，在微风中坐下。桌上的稿件已经翻阅了一半，其中一些简单的作品在几秒钟内就能做出决断。即便不出版这些作品，他仍会在投稿日志中做简短的记录。再过两年，塔鲁勒出版公司会重返彻恩佩尔斯。他虽然不能退稿，但至少可以对投稿人说几句恰如其分的话。对于桌上剩余的稿件，判断起来就难了：有些写得还行，但存在缺陷；有些一脱离作者的居住环境，读起来就不合适了。过去这几天，他的桌子底下已经摞起一小堆优先考虑的作品。最终，他会买下其中的大部分小说，有一些堪称宝藏。伊瓦姆·阿莱克投稿的行星故事，是以光谱学的最新研究为基础而创作的。关于这门了不起的全新科学，雷伊打算撰写一篇编者按，与稿件一并刊发。

唉，他还得买下那些并不能让他感到激动的故事。《幻想》杂志是名副其实的，雷伊买下的大部分小说写的都是魔法和神秘事件。只要说服作者遵循杂志一贯的内在规则，哪怕是套路小说也很有趣。

雷伊抓起下一份手稿，皱起了眉头。有些作品真令人大倒胃口，却又不得不买，比如这篇关于赫拉拉的冒险故事。这个系列早在二十年前就问世了，比他在塔鲁勒出版公司的工作年间还早了五年。如果你喜欢源源不断却不合逻辑的刺激事件，其中还包含大量的血腥和性爱描写，那么，该系列最初的几篇还算不错。毕竟，姜·特里诺斯并不是什么蹩脚作家。按照塔鲁勒出版公司的惯例，特里诺斯拥有赫拉拉系列的八年独家出版权。后来，塔鲁勒开始面向大众邀稿，随便什么关于赫拉拉的故事都可以投。这股风潮持续升温，原本还算像样的作家也开始浪费时间，创作起了新的赫拉拉冒险。如今，这个系列在世界各地都大受欢迎，甚至在莱伦尼托斯掀起了一阵狂热的偶像崇拜。

野人公主赫拉拉，身高超过一米八，身材曼妙得不似凡人，体格健壮得难以置信。她智计百出，有仇必报，外加风流成性。她的冒险故事发生在大陆广阔的内陆区域。在那里，帝国和战争无须与读者所熟知的这个单调世界相符。赫拉拉是成千上万愚蠢的男性读者心中的偶像，也被万千女性读者奉为楷模。

雷伊慢慢翻阅着关于这个传奇的最新作品。嗯……就题材而言，这篇写得不错。他的助理编辑保存着关于该系列的背景资料，他打算让她再细看一遍，把相关内容修改一致。这篇他大概非买不可了。他把稿件扔到桌子底下，在投稿日志上做了记录。

一小时后，雷伊还在审稿，桌上堆积的稿件略微少了点。从他窗户外面的甲板上不断传来装载货物的声音，船员们冲着装卸工人大喊大叫。他偶尔还会听到有人在他房间顶上摆弄索具。他早就学会了对这样的噪声不予理睬。但是现在，外面又传来了一阵咔嗒咔嗒的声音，有人正沿着狭窄的通道向他的办公室走来。片刻过后，柯罗娜达斯·阿斯库阿森尼娅从门口探头进来。"先生，我替你谈了笔交易！"

噢，噢。每当阿柯的口音变得含混、语速加快时，就确凿无疑地表明她被某种新的激情冲昏了头脑。他招手示意她进来。"什么交易？"

"塔鲁勒杂志缺乏吸引力。我们需要加些别的噱头，来吸引买家的兴趣。"

雷伊点了点头。杰斯彭·塔鲁勒在后甲板上安排了一个小马戏团，他们会在较大的港口举行演出，将塔鲁勒出版公司的出版物炒热。阿柯对这样的活动非常着迷，并不断尝试添加新的表演内容，来呈现《幻想》杂志上刊登的作品。她在这方面很擅长，是位天生的宣传高手。雷伊估计，公司高层注意到这一点是迟早的事，届时，他就会失去这位助理编辑。"你弄来了什么东西？"

"应该说是什么人。"她纠正道，退后一步，向门外招了招手，"请允许我向你介绍，赫拉拉，内陆的公主！"她把这个名字念得准确无误，声嘶力竭的粗嗓门让人听着难受。

令人诧异的介绍词说完之后，外面并没有传来什么动静。过了片刻，阿柯走到门口，用劝说的语气哄着什么人，还有一个声音是图恩斯手下的印刷工。过了一会儿，一个高挑瘦削的人弯下腰，走进门来。

雷伊身子一晃，靠在椅背上，睁大了双眼。这位客人虽然跟阿柯形容得不大一样，却实在引人注目。她肩膀纤瘦，臀部稍宽，个子很高。雷伊办公室的天花板距离地面有一米八的高度，女孩乱蓬蓬的红发已经蹭到了天花板。然而，如果把她缩小到普通身高，那她可能会被当成街头的流浪儿。她的面孔和头发都污渍斑斑，一只眼睛周围有块深色的淤青。随着她的到来，房间里充斥着一股难闻的油脂味。雷伊盯着她的衣服，明白了气味的部分来源。她衣衫褴褛，补丁一层叠一层，但还是能看到衣服上的破洞。不过，她身上穿的并非街头流浪儿的破衣烂衫，而是厚厚的皮衣，加工得很粗糙。她拿着一根手杖，长度几乎与她的身高相当。

马戏团可能用得着这么一位人物，不过她肯定演不了赫拉拉这号角色。他对女孩微微一笑，说道："你叫什么名字？"

她没有回答，只是腼腆地笑了笑，露出一口整齐健康的牙齿。污垢之下藏着一张美丽的脸。

阿柯说："先生，斯普拉克语她一个字也听不懂。"她望着门外，"吉米，她是怎么称呼自己的？"

印刷工把头探进办公室，狭小的空间里容不下三位客人。"下午好，先生。"他对雷伊说，"呃，她的名字很难念。在文明社会的名字里面，最接近的发音应该是'塔迦·格林'。"

女孩听完抬起头来，笑容越发灿烂。

"嗯。你是在哪儿发现她的？"

"这就是最奇怪的地方，先生。从这儿往南几英里的地方，我们在执行布莱利·图恩斯交代的木料任务。差不多中午的时候，我们在台地上遇到了她。她把那根手杖插在地上，看样子是在向它祈祷——她待在手杖影子的末端，脸朝下。我们当时正忙着砍树，看

115

不清她在干什么。不过，有几个镇上的男孩路过，开始骚扰她。他们还没来得及动手，就被我们赶跑了。"

"她是巴不得跟你们一起走吗？"

"看到我们从驳船上走下来的时候，她确实巴不得跟着走。先生，我们的船员当中，有个人会讲一点胡尔迪克语。据他了解，塔迦·格林是从大陆的中央区域徒步走到这里来的。"

三千英里的路程。直到最近，她穿过的这片土地还将所有探险队都吞噬殆尽。雷伊没有出声，用怀疑的目光扫了一眼他的助理编辑。阿柯略一耸肩，仿佛在说"嘿，这个冒牌货很不错"。

印刷工错过了这段插曲。"不过，我们搞不明白她为什么要到这里来。她好像是想找人聊天。"

雷伊轻声笑了起来："好吧，要是她只会讲胡尔迪克语的话，那她肯定来错地方了。"他看着女孩。就在他们说话的时候，她的目光在办公室里四下流连，脸上始终带着笑容。眼前的一切都让女孩着迷：雕花的墙板、摞得齐腰高的手稿、雷伊放在角落里的望远镜。只有看着雷伊、阿柯或吉米的时候，女孩的微笑才会变得僵硬，她再次露出了羞涩的表情。该死的，难道阿柯没有意识到她在想什么吗？于是，雷伊大声说道："这件事我得考虑一下。吉米，你怎么不把这位，呃，格林带到公共甲板上去呢？给她弄点吃的。"

"好的，先生。格林？"印刷工示意女孩跟他走。一瞬间，女孩的肩膀耷拉下来，但她仍然跟着离开了，没有表示反对。

阿柯没有说话，一直等到那二人的脚步声消散在甲板上的喧嚣中，她才看着雷伊说："你不会雇用她的。"这与其说是一个疑问，倒不如说是一种指责。

"阿柯，你会发现，那个女孩带来的麻烦多过她所拥有的价值。我敢打赌，她就是本地人。毕竟，谁听说过红头发的内陆人呢？一看她的样子我就知道，我们说的话她听懂了一部分。甭管什么胡尔迪克语，那很可能只存在于吉米的想象中。这个可怜的女孩只是智力

116

发育迟缓罢了——既然她还没进入青春期，就已经蹿到一米八了，那大概是由于腺体问题引起的。我猜，我们基本上没法儿对她进行训练。"

阿柯坐在一摞手稿上，双脚搁在另一摞上。"确实，先生，她不是内陆人，但也不是本地人。本地人不会穿那样的皮衣。她大概是被哪个当地的部落给赶出来了。没错，她是有点傻，可谁会在乎呢？我们又不需要让了不起的赫拉拉用斯普拉克语侃侃而谈。我可以教她昂首阔步地走路、舞剑，或者用冒牌的胡尔迪克语发表战争言论。先生，莱伦尼托斯的人会喜欢她的。"

"天哪！她长得根本不像赫拉拉，那头红发——"

"戴假发呗。咱们有的是好看的黑色假发。"

"还有她的身材。她根本没有，呃……"雷伊用双手隐晦地比画了一下。

"没有胸？是啊，这倒是个问题。"正版赫拉拉的身上几乎不着寸缕，跳着舞经历一场又一场冒险。"但我们可以想办法解决。杂志副刊那儿有道具。拿一对橡胶假胸，然后裹在赫拉拉穿的那种盔甲里——这样就能骗过观众了。"她停顿了一下，"先生，我可以做到。格林可能是挺傻的，但她愿意取悦别人。她没别的地方可去了。"

雷伊知道，最后这一句并非推销的说辞。阿斯库阿森尼娅心肠很软，这一点削弱了她的实用主义做派。他转过身，眺望着窗外的费尔黑文。在这座小镇的主码头与驳船周围的深水区之间，源源不断的补给船正在来回穿梭。明天中午，"塔鲁勒号"就该起锚了。要再过两年，他们才会重返这座小镇。最后，他说："下一回再来这个破地方的时候，你的计划可能会惹来真正的麻烦。趁着清醒期进城去找地方治安官，证明我们并没有偷走镇上哪个人的孩子。"

"没问题。"眼看胜利在望，阿柯露出了灿烂的笑容。

雷伊又嘟囔了几分钟：雇一名女演员，就意味着要上报到主编拉姆齐那里，跟他汇报完，或许还得再向杰斯彭·塔鲁勒汇报。这可

117

能需要数天时间，以及多次争论。经过一番劝说，雷伊答应雇用这个女孩担任见习校对。这一步棋走得有那么点痛快的感觉——有多少作家曾指责他雇了一个大字不识的傻瓜来当校对？

最后，他提醒自己的助理编辑，让她把全职工作干好，也就是为即将在奥斯特莱出售的刊物做准备。阿柯一脸严肃地点头答应，声称关于赫拉拉的计划只会占用她的私人时间。雷伊差点以为自己把她吓到了呢——直到她转身离开，他听到了一阵没怎么忍住的笑声。

不到两天，阿柯就明白自己陷入了怎样的困境。驳船重返大海，再也没有岸上的居民让她分心，可是现在，她发现自己每天得工作三十个小时才够用：跟宣传部门一起准备赫拉拉的彩排，照顾那个女孩格林，最重要的是，还得完成《幻想》杂志的组稿。

有无数篇手稿等待着雷伊·吉尔去审阅。造纸桶的纸浆中固然有好故事，但如今，雷伊比以往任何时候都更注重故事的科学性，而且他尤为偏爱这类题材。有时候，他的做法有些过火。《幻想》杂志已经出版了七百年，始终号称有一定比例的作品是可能成为现实的。然而，直到过去的五十年间，随着科学的兴起，读者才逐渐感觉到这些关于未来的故事当真会实现。雷伊·吉尔担任《幻想》杂志的编辑已经有十五年了。在此期间，杂志刊登的发明类小说比以往所有年份加起来的还要多。他获得了斯维克特·拉姆齐的许可，在每期杂志上都能刊登两篇该题材的作品。他发现，越来越多的读者只对发明类小说感兴趣，也有越来越多的读者正在为这些未来故事构建科学基础。

阿柯知道，雷伊在心里把这些故事视为变革的动力。比如，在过去五年间，他围绕光谱测定法系列撰写了十几篇编者按，除了宣扬这门新的科学（《光谱测定，解开大自然之谜的钥匙》），还以这一发明为基础征集稿件。现在，他在每一处主要停靠点都会收到一两篇该题材的新作，其中一些可以上刊，另一些令人难以置信……还有一些则拙劣不堪。

阿斯库阿森尼娅已经在"塔鲁勒号"上工作了五个季度，担任雷伊·吉尔助理编辑的时间也将近一年了。头一次读到《幻想》杂志的那一年，她才五岁，难免会对这本杂志的编辑心存敬畏，即便对方是个想法奇异的怪老头（雷伊今年四十一岁）。阿柯竭力掩饰着心中的情绪。他们在编辑会上总是争论不休，今天早晨也不例外。在雷伊的办公室里，她正在为第一期的奥斯特莱语杂志组稿。废稿已经缩减到了书桌的高度，他们腾出充足的空间来摆放雷伊为新一期杂志挑选的作品。在办公室外面，早晨的明亮光线慢慢变成红色。现在已经进入日食季：每隔二十个小时，撒拉弗[1]就会遮住太阳，或者被太阳遮住。每一次清醒期都会被黑暗打断，深得如同另外半球里的夜色。雷伊在每个空着的鱼钩上都安放了藻类发光器，但他仍然觉得阅读小字的难度很大。

　　他眯起眼睛，瞅了瞅阿柯正在抱怨的那份伊瓦姆·阿莱克的手稿。"我没明白你的意思，阿柯。这篇奇谈能令世界为之震撼。下一期杂志哪怕别的什么也不登，《铁傲》这一篇就已经足矣。"

　　"但这篇的文字太死板了，人物也没有生命，情节看得我想打瞌睡。"

　　"撒拉弗的蓝光在上，阿柯啊！这篇作品的伟大之处在于其思想。《铁傲》是基于光谱学而创作的，这些结果都尚未发表呢。"

　　"不对，关于这个主题的故事以前就有了，比如缇·里索的《隐匿帝国》系列。他笔下的房子是用铁造的，街道是拿铜铺成的。"

　　"凡是拥有珠宝的人，都可以想象出那样一个世界。可这篇不一样。阿莱克是位化学家，他使用金属的方式很务实，比如用在枪管上，还有重型机械。不过，这一点其实算不上故事的美妙之处。三百年前，缇·里索写的是奇幻小说，而如今，伊瓦姆·阿莱克写的东西

---

[1] 撒拉弗的原意为《圣经》中的六翼天使，又称炽天使。本文中指的是主角所在星球的一颗孪生行星。

有可能成真。"雷伊盖上发光器，打开了一扇窗。一阵寒意渗进了办公室，日食让海风变得越发清凉。成千上万的星星布满了天空，唯有驳船的索具将其遮挡住，从甲板下的纸浆室内腾起的薄雾使星光变得暗淡。即便站在外面径直仰望天空，撒拉弗也不过是一圈泛着微红色的黯淡光环。在接下来的一个小时里，群星主宰着一切。"看哪，阿柯。成千上万的星星，除了我们能够看见的这些以外，还有几百万颗。那些星星就像我们的太阳一样，而且——"

"基于此类假设的作品，我们已经买过很多了。"

"这篇不一样。伊瓦姆·阿莱克认识克里萨尔克的天文学家。他们把光谱仪挂在望远镜上，绘制了很多恒星的线光谱。有些恒星的颜色和绝对星等与太阳差不多，显现出相当密集的线条，对应着铁、铜和其他金属。对于其他恒星的行星上的物质是什么样，终于有人提出了直截了当的见解，有史以来这还是头一回。在那样的地方，用铁建造的房屋确实有可能存在。"

阿斯库阿森尼娅沉默了一会儿。这个想法很巧妙，事实上，还有点可怕。最后，她才说道："难道只有我们的行星存在这么严重的'金属匮乏'吗？"

"没错！至少，在这些天文学家观察过的类太阳恒星当中是这样的。"

"嗯……简直就像众神跟我们开了个天大的玩笑。"阿柯的挚爱作品是多神教的幻想故事，在这些故事里，凡人的命运只是超自然生物的突发奇想。在《幻想》杂志早期的几百年间，此类题材的作品非常流行。她知道，在雷伊眼里，这种内容跟杂志现在的选择并不合拍。有时候，她提起这个就是为了惹他生气。"好吧。我明白你为什么想登这一篇了。真是可惜，写得太难看了。"

阿柯看得出来，她的看法击中了要害。雷伊有点暴躁地取下发光器的盖子，然后坐下来，拿起了《铁傲》。这篇作品确实谈不上有什么情节，不管怎样，在这段航程中，只有雷伊有能力对内容加以填充……阿柯几乎可以看出他脑子里正转着念头:《铁傲》值得重写一遍!在科学文献刊登这些观点之前,他甚至可以先出版这篇作品。他抬起头,挑衅地对她咧嘴一笑:"好吧,阿柯,我要把这篇买下来。假如'匿名合写'能让篇幅增加一倍的话,插图要怎么弄?"

大约过了十五分钟,两人才商定由哪位画师接手这份工作。针对奥斯特莱语杂志这一期,他们将使用稍加修改的插图旧稿。但愿穿过群岛时,他们能找人绘制出真正引人注目的插图。这期奥斯特莱语杂志的其余内容安排起来就很轻松了:有几篇故事本来就是用奥斯特莱语写成的。这一期的主题是奇幻,新的艺术作品出自克朗内斯和彻恩佩尔斯的艺术家之手。封面故事是一篇相当不错的赫拉拉历险记。

"说到赫拉拉,"雷伊说,"你的计划进展如何?等我们开始兜售这期杂志的时候,你那个女孩能表演了吗?"

"肯定能。每一次清醒期,我们都会安排一个小时左右的排练。她一旦对舞台表演有所领悟,进展会变好的。到目前为止,我们排练的是剑和盾之类的东西。她记住动作的速度跟我们演示的速度一样快。她手握死神剑,在舞台上四处吼叫,那副样子相当令人惊叹。"在小说中,赫拉拉的死神剑具有魔力,金属为刃,剑身极重,寻常战士根本举不动。塔鲁勒马戏团版的死神剑是用木头制成的,表面漆上了银色。

"那她的服装呢?"或者不穿也行。

"特别棒。虽然我们还得做些改动——丝带做成的盔甲很不好穿——但她打扮起来妙极了。斯维克特·拉姆齐也这么认为。"

"他看见她了?"雷伊的表情颇为担忧。

"别担心,先生,主编觉得很有意思。他让我转告一声,恭喜你雇用了她。"

"哦……好吧,但愿等你把她送上舞台、跟其他演员一起表演的时候,我们仍然觉得有意思。"

阿柯把他们方才挑选出的手稿收起来，打算连同制作说明一起带到美术甲板上去。"没问题。你说得对，她能听懂一些斯普拉克语，甚至还会说几句。我想，第一天她只是有点腼腆罢了。等到了舞台上，她只需要高声喊出人们听不懂的话就行——我们犯不着为每座岛的演出都准备一份新的剧本。"阿柯拿着稿件往门口走去，"还有，到达奥斯特莱之前，我们有机会把所有表演片段汇总起来，串上一遍。再过三天，我们就该到白蚁人村了。我会在到达之前做好准备的。"

雷伊轻声笑了起来，心想白蚁人基本算不上典型粉丝。"好啊，我很期待。"

阿柯走进黑暗中，关上了身后的舱门。她表现得很有信心，实际的信心至少也有表面的一半。只要她能抽出时间来教一教塔迦·格林，应该会取得满意的结果。这个大块头女孩比阿柯承认的还要怪上几分。她并不是真傻，只是完全没受过教育。她出生在某个非常原始的部落，一直长到五岁才头一回看见树。现在，她不管看到什么都觉得新奇。阿柯还记得自己把《幻想》杂志拿给女孩看，跟她解释口头文字是如何通过纸和墨保存下来的。当时，女孩的眼睛瞪得溜圆，她把杂志倒着拿在手里，来回翻阅。图片和文字让她看得入了迷。

最糟糕的是，塔迦·格林没有辩论的概念。即使在她自己的部落里，她也是个外人。因此，她并不相信戏剧表演能令观众信服。只要说服格林相信这一点，阿柯确信，赫拉拉的表演必定会取得巨大的成功。否则最后，马戏团都会落得一脸晦气。

即将在白蚁人村登陆的那天，雷伊休了一上午的假。他在最上层的编辑甲板上走来走去，寻找一个可以躲开其他人的避风处。自从离开费尔黑文以来，这还是他头一回有机会把玩自己的望远镜。

天气仍然好得出奇。天空如同被水洗过一般澄澈，稀疏的积云绵延无尽。在驳船前方大约一英里处，有一艘"塔鲁勒号"上的水翼船正在逡巡，它的翼面抬起，所经之处大多是暗礁。雷伊知道，还有其他水翼船在航行，驳船上的水翼舱大部分都是空的。这些快艇有许多用途：在文明海域，它们在驳船前后徘徊巡视——负责安排登陆，传达工作指令，收取完成的插图和手稿；在费尔黑文以东的荒野，它们则扮演着不同的角色——保卫安全。没有哪个海盗能偷偷摸摸地接近驳船。在敌舰出现之前，弹射器和石油炸弹早已准备就绪。

到目前为止，所有往来的船只都很友好。每一天，"塔鲁勒号"都会遇到好几次来自东方的船只，其中多数都是商船。只有少数几家出版公司才能像"塔鲁勒号"这样，坐拥全球业务版图。据水翼船报告，"科学号"停泊在了白蚁人村。那艘船比"塔鲁勒号"小得多，但也出版了自己的刊物，由察纳尔特的几家大学提供赞助，"科学号"被他们用作移动研究站。雷伊期待能在另一艘船上逗留几个小时，这意味着能售出一些杂志，还可以获得一个建立联系的机会。毕竟，对方很欣赏他用《幻想》杂志做的这些新鲜事。尽管有阿柯的赫拉拉表演，但目睹"科学号"会成为这次登陆活动的高潮。

雷伊把望远镜的推车推到了编辑甲板后方的一片开阔区域。这里的海风被杰斯彭·塔鲁勒的顶层舱室挡住了，但视野尚可。他锁紧推车的车轮，把平台放平。若是还在彻恩佩尔斯那会儿——就在他刚买下这架望远镜的时候——这样的观测活动会引来一小群人，并开启一场即兴的观星会，或是撒拉弗观赏派对。而现在，经过的人虽然也会打声招呼，良久驻足的人却寥寥无几。雷伊可以独占他的玩具了。

他放下镜筒，扫了一眼北方的地平线。他们离海岸大约十五英里。肉眼望去，大陆只是天空最底端的一条黑线。通过望远镜，可以看见种种细微之处：雷伊能看到暗褐色悬崖上的一块块岩石；生长在山峦背风处的树木清晰可见；随处都是圆形的土堆，他认出那是天然形成的白蚁塔丘。白蚁人村隐藏在一处小小的岬角后面。

对于世界上最大的一座陆地而言，这片海岸算不上有多起眼。

在那些悬崖的后方,陆地绵延了一万多英里——越过北极,一直延伸到这颗星球的另一边。那里的陆地比群岛加在一起还要多出百倍。那是一片陆地之"海",在与海洋接壤的边缘之外,基本上不为人知。难怪有那么多故事都来源于那里。雷伊叹了口气,他对那些故事没什么不满。在过去的几个世纪里,对内陆的猜想构成了不错的故事基础。岛屿文明的历史只有短短几千年——人类必定起源于大陆。内陆文明更悠久、更有智慧,这样的想法很合理。怪物和神祇的族群兴许都在内陆地区繁衍生息。

但在过去的三十年里,人们进行了认真的探索。贝特罗德·海德里格斯曾经抵达大陆的中心。过去这十年间,有三支探险队各自历经长途跋涉,穿越了内陆。未知仍然存在,却被分割成了小块。神话已经消亡,新的现实一片惨淡:陆地之"海"必定是个非常干燥的地方。在与海洋接壤的边缘之外,探险队发现了荒原。荒原的种类形形色色,有炎热沙漠,有岩石荒原,在北方还有寒冷的冰原。内陆并没有什么隐匿的天堂,最接近传说中的"大湖"风景的是离大陆中心不远的盐池。探险队发现,内陆确实有人居住,但并不是什么历史悠久的种族。在中纬度地区的荒原里,有一些与世隔绝的部落。那些人赤身裸体地生活,几乎跟动物差不多。他们唯一的工具就是长矛和手斧。他们似乎爱好和平,穷得连仗都打不起。相形之下,连边缘地带最不开化的野蛮人都成了高级文明。这么多年来,小说家们一直认为,胡尔迪克部落是内陆种族退化后的近亲!

然而,人们仍在不断书写关于内陆的幻想故事。雷伊一年能见到几百篇,更惨的是,他不得不买下几十篇。哎,好吧,这只是维持生计而已,也为他提供了一个向人们展示更重要的东西的机会。雷伊从望远镜前退开,竖起镜筒,几乎垂直向上。他真正想观察的是撒拉弗。

"你——好?"

雷伊吓了一跳,抬起头来。周围居然还有人,是那位费尔黑文的流浪儿。女孩几乎就站在他身后，离他约三米远。他觉得对方应该已经旁观了好几分钟。"你好。格林小姐，你今天还好吗？"

"嗯。"她腼腆地笑了笑，向前迈了一步。与初见时相比，她确实变好看了。她的脸被擦洗得干干净净，身上穿的不再是令人作呕的皮衣，而是一件打底的工作服。如果她的身高没有一米八的话，她看起来就像个漂亮的小女孩。

"你不是应该跟阿柯一起排练吗？"

"我，呃，还要——过会儿。"

"我明白了。你不当班。"

她晃了晃脑袋，似乎明白这个词的意思。不知怎的，雷伊原本以为阿柯或者宣传部门的那些人会片刻不离地照顾格林。实际上，无论她在生活上多么不能自理，也根本没有足够的人手来照顾她。女孩肯定有不少时间都是独自一人，毫无疑问，就在驳船上四处游荡。撒拉弗的蓝光在上，她会惹出多大的麻烦啊！

他们对视了一瞬。女孩似乎全神贯注地看着他，简直对他心怀敬畏。雷伊恍然醒悟，除非他明确地说出来，否则她是不会自行离开的。他想找个合适的理由打发她走，却什么也想不出来。真是该死。最后，他说："呃，你觉得我这架新望远镜怎么样？"

"好。不错。"女孩又走近了些，几乎可以摸到望远镜了。雷伊像平常那样做了一番解释，并向她演示如何将车轮固定在甲板上。推车底座上的油池减弱了海水带来的晃动，使这套光学仪器得以保持平稳。推车本身是从美术甲板上弄来的老旧绘图装备。雷伊拆除了绘图台，将其替换成与十二英寸口径的望远镜基座相连的夹子。

塔迦·格林没怎么说话，但她的热情显而易见。她俯身凑近这套设备，盯着雷伊指出的那些细节。当他解释某样东西的时候，她会停顿一下，然后晃着脑袋说："对，太好了。"

雷伊怀疑自己一直以来对女孩的看法是不是有误。从某种程度上而言，她跟以前看他演示望远镜的那帮船员相比，似乎更有想法，也更热情。不过接下来,他又注意到她的反应毫无变化。每件事给她留下的印象似乎同等深刻。每解释一次,她都需要经过同样短暂的时间方能领会。雷伊有个表亲的心理年龄在五岁左右,身体年龄则已有三十岁了,活了这么多年以后,表亲学会了模仿正常人在谈话时的头部动作,以及毫无意义的声音。雷伊简直可以想象,假如他向格林问一个与刚才的解释有关的问题,后者会露出茫然的表情。

他没有这样去试她。伤害女孩的感情有什么意义呢?何况,她似乎与正常人一样喜欢这番谈话。他将望远镜对准了撒拉弗,继续高谈阔论。这颗行星目前处于四分相位,在明暗分界线附近,行星南部大陆的山脉显得轮廓分明。由于海风吹拂,加上驳船颠簸,望远镜里的图像略有摇晃。另一方面,由于视线是垂直向上的,没有过多的污浊空气模糊视线。在他见过的白昼图景中,眼前的图景是最清晰的。"所以,我的望远镜会让物体看起来近上许多。你想瞧瞧吗?"哪怕有点傻,她看到这样的景象也会为之兴奋吧。

"想。"她走上前来,学习如何使用目镜,接着俯下身,发出一声长长的尖叫,夹杂着喜悦和惊讶。她的头猛地向后一仰,远离了目镜,仰望着上空这颗孪生行星,似乎是要确信它并没有移动。紧接着,她用同样的速度重新凑近望远镜,又透过目镜看了一眼,然后再次退后并仰头。"这么大啊,这么大!"她简直笑得合不拢嘴,"望——远——镜怎么能……"她抬起手,仿佛要将镜筒的末端猛地压到与眼睛平齐的高度。

雷伊一把抓住她的手。"哎呀,动作轻点儿。绕着这个支点转动它。"

她根本没听,任凭雷伊转动着镜筒,打算继续往里瞧。当她看见主镜中自己扩大的脸时,眼睛睁得大大的。雷伊向她解释起了"曲面镜",以及图像是如何透过十二英寸口径的物镜传入目镜的。女孩踌躇了片刻,跟听完其他解释之后停顿的时间差不多。然后,她又像刚才一样,热情地晃着脑袋,摆出完全听懂的表情,"是啊,是啊。太妙了。"她突然攥住了雷伊的手,"这东西你想的?你做的?"

格林差点把他捏疼了。她的手指虽然纤细,但跟她身上的其他部位一样异于常人。"你是不是想问,望远镜是我发明的吗?"他咯咯地笑了起来,"不是,格林小姐。望远镜的基本概念已经有两百年的历史了。人们发明望远镜,可不光是为了在无聊的早晨打发时间。像这样的东西是由不同的天才创造的杰作。在一项发明中,可能有部分已经存在几十年,但什么用处也没有,直到另一位天才让这个概念取得了成功。"

女孩的脸垮了下来。如果她不是这么可怜的话,这副样子或许会显得好笑。她对什么叫困难、什么叫容易毫无概念,所以,她想与人谈笑风生的尝试失败了。雷伊轻柔地将她的脑袋重新转向望远镜,向她演示如何调节焦距。女孩并未完全恢复先前的热情,但似乎由衷地被撒拉弗的特写画面吸引。雷伊像平时一样侃侃而谈,一面指着横跨行星南部大陆的部分棕色斑点:"我们认为,那是灌木林起火造成的。那片土地跟贝法斯特北部的草原肯定很像。宗教中讲过关于撒拉弗的各种幻象,但我们现在知道了,那颗星球跟我们所在的这颗非常相似。"那颗星球上的隐秘文明有可能是真实存在的。关于如何发现撒拉弗上的假想居民并与之进行交流的计划,雷伊曾写过不止一篇编者按。第一步便是在世界的这片区域建起一座天文台,因为在这里观测撒拉弗的大气失真度可以降到最低。

印刷部门的几个人在附近停下了脚步,聚精会神地看着他们。雷伊认为,这些人并非会被天空吸引的那种人,其中一个还会帮布莱利·图恩斯制造石油炸弹。雷伊疑惑地瞥了这些人一眼。

"先生,我们现在可以看到港口了。"制弹员朝北方挥了挥手,"我们在想,您能不能用望远镜快速看一眼白蚁人村。"

雷伊强忍住一声叹息,放弃了今早独占望远镜的期盼。对方必定是注意到了他的怒气,急忙解释道:"先生,在白蚁人村发生了奇怪的事。到目前为止,管理层都没有开口,但是——您看一眼,行吗？"

雷伊轻轻拉开塔迦·格林，把望远镜朝着地平线的方向倾斜。他快速调整了一下观测范围，然后透过主目镜进行观察。"看着跟我印象中的样子差不多。"那里共有几十座白蚁塔丘，从海边一直延伸到港口周围的山坡上，即便是最小的塔丘，也比一栋住宅要大一些，最大的塔丘的高度超过了三十米。塔丘之间的空隙似乎是一条条街道，就像被阴影笼罩的谷底。即使知道真相，人们的第一反应也是敬畏——这必定是座城市，世界上最壮观的城市。与它相比，克里萨尔克和贝法斯特未免相形见绌。实际上，白蚁人村的整座"城市"里只有几千人，他们在塔丘中挖掘洞穴和台阶，在墙上凿出透气孔，这些孔也起着窗户的作用。"嗯，是有点不一样。港口停泊处旁边的一座塔丘……看起来似乎被火烧过，或者沾上了烟灰。那些黑色的印记跟突出水面的窗户一样高。"

"没错，先生。正是这一点引起了我们的注意，但我们看不出那些印记是什么原因造成的，而且水里也有奇怪的东西。"

雷伊将望远镜又倾斜了一分。就在被火烧过的那座塔丘前方，有一堆扭曲的尖刺和细丝从水中伸出。雷伊倒吸一口冷气："水里的东西看起来像是船上的索具，用玻璃纤维做的那部分。"

制弹员走到望远镜前看了一眼，沉默了会儿，然后说道："嗯，那是他们让来访船只停泊的地点。看着像是白蚁人把石油炸弹扔出窗外，直接丢到了港口停泊处。遭到伏击的那船人根本没机会逃跑。"

一分钟之前，雷伊还在为一个傻乎乎的女孩感到难过，而现在……他隔着水面望向对岸。假如没有望远镜，这个村子就是一道看不清的天际线，塔丘上的焦痕也不明显。

遭到伏击的那船人……根据事先收到的报告，停泊在此处的船只应该仅有一艘——"科学号"。

在接下来的几个小时里,船员和出版公司的人都在猜测"科学号"为什么会遭到伏击,以及"塔鲁勒号"要采取怎样的行动。驳船停在离岸几英里的地方。有传言说,在午间日食的掩护下,水翼船正在进行近距离侦察。从行政甲板传来的命令只有一条,那就是不得立即登陆。

最高管理层并没有呼呼大睡,只是极度优柔寡断。在日食发生前不久,雷伊·吉尔靠着虚张声势的做派登上了舰桥。所有大人物都在这里,包括船长和出版公司老板。此刻的气氛像是刚刚开吵,达成共识的时刻尚未到来。

"要我说,派人驶入弹射器的射程范围,把那个卑鄙的村子夷为平地!必须叫野蛮人长点教训,认识到伏击商船属于危险活动。"说话的是杰斯彭·塔鲁勒的一个侄子,是个自大的小人物。要不是仗着亲戚关系,他如今应该在擦甲板。小个子男人愤怒地扫了一眼房间里的众人,看有谁胆敢反对。对出版公司来说幸运的是,在场有一些个性很强的人。

船长马乔索立于舵旁,面对着其他人。在日食晦暗的光线下,他隐约可见的身影令人望而生畏。马乔索身材魁梧——为了配合他两米多一点的身高,这座舰桥还专门重建过。他五十岁出头,身材刚开始发福。他职业生涯的前二十年是在彻恩佩尔斯海军里度过的,退役时已是海军上将,也是洛雷托·拜特事件中最了不起的英雄。此时,他那两条粗壮的胳膊交叉在一起,身子似乎正朝塔鲁勒的侄子倾斜。"这样好战的言论居然出自……"他顿了顿,似乎想说"出自一个连弓都不会拉的小个子懦夫之口"。然后,他改口道:"那些需要客户活着的人之口。的确,我可以一把火烧掉村子,但这样做会付出巨大的代价,驳船也剩不下多少储备。而且,我们又能得到什么呢?克雷托先生,白蚁人过的是与世隔绝的日子,没几个人会吸取这次教训。可是,塔鲁勒出版公司却会失去客户——虽然不可否认,白蚁人是小客户。自从我当上船长以来,驳船到这里来过四次,我们遇到的麻烦比在一些文明港口还要少。村子里的人不是海盗。'科学号'的船员应该是干了什么事，或者犯了什么忌讳……"

马乔索转身向港口望去。阳光眼看就要迸发出来了，大地开始显现出光亮，如同一幅褪色的蜡笔画。他继续往下说，声音里流露出与其说是笃定，不如说是沮丧的情绪："的确，我们有能力把这地方夷为平地，但绝对无法实现突击登陆。我们没办法营救幸存者，也想不出将来要怎样避免这样的灾难。"

幸存者？有人在石油炸弹的爆炸中活了下来。雷伊心中涌起一阵喜悦。除他以外，其他人似乎都对这个消息无动于衷，他们应该是早就知道了。在这场争论中，营救幸存者必定是一大重点。"我们不能就这么把幸存者丢在那里！"雷伊不假思索地脱口说出这句话。

听见他的话，众人鸦雀无声。离雷伊最近的人略微移开身子，连看也没看他，仿佛他身上有股难闻的气味。

马乔索转过身，目光在舰桥上一扫。"图恩斯先生！"

"在，长官！"

船长指着雷伊·吉尔："把这个人带出去，然后……"雷伊心中一凉，他听说过凯德里奇·马乔索指挥彻恩佩尔斯舰队的故事，"给他简单说明一下情况。"

"是，长官！"

布莱利·图恩斯从人群中走出来，推搡着雷伊来到舰桥外的露天通道上。这位印刷主管关上舱门，转身面对着他，说："让我给你简单说明一下情况？商船上的日子让马乔索的心变软了。"过了片刻，雷伊才发觉对方正强忍着没笑出声。"难道你不明白，营救幸存者正是马乔索迫不及待想干的事吗？他一直在想办法展开营救行动，差不多有一个小时了。"

"哦。"雷伊既感到尴尬，又大受鼓舞，"说不定我，呃，刚才那阵小小的冲动会引发点什么呢。"

"但愿吧。"图恩斯敛起笑容，"可是，就算遵从马乔索的命令将

'科学号'上的人营救出来,这样的行动也是有风险的。"

他领着雷伊走到通道尽头。当太阳冲出撒拉弗的边缘时,四面八方朦胧的微光突然明亮起来,变成了白昼。成群结队的昼蝙蝠从港口上空飞出,掠过一座座塔丘。它们的叫声隔着水面远远传来,尖厉又刺耳。

图恩斯朝舰桥上的双筒望远镜做了个手势。"看看港口塔丘的左边吧。幸存者被关在那里。"雷伊透过双筒望远镜看到了一处深坑,大约曾是一座倒塌的塔丘的地基,白蚁人绕着深坑扎了营。图恩斯接着说:"他们就被关在那个坑里,从这个角度看不见。当地人沿着坑边放了很多石油桶,看见了吗?短短几分钟之内,他们就可以点燃石油桶,往下一丢……"

"幸存者将被烧成飞灰……要想营救那些人,'塔鲁勒号'得混进去一大帮人,在一瞬间同时制伏那些石油桶的守卫。但凡出现一点纰漏,许多人就会跟坑里的人一样面临相同的下场。""图恩斯,我们可以付赎金。虽然要花很多钱,但'科学号'的赞助方很可能会还给我们……而且,这么做也会带来很多正面的宣传。"关于这样一次历险行动的衍生作品,就足以填满好几期的杂志了。

"你没明白,'科学号'上的人并不是人质。他们之所以还活着,唯一的原因是白蚁人还没决定哪种处决方式最合适。村子里的首领告诉我们,赎金是救不了囚犯的。对方甚至不肯跟我们说,那些可怜的家伙到底犯了哪一桩'亵渎'罪。整件事已经这么定了。照我看,那些野蛮人还希望像往常一样,继续跟我们做生意!"

"嗯。"雷伊曾经跟村子里的首领打过交道。他们对某些类型的低俗小说感兴趣,这让他们显得相对文明。白蚁人没有表现出虔诚信教的迹象——现在雷伊明白了,这样的表现恰恰说明他们信奉的宗教必定诡秘无比。他又透过双筒望远镜观察了一会儿,深坑里都是无辜的人,"图恩斯,我们必须采取行动。"

"我知道。马乔索也知道。"印刷主管耸了耸肩。半晌过后,两个人重新走回舰桥。雷伊看到会议的紧张气氛已经消散，大家最终达成了共识。图恩斯苦笑了一下，悄声说："不过，我们也知道结果会是怎样，不是吗？"

雷伊环顾四周后也明白了，心情忽然变得低落起来。塔鲁勒出版公司已经存在了七百年。有这样悠久历史的出版公司在岛上寥寥无几，然而，在这七百年间，"塔鲁勒号"一直在图星的海上航行，与风暴、海盗、宗教人士和各地政府作斗争，还曾发生多起灾难。三百年前，驳船一度被焚烧殆尽。然而，公司仍幸存下来，并开始发展壮大。如果不管遇到什么争斗都要卷入，这样的公司不可能延续七百年之久。驳船及水翼船固然装备精良，但只要还有选择的余地，公司就会对麻烦避而远之。如果一个村子乃至群岛都陷入了宗教的狂热中，"塔鲁勒号"就不再跟对方做生意了。岁月会流逝，政权会倒台——或者认定自己更需要贸易往来，而非狂热的信念。

凯德里奇·马乔索已经以不易察觉的方式尽了最大的努力，想获得另一种结果，但情况似乎并无扭转：最高管理层现在讨论的内容是对白蚁人加以威胁，如果这样做对"科学号"上的人没有帮助，那就起锚离开。

一定有办法阻止这一切！雷伊随即想到了办法：图恩斯说过，白蚁人想照常做生意。于是，雷伊在十五分钟内第二次打断了会议："我们不能就这么起锚离开。我们还有要卖的杂志，也有想买的客户。"

与之前一样，他脱口而出的话迎来的同样是沉默。只不过这一次，回应他的不再是凯德里奇·马乔索。在塔鲁勒家族的姻亲身后，不知从什么地方传来了一阵嘎吱的声响。人们紧张地面面相觑，然后站到了一边。一位耄耋老人坐着轮椅从阴影里滑行而出，正是杰斯彭·塔鲁勒本人。他从家族成员身边经过，又滑行一段距离，专门瞧了瞧雷伊·吉尔。这是雷伊第三次见到老板。对方裹着毯子，颤抖的双手搁在大腿上，紧握成拳头。他仅有一只眼睛在转动，而这只眼睛还患有白内障。他的声音颤巍巍的，说出的话断断续续："没错……白蚁人没对我们造成什么伤害。我们的正事就是做生意。"他朝雷伊的方向望去，"我很高兴……还有人明白这一点。"

马乔索的声音听起来就没这么热情："这么做有风险，先生，这不是一般情况下的登陆……不过，如果有人自告奋勇的话，那我倒可以同意。"自告奋勇登陆的人也许可以设法让囚犯重获自由，或者至少弄清他们的确切情况。雷伊仿佛能看到驳船船长正转着脑筋。

"诸位，我自愿登陆。"说话的是布莱利·图恩斯，他几乎没有掩饰脸上的笑容。

"我——自告奋勇。"这一句出自雷伊之口。他含混地嘟囔着剩下的话，简直像在为自己陈述合理的理由："以前我管理过这个地方的销售登陆活动。"

杰斯彭·塔鲁勒冲着船长歪了歪脑袋。"我们达成一致了吗？"这不完全是个反问句。杰斯彭·塔鲁勒的明确提议固然很重要，但他并不是大股东。过了半晌，有人咕哝着表示默许。塔鲁勒又朝甲板对面望去。"公司的诸位呢？有反对意见吗？"

"我有个问题。"说话的是斯维克特·拉姆齐，他看着雷伊说道，"第一期奥斯特莱语《幻想》杂志的工作完成了吗？"

"拉姆齐先生，我的助理编辑可以处理剩下的工作。"雷伊回答道，他刚刚将那篇《铁傲》改写完毕。

"啊。"主编枯瘦的脸上绽开一丝微笑，"这样的话，我没有异议。"万一事情没有妥善解决，公司还有大把的时间给编者按的作者栏圈上黑框。

直至十个小时后，也就是清醒期，雷伊一行人才终于登陆上岸。他们在这段时间很是忙碌。这次登陆跟之前的几次看似没什么两样——只有一艘登陆艇，艇上不过十几个人。除了当地人可能认识雷伊以外，其他十二个人都不是商船登陆时常见的工作人员。马乔索挑选了具备陆军或海军背景的人。这位船长设想过众多可能发生的事件，其中一些涉及简单的信息收集，或许要尝试使用圆滑的外交手段；另一些则意味着迅速实施暴力，奋力抢在白蚁人之前赶回船上。大家从一开始就达成了一致意见：不携带任何显眼的武器。布莱利·图恩斯造出的石油炸弹藏在他们的夹克里，无论白蚁人怎样检查，应该都发现不了。

雷伊·吉尔带上了他的望远镜，尽管很可能被人抢走。既然它给塔迦·格林留下了深刻的印象，那对当地人也可能产生某种影响。（另一方面，这样的高科技物件说不定正是让"科学号"惹上麻烦的原因。雷伊将望远镜拆成各个组件，存放在登陆艇的不同部位。）

柯罗娜达斯·阿斯库阿森尼娅火冒三丈，她本想让塔迦·格林假扮成赫拉拉，把野人公主带到岛上去表演。但马乔索拒绝了这个计划，雷伊也对他的做法表示赞同。阿柯解释说，在过去几天里，女孩已经被角色同化，变成了有史以来最令人信服的赫拉拉。雷伊觉得这真的无关紧要，因为他怀疑当地的首领并不相信赫拉拉的故事。无论如何，如果用表演来威胁白蚁人，可能导致囚犯和营救人员立即遭到屠杀。

所以，阿柯留在了驳船上，雷伊则登上登陆艇，周围全是能征善战的士兵。除了图恩斯以外，他一个人也不认识。

他们离海岸只有一百米了。此刻，撒拉弗处于上弦相位，安详的蓝光笼罩着一切。最响亮的声音是船桨入水时的浪花飞溅声，偶尔还能听见桨手的咕哝声。海滩蝙蝠和飞鱼在登陆艇周围的海面上朝他们猛扑过来。焦炭和油的气味比海水的咸腥味还要浓。他们经过一片由黑玻璃形成的参差丛林——那是"科学号"的残骸。蝙蝠成群结队地从扭曲变形的索具间穿过。一种生物的修罗场成了另一种生物的新家园。

隔着这样的距离望去，眼前的白蚁塔丘令人惊叹。每座塔丘侧面排列着成百上千个透气孔。有少数几座塔丘的顶端逐渐加宽，俯瞰着水面。这就像某个艺术家设想中的未来城市。即使知道塔丘到底是什么，也很难不感到害怕。

早年间，船员们认为白蚁人不是人。好在他们后来发现，白蚁人并非众神的杰作，而是利用当地环境的胡尔迪克部落。在这一地区，白蚁塔丘随处可见。这些人为白蚁送去额外的材料，然后对塔丘的结构加以引导和修整。奇怪的是，他们对这些塔丘并没有什么特别的自豪感。对于想象中离开内陆时丧失的传统，他们的自豪感似乎更甚。

布莱利·图恩斯用脚踢了踢板条箱，里面装着他们的出版物。"我还是不明白，为什么这些野蛮人会对《幻想》杂志感兴趣。"

雷伊耸了耸肩。"我们卖给他们的并不是完整版，只是有关内陆的那部分。我猜，他们把自己看作一个陷入困境的伟大种族。有关内陆的故事让这样的想象更加活灵活现。我每次到这里来时，最多只能卖出几十本杂志，但每一本他们肯付好几枚铜币。"

图恩斯轻轻地吹了声口哨。"天哪，要是我们别的客户也这么热情就好了。"他转身望着塔丘。换个角度看，出版公司的老客户购买的杂志数量远大于几十本……而且他们不会有火烧来访者的行径。

登陆艇滑入一座粗陋的码头。大约有三十名当地卫兵沿着码头站了一圈，举起长矛行礼致意。当地的首领们聚集在登陆点的上方。"塔鲁勒号"的人从登陆艇上爬下来，与此同时，一些当地的低阶祭司过来帮着搬运雷伊的板条箱。到目前为止，似乎一切正常。

个子最高的一个当地人向雷伊走来，用抑扬顿挫的语调含混地说着什么，正是往常跟出版公司打交道的祭司。这家伙阅读斯普拉克语的本事极佳，但没什么机会练习口语。他的词汇都出自旧日的冒险小说。过了片刻，雷伊才从大量发音有误的字词中理顺了他的话。"雷伊先生，很高兴再次见到你。"祭司朝着杂志板条箱所在的方向点点头，"也很高兴我们能了解更多祖先的真相。欢迎你和你的船员到大礼堂来。我们会查看一下新的真相，并开出合理的价码。"

雷伊含糊地说了几句自夸得恰到好处的话，随后，一行人便朝村

135

子走去。雷伊和白蚁人祭司走在最前方，登陆队挤成一团，跟在他们身后，紧张的情绪显而易见。这是雷伊第三次到这里来。他以前竟然从未害怕过，这令他感到惊奇。实际上，他还将这个地方当成滑稽的调剂品，那个时候听见当地人说起什么"祖先的真相"时，似乎是种轻描淡写的措辞。此时此刻，他不由自主地产生了想要逃跑的强烈冲动——万一杂志里有什么亵渎神灵的话呢？一想到自己居然随心所欲地对传统主题加以改编，或者允许系列小说中出现一些小小的矛盾之处，他不禁吓出了一身冷汗。就在短短几天前，他还盼着在这些人面前表演有关赫拉拉的作品呢！

高个子祭司的语气依然友好，说："雷伊先生，你们来得正是时候。我们遇到了一些渎神的人——他们可能就是最终一战的预兆。目前，我们必须查阅一下真相的所有来源。"另一位年长的跛脚祭司突兀地说了句什么，打断了高个子祭司的话，后者停下脚步，神情略显为难。雷伊忽然明白了，高个子祭司虽然能担任翻译，但算不上高阶祭司。

"我们有必要搜一搜你们的船和人。说不定还有更多渎神者装扮成普通人的样子出现……别生气，这只是走个过场，毕竟，我们以前就认识。如果你带来的作品能回答我们的问题，那就有望得到比平时还要丰厚的报酬。"

远离码头之后，石油炸弹爆炸后散发的气味渐渐散去，取而代之的是农场的味道，以及建造塔丘的昆虫那股刺鼻的恶臭。近距离观察才发现，塔丘低矮处的墙壁并不平坦。一片片光滑的斑块被疣状的赘生物包围。这些"窗户"是在不规则的表面上凿出的孔洞。即使是撒拉弗的蓝光也无法让这样的建筑显得美丽。在最前面一排塔丘背后，石头畜栏里关着几十只斯寇羊——闻着像农场的气味正是来源于此。这个地方真的是一座村庄，与世界各地的落后村庄相差无几。没有现代科学的帮助，当地人无法制造结实坚硬的材料。他们的矛头用的是烨火硬化的木头和黑曜石。除了白蚁塔丘之外，剩下的建筑就只有简单堆在一起的石头。难怪来访者看不出这些人存在危险,似乎只需一小队弩兵就能将他们拿下。谁也想不到,白蚁人竟然能弄到石油,甚至掌握了生产易燃石油炸弹的技术。

一行人穿过塔丘之间的阴影走了一段距离,到达了目的地。大礼堂是在最大的一座白蚁塔丘的侧壁上开凿出来的。凿壁时产生的乱石经过压实,变成了台阶,与克朗内斯任何一座政府大楼门前的台阶一样宽阔。在台阶顶端,带有雕花的木制路障挡住了入口。雷伊的翻译用胡尔迪克语喊了句什么,听起来像是礼节性用语。随后,手持长矛的其他祭司将路障推到了一旁。

低阶祭司抬着装有《幻想》杂志的板条箱,走向大礼堂后方的祭坛。这里与雷伊记忆中的景象毫无二致:从入口到祭坛至少有三十米的距离,但天花板不超过两米高。这里看起来与其说是一座建筑,倒不如说更像一处矿井。近四米宽的柱子矗立在地板上,形成了一个长方形网格。这些柱子原本是搭建塔丘用的材料,被涂成了白色。每根柱子周围都摆放着一排排蜡烛,这是室内仅有的光线。"塔鲁勒号"上的人向祭坛走去,看到数百名白蚁人正静静地站在远处的柱子之间。大礼堂的宽度不超过三十米,但柱子似乎绵延无尽。上次来的时候,雷伊走到了大礼堂的一侧(他现在才意识到,那是一次浑然不觉的冒险经历),发现那里的柱子更小,间距也更近。墙上画着更多的柱子,营造出一眼望不到头的假象。小片的玻璃放置得很巧妙,模拟出了成百上千支遥远的蜡烛。如同许多原始种族一样,白蚁人也有自己的精妙巧思。

雷伊猜想,接下来就该是扬言的搜身行动了。结果,祭司却示意"塔鲁勒号"的人在祭坛前坐下。雷伊打开板条箱之后,有那么一会儿,周围几乎寂静无声,只能听到从四面八方传来的微弱嗡嗡声,那是真正的白蚁发出的声音。毕竟,他们正置身于一座巨大的蚁巢里。雷伊揭开板条箱的盖子,在村民们轻柔的吟唱中,昆虫的声音听不见了。

高阶祭司从板条箱中拾起放在最上面的几张纸。这些都是彩色插图，通常用于精装本的护封或正封。在烛光的照耀下，插图的颜色呈现得不算好，但白蚁人似乎并不介意。之前几期的最佳插图都被裱在祭坛后方的墙上。祭司们向插图拥去，就像普通书迷那样，看到最喜爱的杂志出了最新一期而兴奋不已。若是放在从前，雷伊会对他们的热情报以微笑，可现在，他却屏住了呼吸。至少有一张插图上画着赫拉拉手持弹簧枪的场景——那样算渎神吗？

这时，高个子祭司抬起头来，面露微笑。"棒极了，雷伊先生。这里有新的启示。我们愿意付双倍的价钱。"其他祭司正从板条箱里取出手稿，神情肃穆地把它摆放在天鹅绒阅读架上。熟悉斯普拉克语的当地人屈指可数，莫非他们要根据小说故事来传教吗？雷伊小心翼翼地吁了一口气。现在已经不重要了，"塔鲁勒号"已经通过了考验……

大礼堂外有人在大喊大叫，听不清说的什么，但用的是胡尔迪克语。祭司们站直身子，倾听着越来越大的喊叫声。有人沿着台阶飞奔，来到了大礼堂的门口。路障被推到了一旁，撒拉弗的光芒照耀在来人身上，原来是码头上的卫兵。他们沿着过道冲了过来，嘴里还在嚷嚷。为首的卫兵在头顶上挥舞着什么东西。现在，每个人都叫喊起来。雷伊看到图恩斯的人已经围成一个圆圈，有些人正把手伸进夹克。

然后，新来的人跑到了祭坛前，其中一位祭司——那个跛脚老人——发出了一声不可思议的尖锐颤音。刹那间，其余所有叫喊声都止息了。老人从卫兵手里接过两样东西，举到蜡烛旁边。一道诡异的反光掠过他的面孔和天花板……他手里拿的正是雷伊那架望远镜上的主镜和斜支架。

他怎么可能知道望远镜是什么东西？更不用说把它视作渎神之物了。这个想法在雷伊的脑海里转了片刻，然后，一切变得荒诞起来。老人把主镜朝地上一丢，然后转身面向"塔鲁勒号"的访客，用胡尔迪克语大喊起来。雷伊用不着等高个子祭司翻译，他看见老人的面孔已经因为仇恨而变得扭曲。卫兵们飞奔上前，平举长矛。图恩斯把什么东西扔到了祭坛上，随即爆炸声响起，一团团呛人的烟雾缭绕开来。雷伊往地上一扑，企图匍匐前行，从令人窒息的烟雾底下爬出去。他听见图恩斯的人正朝着入口方向奋力拼杀。根据声音判断，他们带了某种武器，很可能是剥皮刀。到处都是咳嗽和呕吐的声音，还夹杂着尖叫声和难听的撕扯声。听这动静，似乎所有村民都投入了战斗。图恩斯的人绝不可能冲破这群野蛮人的包围！

然而，雷伊低估了印刷主管的本事。从烟雾和叫喊声之外，传来了图恩斯的声音："趴下！我们要爆破了！"雷伊赶紧用双臂护住了脑袋。一秒钟后，亮光一闪，仿佛有两只无形的手捂向了他的脑袋两侧。他抬起头来，看见前方有蓝光！图恩斯炸翻了路障。

雷伊跪倒在地。假如他还能趁着当地人昏倒的时候动一动……

他可怜的耳朵已经听不见隆隆声了，只能借助膝盖和手掌感受到震动。大礼堂的四面八方都在震颤。他现在看见入口附近的柱子已经垮了。构成塔丘的建筑材料如同雪崩一般，从上方倾泻而下——起初规模尚小，然后便吞没了一切。

就这样，坍塌的塔丘压垮了大礼堂。雷伊什么也看不见了。

雷伊的意识陆续恢复，他仿佛做了一场让人难受的梦。有什么东西正砸着他的头，但不是他的闹钟发出的声音。有人在拽着他的脚拖行，他的头在凹凸不平的地上撞来撞去。梦境完全消散，变成惬意的灰蒙蒙的一片，然后又以一种新的形式再现。他顺着山坡往下滚，岩石扎进了他的身体。

雷伊在臭气熏天的水里停下来，不知自己会不会还没醒过来就淹死了。一双有力的手把他从水里拉了出来。在嗡嗡的耳鸣中，他听到有人说："好了。坐一会儿吧，喘口气。"

他无力地咳嗽着，环顾四周。现在不再是梦境，噩梦化作了现

139

实。他坐在一个浅浅的水塘边,离坑底不远。坑口悬在他头顶上方十米高的位置,只有一面较低,可以从那里望见港口。他并非独自一人。这里有几十个人,应该都是"科学号"上幸存的船员。他们簇拥在刚被丢下来的新人周围。雷伊抬头看着他们的脸,从有些脸上看到了希望,从另一些脸上看到了恐惧和绝望。

"你脸色不好。你能说话吗?"那个把他从水里拽出来的女人问道。她年近六旬,听口音像是奥斯特莱人。她的衣服很整齐,却沾染了污渍。她的声音里有种不带感情色彩的友善。雷伊立刻想起她是谁。

"我能……能说话。"他的嗓音有些嘶哑,"出什么事了?"

女人发出短促的笑声。"应该由你来告诉我们才对。五分钟前,从上面丢下来好些人。看来,白蚁人又发现了新的渎神者。"

雷伊咽了口唾沫。"你说得对。"这是他的错。

"科学号"的囚犯想要帮忙,但有两个"塔鲁勒号"上的人看上去刚死不久,其他同伴的情况还不如雷伊。他四下扫了一遍,哪里都没瞧见布莱利·图恩斯的踪影。他瞥了一眼那个奥斯特莱女人,淡淡一笑:"我们是来救你们的。"他向围观的囚犯简要讲述了上岛的经过,"本来一切都很顺利。我还以为白蚁人说不定会听听我们的意见,至少能让我们多了解一点你们的情况。然后,卫兵发现了我的望远镜上的主镜。他们怎么可能知道那是什么东西呢?更不用说——"这时,他注意到了女人脸上的表情。

"先生,你以为我们是怎么惹上麻烦的?我们想在内陆的山峰上进行观测。我们有一面二十英寸的镜子,从这里观测撒拉弗,视野应该比——"她惊讶地住了口,"哎呀,你是雷伊·吉尔!"

雷伊点了点头。

她接着道:"看来,细节我就不用跟你多说了。关于这一概念,你已经写得够多了……我叫詹娜·卡茨,是伯金顿大学的研究者。几年前,咱们见过一回。"她挥了挥手,雷伊慢慢回想起来了,"我们把镜子拖到岸上，给白蚁人瞧了一眼。他们本来觉得这东西很了不起——直到后来，他们意识到我们想拿镜子来观测撒拉弗。"她笑了起来，但没有半点开心的情绪，"很多宗教都崇拜撒拉弗，你也知道，那是众神的家园……诸如此类的废话。白蚁人认为，撒拉弗更像是众神的寝殿——凡人绝对不能偷窥！"

看来，白蚁人已经知道望远镜的各个组件长什么样了。"这还是说不通，"雷伊说，"从其他各个方面来看，他们崇拜的似乎都是自己的祖先。我已经卖给他们几十篇关于内陆的小说，其中怎么还混杂着对撒拉弗的崇拜？"

卡茨旁边坐着一位小个子男人，他突然一阵咳嗽。"这个问题我可以回答。"越发刺耳的咳嗽声打断了他，小个子男人的脸似乎缩成了一团。雷伊不知道他究竟还说不说得出话。"白蚁人是一帮有智慧的收藏家，喜欢收集各种杂物。三百年来，他们一直待在这里，从路过的人那里学点这个，又捡点那个。"又是一阵咳嗽，"我本应该一眼就把他们看穿的……我毕生都在研究沿海蛮族和学习胡尔迪克语。但这些人太不好分辨了，我原先没弄明白他们的驱动力是什么……等我明白的时候，已经晚了。"笑容让他瘦削的脸有些变形，"我们在这儿了解到的所有信息，足以写出一篇不错的研究论文。可惜，我们还没写出来就要死了。"

雷伊·吉尔拥有多年的编辑经验，能在绝无可能的情况下找出漏洞——不过是在稿件上。"或许我们并不是非死不可。我从未想过白蚁人会杀了我们。既然他们的宗教是一锅大杂烩，那就不可能把禁忌太当回事。你们已经在这儿关了好几天。说不定，他们只是想找个体面的台阶下呢。"这番话真的很有道理。然后，他想起了图恩斯的炸弹，又用更小的声音说："假如真有什么事惹得他们要杀人的话，我看，应该是我的人在大礼堂的所作所为。"

"你不明白，伙计。"第三个来自"科学号"的人说话了，声音尖厉，"在他们眼里，相较于侵犯众神的隐私，炸毁塔丘只是轻罪一桩。

他们之所以让我们活了这么久,是因为他们遇到了难题,还没想出适合我们的罪行的残酷刑罚!"

"你们怎么能确定——"

"我们确定,雷伊先生。"一瞬间,詹娜·卡茨坚强的外表崩塌了,她的表情跟其他人一样恐惧,"过去这两天,白蚁人从坑里带走了三个人。我们能听到尖叫声,有一个还亲眼瞧见了。被带走的人一个比一个死得慢。"

众人沉默了片刻,接着,那个老是咳嗽的男人说:"依我看,白蚁人也害怕他们的撒拉弗。他们认为,假如想不出一个适合我们的刑罚,众神就会将死亡降临到他们的头上。被带走的那三个人只是……小试牛刀的实验。"

"可是,不会再有实验了。"卡茨的声音又恢复了先前的强硬,"下次白蚁人再来的时候,我们要给他们一个大大的惊喜。我们不愿再当待宰的斯寇羊。"

雷伊抬起头,望向坑口。四面八方都是白蚁人,大多数人的手中都拿着长矛。但这还不是最要命的,因为长矛一次只杀得了一个人,这样的屠杀速度很慢。那些手持火把的祭司要危险得多,他们站在图恩斯先前留意到的三只石油桶旁边。每只桶都安装在一个粗糙的旋转装置上。只要他们下定决心,便可以让囚犯淹没在火海中。就在短短几个小时前,这种可能性还令雷伊充满带着同情的恐惧。而对于卡茨和其他人来说,这是唯一一条能想到的出路。

几个小时过去了。天空的撒拉弗渐渐趋向于正圆形,随着午夜日食的开始,这颗行星上的西部海洋变成了黑里泛红的颜色。村民们迈着稳稳的步子,沿着坑口巡逻,多数时间都默不作声。"科学号"上的人类学家说,许久以前他们就不再回答他高声喊出的问题了。

不会再有"实验"了。雷伊逐渐发觉,这个深坑本身就是个死亡之地。仅有的水源来自坑底浅浅的水塘,而且越来越脏;仅有的食物就是村民们扔进坑里的东西——斯寇羊奶酪块，以及白蚁幼虫压成的肉球。在"塔鲁勒号"上的这些年，雷伊也吃过一些奇异的食物。可是，幼虫肉球已经腐烂了一半，囚犯们即便再饥肠辘辘，也只有少数人能咽得下去。有三个来自"塔鲁勒号"的人已经死了，他们在爆炸中被炸伤了身体，其中两名幸存者遭受了开放性骨折。随着时间的流逝，他们呻吟的次数越来越少。

囚犯们并非坑底仅有的活物，村子真正的建设者也在这里。在他们谈话的间隙，除了间或传来的尖叫声，周围便是一片寂静。在这样的寂静中，雷伊能听到刺耳的刮擦声从四面八方传来。他眼角的余光能看见一颗鹅卵石在移动，有什么东西匆匆从一个洞跑到另一个洞里。这些白蚁的体型仅有人类拇指大小，但坑壁上的白蚁数量必定有数百万只。它们虽然躲避着人类，但每时每刻都在活动。建造深坑所用的并非普通的泥土，从坑壁到水塘全是构成塔丘的建筑材料，是历经几千年的岁月遗留的古老残骸，仍在被这些渺小的生物利用。这片"土壤"里的石头肯定是从北面的山峦上冲刷下来的。在蚁巢存在的历史上，白蚁人的到来是最近才发生的事件。

这处深坑有三面都被村子里的塔丘包围，但在南面那个凹陷的坑口外，可以望见港口的景象。"塔鲁勒号"驳船距离村子不到四百米。层层叠叠的甲板上，装载起重机向四面八方探出，细长的桅杆直指泛红的蓝天——在雷伊眼中，这艘驳船从未像此刻这般美丽。安全之所可能在三百多米开外，也可能远在撒拉弗的另一面。一个小时前，一艘水翼船从海上驶来，停泊在驳船的右舷。除此之外，再也没有其他船只的动静。不过雷伊觉得，他仿佛看到舰桥上有人在动。又要开会了吗？这一回，管理层最终做出的决定是不是就此撒手离开？

大多数囚犯都在深坑的北坡上挤作一团，尸体被抬到了另一边。这些囚犯都是聪明人，有大把时间设法脱身，却没想出办法来。尽管雷伊一行人的营救行动以失败告终，但新人的加入带来了新的希望。有一两个小时，他们又开始制订新的计划。等情况变得明晰起来，他们发现其实什么都没有改变。谈话逐渐平息,许多人又恢复了原先闭目塞听的默然状态。

当然也有例外。雷伊很喜欢科学家身上有个特点,那就是他们热爱推测。拿特雷迪·贝克耶来说吧,就是那个一连几小时咳得上气不接下气的小个子男人。贝克耶是个体弱多病的家伙,一开始就不该参加"科学号"的远征。他是一名人类学家,在众多囚犯当中,只有他能讲一口流利的胡尔迪克语。他或许已经奄奄一息,但在咳嗽一阵阵发作的间隙,他仍在争论白蚁人的起源如何、未来怎样。他预言说,无论囚犯们的命运如何,这次伏击已经注定白蚁人的文化将面临灭顶之灾。现在,外人知道村子附近有石油。等这个消息传到群岛以后,白蚁人就要面对蜂拥而至的访客。即便当地人没有被赶出自己的土地,也会被迫做出巨大的改变。三十年后,这里就会出现一座真正的城市。

另外还有些人也跟贝克耶一样,一边穿过死亡之门,一边为各种概念争执不休。计划和方案完成以后,这几个人仍然有话可说。雷伊发觉自己被吸引住了。

詹娜·卡茨是最有意思的一个。在专门研究撒拉弗之前,她在天文学的其他分支上拥有丰富的经验。如果将世界另一头的狂热分子排除在外,那么,全世界最优秀的天文学家都在伯金顿大学。当初,雷伊以为能见到完好无损的"科学号"时,卡茨正是他一直希望交流的那种人。有那么几分钟,雷伊会忘记自己身处何地,忘掉自己必然会面临的命运。卡茨曾为撒拉弗天文台拟定了宏伟的计划:在港口后方的山上进行观测,视宁度应该不错;使用二十英寸的镜面,或许可以实现超过一百米的地面分辨率;有关撒拉弗上的智慧生命的问题或许终将得到解决……结果,这个计划反倒把他们统统送进了深坑里。

雷伊咕哝了一声:"在天文学方面,还有一些没那么危险的研究。有学者在克里萨尔克取得了奇妙的发现。"他讲述了《铁傲》的情节，以及作为故事基础的光谱学，"你们能想象吗?!借助光谱观测，我们就可以了解其他恒星周围的行星的情况。"他往后靠了靠，等待卡茨听到这个消息后的反应。这是他的工作中偶尔出现的乐趣之一——成为群岛上报道突破性发现的第一个人。

卡茨对他报以灿烂的笑容，但表情毫不惊诧。"哈！这是察纳尔特的几家大学通过'科学号'向西方传递的研究成果之一。在过去的一年里，他们已经获得与太阳类似的二十颗恒星的光谱，每一颗上面都拥有丰富的金属资源。我们还利用光谱来测量径向运动——"看见雷伊脸上的表情，她笑了起来，"你写过很多夸张的编者按，例如《光谱测定，解开大自然之谜的钥匙》，但可能写得有点避重就轻了。结合光谱位移的数据和正确的运动研究，很明显，我们的太阳系是个入侵者，只是从本地的星流中穿过罢了。"

流浪恒星——雷伊的脑海中闪过这样一个标题。有些作家可以根据这个想法来发挥一番，假如他能活着逃脱这里的话。他们肯定能逃出去。"要知道，这简直就像有人在故意欺负我们似的。"他若有所思地说，"在所有的太阳系中，我们偏偏就在金属含量低的这个外来太阳系里。"他不喜欢这个想法，因为其中包含着一种有神论作品的意味：人类就像众神的受气包。阿柯特别钟爱这样的作品。

"先生，你完全搞反了。听说过人择原理吗？最有可能的是，图星上之所以会存在智慧生命，恰恰是因为这里与其他星球不同。想想看吧，富含金属意味着什么？不仅是财富分配的问题，还有几百万盎司的铁可用于大规模建设。我猜，如此高浓度的金属会极大地改变地表的化学性质，导致生命永远无法形成。"

卡茨那张中年人的面容上完全是一副得意扬扬的快乐表情。雷伊并未觉得自己受到了羞辱。他想象着那些死气沉沉的宝藏星球："就算其他星球形成了生命，也跟这里的生命不一样。哎呀，说不定会——"

突然，卡茨抓住他的手臂，她的目光越过了他，神情专注。雷伊的推断一下子无法引起旁人的任何兴趣了。四下传来囚犯们断断续续的喘气声。他转身向港口望去,看见驳船把一艘小船放进了水里。小船闪耀着白光,在逐渐变红的幽暗背景中犹如一颗宝石。然后,他意识到,"塔鲁勒号"在舰桥上的信号镜的焦点位置点燃了一枚照明弹。它发出的光照在小船上,令人目眩。那艘小船不过是被漆成银白色的货运登陆艇而已。在照明弹的光芒摇曳着熄灭之前,又有两枚照明弹被点燃了。小船向岸边驶来,照明弹发出的光芒一路相随。

白蚁人祭司们忽然大叫起来。一群手执长矛的卫兵跑向深坑的南侧,其他人则来到装有石油的大桶旁,把盖子推到了一边。祭司们将火把浸入桶中,夜色里随即爆发出一阵巨响。雷鸣般的轰隆声不绝于耳,无论是囚犯还是村民的喊叫声都被掩盖。火焰和烟雾从石油桶中升腾而起,在午夜日食的背景下形成红黑二色的旋涡。数百只蝙蝠在炽热的空气中东倒西歪地蜂拥而出,燃烧着坠落下来。到处都弥漫着石油的臭气。白蚁人村民从火桶旁退开,但雷伊看到,每只火桶旁边都有几位祭司,他们将长杆抵在桶边,只要用力推动几下,深坑就会变成一片火海。

有些囚犯瘫倒在地,张开了嘴,眼睛瞪得大大的。他们肯定是在尖叫。雷伊身旁的詹娜·卡茨用双手抓住了他的手臂。她紧闭着眼睛,将脸转到一旁,避开了火桶的方向。在雷伊心中有什么东西消散了,他忽然不再感到害怕。他并不是故作勇敢,而是无法接受眼看就要葬身火海的现实。他扭头望向港口。那艘小船并没有因为石油桶着火而停下,它安静地向他们飘来,驳船上的照明弹仍然照耀着它。他竭力想看清船上装的是什么,可桨手们身穿黑袍,面孔隐藏在深深的斗篷里。那不是"塔鲁勒号"的船员制服,但不知怎的,看着却很眼熟。除了桨手以外,有一个人挺立于船头,不屑于借助任何东西来支撑自己。她身上穿着银白色的衣袍,在远处的照明下闪闪发光,一头乌黑的头发散落在脸旁和肩头。

此刻,雷伊明白了最新的营救行动是怎么回事。对于阿柯的计划,他一边咒骂,一边又心怀感激。

登陆艇刚一靠岸,"塔鲁勒号"便熄灭了照明弹。在熊熊燃烧的红色幽光中,艇上的人影显得一片朦胧。船头的女人不知对自己的衣袍动了什么手脚,突然间变得近乎赤裸,而且呈现出令人难以置信的女性特征。她纵身一荡,越过栏杆,胸脯和大腿都闪烁着银红色的光芒。桨手们跟在她身后,看着像是动作笨拙的黑甲虫。一行人开始爬向山坡,来到了深坑的南面。雷伊看不见他们了……

不过,白蚁人仍能看见。卫兵们没有移动,但每个人都转向了这支渐行渐近的队伍。火桶旁边的祭司们丢下手中的长杆,惊恐地瞪眼看着。卡茨松开雷伊,想问点什么话,但即使把嘴贴在他耳边喊叫,也无法盖过火焰的咆哮。雷伊只能向坑口指了指。

片刻后,坑口东南角的村民往后退开……新来的人出现在眼前。神光在上,阿柯的工作干得多出色啊!在有性命之忧的恐怖现实里,看到上百篇幻想故事中的化身,这种感觉着实奇怪。那是赫拉拉,以及一支灾星西布德人的小分队。在大部分故事里,西布德人总是跟随在赫拉拉左右。他们的动机不得而知,但多数时候似乎都属于邪恶势力。他们有时是赫拉拉的死敌,有时又是她的盟友。倘若是后一种情况,那世上的其他国家最好都小心点。那些蒙着黑色斗篷的身影悄无声息地尾随在她身后,那股冰冷的煞气看上去比白蚁人的祭司更甚十几倍。

如果缺少核心人物,那这场骗局就什么也算不上。塔迦·格林来到"塔鲁勒号"的时候,还只是个身材魁梧的流浪儿。化妆师让她改头换面了:她的黑发顺滑地垂落到腰际,简直是所有插图形象的完美翻版;她浑身上下晒得一般黑,只穿了一件丝带盔甲,而且仅护住了臀部和胸部。假如雷伊之前没见过这个女孩,他绝对猜不到她的胸脯是假的。女孩手执一把人称"死神"的宝剑,是用"魔法金属"制成的,以钻石镶边。这把死神剑原本是个活物,也是赫拉拉最早的战利品之一。假如脱离她的掌控,死神剑就会开始履行自己原本的使命——侵蚀强者,为祸大陆。实际上,这件道具是用木头制成的,以石英镶边,用力一击便会四分五裂。

塔迦·格林迈步向前,将死神剑放平搭在自己的肩头,仿佛这把剑重达数磅,而不是轻轻的几盎司。她的每个动作都显得优美流畅、不可一世,阿柯训练得真不错。她径直走到坑口的一处高地,久久地打量着祭司和燃烧的火桶,一眼也没看那些卫兵。村民们瞪大了眼睛回望着她。雷伊看得出来,他们的心中越来越恐惧。

突然,赫拉拉的手闪电般伸出,食指对准火桶,手攥成了拳头——野人公主想让那些火焰熄灭。白蚁人的祭司手忙脚乱地把盖子重新推了回去。火焰从侧边喷出来,灼伤了祭司们,但盖子仍一个接一个地被推回了原位。零星的爆炸声响起,其中一只火桶在架子上震颤着。接下来,方才激烈的喧嚣变成了一片死寂。很长一段时间,每个人听见的都是自己耳朵里的嗡嗡声响。

雷伊简直不敢相信自己的所见所闻。白蚁人的祭司居然将赫拉拉的故事信以为真?当然了,只要女孩一开口,幻象就会被打破。

格林女孩转过身,示意西布德人的首领站到她身后,紧挨着她。一个蒙着斗篷的身影悄悄向前摸去,既卑躬屈膝又鬼鬼祟祟。雷伊认为,那家伙肯定是柯罗娜达斯·阿斯库阿森尼娅。她可能得待在距离很近的地方,好给女孩提示台词。两人低声交谈着,野人公主随后比画了一个傲慢的手势,打断了这段谈话。她回头看了看白蚁人,终于开口了。她的话说得又快又短,铿锵有力,但不是斯普拉克语。

特雷迪·贝克耶倒吸了一口冷气。他原本与雷伊隔着一两米的距离,这时,他爬过来说道:"是胡尔迪克语!"

卡茨和雷伊在他身边跪了下来。"她说了什么?"

贝克耶又听了一会儿。"不太好懂。她说的是内陆腹地的一种方言……我只听过两三回。"他强忍住一阵即将发作的咳嗽,"她说她的怒火就像……地上的热窖那样滚烫。白蚁人没理由占有她的……财产,还是猎物?反正,她指的就是我们。她要求获得赔偿,死者要有替代品，还有——"贝克耶边笑边咳，"归还幸存者。"

女孩的声音高亢尖厉。演讲结束了，野人公主站在那里，等待着回答。死神剑在她手里颤动着，仿佛迫不及待地想抢在外交礼节完成之前就出手。

祭司们说话了。过了一瞬，雷伊才辨认出是那位高个子祭司的声音。他带着试探的语气颤巍巍地开口，完全不具备格林/赫拉拉声音里的压迫感。贝克耶继续翻译道："那个当地人正在向对方解释我们的渎神行为。你们不会看不出来吧？他吓得简直快尿裤子了……他说假如白蚁人不惩罚我们，众神就会把子民折磨至死。现在，赫拉拉威胁说，要是不放我们走，她就用剑把祭司开膛破肚。那个当地人正夹在这两种厄运之间，左右为难。"

赫拉拉再次开口，猛地举起肩头的死神剑，直指天空。冒牌的金属刃闪着泛红的银光，冒牌的钻石镶边闪闪发亮。她的语气跟刚才一样怒意汹涌，坚定果断。贝克耶翻译出来只有一个字，轻声感叹道："哇！"被卡茨敲了敲肩膀后，小个子人类学家才想起他还有听众，"不管她到底是谁，都太厉害了……她让白蚁人记住自己的身份，说他们的地位实在过于低微，别自以为是地想象众神会来寻仇……这句话我没法儿翻译得更好了。她用两三句话就展现出了盛气凌人的风采。现在她说，就算她手下的人确实有所冒犯，那也是赫拉拉和众神之间的事。"

雷伊·吉尔的视线从塔迦·格林身上移开，转向了聚集在一起的祭司，心中忽然萌生美妙的希望。他见过的每一种国教的核心教义都是伪善的。正因为如此，他先前才反对"赫拉拉"上岸——他知道，祭司们绝不会接受宗教信仰突然以化身的面目显现。阿柯和格林女孩不惜冒险一试，令人难以置信的是，这个计划居然奏效了。

有好几分钟的时间，祭司们都没有回答。他们站在原地，挤作一团，低声交谈着。周围的卫兵们松松垮垮地拿着武器，眼睛一直盯着塔迦·格林。在坑口的某个地方，不知是谁喊了声："赫拉拉！"过了一瞬，有名卫兵重复道："赫拉拉！"这个名字在地位较低的白蚁人之中传来传去。他们念出"赫"的时候，喉音的力度和精准度让雷伊畏缩。"赫拉——拉。赫拉——拉。赫拉拉。赫拉拉……"颂歌般的呼喊传遍深坑四周，如同柔和的鼓声。

有位祭司大喝一声，呼喊便停了下来，渐渐消散。过了一会儿，另一位祭司开口了。他的声音带着安抚，听不出同伴之前那种吓得发抖的恐惧。"这个新人，"贝克耶翻译道，"话说得很谦虚，嘴甜得像蜜一样。他说，赫拉拉的要求比白蚁人的更重要，这是毫无疑问的，不过……"贝克耶吸了口气，"浑蛋！他说，既然是应对众神这样冷酷无情的存在，那子民至少应该走个过场……核实一下赫拉拉的身份。"

又一位祭司说："只是走个形式罢了。"他的声音很尖细，远不如第一位祭司那么自信。

"贝克耶，到底是什么形式？"卡茨抓住小个子男人摇晃起来。

贝克耶又听了一会儿，接着忍住一声呜咽："没什么。他们是要比武，小试一场。"

在这场谈话期间，雷伊的视线从未离开过塔迦·格林。女孩毫不退缩，若说有什么变化的话，那就是她的身体现在挺得更直了。听见这个无礼的"请求"后，她抬起了下颌，这样的举止绝不是训练出来的。在雷伊认识的人当中，这个女孩是最勇敢的一个。祭司说完以后，她立刻做出回答，提高了音调，三个音节里满满都是怒气和傲气。

"她说：'没问题。'"其实这句话根本不需要贝克耶翻译。

雷伊的希望来得快，去得也快。塔迦·格林低头瞅了一眼死神剑，有那么一瞬，他仿佛又看见了短短几天前刚登上"塔鲁勒号"的那个笨手笨脚的女孩。她并不是害怕，只是没有把握而已，在一个陌生的环境中摸索着前进。那把木剑拿来唬人固然华丽，但到了现在这个地步，她只靠虚张声势已经不行了。木剑连黄油都切不动，而且一碰就碎。

女孩向西布德人的首领做了个专横的手势，后者溜到队伍前面，贴在赫拉拉的耳边悄声说着什么。营救小队已经别无选择了。毫无疑问，他们是全副武装而来，只要行动迅速，眼看就要败露的伪装就还有几分可信。他们大概还能再一路杀回登陆艇，这样至少可以自保。

赫拉拉听西布德人的首领说了一会儿，然后打断了对方的话。她俩居然在吵架！雷伊惊诧不已，固然所有小说里都写过这样的情节，可为什么偏偏要现在吵？刹那间，阿柯的低声细语变得响亮起来。雷伊忽然意识到，她们并不是在演戏。赫拉拉突兀地摇了摇头，把剑递给阿柯，后者假装被沉重的死神剑压弯了腰。眼下，她的选择并不多，于是回到了其他西布德人身边，心中的恐惧显而易见。然而，这样的表现反而与角色十分契合：作为一名灾星西布德人，她正双手捧着死神剑，不可能因此被引向堕落之路（西布德人已经够堕落的了）。控制死神剑和被它控制是非常相似的——这是雷伊本人在这个系列中巧妙暗示过的主题。

赫拉拉转过身，重新面向白蚁人的祭司。她面带微笑，言语中的怒气不见了，但仍不改那股嘲讽的嚣张气焰。

"她说，打一架她很乐意，可是，用死神剑对付像白蚁人这么弱的猎物，是暴殄天物……很没意思。她愿意用对手选择的任何武器来迎战。"贝克耶继续翻译道。

听见这样的话，村民们又唱起了颂歌。祭司大声喊叫着，压下了歌声。片刻后，一位祭司手持一根剑棍，朝格林/赫拉拉走去。这家伙不是战士，只是个跑腿的。他把棍子搁在离女孩三米远的地上，然后迈着小碎步，逃回了安全的地方。赫拉拉任凭他离开，然后从高地上走下来，查看那件武器。

"如果她是从内陆腹地来的，那肯定没见过剑棍。"贝克耶说，

151

"内陆人没别的,只有长矛和长枪。就算在沿海地区,剑棍也只是一种象征性的武器。"

这根剑棍显然是为特殊场合准备的:木头已经抛光,毫无损坏痕迹。没有采用金属或复合材料,所以不可能是一把真正的剑。即便如此,它看起来仍能置人于死地。从整体上看,剑棍的形状介于棍棒和长矛之间,上面沿纵向排列着精致的倒钩和刀刃,是用骨头或黑曜石制成的。剑棍一端是黑色的尖刺,光滑得像玻璃一样,另一端则是棍柄。在棍子中央还有个把手,或许可以把它当成铁头木棒[1]来使用。

格林/赫拉拉捡起剑棍,很明显,她跟雷伊一样感到迷惑不解。不知怎的,这种困惑并没有让她出戏,她以微笑的方式来表达好奇,仿佛在说"多有趣呀,多巧妙呀"。雷伊不知道她究竟是在演戏,还是坦然地展现之前那种惊奇。她举起剑棍,挥舞出几道利落的弧线,然后停了一下,犹豫地瞥向阿柯和其他人。雷伊明白,要想一逃了之的话,现在是她最后的机会了。阿柯正要朝她走去,女孩却转过身,冲着祭司们大喊了一声。

"她说,她准备好了。"

雷伊几乎没有发觉自己屏住了呼吸。女孩有可能会赢,因为卫兵们已经相信了这场骗局,连一个能真正投入战斗的人都没有。疑心更重的祭司固然没有上当,但他们是那种让别人代替自己下场的人。参与比武的还剩下谁呢?蠢得连怕都不知道的人吗?

祭司们让开了一条路,一个身材颇为魁梧的人开始沿着斜坡向上爬,朝着塔迦·格林走去。那人步伐迟缓,甚至可以说是脚步踉跄。即便从坑底远远望去,雷伊也能看出那人一脸呆相。神光保佑!

然后,他看到了第二个人,跟刚才那个一模一样——高大健壮、

---

1. 铁头木棒是英国旧时的一种武器,长约2米。

傻里傻气……手执武器。他们将剑棍举在身前，以起到恐吓和抵挡的双重作用。两人都穿着厚重的皮衣，虽然做工粗糙，但至少是真正的盔甲，而塔迦·格林近乎一丝不挂，身上穿的是华而不实的冒牌防具。

这两人加在一起，体重得有她的三倍了。他们一边接近女孩，一边分开行动。走到离她三米远的地方，两名战士停下脚步，面面相觑了片刻。雷伊从这两个笨蛋的举止中看出了焦虑的迹象。假如对村民们的情绪无知无觉，也毫不理会敌人满满的信心，那他们跟植物也没什么两样。

今夜，自出版起延续了二十年的幻想故事与现实发生了碰撞——有那么一瞬，幻想似乎才是更真实的图景。眼前这一幕完全可以绘制成一幅完美的封面图：赫拉拉站在两名智力低人一等的进攻者面前，身姿笔挺，毫无惧色，在她身后，由一座座塔丘组成的城市绵延无际。撒拉弗东部海洋的最后一缕蓝色消失了，行星圆盘由较为明亮的浅红变成了暗红。从石油桶里飘出的烟雾仍然悬在空中，烟云翻腾，遮蔽了撒拉弗上的大陆，使其完全无法辨认。塔丘、囚犯、祭司、战士——万物都被不断变幻的红光照亮。这是血色，是赫拉拉的颜色，是她最令人胆寒的战斗中的背景底色。

一位祭司朝那两名战士大喊一声，战斗随之开始。两人分别从两面夹击，挥舞着带刃的剑棍。女孩握住棍柄和把手，在两人之间飞旋。他们行动迟缓，而塔迦·格林却动如脱兔。这个动作只能帮助她免于速死，她跳跃着后退，爬上了高地。她把剑棍当成手杖来用，格挡着对方的攻击。每一击都有碎裂的刀刃飞出。

她蹦跳着后退了三大步，双手同时握住棍柄。她抡起剑棍，飞快地一挥，逼得两名对手连连后退。他们再次分开，从两侧向她扑来。即便如此，这时她也没再后退。

"她学得可真快。"贝克耶似乎是在自言自语。

然而，有些经验来之不易。倒钩和刀刃不仅仅是用来吓人和开

153

膛破肚的。随着砰的一声,她的一记格挡让对方的招式戛然而止,两人的武器僵持在一起,难解难分。战士将剑棍一抬,她相对苗条的身体随即贴到了对方身上。格林用脚踢他,又用膝盖撞他,后者虽然身穿盔甲,但仍被她打得东倒西歪。第二名战士跑上前去,将剑棍的尖端径直刺向女孩的身躯。不知怎的,她察觉到了对方的攻击,随即向后一仰。原本会刺出的对穿伤变成了胸口上一道深深的划痕。

她倒在地上,立刻又一跃而起。战斗停止了片刻,两名进攻者面面相觑,惊愕不已。在烟雾缭绕的红色幽光里,细节显得模糊不清……但她的假胸似乎还在原位。人人都能看到赫拉拉胸前的盔甲被划破了,人人都能看到她胸脯上那道深深的划痕,人人都能看到她竟然没有流血。

第二名战士后退几步,发出了一声呜咽。他小小的脑袋瓜终于发觉自己应该感到害怕,于是扔下剑棍,逃离了赫拉拉和祭司身边。

另一个家伙似乎没有注意到这回事。他把赫拉拉的剑棍扔过自己的头顶,然后朝她逼近。女孩既没有退缩,也没有绕开他并冲向被抛到一边的剑棍。她站在原地,双膝微屈,双手张开。直至战士的剑棍向她身体正中挥来时,她才动了动——接下来的动作迅疾如风,雷伊根本没来得及看清。不知怎的,她抓住了剑棍的把手,用它作为支撑纵身一跃,冲着对方的喉咙狠狠踢去。这一击的力量撞掉了剑棍,两人摔倒在地,毫无章法地扭打在一起。最后,从地上爬起来的人只有一个,另一个则躺在地上全身抽搐,被剑棍的尖端刺穿了头骨。

女孩紧盯着那个奄奄一息的战士,一种或许是恐惧的表情从她脸上一掠而过。她的双臂和肩膀都在发抖。突然,她挺直身子,往后退了一步。当她望着祭司们的时候,脸上又恢复了不可一世的傲然神色。

"赫拉拉。赫拉——拉。赫拉——拉……"颂歌又起。这一次,没有哪个祭司再敢大声喝止。

接下来的几天，柯罗娜达斯·阿斯库阿森尼娅与获救者有颇多接触。一部分人从恐惧中恢复的情况比其他人要好一些，获救之后不出十个小时，詹娜·卡茨就能开怀大笑了；身材矮小的人类学家特雷迪·贝克耶也差不多同样冷静，只不过他的身体需要再过一段时间才能康复。

但是，离开白蚁人村四天以后，"科学号"的有些人一看见黑影仍然会大惊失色，无缘无故地痛哭失声。每一个幸存者总是会做噩梦。

阿柯从不认为自己英勇过人，她并没有体会过被困在深坑里的滋味，也未曾目睹朋友被折磨致死。一回到驳船上，白蚁人村发生的事就成了无可挽回的过往，她轻而易举便把恐惧抛到了脑后。她尽情享受着欢迎归来的仪式，这是赋予她和雷伊·吉尔、布莱利·图恩斯的荣誉，更是赋予塔迦·格林的荣誉。

在人们可以想象的程度里，这已经最接近故事的结局了。"科学号"上有三十六人去世，但有近百人在这次历险中幸存下来，并随驳船返航（这令赞助他们的大学颇为诧异，因为原本要两年后才会与这些人相见）。当"塔鲁勒号"驶进奥斯特莱以及下一站察纳尔特时，船上的每个人瞬间成了名人。这个故事可以传颂十年之久，对塔鲁勒出版公司而言也是件十分有利可图的事情。凡是参与了营救行动的人，无论平时担任何职，只要能读书识字，就都被要求写一篇关于营救行动的文章。据说，公司要创办一本全新的杂志，专门刊登这些真实的冒险故事。

管理层似乎认为，是阿柯和雷伊策划了这起出版妙计。毕竟，当初是雷伊提议登陆和营救的，而阿柯又一手塑造了格林/赫拉拉。阿柯知道，管理层的决定给雷伊带来了不少烦恼。他曾试图让斯维克特·拉姆齐相信，自己之所以陷入困境，是因为没有半点商业洞察力。拉姆齐当然知道这一点，但他是不会任由雷伊逍遥自在的。因此，雷伊只好老老实实地创作营救行动的核心报道。

"别烦心了，先生。他们并不想听真话。"阿柯和雷伊站在编辑甲板的栏杆旁。除了桅杆和杰斯彭·塔鲁勒的顶层舱室以外，这里就是驳船上的最高点了。这是阿柯最喜欢的地方之一，从这里可以望见驳船上三分之一的甲板，地平线的风光也不会被索具和船帆挡住。天色尚早，晨间的喧嚣尚未开始，带着咸味的冷风平稳地从东方吹来。那股空气纯净无比——没有一丝油烟的痕迹。隔着数英里的海水，白色的桅楼显现出来。到处都没有陆地的迹象，很难想象还有什么比白蚁人村更遥远的地方了。

雷伊没有立即回答。他正盯着印刷甲板上的什么东西在瞧。他拉紧外套，看着阿柯说："没关系。我们可以写真话，反正他们又看不懂。凡是当时不在场的人都不会明白的。"阿柯曾在现场，她确实明白……却巴不得自己不明白才好。

雷伊回过头来，看着印刷甲板。阿柯随着他的目光看到了他关注的对象。那人穿着普通的杂役服，正沿着甲板的外层阳台慢悠悠地溜达。他要么是觉得寂寞，要么就是闲极无聊，再不然就是对栏杆和甲板上的各个细节看得入了神。阿柯怀疑，那个家伙并不是感到无聊。在赫拉拉的骗局中，她曾要求白蚁人为她损失的"财产"（即图恩斯的手下和"科学号"上的死者）提供替代品。完全收回要求似乎不是明智之举，所以，有五名倒霉的白蚁人村民被带上了船。

那个家伙便是其中之一。他曾是白蚁人的祭司，是他们的发言人兼翻译。自从营救行动结束以来，阿柯已经跟他聊过好几回。他的经历算是相当不错的素材。他真的是个清白的人，既不是疯子，也不是铁杆的怀疑派。事实上，当那帮心存怀疑的祭司主张比武的时候，他就已经不受重视了。他以前从未离开过村子，全靠看杂志和跟旅客聊天自学了斯普拉克语。当初，被带上船似乎是一种可怕的惩罚，现在却变成了他毕生难得的经历。"先生，这家伙是个天生的学者。等我们到第一个宜居的着陆点时，放那些村民下船好了，但我希望他能留下。如果他对外面的文明有所了解，过个一年左右再回去的话，就能为他的村民做不少好事。等石油猎人找上门的时候，白蚁人要对外面的世界有所了解才行。"

雷伊没有留意她的话。他朝着甲板更远的地方指了指。

塔迦·格林弯下高大的身躯，双肘支在栏杆上，双手托腮，正放眼远眺海面。就在这一刻，那个前祭司必定也看见了她。他突然停下脚步，似乎全身都在颤抖。

"他知道了吗？"

雷伊摇了摇头。"我看，他现在知道了。"

从许多方面来看，女孩都与在村子里的那一晚大不相同了。她现在是一头红色短发，没了假胸，看上去只是个瘦骨嶙峋的小女孩——从她的举止来看，心情似乎还很低落。但她的身高接近一米八，那一夜展露风采之后，她的脸已经令人永生难忘。前祭司缓缓向她走去，每走一步都很费劲。他的手紧紧抓住栏杆，仿佛正攥着救生索。

这时，女孩瞟了他一眼，有那么一瞬，这个白蚁人似乎打算溜之大吉。但他并没有这样做，而是点了点头……两人开始交谈起来。

阿柯站在上层的编辑甲板上，一个字也听不见。而且，他们讲的很可能是胡尔迪克语。不过，这并不重要，她想象得出对话的内容。

这对组合很奇怪：前祭司时而发抖，时而点头，毕生的信仰大受冲击；女孩依旧没精打采地倚在栏杆上，对大海的关注多于两人的对话。即便是在欢迎归来的仪式期间，她也是这副模样，溢美之词丝毫没有触动她。女孩百无聊赖的回答仿佛从遥远的地方飘来，偶尔她会用精明的目光审视对方一眼。阿柯觉得，这样的目光比冷淡的态度更令人不安。

过了几分钟，前祭司最后点了点头，走开了。只是现在，他不再扶着栏杆。阿柯有些好奇，当一个人突然发现对超自然力量的恐惧是多余的，他会是种怎样的感觉？对她自己而言，她的信仰发生了相反的转变。

雷伊说:"对于塔迦·格林这个人,有一种解释很合理。好些年来,我们一直在购买讲述外星入侵者的权谋小说。我们只是太盲目了而已,没看出来这种事情终于发生了。"

"来自星星的客人,嗯?"阿柯无力地笑了笑。

"嗯,你还有更好的解释吗?"

"没有。"阿柯对女孩相当了解,所以相信她讲的话是真的。塔迦·格林确实来自内陆,她所在的部落仅有的武器就是长矛和手斧。他们最了不起的"技能"是嗅出季节性的泉水。她在八岁那年离家出走,从一个部落搬到另一个部落——总是朝着更先进的部落迁移。她一直没找到自己想要寻找的东西。"她学东西特别快。"

"是啊,学得很快。特雷迪·贝克耶也这么说。这一点是整个计划的关键。印刷工吉米曾说她在正午时分对着手杖的影子'祈祷',那时我就该明白了。她重现了有史以来最伟大的实验之一——我把它归因于宗教!你说得对,她不可能来自先进文明。她不认识我的望远镜,放大的概念对她来说很新奇……不过,她一看到镜面,就明白了其中的原理。"

阿柯低头看向印刷甲板,望着那个看似无比可怜又平平无奇的女孩。曾经有一段时间,阿柯觉得自己与女孩的友谊正在萌芽。这绝不可能。塔迦·格林就像一艘水翼船,最初在船尾方向远远出现;有一段时间,她显得无足轻重,奋力越过各种障碍——具体有哪些障碍连阿柯都忘了——然后就赶上来了。阿柯还记得最后一天排练时的情形:当她发觉格林移动的速度迅疾如风后,怜悯之情便冷却下来,变成了敬畏。将来,女孩会横扫大陆更远的地方,这是柯罗娜达斯·阿斯库阿森尼娅永远无法想象的。

"现在,她已经了解我们,知道我们跟其他人一样都很愚蠢。"

雷伊迟疑地点了点头。"我也是这么认为的。一开始,她得意扬扬,认为我们的玩具比随便哪个部落的都好许多倍。然后,她意识到这些东西是历经千百年才慢慢发明出来的产物。现在，她就算找遍全世界，也找不到更好的了。"

所以，塔迦·格林必须在此驻足，好好利用这里的一切。"先生，我有个想法。你很讨厌那些关于命运和众神的古老故事，但假设故事是真的，那把她放在里面就恰好合适——一位刚刚觉醒的小小神灵。她明白了这一点，也看清了自己在这个世界上的位置……在欢迎归来的仪式之后，她曾经跟我聊过。如今，她的斯普拉克语说得还不错，别人不会再误解她的意思。她感谢我把她训练成了赫拉拉，感谢我让她看到了欺骗的力量，意识到人就像其他任何工具一样，可以轻易被利用。"

雷伊许久都没有回话。

THE UNGOVERNED
非管辖区域

Loading...

罗妍莉 译

2004普罗米修斯奖名人堂获奖作

作者的话：

在这部选集里，至少有四篇小说的故事背景发生在一场灾难性大战之后，其中几篇将这个设定用作告诫，但也有几篇是出于另一个原因：像这样一场战争可能会推迟技术奇点的出现，让世界以我们这些凡人可以理解的面目来呈现。当高科技和中世纪主义以众多不同的方式混杂到一起，许多作家都凭借"灾后故事"赚得了大笔财富。

全面战争带来的长期后果难以知晓。可以想象的是，这可能意味着人类的末日。战争和战后最初那些年就像宣传中那样可怕。不过，人类很可能还是会存活下来。像这样一场战争会变成一条通向黑暗的巨大弯路，但随着岁月的流逝，幸存下来的人日渐老去，他们的子孙后代也长大成人……在人们的记忆中，那些悲惨的日子会被当作很久以前的不幸。子孙后代可以享受幸福而欢快的时光，战争可能会成为我们这个世界的末日，却并非他们的。我们大部分的信息遗产都留存于上百万座图书馆里，甚至比人类本身存续更久。因为我们的文明已经消耗了所有易于获取的资源，所以科技无法重启——这样的论调我并不认同。除了石油之外，灾后文明或许会比以前更容易获取地球资源。（没有遭受毒害污染的城市废墟可以用作巨大的露天矿山。）

在某些情景之下，灾后文明可能具有很高的教育水平，对过去或许有着清晰的认识。我接下来这篇小说的背景便是如此：我认为，我们现今的文明最终会耗尽所有运气，人类会面临一场全面战争，而且以后的日子比我所能描述（或者愿意想象）的更为悲惨。然而，在这一切结束之后，还有另一次兴盛和进步的机会。在这篇小说里，我尤其想要探讨以下两个问题：在这样一个时代会存在怎样的政府？新文明要如何应对核武器，以及如何应对已经拥有的一切还会再度失去的可能性？小说的标题揭示了我对第一个问题的回答。对于第二个问题，我给出的答案同样激进。

"艾尔的保护伞"开在堪萨斯的曼哈顿。虽然这名字一股子黑帮气息，但它其实是一家主营安保业务的警务站，规模不大，约有两万名客户，都在方圆一百公里范围内。但"艾尔"显然是个有幽默感的人，他的广告用了黑帮主题，手下的警务员也打扮得像二十世纪的流氓。威尔·布赖森猜测，这些统统是怀旧情结的一部分。哪怕是布赖森所任职的"密歇根警务"，也利用了公众对旧名字和旧传统的信任。

即便如此，以"密歇根警务"为名的公司到底还是更有尊严一点吧。布赖森一边把武装直升机停在警务站前门外面的起降平台，一边暗自这样想着。他步出驾驶舱，走进清晨一片诡异的寂静中。旭日将升，但天空依然黑漆漆的，空气有些潮湿。有半截地平线上都能看见游走的积雨云，忽明忽灭的闪电在云层中来回追逐着，却听不到丝毫雷声。在来的路上，他曾见到一枚龙卷风消灭器，如同一只孤鹰飞行在遥远的天际。这天气似乎不是什么好兆头，简直跟短短四小时前东兰辛总部收到的来自艾尔的请求差不多。

一个修长的身影从阴影中跳了出来。"见到你可真高兴！我叫艾尔·斯文森，是这儿的老板。"他热情洋溢地握住布赖森的手，"我还担心你会等到雨云的锋线过去以后才来呢。"斯文森穿着松松垮垮的裤子和衬垫夹克。弗兰克·尼蒂[1]若是看见他这身打扮，肯定会感到骄傲的。小镇警务长催促着另一名警务员上了楼，除了他俩以外，外面一个人也没有。这地方看着冷冷清清的，就像工作日早晨的乡下警

---

[1]. 弗兰克·尼蒂（1896—1943），美国芝加哥黑手党头目，在阿尔·卡彭入狱后，继承了他的犯罪帝国。

务站该有的模样。哪里有什么紧急情况？

进入楼内，一个打扮得跟斯文森差不多的职员（也可能是警务员）坐在通信控制台前。斯文森冲着对方咧嘴一笑："没错，是密州警。他们真的来了，吉姆，真的来了！中尉，顺着这条走廊一直走就行。我的办公室在那后面。我们应该很快就会撤离，可是眼下，我看这里还算安全。"

布赖森点点头，但并没有听明白，反倒更觉困惑了。在走廊的另一头，灯光从一扇半开的门里倾泻而出。门上的磨砂玻璃表面印着"大个子艾尔"的字样。老旧的地毯散发着一股淡淡的霉味，体重九十公斤的布赖森踩上去，地毯底下的木地板明显地陷了下去。布赖森险些笑起来，斯文森或许并没有那么愚蠢。因为是黑帮主题，所以人们绝不会计较大楼的维护工作干得这么马虎。倘若这是一家正经的警务公司，就无法赢得客户的信任了。

斯文森催促布赖森走到灯光下，挥了挥手，让他坐到一张垫着厚软垫的椅子上。斯文森虽然身材高大、棱角分明，但模样更像教师，而不太像警务员或者流氓。他那头微微泛红的金发蓬乱地支楞在脑袋上，仿佛一直在被拉拽似的，或是他刚被人叫醒。看见他在房间里不安地踱来踱去，布赖森猜想拉拽头发的可能性要大一些。斯文森似乎已经黔驴技穷了，对他来说，布赖森的到来近似于一种暂时的解脱。他瞥了布赖森的名牌一眼，笑容越发灿烂，"W.W.布赖森，我听说过你的大名。我就知道，密歇根警务是不会让我失望的。他们派出了最厉害的人。"

布赖森报以微笑，希望内心的尴尬没有表露出来。他目前的盛名有一部分来自公司的大肆炒作，而他对此感到厌恶。"谢谢你，嗯，大个子艾尔。作为服务无权携带武器的客户的小型警务公司，我们认为自己肩负着特殊的义务。但你得多告诉我一些情况。为什么要这样守口如瓶呢？"

斯文森挥了挥手。"我害怕嘴巴不严的人。在你来到现场并开始

165

行动之前，我不能冒险让敌人知道我把你卷了进来。"

奇怪，他说的居然是"敌人"，而不是"恶棍""浑蛋"或者"骗子"。"可是，哪怕对方是大黑帮，也会被吓跑的，一旦知道——"

"听着，我要说的不是什么废物黑帮，而是新墨西哥共和国……他们正在入侵我们。"斯文森跌坐到椅子里，继续往下说，语气变得平静了些，仿佛在传递出去这个消息后，他的担子便卸下了，"你是不是吓了一跳？"

布赖森默然点头。

"我也是。不然我一个月前就动手了。新墨西哥共和国一直存在很多内部问题，虽然号称阿肯色河以南的所有土地归他们所有，可是，共和国在方圆几百公里内都没有建立定居点。就算是现在，我仍然认为他们是冒险主义做法，可以通过派遣核心小队来镇压他们。"他瞥了一眼手表，"听着，不管速战速决有多重要，我们都得做些协调工作。有多少支武装巡逻队跟你来的？"他看见了布赖森脸上的表情，"什么？才一支小队？浑蛋！好吧，我想，守口如瓶是我的错，但是——"

布赖森清了清嗓子："大个子艾尔，是一个人。密州警只派了我来。"

对方的脸好像一下子垮了，原本的释然变成了绝望，最后化作无力的愤怒："该……该死的，下地狱去吧，布赖森。我说不定会失去在这儿建立起来的一切，信任我的人可能会失去他们拥有的一切。但我发誓，我会起诉密歇根警务，把你们告垮！十五年了，我一直在给你们缴保护费，从来没索赔过。现在，当我需要最大火力支援的时候，你们却派来了一个单枪匹马的浑蛋，拿的是一把十毫米口径的玩具枪。"

布赖森站了起来。他身材魁梧，将近两米，比斯文森高出许多。他伸出熊掌似的大手，拍向对方的肩膀，这个姿势奇怪地夹杂着安慰与恐吓两种含义。布赖森的声音柔和沉稳："大个子艾尔，密歇根警务并没有辜负你。为了应对大规模暴力，你们支付了保护费——我们的确准备提供那样的保护。密州警从未违约过。"说完最后这句话，他紧紧捏住艾尔·斯文森的肩头。两人互相打量了片刻，然后斯文森无力地点点头，布赖森则重新坐了下来。

"你说得对。抱歉。我花钱买的是结果，不是方法。但我知道我们面对的是什么，我吓得要命。"

"所以我才会到这儿来，斯文森。先弄明白我们要对付谁，然后再出其不意地拿着枪冲进去。不然你指望怎么着呢？"

斯文森向后靠了靠，椅背发出轻微的嘎吱声。他透过窗户往外看，望向清晨时分万籁俱寂的黑暗，似乎放松了下来。无论可能性有多低，总算有人来接手他遇到的麻烦了。"他们在大约三年前就开始布局，看似没有恶意，而且行为完全合法……"虽然新墨西哥共和国号称西至科罗拉多、东至密西西比、北至阿肯色的土地都归他们所有，但实际上，他们的大部分定居点仍在墨西哥湾和格兰德河沿岸。有好几十年的时间，俄克拉何马和得克萨斯北部一直无人居住。对共和国来说，以阿肯色河划定的"边界"算不上什么真正需要担忧的问题，因为在科罗拉多的那场水源大战中，他们遇到的麻烦已经够多了。至于生活在这片非管辖区域南部边缘的农民，就更不关心这个了。过去这十年里，北上移民的数量一直在稳步增长，他们从共和国迁往富庶的北方，而且没几个人留在曼哈顿地区，因为大多数工作岗位都在更遥远的北方。但在过去三年间，有钱的新墨西哥人搬到了这一带，为了获得土地，他们简直不惜一切代价。

"现在的情况已经很清楚了，这些新墨西哥人其实是共和国派来的走狗。他们买地花的钱超过了依靠耕种获得的合理回报。而且，最新一任总统才刚当选，他们就开始购买了。你知道的，他们的总统就是那个叫马丁内斯的人。反正不管怎样，新墨西哥人的做法给我们当中很多人营造了一段愉快的繁荣期。如果这些有钱人想在非管辖区域拥有与世隔绝的不动产,那当然是他们自个儿的事。反正共和国的财富全部加在一起,也买不下堪萨斯十分之一的土地。"起初,这些定居者堪称模范邻居,甚至跟"艾尔的保护伞"和中西部法务公司都签了契约。可几个月之后,真相渐明——他们既不是干活儿的农民,也不是悠闲的有钱人。据当地人推测,他们更像是农场主之类的角色。定居点门前的卡车川流不息,把穿着破衣烂衫的男男女女从南方的城市运过来,例如加尔维斯敦[1]、科珀斯克里斯蒂[2],甚至首都阿尔伯克基[3]。农场主在定居点建起了简陋的营房,让这些人住在里面。从空中俯瞰,你能看见新来的劳工们一直耗在地里干农活儿。

这些定居点的产出规模让当地人感到诧异,虽然还不清楚这么做是否有利可图,但《田庄杂志》的报道激起了人们的兴趣。从经济层面来看,体力劳动会不会比租用自动化设备更占优势?很快,劳工们就被当地人雇用了。"这些人干起活儿来比任何一个理性的人都更卖力,而且太廉价了。每天夜里,农场主会用卡车把他们运回营房。所以,跟租用自动化设备相比,我们的开销多不了几个钱。总的来说,新墨西哥人的要价比租赁设备还低了百分之五左右。"

这一切会导致怎样的结果,布赖森开始明白了。新墨西哥共和国的一些人很了解中西部法务公司。"嗯,要知道,斯文森,假如我是那些劳工当中的一员,我是不会在定居点里待着的。在北方的劳务市场,一个管家学徒赚的钱比有些菜鸟警务员还多。有钱人总是需要佣人的,如今这年头,佣人的薪水高得吓人。"

斯文森点点头。"我们的富人在发现那些劳工如此廉价后,便按捺不住了。可就在这个时候,事情变得难办了。"一开始,摆在面前的是什么样的条件,那些劳工基本上不明白,他们坚持按照规定的时间和地点来干活儿。只有少数人接受了送上门的工作,一开始这样的

---

1. 加尔维斯敦,美国得克萨斯州的一座城市。
2. 科珀斯克里斯蒂,一座临墨西哥湾的海滨城市。
3. 阿尔伯克基,美国新墨西哥州最大的城市。

人寥寥无几。"接受新工作的人起初真的很害怕,跟我们反复确认在干完一天的活儿以后,自己可以回到家人身边。他们好像把这笔交易看成了绑架的阴谋,而不是工作机会。接下来局势急转,那些劳工迫不及待地丢掉定居点的工作,还想把家人也一起带上。"

"可就在这个时候,农场主关上了营房?"

"你说对了,伙计。他们不肯放家属出来。我们知道,他们正在查抄劳工们挣到的外快。"

"农场主是不是声称这些劳工签了长期合同?"

"见鬼了,不是。如果按照司法公司的契约,这么干是合法的,可中西部法务公司并不承认契约奴役制——而他们当初偏偏是跟后者签的契约。我现在明白了,新墨西哥人是成心这么做的。

"昨天事情终于闹大了。红十字会的人从托皮卡[1]飞来,随身带着中西部法务公司出具的文书。那个人要求进入每一处定居点,跟那些穷人劳工解释法律会如何维护他们的权益。我也带着几个手下一起去了。新墨西哥人不肯放我们进去,还用拳头把红十字会的人赶了出来。那些农场主的头目是个叫斯特朗的流氓,他给了我一份签过名的终止契约文件,还说从现在开始,他们会自行处理所有警务和司法需求。然后,我们被人拿枪指着,从新墨西哥人的地盘上押送出来了。"

"这么说,他们成了犰狳客?这么做倒没问题。可那些劳工理论上还是你的客户吗?"

"不只是理论上。在这件事爆发之前,他们中有不少人以个人名义跟我和中西部法务公司签过契约。整件事情就是个圈套,而我偏偏被套住了。"

布赖森点了点头。"没错。你现在只剩下一个选择,那就是叫拥有火力的人来帮忙,也就是我们公司。"

---

1. 托皮卡,美国堪萨斯州的一座城市。

斯文森探身向前，他的怒气比恐惧消散得更快："当然，但不只是这样，中尉。那些劳工——那些奴隶——是给我们挖的陷阱的一部分。不过，他们中的大多数都是勇敢诚实的人，知道出了什么事之后跟我一样难受。昨天晚上，我们被新墨西哥人打得落花流水之后，有三个劳工逃跑了。他们步行十五公里到曼哈顿来见我，求我不要干涉此事，不要履行合同。

"而且他们向我告知了原因：坐卡车到定居点的一百公里路程中，劳工们看不见一路经过的地方，但还是听见了很多声音。有个人在卡车侧面挖了一个窥视孔，在阿肯色河以南不远的地方，他看到了装甲车和轰炸机，都被重重伪装过。该死的新墨西哥人还带走了得克萨斯卫戍部队的一部分人，把这支队伍藏在离曼哈顿很近的地方，不到十分钟就能飞过来。他们已经准备采取行动了。"

劳工们说的应该是真话，布赖森想，过去几年间，我们与阿兹特兰的水源大战已经接近尾声。新墨西哥共和国应该还有装置储备，甚至包括用来在墨西哥湾沿岸城市维持秩序的设备。布赖森站起身，走到窗前。曙光照亮了远处云层上方的天空，起伏的土地从警务站向远方绵延，大地一片绿意。突然间，他觉得自己暴露在了这里的危险中：在毫无征兆的情况下，死神随时可能从天而降。W.W.布赖森虽不是历史系的学生，却是个电影迷，看过许多关于旧时代的战争故事。假设入侵者必须满足某种公众或世界舆论，那就必须制造挑衅事件，这样才有借口打着自卫的幌子，采取大规模的暴力行动。新墨西哥人已经巧妙地制造出这种局面：根据合同规定，威尔·布赖森（或者像他一样的人）有义务对那些定居点动武。

"所以，如果我们拖延行动时间，依你看入侵会推迟多久？"提出像这样屈从契约的建议固然不是滋味，但这种做法有先例可循：在人质案件中，经常要把时间当作武器来使用。

"一秒钟也推迟不了。不管怎么着，新墨西哥共和国都在朝我们逼近。我估计就算什么都不干，他们也会拿我昨天的'突袭'当作借口。照我看,唯一的办法是等那些浑蛋过界时,密州警把能够调动的所有武装巡逻队都派到边界上去。这种大规模的抵抗行动说不定可以把他们吓退。"

布赖森从窗前转过身来,盯着斯文森。现在,他终于明白对方为何会吓得发抖。斯文森在这里等待了一整夜,这需要很大的勇气。不过眼下,这已经变成W.W.布赖森的责任了。"好吧,大个子艾尔,要是你允许的话,现在开始由我来接管。"

"马上照办,中尉!"斯文森从椅子上一跃而起,脸上绽开了笑容。

布赖森已经在往门口走了。"我们要做的第一件事,就是离开这个炸弹可能袭击的地方。大楼里有多少人?"

"除了咱俩,就两个。"

"把他们一块儿带到前厅去。你要是有武器的话,也带上吧。"

当布赖森把通信设备从武装直升机里往外拖时,警务站的三个人走出前门,朝他走来。他挥了挥手,示意他们退后:"新墨西哥共和国要是真像你们想的那样硬来,那第一步就是抢夺空中优势。你们有什么地面车辆?"

"我们有几辆汽车,十几辆摩托车。吉姆,把车库打开。"穿着阻特服[1]的骑警听到命令后匆匆走开了。

布赖森审视着留下来跟斯文森站在一起的那个人,目光略带好奇。此人最多十四岁,应该是个女孩,她扛着五只沉甸甸的箱子,有的箱子上加了临时背带,有的则不方便携带。多数箱子里装的都像是通信设备。那孩子笑得合不拢嘴。斯文森说:"这位是琪琪·范·斯蒂恩。中尉,她很痴迷模拟战争——这一回,这个爱好说不定能派上

---

1. 阻特服是一种盛行于1940年代的男性套装,有着夸张的垫肩、长度及膝的西装外套,并搭配高腰宽胯的老爷裤。

点儿用场。"

"琪琪,你好。"

"幸会,中尉。"她略微举了举其中一只手提箱大小的箱子,像是在朝他挥手。就算扛着这么多东西,她似乎还是兴奋得浑身发抖。

"我们必须决定要藏到哪儿,以及怎么去。自行车说不定是最好的选择,斯文森,它体积够小,可以——"

"不行。"说话的是琪琪,"说真的,中尉,自行车简直跟农用拖车差不多,很容易被人发现。我们用不着走太远。几分钟之前我查过了,上空没有敌机。我们至少还有五分钟时间。"

他瞥了斯文森一眼,后者点了点头。"好吧,那就汽车。"

女孩的笑容越发灿烂,她摇摇晃晃地朝车库走去,步速很快。

"中尉,她虽然跟父母关系不好,但真的是个好孩子。我付给她的工资,大部分都被拿来买模拟战争的装备了。六个月前,她开始说起南方发生的怪事,可没人肯听,于是她就闭嘴了。谢天谢地这会儿有她在。她一整晚都在监视南方的动静。他们一旦发动进攻,我们立马就能知道。"

"斯文森,你已经找好藏身的地方了吗?"

"嗯。西南方向的农场里到处都是隧道和洞穴。我有个朋友买下了不少地产,那里以前是莱利堡边界贸易站。昨晚,我把手底下的大部分人都派到那儿去了。人虽然不多,但至少不会被敌人轻易发现。"

四周的昆虫开始叽叽喳喳地叫,大楼西面的树林里有只鸽子。阳光给云层镶了一道亮边。空气仍然凉爽潮湿。地平线上黑暗依旧,天气像是要刮龙卷风。那会对谁有好处呢?

活塞式引擎发出一阵尖锐刺耳的声音,打破了周围的寂静。几秒钟后,一辆不可思议的老爷车从车库里缓缓探出头来,驶入了车道。布赖森看到了一辆1950年以前的林肯车,车身呈修长的黑色轮廓。布赖森和斯文森把枪和通信设备往后座上一扔,挤了进去。

布赖森心想,这种怀旧情结搞得也太过头了吧。一辆经过修复的林肯车的花费,应该跟斯文森其余所有运营费用加起来差不多。车子平稳地驶上与警务站平行的车道,布赖森这才发觉,这辆车其实是便宜的仿品。他早该知道的,斯文森肯定会省钱。

警务站被抛到他们身后,越来越小,很快便在堪萨斯连绵起伏的大地上消失不见。"琪琪,你能弄到大楼天线杆位置的视角吗?"

女孩点了点头。

"好。我想要一条看起来像是从你们警务站发出的连到东兰辛总部的线路。"

"没问题。"她改变天线杆上的一个天线球的相位,然后把指挥麦克风交给了布赖森。几秒钟后,他说出目的地的代码,先与东兰辛总部的值班台交谈,然后是波茨上校和几位主管。

当布赖森讲完以后,斯文森敬畏地看着他:"一百架轰炸机!四千骑警!我的天哪!我不知道你居然能调动这么庞大的力量。"

布赖森没有立即回答,而是把麦克风塞到琪琪手里,说:"琪琪,打开大喇叭广播,开始向全北美宣告这场该死的谋杀。"最后,他难堪地回头看着斯文森,"我没那么厉害,斯文森。密州警大概有三十架轰炸机,其中二十架是直升机。大多数固定翼飞机都在育空地区执行任务。我们倒是可以给搜救船装上枪支——这样的船我们有几百艘——但需要花上几个星期。"

斯文森的脸色变得煞白,但他先前流露出的怒气已经完全消失:"这么说,你这是虚张声势?"

布赖森点了点头。"只要密州警尽快把人调过来,我们还是会获得很多力量的。如果新墨西哥人下的注不是太大,这么做足够把他们吓跑了。"斯文森仿佛缩成了一团,没精打采地越过吉姆的肩膀望着前方的公路。副驾驶座上的琪琪正在尖声大叫,宣告着敌人行动的细节,以及攻击迫在眉睫。她传送了呼号和徽章,表明广播确实来自一家合法的警务公司,可以打消所有疑虑。

风从敞开的车窗呼啸而入,带来了露水和深绿色植物迷人的芬芳。远处,银色的穹顶闪闪发光,那是农场放置新鲜农产品的地方。车子经过一座小小的卫理公会教堂,在鲜花和草坪间的教堂闪烁着白花花的亮光。教堂背后,有人正在牧师的花园里劳作。

这条公路只够支撑农用车辆的大轮胎。吉姆的车速比每小时五十公里快不了多少。每隔一段时间,就有一辆运货车或拖拉机从他们身边经过,向另一条路驶去——这是要下到田间干活儿了。司机们朝着林肯车兴冲冲地挥手。在非管辖区域,这是乡间早晨的典型风貌。用不了多久,这里就会不一样了。事到如今,新闻网络应该已经注意到琪琪的广播了。几个小时内,他们就会派自己的调查人员赶往现场,对敌人的一举一动进行全息实况报道。他们的节目有一些是针对共和国的,足以使敌人的公众舆论变得对其政府不利。多么一厢情愿的想法啊。

更有可能的情况是,他们头顶上空很快就会充斥着轰隆作响的金属——一代人的和平就此终结。

斯文森发出了短促的笑声。布赖森疑惑地看过去,这位小镇警务长耸了耸肩,解释说:"我只是在想,警务公司就像一家贷款银行。密州警不是用金钱来兑现承诺,而是武力。这次入侵就像是对你这家'暴力银行'的挤兑。你们有足够的后备力量来应对正常的需求,可是,如果人们全都同时挤提的话……"

要么死,要么沦为奴隶……布赖森的心中对这个结果避而不谈。"可能是吧,不过,就像银行一样,我们跟别的警务公司也签了协议。我可以打赌,波特兰安保和摩门教徒会借我们几架轰炸机。不管怎么着,新墨西哥共和国永远都不可能占领这片土地。你经营的是一家无权携带武器的机构,但这里的很多人都武装到牙齿了。"

"确实是这样。我最大的竞争对手是司法公司,他们鼓励客户购买手枪和重型家庭安保设施。当然了,共和国最后肯定会被打得落花流水。可真到了那个时候,警务站已经完了,破产了——几千个无辜的人也会受到连累。"

司机吉姆回头瞟了他们一眼："嘿，中尉，密州警为什么不付钱给某家大型电力公司，让他们在共和国内部搞出点儿纰漏来呢？"

布赖森摇头道："不用想了，新墨西哥共和国肯定会保护好所有重要地点，不会让华胜盾[1]的抑制器有机可乘。"

突然，琪琪中断广播，大叫道："强盗！强盗！"她从座位上方把一块显示平板递给斯文森。屏幕上的数据格式很眼熟，不过车里的颠簸让他阅读起来很费劲。这是一张从轨道上用侧视雷达视角拍摄的照片，添加了大量数据。绿色表示植被，色泽柔和的覆盖层表示云量。照片看上去杂乱无章，直至他注意到标记的曼哈顿和堪萨斯。琪琪放大了显示倍率。屏幕上有一大堆红点正在向南向北移动，数量越来越多，其中三个明显在加速，变得明亮起来，速度也越来越快。"他们刚刚穿透了云层。"琪琪解释说。在每个红点旁边都标有一段可移动的文字，说明了该点的海拔高度和速度。

"这是通过你的大喇叭广播传送出去的吗？"

她高兴地咧开嘴笑起来。"当然了！但持续不了太久。"她回过头来，指着显示平板，"在斯文森的警务站爆炸之前，我们还有差不多两分钟。我不想冒险从车里直接连上卫星，其他办法会更危险。"

那肯定的，布赖森心想。

"天哪，这太不可思议了，完全不可思议。两年来，战争贩子俱乐部——就是我那个俱乐部，你们知道的——一直在围观水源大战。我们有软件、硬件、密语，凡是追踪战况所需的东西我们都有。我们可以做出预测，也可以跟其他俱乐部打赌，但永远没办法真正参与其中。现在，我们将面对一场真正的战争，就在眼前！"她陷入了沉默，似乎惊叹不已。有那么一瞬，布赖森怀疑她不仅是年幼无知，还可能心理变态。

---

1. "华胜盾"一词在原文中为"Wáchendon"。

"你们警务站有外置摄像头吗?"他既是在问斯文森,也是在问琪琪,"我们应该把遭到袭击的实况直播出去。"

女孩点了点头。"我找到了两个频道,把天线杆上的摄像头对准了西南方向。在这件事上,我们会牢牢掌控公众舆论。"

"给我们瞧瞧。"

她噘了噘嘴。"好吧。不过也没什么内容。"她扑通一下坐回副驾驶座上。布赖森从她的肩膀上方望过去,看到她的腿上放着一块特大号显示平板。平板上面又是一张合成图片,但覆盖其上的是用密语标注的文字,看上去似曾相识。然后,他根据从电影里见过的情节认出了这些密语:古老的速记法,用于描述军事单位和军事力量。战争贩子俱乐部肯定有某种软件,可以把多种规格的卫星观测结果转换成这样的显示图片。该死的,他们说不定还可以对军事通信加以监听。女孩刚才提到了"公众舆论"——这个俱乐部好像在用某种普遍的方式玩战争游戏。他们确实疯狂,但这么做也可能大有用处。

琪琪对着指挥麦克风咕哝了几句,斯文森手里的显示平板画面便从正中央一分为二:左边这一半,他们可以凭借地图跟踪靠近的敌人;右边这一半,他们看到的是蓝天、田野,还有警务站旁边的停车场。就在摄像头的视角下方几米处,布赖森看到他那架武装直升机在早晨的阳光下闪闪发光。

"十五秒。如果往南看的话,你说不定能瞧见他们。"

吉姆往窗外指了指,车身突然朝路肩一转。"我瞧见他们了!"

然后布赖森也瞧见了。三只"黑虫"合为一组,由于相隔较远且速度过快,它们发出的声音在车上听不见。"黑虫"向西飘去,消失在树林后面。从通信天线杆的摄像头里望去,它们并没有飘浮,而是仿佛悬挂在警务站停车场上方的空中。死神就在眼前。浓烟从"黑虫"下方喷出,还冒出了一些黑乎乎的小东西。轰炸机离得更近了,以至于布赖森可以看清机身的形状,看到座舱盖上闪烁的阳光。然后,炸弹落了下来。

奇怪的是，摄像头几乎没有摇晃，而是开始缓慢地向下平移。火焰和碎片在观察点周围翻腾着。武装直升机的部分旋翼在镜头中一掠而过，然后，屏幕上变成了灰蒙蒙的一片。布赖森明白了，不是摄像头故意移动，而是位于高处的通信天线杆被炸断了，倒了下来。

几秒钟之后，急骤的雷鸣声从汽车上空掠过，接着是轰炸机升入高空的呼啸，那声音迅速消失在耳际。

"大喇叭广播就到此为止吧。"琪琪说，"我提议在进入地下之前，先别出声。"

这时，吉姆把车开得更快了。他没有看到显示平板上的画面，但除了最缺乏想象力的人以外，爆炸声足以让所有人亡命飞奔。公路本就崎岖不平，而现在简直颠得跟搓衣板似的。布赖森紧紧抓住前面的椅背。万一敌人把他们和刚才的直播联系起来……

"斯文森，还有多远？"

"直线距离的话，最近的入口还有四公里左右，但我们得绕过施瓦茨的农场才能到达。"他朝公路右边高耸的带刺铁丝网挥了挥手。玉米地在北面绵延开去。布赖森看见远处的绿色田间有个东西——是辆收割机？"我们还要开十五分钟——"

"十分钟！"吉姆断然道，于是这段旅程变得越发刺激了。

"绕过农场。"

他们攀上一座低矮的山丘。在不到三百米远的地方，布赖森看见了一条直通北方的辅路，"我们可以走那条路啊。"

"没戏。那条路在施瓦茨的地盘上。"斯文森瞥了密州警一眼，"我不光是遵纪守法，中尉。如果走那条路，咱们就死定了。大概三年前，杰克·施瓦茨走上了犰狳客的路子。看到田间的那个大家伙了吗？"他想指给布赖森看，手臂却在剧烈地晃来晃去。

"那辆收割机？"

"那才不是什么收割机呢，是盔甲。我觉得是机器人。你要是仔细看一眼，就会发现有支枪一直指着我们。"布赖森再次看了一眼。

177

他原先以为是谷糠出口的那个部件，现在看来倒更像是高速弹射器。

他们的汽车嗖地飞速驶过与施瓦茨辅路相交的丁字路口。布赖森瞥见了一扇大门，还有禁止入内的标志，其顶部摆放的东西像是人类头骨。辅路以西的农场似乎尚未开发。附近一座小山顶上的矮树林里可能隐藏着农场的建筑。

"那些东西就是代价，就算是吓唬人——"

"不是吓唬人。可怜的施瓦茨。他老是自以为是，有点横行霸道。他的安保契约是跟司法公司签订的，据他说，在他眼里，就连他们都太像滥好人了。后来某天晚上，他的孩子喝得烂醉——那孩子比施瓦茨还蠢——杀了另一个白痴。对施瓦茨的儿子来说，不幸的是，受害者是我的客户。中西部法务公司和司法公司的契约里都没有改良条款。除了赔钱以外，那孩子还会被监禁很长时间。施瓦茨发誓，他再也不会在契约里把自己的权利让渡给法庭了。他有一座富庶的农场，从那以后，他就把每一分收益都花在更多的枪支、陷阱装置和侦测器上。我真不愿意去想象他在那儿是怎么过日子的。有传言说，他从汉福德的废墟里弄来了放射性尘埃，以防有人顺利通过农场里布置的所有障碍。"

天哪！即便是北方的犰狳客，也很少有人做到这个地步。

这几分钟里，琪琪没有理会他们，将所有注意力都集中在腿上的显示平板上。她戴着一副小耳机，一直冲指挥麦克风嘟囔着什么。突然，她大声道："哎呀。大个子艾尔，咱们来不及了。"她动手把平板折叠起来，塞回箱子，"我监控到敌人让轰炸机来收拾我们。他们轻而易举就发现了我们。我们最多就剩两三分钟。"

吉姆放慢了车速，扭头大喊道："要不我把你放下，继续往前开，怎么样？在他们截住汽车之前，我说不定都开出好几公里了。"在手无寸铁的警务队伍里，布赖森还从未发现缺乏勇气的迹象。

"好主意！再见！"琪琪猛地推开车门，滚进了路边深深的草丛里，那片植被看起来很柔软。

"琪琪!"斯文森尖叫一声,转身往回看。他们瞥见装着通信设备的箱子在草丛中剧烈地晃动着。然后,琪琪金发白肤的身影出现了片刻,把箱子拖进了草木深处。

他们能听见身后的树林间传来旋翼的唰唰声。两分钟都高估了。布赖森探身向前:"吉姆,开飞车吧。记住,车上只有三个人。"

对方点了点头。汽车尖叫着向公路中央驶去,车速提到了每小时八十公里。车子前进时发出的轰鸣声和碰撞声暂时盖过了追兵的声音。三十秒过去了,三架轰炸机出现在他们背后的林木线上方。他们会用轰炸警务站的办法来对付我们吗?布赖森暗自想道。

转瞬间,机腹的炮口射出白光。前方的公路上突然冒出由岩石和尘埃汇成的"喷泉"。吉姆踩下刹车,车头突然转向,停了下来,在炮弹留下的弹坑里上下晃动着。引擎熄火了,轰炸机旋翼的唰唰声从周围传来,显得格外响亮,带来了一种有形的压力。最大的一架轰炸机在自身掀起的尘卷风中降落在地面,另外两架则在空中盘旋,机身上的自动加农炮锁定在斯文森的林肯车上。

着陆的那架轰炸机上,乘客舱门向后滑开,两名身穿防弹衣的男子跳了出来,其中一个士兵向车子挥舞着冲锋枪,示意他们下车。布赖森和另外两人被推搡着穿过公路,另一个士兵去取他们车里的装备。布赖森回头看了一眼,感觉嘴里和汗涔涔的脸上都覆盖着灰尘——那是羞辱残留的余烬。

他的手枪被人从枪套里抽走了。"先生们,上机。"说话的人带着西部口音,吐字清晰。

布赖森正要转身,就在这时,随着一道火光闪过,一记沉闷的重击声从一架盘旋在空中的轰炸机上传来。尾部的旋翼不见了,碎片如一阵雨点般落下。仅剩主旋翼的轰炸机不受控制地旋转起来,然后坠落到他们身后的路面上。苍白的火焰沿着燃料管路蔓延开去,轻微的爆炸一次接一次,发出噼里啪啦的声响。布赖森看到受伤的机组人员正设法从轰炸机里爬出来。

"我说，上机。"士兵后退几步，注意力并没有转移，枪口仍对准三名战俘。布赖森猜测，这个人应该是水源大战中的老兵。这场战争使得黑帮的强盗行径形成了组织制度，新墨西哥共和国和阿兹特兰称之为"国与国之战"。一旦接到任务，士兵就不会由于偶然发生的灾难而分心。

三名战俘跌跌撞撞地钻进轰炸机，跟外面比起来，机身内部相对阴暗。布赖森看到那个士兵仍然站在外面，回头看了看残骸，对头盔上的麦克风大声说着什么。然后，他跳上轰炸机，把舱门拉上。轰炸机滑动着起飞，在离地面不远处逐渐加速。他们向那具轰炸机残骸的西面移动，根本无法透过小小的窗户往后看。

这是一场意外吗？是谁拥有这样的装备，竟能在堪萨斯的田野里击落一架装甲军事轰炸机？这时，布赖森回想起来，就在尾翼被炸掉之前，那架轰炸机飞到了公路以北，越过了标志着犰狳客施瓦茨领地的高高围栏。他看了看斯文森，后者微微点头。布赖森向后靠在座椅的帆布织物上，强忍着大笑。与大规模入侵相比，这只是一起小小的事件，但他因为犰狳客的存在而感谢上帝。现在，轮到像密歇根警务这样的安保公司来说服敌人：这只是一个开始，在非管辖区域每挺进一公里，他们都要付出类似的代价。

六小时，一百八十公里。新墨西哥共和国一方的伤亡为：一辆摩托车和卡车相撞，一架轰炸机坠毁——很可能是机械故障。爱德华·斯特朗是总统的特别参谋，每看一眼战况公告板，他的嘴角便浮现出一丝满意的微笑。在阿尔伯克基市中心举办的自由日游行中，他见到的伤亡数量都比这多。他为总统所作的分析预测——参谋长联席会议的分析同样也是如此预测的，更宏大，但缺乏想象力——将共和国的疆土扩展到堪萨斯直至密西西比，将几乎不费吹灰之力。然而，在与阿兹特兰的狂热分子一米一米地浴血奋战之后，每天挺进数百公里的感觉显得很怪异。

斯特朗在指挥控制车狭窄的过道里踱步，从分析师和工作人员的身边走过。他在后门旁边站了一会儿，感受着头顶上方的空调吹来的阵阵凉意。指挥车覆盖着伪装网，但他可以毫不费力地透过网眼向外看：绿叶在和浅黄色石灰岩上的阴影追逐玩耍。车子停在一处树木繁茂的河床上。几年前，情报局买下了这片土地。在北边的某个地方有座营房，目前关押着情报局"引进"的人，据说要在农场干活儿。为了进入非管辖区域，这些劳工提供了一切必要的合法理由。斯特朗不知道他们当中是否有人认识到了自己的角色——再过几个月，他们就会摆脱贫困，并在这片土地上拥有自己的农场。这里可以被改造成一片宜人的乐土，比西南方的沙漠宜居无数倍。

再往东北方向前进十六公里，就到曼哈顿了。那是个次要目标，但新墨西哥军很谨慎。基于他们的分析，这是一次重要的测试，即便规模不大。在曼哈顿那座小镇以及更遥远的乡村地区都能找到修理工，来自其店铺的精密电子设备和相关武器都值得尊重和谨慎对待。早在三年前，斯特朗就已经向共和国总统提议发动这次入侵。他在私底下认为，入侵行动要想取胜，真正的威胁只有这些修理工。（三年来，他一直在筹谋从其他部门调集资源，设法为封闭了几十年的死脑筋注入想象力。到目前为止，在堪萨斯的行动是其中最轻松的部分。）

曼哈顿行动的结果会从这里传递给克里克将军，此刻，他正率领装甲部队沿着旧70号公路向东行驶。临近黄昏的时候，克里克的坦克运输车应该就可以到达托皮卡的郊区了。旧日的美国公路让一种以前在战争中不为人知的装甲作战模式具备了可能性。假设曼哈顿的占领行动能按计划进行，那么，克里克或许会在天黑之前拿下托皮卡，将剩余的部队向密西西比继续转移。

斯特朗顺着车身向前望去，看了看战况公告板上通报的时间。再过二十分钟，总统就会打来电话，见证针对曼哈顿的行动。在此之前，斯特朗的日程表上出现了一段时间上的空白。或许，还有空再做点谨慎的准备。他的军事联络官是一名陆军上校，斯特朗转身对上校说："比尔，你们抓的那三个当地人——你懂的，就是那帮收保护费的家伙——在总统打电话来之前，我想跟他们谈谈。"

"在这儿吗？"

"如果可以的话。"

"好吧。"上校的声音里略微流露出一丝不赞成的意味。斯特朗猜测，比尔·艾瓦雷斯不太明白为何要把敌方特工带进指挥控制车。可是管他的呢，他们既没有携带武器，也没法儿把在这里看到的情况传出去。更何况，斯特朗得一直待在车里，以防总统提前致电。

过了几分钟，三个敌方特工拖着沉重的脚步，走进了车子前部的会议区。他们手腕上和脚踝上都戴着亮闪闪的镣铐。进入光线阴暗的指挥车里，他们一时间看不见任何东西，于是斯特朗趁机把他们打量了一番。三个平平无奇的人，打扮得倒是非同一般：大个子黑人穿着一件辨识度很高的制服，完整地搭配了徽章、枪套，穿的似乎是马靴。斯特朗认出了他衣袖上的"密歇根警务"标志。在这片无人管辖的土地上，密州警是最强大的黑帮联盟之一。据情报局报告，他们拥有一些现代化武器，足够让客户排队来找他们。

"坐下吧，先生们。"

三个人阴沉着脸，在镣铐的叮当声中落座，他们身后还站着一名武装警卫。斯特朗瞥了一眼先前打印出来的情报概要。"布赖森先生，呃，中尉，你也许有兴趣知道，今早你向总部要的骑警部队和轰炸机还没到。我们的情报人员没有改变判断，认为你只是在无力地虚张声势。"

斯特朗说完，看到那个北方人只是耸了耸肩，不过，有个身穿夸张条纹衬衫的金发小伙——报告说此人名叫艾尔·斯文森——却探身向前，几乎连嘶嘶的吐气声都能听见："也许是，也许不是，浑蛋！但无所谓。你们会杀掉很多人，可到头来，你们还是会拖着该死的尾巴，灰溜溜地回南边去。"

斯特朗的耳朵简直要竖起来了。"斯文森先生，此话怎么讲？"

"读读你们的历史吧。你们现在偷窃的对象是一个自由的民族，而不是一群阿兹特兰的农奴。每一座农场、每一个家庭都在反对你们。那些都是受过教育的人，很多都有武器。入侵可能需要一段时间，可能会毁掉很多我们珍视的东西。但是，你们待在这里的每一天都会流血。等流的血足够让你们明白这一点时，你们就知道回家了。"

斯特朗瞥了一眼战况公告板上的伤亡报告，心里泛起一阵窃笑：你这个可怜的傻瓜。什么自由的民族？我们收到过你们的视频和宣传，可是这又意味着什么呢？在这片土地上，已经有八十多年没有政府存在了。你们这些小混混拿着枪，把地盘瓜分了，你们当中的多数黑帮甚至不准客户拥有武器。我敢打赌，你们的大部分受害者都会欢迎一个可以行使选举权的政府——在这个政府，决定问题的是选票，而不是密州警的子弹。

"不，斯文森先生，非管辖区域的小小民族跟你们的现状没有任何利害关系。至于那些跟我们打游击战的武装组织嘛……嗯，长久以来，你们的日子都过得比你们以为的轻松些。你们没待过像过去的新墨西哥共和国那么穷的地方。自从泡泡战争以来，我们一直得为了每一升水而战，对抗的敌人也远比你想象中的顽强得多，嗜血得多。我们取得了胜利，恢复了民主政府，并维系着政府的存在，而且我们仍是自由人。"

"那还用说吗，就跟被你们关在那边的可怜懒汉一样'自由'。"斯文森朝着劳工营房的方向挥了挥手。

斯特朗隔着狭窄的会议桌探身过来，直勾勾地瞪着斯文森："先生，我从小就过着'懒汉'一样的日子。在新墨西哥共和国，哪怕是可怜人也有机会过上更好的生活。你们据为己有的这片土地基本上都空着——你们既不知道怎么耕种，也没有政府来管理大型水坝和灌溉工程，甚至不知道要怎么利用政府的农业政策，以鼓励个人合理

183

利用土地。

"当然，我们现在还不能告诉那些劳工，把他们带到这里来的原因是什么。可是，等这一切结束之后，他们就会变成英雄，拥有他们做梦都没想过能拥有的田产。"

面对斯特朗的攻击，斯文森晃悠着身子向后一靠，但显然并不信服。

这很合理，斯特朗心想，狼怎么能想象有人竟然会真诚地希望羊过上好日子呢？

斯特朗的显示器上亮起了警示灯。一名工作人员宣布："斯特朗先生，总统的信号正在接收中。"他听完咬牙骂了一句。老头子提前打来了。他本来希望从这三人身上获取一些情报，而不仅是围绕政治展开一番争论。

一团发光的雾气出现在会议桌的前端，迅速凝聚到一起，幻化成新墨西哥共和国第四任总统的全息投影。黑斯廷斯·马丁内斯相貌英俊，生理年龄约五十岁——这个年龄不大不小，正好合适，既足以让人尊敬，又仍显得干脆果断。在斯特朗看来，马丁内斯算不上共和国的最佳总统，但这位特别参谋对总统的态度仍然尊敬而忠诚。总统这个职位本身就负有某种责任，让任职的人变得与众不同。

"总统先生。"斯特朗恭敬地说。

"爱德华。"马丁内斯点了点头。这个投影简直与真人一样真实，斯特朗不知这究竟是因为车内的光线相对较暗，还是因为马丁内斯此刻位于三百公里外的埃尔瓦庄园里，通过光纤传输信号。

斯特朗向战俘摆了摆手。"总统先生，这是三个当地人。我本来希望——"

马丁内斯身体前倾。"咦，我以前见过你吧？"他对那位密州警说，"在密歇根警务的广告中——我的情报人员给我看过一些——你保护了密州警的客户，让他们免受外来帮派的伤害。"

布赖森苦笑着点了点头。斯特朗听完也认出了对方，责备自己怎么没早点注意到。如果广告没有虚假宣传的话,那么布赖森应该是密州警中最优秀的人员之一。

"广告中你被塑造成了某种超人。难道你当真以为密州警挡得住一支纪律严明的现代化军队吗?"

"总有一天可以的,马丁内斯先生。这是迟早的事。"

总统微微一笑,斯特朗看不出他是被激怒了,还是真的觉得好笑。"总统先生,我们的装甲部队正按计划接近曼哈顿。你也知道,我们把这次行动看成了某种衡量基准。曼哈顿差不多跟托皮卡一样大,并且拥有庞大的村屋电子产业。在这片无人管辖的土地上,这里是最接近于城市的地方。"斯特朗说完,示意武装警卫把三名战俘带走,但总统抬起了手。

"让他们留下吧,爱德华。我们应该让这位密州警亲眼看看。这些人可能确实无法无天,但我相信,他们并不是疯子。他们越早意识到我们的力量难以抵挡——而且我们会公正地使用它——就能越早接受现实。"

"是,总统先生。"斯特朗向分析师们做了个手势,战况公告板随即出现图像。与此同时,会议桌上方显现出一幅悬浮的立体图像,是堪萨斯中部的全息地图。见北方人盯着地图,斯特朗差点笑了。他们显然不知道新墨西哥共和国的规模有多大。数月以来,共和国一直沿着阿肯色河边界建立后备队。这样的行动不可能被遮掩得密不透风,这三个人对这些力量有一定的了解。但是,在整台军事机器运转起来之前,他们未曾意识到它的真正规模。斯特朗并没有自欺欺人,明白并不是新墨西哥人的聪明才智战胜了北方的电子设备。假如没有先进的对抗设备,这个计划就不可能取得成功——其中一些设备正是从北方人手里购买的。

计算机选择的无线电通信变成了背景噪声。在此之前,斯特朗已经跟技术人员一起全盘演练过。在这次行动中,总统不会漏掉任何一方的信息。他指着地图道:"艾瓦雷斯上校有一支装甲部队,正沿着旧70号公路向北开进,应该会从东边进入曼哈顿。另一支部队在几分钟前从这里出发,沿着这条支路向小镇靠近。"他所指的地方,有细微的银光在全息地图上缓缓闪烁。在显示器上方几厘米处,其他灯光代表的是轰炸机和固定翼飞机掩体。它们优雅地来回滑行,偶尔俯冲到接近地面的位置。

在涡轮机噪声的背景中,有个声音说话了,声称在东侧的突出阵地,沿路都没有遇到抵抗。"一个人都没见到。人们都待在屋里,要么就是在我们进入射程范围之前就跑了。我们避开了房屋和农场建筑,只经过地势开阔的田野和道路。"

斯特朗将西侧突出阵地的一张视图放大。战况公告板上显示出从空中俯拍的画面:十几辆坦克正沿着一条土路行驶,扬起一道道尘土。摄影直升机必定携带着麦克风,因为在片刻间,铿锵的隆隆履带声一度盖过了无线电通信的说话声。那些坦克是新墨西哥共和国的骄傲。与轰炸机不同,坦克的外壳和引擎都是百分之百的本土制造。新墨西哥共和国的大部分资源都很匮乏,但就像明治维新时期的日本以及更早的工业革命时期的英国一样,国内人才济济,富于独创性。不久的将来,共和国必定会在电子领域大有建树。不过,就目前而言,最顶尖的侦察和通信设备全部来自修理工,他们中有许多人生活在非管辖区域。斯特朗和其他人早就认识到,这是他们的一个致命弱点。正是基于这个原因,他们才使用了来自世界各地不同制造商的设备,而且在某些极为关键的应用中无奈接受了二流设备。毕竟,他们怎么能十拿九稳地知道,购买的设备没有埋下陷阱或遭受窃听?历史上曾有过这样的先例:泡泡战争之所以失败,在很大程度上而言,是由于修理工篡改了昔日的和平管理局的侦察系统。

斯特朗认出了指挥控制车正在行驶的那段路:在领头的坦克后面几百米处,有一片形态不规整的区域,颜色焦黑,地上还散落着扭曲的金属——看得出来那是一架轰炸机的残骸。

领头的坦克旁边冒出一股烟,接着传来微弱的爆炸声。比尔·艾瓦雷斯的声音紧接着传来："遭到攻击！轻型迫击炮。"那辆坦克又开始移动起来，绕了一大圈，朝沟渠的方向开去。另一辆装甲车上的炮口和传感器掉头指向了北方。"敌人运气不错，或者是这一击要了点小聪明。我们用雷达追溯了轨迹。这发炮弹是从我们目前经过的这座农场的另一边飞来的。那里看似是一条隧道的入口，通向从前的莱利堡——等一下，就在对方开火之前，我们收到了无线电信号。"

艾瓦雷斯上校的声音变成了高倍扩音器发出的噼啪声，然后出现了一个女性的声音，但说的话几乎听不懂。"范·斯蒂恩将军对军队说……你们准备好了就可以开火。"接着是一声刺耳的尖叫，还有别的声音。

斯特朗看到斯文森张大了嘴，不知是出于惊讶还是恐惧。"范·斯蒂恩将军？"

艾瓦雷斯上校的声音再度响起："从北边更远的几个地方传来了回应。原先的发射地点又开了两次火。"就在他汇报的当口，又有两辆坦克的履带旁冒出了黑烟，虽然都没有被炸毁，但没法儿再接着开了。

"总统先生，斯特朗先生，所有火力都来自同一个位置，比烟花强不了多少——对方只是耍了点小聪明。我敢打赌，所谓的'范·斯蒂恩将军'只是当地的黑帮分子，打肿脸充胖子而已。我们马上就见分晓。"在全息地图上，两个光点离开其他轰炸机，开始在堪萨斯的微缩地形图上低空狂飙。

总统点点头，对另一位看不见的观战者说："克里克将军？"

"我同意，总统先生。"虽然克里克位于东面五十公里外，在前往托皮卡的纵队最前方，但声音跟艾瓦雷斯上校的一样洪亮清晰，"不过，比尔，我们在中间的田野里见到了一辆装甲车，对吧？"

"没错。"艾瓦雷斯上校说，"那辆车已经在那儿停了好几个月，看起来像个空壳。我们准备把它消灭掉。"

斯特朗注意到，那三名战俘绷紧了身子。斯文森险些忍不住放

187

声大叫。他们知道什么？

此时，主视图上出现了灰绿相间的双引擎轰炸机。它们的飞行高度距离地面仅有二三十米，远低于摄影直升机的视点，在敌军刚才的发射地点大概是看不见的。领头的轰炸机略微向东倾斜，吐出了火箭弹，直奔一个静止不动的剪影而去。那道轮廓几乎被群山和田野里的玉米遮挡住了。一秒钟后，火焰和尘土形成一股令人满意的"喷泉"，火力目标在"喷泉"中不见了踪影。

然后又过了一秒，宁静的田野爆发了，变成了人间地狱：一道苍白的光束不知从哪儿射了出来，轰炸机顷刻间化为膨胀的火球，坠落在地。自动火力控制设备将坦克的炮口对准了破坏源，与此同时，从公路以北紧邻的其他地方射来了火箭弹和激光。有四辆坦克立即爆炸，剩余的大都起了火，小小的人影挣扎着钻出坦克，逃离了火焰。

在农场以北，斯特朗看到，在迫击炮最初发起攻击的位置，又有爆炸产生。那个方向也遭受了火力袭击！

然后，摄影直升机被击中，镜头里的画面一圈又一圈地旋转着，落入了顺着公路绵延的大火中。视图一片漆黑。斯特朗精心筹划的展示行动迅速陷入了混乱。艾瓦雷斯上校的喊叫声盖过了其他人的声音，他要求后备队前来增援，部队仍停留在曼哈顿正南方的旧70号公路上。斯特朗还能听到克里克将军在努力调度，把一部分空中掩护力量转移到正在进行的这场战斗中。

直到很久以后，斯特朗才理解了当时那三名战俘之间的对话。

"琪琪，你怎么能这样?!"斯文森在全息地图前耷拉着脑袋，绝望地（又或者是惭愧地）摇着头。

布赖森盯着显示器，没有露出明显的表情。"大个子艾尔，她的行为当然是合法的。"

"确实是这样，但特别不道德。可怜的杰克·施瓦茨啊，可怜的家伙。"

战场的画面重新出现。图像的视角跟之前几乎没什么差别，只是画质更模糊了，而且略微晃动——此刻进行拍摄的大概是某架侦察机上的摄像头，位于战场以南相距甚远的地方。随着重要更新信息的输入，全息地图闪烁起来。敌人很缜密，也取得了成功。在最初发动袭击的位置，方圆五公里内都没有能实际作战的新墨西哥军了。在田野里掘壕固守的武装力量正在向南发射火箭弹，沿着旧70号公路北上的增援装甲部队遭到了袭击，伤亡人数不断增加。

"总统先生，我是克里克。"将军的声音显得简洁专业，跟情报局对骂这种事可以之后再说，"敌人的攻击范围有限，但防守的本领好得不可思议。如果这是孤军作战，那我们兴许可以绕过他。但不管是艾瓦雷斯还是我，都不想任凭这样的力量留在侧翼。我们决定把他打趴下，然后让装甲部队从他身上碾过。"

斯特朗暗自点头。无论如何，他们都必须占领这个据点，以弄清楚敌人到底有多少实力。在全息地图上方的空中，数十个光点正朝着敌人的堡垒移动。有几道亮光毫无阻碍地划出了弹道弧线，而另一些则紧贴着地面，避开了敌方直接火力的范围。会议桌对面，全息投影照亮了三名战俘的脸：斯文森的脸色似乎比方才更苍白，布赖森黝黑的面孔一脸冷漠。此时，空气中散发出一股淡淡的汗臭味，由于金属和新鲜塑料的气味更为浓烈，所以几乎觉察不到。

浑蛋！这场伏击战让那三个人大感意外，但斯特朗毫不怀疑，他们知道内幕，也知道下一次袭击会来自何处。只要有时间，用上特服部门提供的那些药物，他就可以问出答案。他靠在桌上，身体前倾，对那位密州警说："这么说，你们也不完全是在唬人。但是，除非这样的陷阱你们还有很多，否则也仅仅是拖慢我们的速度，还会让双方损失惨重。"

斯文森正要回答，但看了布赖森一眼，便不作声了。那个黑人似乎在考虑该说些什么，或者该说多少。最后，他耸了耸肩，说："我不会骗你。这次袭击跟密州警的武装力量没有半点关系。"

"这么说，那是别的帮派？"

"也不是。你们只是碰巧遇到了一个保护自己私人财产的农民。"

"胡说八道！"爱德华·斯特朗曾在军中服役，参加过科罗拉多的那场大战。他知道如何阅读情报显示器，知道如何管理战术，更知道实打实地面对子弹是种怎样的感觉。他很清楚，要打造一套刚才看到的那种防御系统，需要付出何等代价。"布赖森先生，你是不是要告诉我，一个农民单枪匹马就能买得起那些设备，还能隐蔽得那么深，以至于就算现在我们也看不清全貌？你是不是要告诉我，一个农民居然买得起那些激光的磁流体光源？"

"确实如此。那个人可能已经为此努力了很多年，把每一分富余的钱都花到了那些设备上，一点点地打造起了这个系统。可就算这样，"他叹了口气，"他的火箭弹和燃料应该很快就耗光了。你们可以歇一歇了。"

火炮射出的烈性炸药和火箭弹如雨点般倾泻在火力目标上。全息地图上闪烁着亮光和各种色彩，看起来更像是一幅抽象画，看不到活生生的人，也看不到任何设备。轰炸机正在待命，准备投下装载的武器。在攻破敌人的防线之前，其他一切进程都是不必要的浪费。几分钟后，除了最猛烈的几处爆炸点以外，空中飘舞的碎片遮蔽了爆炸的一切痕迹。凝固汽油弹在云层中燃烧，云团发出美丽的黄色光芒。几秒钟里，敌人的激光仍在闪烁，虽然壮观，在尘埃中却毫无作用。全息地图显示，即使在激光熄灭后，偶尔还有导弹从目标区域冒出来，追逐着轰炸机。最后，就连这些画面也不再出现了。

炮火仍在继续，黑暗和光明高高笼罩在堪萨斯的田野上空。显示器虽没有发出任何声音，袭击的砰砰声却传进了指挥控制车里，因为车体外壳几乎隔绝不了声音，而他们离现场还不到七公里。敌人竟然没有消灭指挥车里的人，这倒令人有点惊讶。或许，布赖森比他自己承认的身份更重要，也更有见识。

时间一分一秒地过去，无论是总统还是黑帮分子，所有人都眼睁睁地看着炮火停歇下来，风吹散了现代战争造成的破坏和阴霾。

在北面和东面，大火在田野里蔓延。坦克只剩下短短几分钟的路程了——争议领土最终被实际占领的时刻也即将来临。

这片区域被破坏的程度轻重不一。新墨西哥军的火力集中在激光和火箭发射器上，那里的地面被炸成了齑粉——先是被装有近爆引信的烈性炸药撕裂，然后又被挖掘炸弹和凝固汽油弹轮番蹂躏。正当指挥车里的人旁观之时，侦察机从地面上方低空掠过，多重扫描仪搜寻着任何可能仍在储备状态的敌方武器。等坦克和运兵车到达以后，他们还会徒步展开更彻底的搜索。

最后，斯特朗重新提起布赖森那个异想天开的说法："你说这只是巧合，是那个把所有的钱都拿来买武器的农民碰巧在我们的行军路线上？"

"是巧合，再加上范·斯蒂恩将军略施小计。"

马丁内斯总统从他那端的显示器前抬起了眼帘。他的声音很平静，但斯特朗听出了其中的紧张声调："那个，呃，布赖森先生，像这样的小型堡垒到底有多少个？"

布赖森向后靠了靠。他的言语或许显得傲慢无礼，声调却并无嘲讽的意味："马丁内斯先生，我不知道。只要这些堡垒不去打扰我们的客户，密州警就对它们不感兴趣。有很多堡垒并不如施瓦茨家隐蔽得那么好，但你不能指望这一点。只要不闯进这些地盘，大多数人就不会碰你们。"

"你是说，只要我们识别并避开这些堡垒，它们就不会对我们的计划构成威胁？"

"没错。"

此时，主屏幕上显示的是坦克部队的画面，距离燃烧的田野只有几百米远。接着，视角旋转了一下，斯特朗发现克里克将军并没有吝惜兵力，而是投入了大半的后备部队——至少一百辆坦克——并沿着长达五公里的前线挺进。紧随其后的是数量更多的运兵车。战术空中支援的力度很大，但凡来自前方的地面火力都会被立即摧毁。视角又旋转回来，展现在眼前的是部队正在进入荒芜之地。斯特朗简直怀疑，在这片如同月球表面的土地上是否还能找到任何活物，更不用说心怀敌意的家伙了。

总统似乎对显示器的画面不感兴趣，他的注意力完全集中在那个北方人身上。"这么说，我们可以避开这些静止不动的枪手，等到合适的时机再来对付他们？布赖森先生，你真是个大谜团啊。你口中那些人的优点和缺点同样令人难以置信。我有种感觉，你其实并不指望我们相信你，可不知为何，你又对自己所说的一切深信不疑。"

"你很有洞察力。我曾经确实想过要吓唬吓唬你们。事实上，我今天早些时候已经试过了。从你们这些设备的外形来看——"布赖森面带一丝嘲讽的微笑，朝着指挥控制台摆了摆手，"我们甚至可以把你们吓回新墨西哥共和国的地盘上去。可是，等弄明白我们的所作所为后——也许再等一年，也许再等十年——你们一定会卷土重来的。到时候，我们又得从头再来一遍，但没法儿吓唬你们了。所以，马丁内斯先生，我觉得最好是让你们在第一次行动的时候，就明白要面对的是什么。像施瓦茨那样的人只是个开始，就算消灭他和密州警这样的安保公司，你们最终也会陷入一场从未经历过的游击战——实际上，这样的游击战会让共和国的人民奋起反抗。你们实行征兵，对吧？"

看见总统的脸突然一僵，斯特朗明白这个北方人的话说得太过分了。"我们的确实行征兵，历史上每一个自由的国家都会这么做，至少每一个决心保卫自由的国家都是这么做的。如果你想暗示我们的人民在面对炮火袭击或者听信传言后就会当逃兵，那就跟我的个人经验相悖了。"总统说完转过身去，不再理睬布赖森。

"他们到了，长官。"当坦克在浓烟滚滚的山坡上就位时，步兵开始从运兵车里拥出来。那些小小的人影迅速移动，拖着装备走向地面上敞开的裂口。斯特朗能听到偶尔传来爆裂声：是引擎熄火了，还是残余的弹药炸了?

轰炸机在上空来回游曳,机上的火箭炮随时准备支援地面的装甲兵。技术人员的报告陆续传来:"侦测到三个视频挂载点,"轻武器噼里啪啦的开火声传来,"两个已被摧毁,一个已被修复。声呐探测器显示有大量隧道。电力活动在——"画面里的人抬起头,看着视野以外的某个东西。

画面上看不出任何变化,但雷达侦测到了入侵的迹象,全息地图显示出合成分析的结果:一个微小的光点从地图上慢悠悠地升起,距离地面五百米,然后是六百米,它径直向上飞去,减缓了速度。轰炸机向它俯冲下来,然后……

一道紫光闪过,明亮而悄无声息,仿佛是在斯特朗的脑海里发生的爆炸。全息地图和显示器屏幕闪烁了一下,画面变成一片空白,然后又恢复正常。总统的全息投影重新出现,但没有声音,很明显他没有收到信号。

指挥控制车内的分析师和工作人员从震惊中回过神来,开始匆忙地操作设备。刺鼻的烟雾飘进了会议区。显示器里有惊无险的清晰画面,如今变成了迫在眉睫的致命现实。

"高通量核武器。"技术人员的声音很平静,甚至有些呆板。

高通量核武器。辐射炸弹。斯特朗站了起来,心中燃烧着怒火与恐惧。近百年来,除了在已经失败的泡泡战争中用过炸弹之外,还从来没有核武器在北美的土地上爆炸过。即便是在水源大战进行得最激烈的年代,阿兹特兰和新墨西哥共和国都明白,用核武器解决问题意味着自取灭亡。然而在这里,在这片肥沃的土地上,敌人却毫无理由、毫无征兆地使用了高通量核武器。

"你们这帮畜生!"斯特朗朝那三名坐着的战俘吐了口唾沫。

斯文森猛地向前一扑。"该死的!施瓦茨又不是我的客户!"

然后,冲击波袭来了。斯特朗先是被抛到了全息地图的另一侧,脸埋进了闪闪发光的地形图里,接着又同样突兀地被甩了回去。看守三名战俘的武装警卫被撞到了远处的车壁上,他跌跌撞撞地走回来,穿过马丁内斯总统看不见的全息投影,手中的眩晕枪飞了出去。

从爆炸那一刻起,布赖森就一直弯腰坐着,手臂伸到了桌子底下。此刻,他身体一动,扑到桌子对面,用戴着手铐的双手一把捡起眩晕枪。枪口闪着光,斯特朗的脸变得呆滞,他惊恐地看着对方扭动身子,用眩晕枪的火力将整辆车前后扫荡了一遍。后面的工作人员本就遭受了冲击,有几个跪着的人刚要爬起来,结果又栽倒在地,大多数人都不知道自己是被什么击中的。在指挥控制车的另一头,还有一个人仍然保持冷静,跟布赖森一样已经做好了准备。

比尔·艾瓦雷斯忽然从阵列处理器的背后冒了出来,手里拿着一把五毫米口径的霰弹枪,他一边移动,一边开火。

最后,呆滞麻木的感觉似乎渗进了斯特朗的脑海。一切都变成了灰色。

昏暗的过道贯通整辆指挥控制车。布赖森顺着车身望去,虽然有几个人在打呼噜,能够动弹的人却一个也没有。拿着霰弹枪的军官瘫倒在地,双手无力地耷拉着,垂在离枪仅有几厘米的地方。在布赖森的头顶上方,车顶被打穿了一个洞,透出外面的蓝天。看来军官早已铁了心,假如他的动作再快上一丝一毫……

布赖森把眩晕枪递给斯文森。"让吉姆下去,把霰弹枪捡起来。凡是看起来可疑的人,都要再补上一发。"

斯文森点点头,但眼里仍是一副茫然的神情。刚才这一个小时里,他的世界发生了天翻地覆的变化。有多少他的客户——也就是那些向他交保护费的人——死于非命?布赖森尽量不去想这件事,可那些人同样一直间接地仰赖着密州警。布赖森险些被脚镣绊了一跤,从那名倒地的武装警卫身上踩过,然后在距离最近的工作人员座位上坐下。尽管新墨西哥共和国是一片陌生的土地,但眼前的指挥控制台还是很熟悉。这没什么可惊讶的,新墨西哥人使用了大量出自修理工之手的电子设备，不过似乎对其缺乏信任，于是用本土的零件替换了可疑的部件，导致设备的性能大幅下降。啊，这就是妄想症的代价。

布赖森捡起一支指挥麦克风，发出了一道简单的指令，然后看着控制台上显示出应答。"嘿，大个子艾尔，爆炸的时候车里的信号就中断了！"布赖森飞快地输入指令，清除了马丁内斯总统的全息投影，还阻断了所有可能的信号传输。然后他下令获取信息。

车内的空调坏了，但电力还能让设备再运转一段时间。车上的情报系统估计，刚才那枚核武器的当量为三千吨，辐射率为百分之七十。布赖森觉得胃里忽然一阵翻腾，他或许比新墨西哥人还要更了解核武器。没有任何一家法务公司允许使用这种武器。针对大肆宣传拥有此类武器的犴狳客，人们可以随心所欲地加以抨击。密州警经常会接手涉及此类武器的案件。在爆炸地点方圆两公里范围内，应该没有留下活口。施瓦茨的私人战斗消灭了相当一部分入侵的新墨西哥军。

车内的人们都受到施瓦茨那枚核武器相当大剂量的辐射，不过，如果他们赶紧接受治疗，倒还不至于有生命危险。在紧邻指挥控制车的师团指挥区，暴露程度会略高一些。要过多久，那些部队才会跑过来，绕着安静的指挥车来回打探？要是他能打通电话出去……

然而，命运却不肯放过W.W.布赖森。前门传来了响亮的敲门声。布赖森挥了挥手，示意吉姆和斯文森别出声。他用别扭的姿势离开座位，走到门边，透过老式观察板往外瞧。他看见远处有人从救护车上抬下一个又一个担架，有些人烧伤的程度相当严重。五名装甲兵站在门口，距离很近，甚至能看到他们皮肤上的水泡和烧焦的衣服。不过，他们的武器看着还不错。敲门的军士身材瘦削结实，神情警惕，敲得很起劲："喂，开门！"

布赖森飞快地转着脑子。那个不属于军方势力的官员叫什么来着？然后，他尽可能模仿带点吞音的新墨西哥口音，大声答道："对不起，斯特朗先生不想污染车里的空气。"他在心中祈祷，但愿对方看不见车壁角落的弹孔。

布赖森看见门口的那个军士转过身去，并从对方嘴唇的动作分辨出了一个"呸"字。他差不多能明白军士的心思：外面的士兵险些被活生生地油炸了，而车里穿着真丝衬衣的主管操心的却是目前尚不存在的放射性沉降物。

军士转回来，对着车内喊道："你们的伤亡情况如何？"

"除了辐射暴露之外，只有几个人流鼻血和牙齿松动。主电源出了故障，我们没法儿传输信号。"布赖森回答。

"是的，长官，您的节点已经断网。我们临时连接上了俄克拉何马领袖和机动部队。俄克拉何马领袖想跟斯特朗先生谈谈，机动部队想跟艾瓦雷斯上校谈谈。您还需要多长时间才能连线？"

我能要求多长时间？我需要多长时间？过了一会儿，布赖森喊道："再给我们十五分钟。"

"好的，长官。我们一会儿再来找您。"军士懵然不知地说出这句看似威胁的话，然后带着装甲兵离开了。

布赖森跳回指挥控制台前。"斯文森，你盯着那些睡过去的人。要是运气好的话，十五分钟应该够了。"

"够什么？呼叫密州警吗？"

"比那个强。本来今天早上我就该干这件事。"他在命令菜单里搜索着卫星传感器。新墨西哥共和国军方看似对使用订阅服务心存疑虑，但还是应该有某种设施才对。啊，找到了。布赖森调整发射机的相位，以便接入悬在巴西上空的同步卫星。借助窄射束，他或许可以在不被新墨西哥人发现的情况下传输信号。

他输入信用证号和目的地代码。显示器上的呼号已经到达惠德贝岛[1]。时间一分一秒地过去，他能听见外面传来轰炸机进入营地

---

1. 惠德贝岛，坐落于美国华盛顿州西北部的普吉特海湾的岛屿。

的声音。救护车似乎也多了几辆。该死的,罗伯托,你可一定要在家啊。

微蓝的薄雾填满了会议区,然后变成一条阳光明媚的门廊,下方是一片树木繁茂的海湾。水里隐约传来笑声,还有浪花飞溅的声音。老罗伯托·理查森向来只用全景版全息投影,但眼前的景象暗淡一片,简直有点吓人——这已经是指挥车内部电源所能实现的最佳效果了。一个体格魁梧的男人走上台阶,在门廊上坐下来,看上去约三十岁。此人正是理查森。他的全息投影凝视着他们:"布赖森,是你吗?"

假如不是因为空气污浊、画面模糊,布赖森简直以为自己跨越了半个大陆。理查森居住在一座占据整个惠德贝岛的大庄园里。按照太平洋时区的时间,眼下还是早晨,阴影从看似草坪的空地上掠过。这片空地一直延伸到修剪整齐的森林边缘。布赖森想起了马科斯菲尔德·帕里斯[1]笔下的仙境奇景,这已经不是第一次了。罗伯托·理查森是全世界最有钱的富翁之一,他销售的一系列产品让许多人都无法抗拒。他的财产足以让他生活在随便什么样的幻想世界里。

布赖森打开了面向会议桌的传感器。

"上帝啊,真的是你,布赖森!我还以为你要么死了,要么被抓了呢。"

"我暂时还没死,也没被俘。你在关注这场骚动吗?"

"顺便瞅了瞅。大部分新闻通讯社都在报道这件事。我敢打赌,在这场战斗中,新墨西哥共和国花的钱比你们该死的密歇根警务还多。除非,那枚核武器是你们的?布赖森,我的孩子,那可太壮观了。你们消灭了他们百分之二十的装甲部队。"

"那不是我们的核武器,罗伯托。"

"啊,那也无妨。出了这样的事,中西部法务公司可以撤销服

---

[1] 马科斯菲尔德·帕里斯(1870—1966),二十世纪初成就卓著的美国画家、插画家。

务了。"

虽然时间很紧,但布赖森还是忍不住问了句:"密州警在干吗?"

理查森叹了口气。"跟我预料的差不多。他们派了轰炸机过来,在戴夫·克里克的突出阵地上飞来飞去。斯普林菲尔德[1]的赛博格俱乐部追上了新墨西哥军的补给线,造成了一些破坏。想要杀死赛博格有点困难,因为诺克罗斯安保公司负责提供运输工具和武器。新墨西哥军把华胜盾的抑制器发放到了军营,所以他们并没有陷入困境。这场战斗看着挺像二十世纪的打法。

"你们获得了很多舆论支持——我看,就连在共和国内部也是如此——但火力支援并不多。

"你知道吗,布赖森,你们这帮伙计应该从我这儿多买些货。你们放弃了空中鱼雷、轰炸机和坦克,兴许是省下了几百万,可是,瞧瞧你们现在的处境吧,万一……"

"天哪,那不是强盗理查森吗!"斯文森发话了。他一直注视着全息投影,神情越来越疑惑。

理查森眯起眼睛,看着他那一端的显示器。"布赖森,我几乎看不见你那边的画面。你到底是从哪儿打来的电话?至于你,那位看不见的先生,我叫罗伯托·理查森。"

斯文森向阳光灿烂的门廊走去,离理查森的全息投影不到两米,砰的一声撞上了会议桌。"你就是要为整件事负责的那种人渣!你把新墨西哥人自己造不出来的东西全都卖给了他们:高性能轰炸机、军用电子设备等等。"斯文森朝昏暗车内的柜子挥了挥手。他的话大部分是对的。布赖森也早就注意到,这里的设备上印有理查森的徽标"美国空军公司——超过二十年历史的精良武器系统销售商"。新墨西哥人甚至懒得把徽标涂掉。起初,罗伯托只是阿兹特兰的小贵族。泡泡战争发生时,他出现得恰到好处,最终控制了昔日的和平管理局

---

1. 斯普林菲尔德,又称春田市,是美国伊利诺伊州的首府。

留下的大量军火。这就是他发迹的开端。从此以后,他便搬到非管辖区域的土地上,开始自行制造大部分设备。他带到贝尔维尤的重工业几乎达到了二十世纪的规模——或者说与现代的新墨西哥共和国相当。

理查森从椅子上半直起身子,朝着面前的空气劈了几下。"听着,这种辱骂的话,我在我侄女和她孙辈那里已经听得够多了,犯不着再听陌生人这么骂我。"他站起来,把显示器往椅子上一丢,朝着台阶走去。台阶通向树木掩映的海边。

"等等,罗伯托!"布赖森喊道。他挥了挥手,示意斯文森往后退,"我打电话给你不是为了骂人。你不是想知道我从哪儿打来的吗?好吧,让我告诉你——"

布赖森的话还没说完,那个老军火贩子已经重新回到椅子上,笑了起来。"我早该猜到的,你肯定会在最后脱口而出。"笑声戛然而止,"你被困住了,对吧?这一回,难道你没法儿在最后关头使出自己那套把戏来逃脱吗?抱歉,布赖森,我真的很抱歉,如果能帮上什么忙的话,我会帮的。欠你的人情我还没忘。"

这正是布赖森一直希望听到的话。"你什么忙也帮不上,罗伯托。我只能拖延几分钟,在这辆车里唬一唬新墨西哥人。不过眼下,我们都需要一点施舍。"

电话另一头的那个人一脸困惑。

"听着,我敢打赌,你在贝尔维尤的工厂肯定有很多轰炸机和装甲车正在进行最后的检验。我也知道,你还有库存的弹药。在密州警、司法公司以及另外几家警务公司,我们有足够的战争迷来操纵那些设备。至少,我们有足够的资本可以让新墨西哥人三思而后行。"

然而,理查森却摇头道:"布赖森,我是个大方的人。如果我可以借出这样的设备,那密州警只要开口就能借到。不过你要明白,我们全都被人摆了一道。新墨西哥人——我现在认为是他们的代表在跟我对接——享有后续四个月的产品的期权。你明白我的意思吗?帮助我喜欢的人是一回事，违反合同又是另一回事，尤其是我一直以来最重要的卖点之一是靠得住。"

布赖森点了点头。这个妙计就到此为止吧。

"布赖森，说不定这样才是最好的结果。"理查森平静地接着说，"我知道，这样的话从我嘴里说出来，你那个多嘴的朋友是不会相信的，但我认为，现在中西部法务公司最好还是别参战。咱俩都知道，这次入侵从长期来看根本不会成功。只不过问题是，在这段时间里他们会毁掉多少生命和财产，又会为将来积攒下多少怨恨。那些新墨西哥人活该尝尝核武器的滋味，可那样说不定又会让他们坚定信念，最终发动一场战争，就像在科罗拉多的那场大战一样。另一方面，如果你放他们进来，并试着'治理'一下——哎呀，再过二十年，你就会把他们变成跟我们一样快乐的人。"

布赖森不禁露出了微笑。刚才这番话无疑表明，理查森本人就是最好的例证。布赖森知道，这个老独裁者原本是阿兹特兰的特工，被派到西北为入侵做准备。"好吧，罗伯托。我会考虑的。谢谢你跟我说这些。"

门廊上的理查森似乎猜到了布赖森的全息投影所在的位置，他的黑眼睛与后者对视："保重，布赖森。"

凉爽的北方度假胜地如同一座梦中天堂，略一晃动，便消失得无影无踪，取而代之的是严酷的现实：烧焦的塑料、闪烁的显示器，还有失去知觉的新墨西哥人。中尉，现在该怎么办？布赖森原本想到的主意就这一个——给罗伯托打电话。他固然可以呼叫密州警，却无法告诉他们半点有用的信息。他倚在指挥控制台前，双手抚过汗涔涔的脸。何不照着罗伯托的建议去做呢？放弃吧，交给历史的力量来应对此事。

不。

首先，所谓的"历史的力量"并不存在，它只存在于个体的决心和想象之中。千百年来，政府一直是由人组成的机构，因此没有理由相信不使用武力，新墨西哥人就会自行土崩瓦解。布赖森必须向他们证明，入侵行动要付出极为高昂的代价。

另外，他还有一个更为私人的原因。按照理查森刚才的说法，这次入侵倒好像有什么特别之处，超越了商业、法庭和合同的约定。这种说法是不对的。新墨西哥人跟劫掠密州警客户的直升机黑帮相比，除了力量悬殊和自以为正义，并没有什么其他区别。如果布赖森和密州警任凭新墨西哥人占领这片土地，那也算违约。跟罗伯托一样，密州警最大的卖点之一同样是靠得住。

因此，密州警非得继续奋战不可。唯一的问题在于，他、斯文森和吉姆现在能做些什么？

布赖森拧过身子，望着装在门上的老式观察板。这是个典型的严重设计缺陷，其视野与车上的计算机毫无关联，只能在门口显示。

没什么可看的。师团指挥区已经被遣散了，指挥车此刻停在一座峡谷的底部。一眼望去，只能看见冒烟的树叶和黄色的石灰岩。他听到了轻型涡轮机发出的轰隆声。天哪，有三辆陆地车正朝这边驶来。他认出了几分钟之前跟自己说过话的那个军士。如果还剩下什么事能做的话，他最好现在就动手。

布赖森在车内环视了一圈。斯特朗是总统的特别参谋，这个头衔有什么价值吗？布赖森努力回忆着：由于阿兹特兰奉行封建制度，这类人或许有着举足轻重的地位。对那个政府而言，保护少数领导人的安全就是全部目的；不过，新墨西哥共和国则不同，他们的统治者是通过选举产生的，实行的是合理的继承法，像斯特朗这类人大概可有可无。这里还存在一种观念：这样一个国家有点像巨无霸公司，其公民就是股东。这个类比称不上无可挑剔，因为该国在公民身上施行的高压政治手段，没有任何一家公司用得出来。另外，两者还有别的不同之处。但即便如此，在这样一个庞大的"公司"里，一旦高层人物受到威胁，造成的影响也比密州警董事会受到骚扰大得多。在这片非管辖区域，至少有十家警务公司跟密州警的实力旗鼓相当，其中有好几家都转包给了规模较小的公司。

那么问题在于,他们怎么才能抓住关键人物,比如黑斯廷斯·马丁内斯,或者这位克里克将军?布赖森打开战区以南某地的鸟瞰图:一连串云团业已从施瓦茨农场向东南方扩散。除此以外,空气略显朦胧。积雨云悬垂在北方的地平线上。这样的天空有种似曾相识的感觉。托皮卡气象局证实了这种感觉——是龙卷风天气。

布赖森皱起了眉头。关于天气这件事他早就知道了。在他的内心深处,不由自主地怀着一个希望:龙卷风会降临在合适的地点。这很荒唐,虽然现代科学可以消灭龙卷风,但谁也无法指挥它。现代科学可以消灭龙卷风,一想到这里,他咽了口唾沫。如果时间允许的话,确实有件事是他能做的,只需要给东兰辛总部打通电话就行。

外面传来敲门声和叫喊声,以及更不好的兆头——一阵窸窸窣窣的声响。依靠减震器支撑的车身微微摇晃着,有人在往车顶上爬。布赖森没有理睬头顶的脚步声,而是要求卫星连接到密州警。黑金相间的密歇根警务标志刚一出现,屏幕就变成了空白。布赖森徒劳地敲着紧急代码,然后又看了看门上的老式观察板。一位板着脸的少校正站在车旁。

布赖森打开音频,打断了对方的话:"少校,我们这边刚把声音调好。有什么事吗?"

新墨西哥人朝他们喊话正喊到一半,此刻停了下来。少校从车旁退开几步,换成更温和的语气,接着道:"我是说没有放射性沉降物的问题。"在他身后,一名装甲兵正悄悄地对着灌木丛呕吐。或许没有放射性沉降物吧,不过,这位少校和他的手下若不尽快得到治疗,必定会病入膏肓。"您没必要紧闭车门。"

"少校,我们马上就要重新上线了。我不想冒半点风险。"

"请问您是哪位?"

"爱德华·斯特朗,总统的特别参谋。"布赖森说话的口气就像真正的爱德华·斯特朗那样,慢条斯理中带着傲慢。

"好的，长官。我能跟艾瓦雷斯上校说几句话吗？"

"艾瓦雷斯？"布赖森回答道，"对不起，他的脑袋撞到了机柜的边角，人还没醒过来。"看来，少校必定认识这个人。

少校转过身，斜着瞥了手下一眼。后者略微摇头。"我明白了。"布赖森担心他是真的明白了实情。少校的嘴抿成一条细线，然后对手下说了句什么，走回了自己的车上。

布赖森转过身，开始查看别的显示器。现在，剩下的时间只能按秒来计算了。那位少校不单单是怀疑他们而已。倘若没有卫星发射机，布赖森就没有机会与东兰辛总部取得联系，甚至无法使用大喇叭广播。唯一不经过敌方节点的通信连接，只有本地的电话频段。因此，他只能打给托皮卡气象局，对方会明白他的意思的，即便不愿意配合，肯定也会把消息传回总部。他翻了翻本地的电话号码簿。一秒钟之后，他的面前出现了一幅通过窄频传输的黑白图像。一位英俊的年轻男子坐在一张行政人员办公桌后面，带着灿烂的微笑说："托皮卡气象服务局，客户关系部。有什么可以为您效劳的吗？"

"有的。我是密歇根警务的布赖森。"这些话从布赖森嘴里脱口而出，仿佛他早已排练过好几个小时。他的想法很简单，但有些细节需要说明一下。等布赖森讲完后，那位少校重新向指挥车走来，他的手下还扛着通信设备。

托皮卡气象局的接待员微微皱起了眉头。"先生，您是我们的客户吗？"

"不是，该死的。你没看新闻吗？有四百辆坦克正沿着旧70号公路往托皮卡方向行驶。你们即将遭到入侵，伙计——就快歇业了！"

年轻男子耸了耸肩，表示对这个新闻毫不在意。"有黑帮入侵托皮卡？先生，我们是城市，又不是什么农场社区。不管怎样，您想让我们用龙卷风消灭器做的事显然是不对的，那样会——"

"听着，"布赖森打断了他的话，几乎有些恐惧地安抚道，"至少把这个消息转达给密歇根警务。好吗？"

203

对方再次友善地露出灿烂的笑容,跟对话开始时一模一样。"当然可以,先生。"布赖森意识到自己失败了。跟他说话的人要么是个傻瓜,要么是个低等级的人格模拟器,究竟是哪种并不重要。就像众多公司那样,托皮卡气象局的运作效率只够勉强维持经营。这该死的运气啊!

从外部传感器里传来的声音虽然微弱,却很清晰:"长官,不管车子里是什么人,反正他们正在通过本地的电话频段传送信号。"听上去是那位少校的手下在汇报。少校点了点头,向指挥车走来。

就这样吧,再也没有时间思考了。布赖森朝电话簿上随便一戳。托皮卡气象局的客户关系"专家"不见了,取而代之的是一个环形图案开始在屏幕上闪烁。

"好了,斯特朗先生。"少校开始喊话了,音量很大,不用通过外部传感器,隔着车身都能听到他的声音。少校手持一副通信耳机,"先生,我们跟总统连上线了。他想和您通话——立刻马上。"新墨西哥人面露狞笑。

布赖森的手指在控制面板上划过。指挥车的外部麦克风发出一声响亮的刺耳啸鸣,随即没了声音。他一边忙活,一边隐约听到少校的手下在说话:"少校,他们还在传送信号。"

然后,屏幕上的环形图案消失了。这是最后的机会,哪怕是自动应答机可能也够用了。屏幕亮了起来,布赖森盯着眼前一个五岁的小女孩。

"特拉斯克家。"布赖森那副愁眉苦脸的粗鲁形象让小女孩有点畏惧,但她吐字很清晰,应该是受过如何正确应对陌生人的训练。那双严肃的棕色眼睛让布赖森想起了自己的妹妹。在他妹妹了解和领会的范围内,她会尝试去做正确的事。

他费了很大的劲,才让自己的面容松弛下来,对小女孩露出微笑。"你好,小姑娘,你知道怎么把我的电话录下来吗?"

她点了点头。

"你可不可以录下来,然后把它拿给你父母看一看?"

"可以。"她将手伸到屏幕外看不见的地方。录音指示器开始在屏幕的角落闪光。布赖森讲了起来,语速很快。

少校的声音从外部传感器里传来:"你去开门。"急促的脚步声随之响起,有什么东西敲打着车门。

"布赖森!"突然,斯文森抓住了他的肩膀,"趴下。离车门远点。外面的人拿的是霰弹枪!"

然而,布赖森不能在这当口停下。他推开斯文森,挥了挥手,示意后者在倒地的新墨西哥人中间趴下。

爆破发出了一阵刺耳的噼啪声,震得指挥车左右摇晃。电话没断,布赖森还在继续讲话。然后,车门倒了下来,或者说被拽了出去,阳光泼洒在他身上。

"放下电话!"

屏幕上,小女孩的目光似乎越过布赖森,睁大了眼睛。这就是W.W.布赖森看到的最后一幅画面。

布赖森陷入了一个又一个的梦境。在一些梦里,他只剩视觉;在另一些梦里,他看不见,但听觉和嗅觉仍然存在,统统混合在一起;有些梦是纯粹的痛觉,逐渐加重,拷问者在他周围拧动着螺丝和细针,从他破碎的肉体中榨出最后一丝疼痛。但他也感觉到了父母和妹妹贝丝的存在,他们似乎相距不远,悄无声息。有时,在他既能看见、又感觉不到疼痛时,他的眼睛周围簇拥着鲜花——简直像丛林一般杂乱而繁盛——散发出小提琴曲的气味。

在他目力所及之处,积雪平整纯净。在万里无云的蓝天的映衬下,冰雪闪烁着光芒,仿佛给树木涂了一层釉。布赖森抬起手,揉了揉眼睛,看到那只手居然很听话,甚至按照他的意愿摸了摸脸,他隐隐有些惊讶。

"布赖森?布赖森!你真的醒了!"有个黝黑的身影从旁边冲了

过来,一双细小的手臂揽住了他的脖子,带着暖意,"我们就知道你会醒的。可是过去了好久啊。"布赖森五岁的妹妹把脸贴到了他身上。

他垂下手臂,拍了拍妹妹的头。这时,一名技术人员从他身后走了过来。"等一下,亲爱的。他睁开眼睛不代表他真的醒了。我们以前也见过他睁眼。"然后,技术人员看见布赖森脸上灿烂的笑容,顿时瞪大了双眼,"布——布赖森中尉!你能听懂我的话吗?"见布赖森点点头,技术人员扫了一眼他的头顶上方——大概是在看诊断显示器吧。然后,技术人员也笑了,"你确实能听懂我的话!等一下,我要去找我的主管。什么也别碰。"他冲出房间,最后一句话更像是难以置信的喃喃自语:"我在想,我们能不能克服临床试验研究的排斥反应?"

贝丝·布赖森抬头看着她哥哥。"你现在还好吗?"

布赖森动了动脚趾,感受着脚趾的活动,点了点头。他当然感觉很好。贝丝从床前退了几步。"我想去叫爸爸妈妈。"

布赖森再次一笑。"我就在这儿等着。"

然后她也走了。布赖森环视房间,认出了这是他在几场噩梦中见过的地方。不过,这里就是一间普通的病房,也许电子设备有点多,但他并非孤身一人。艾尔·斯文森坐在窗边的阴影里,穿着打扮带有一如既往的攻击性。这时,他站起身,穿过房间与布赖森握手。

布赖森嘟哝了一声:"我自个儿的父母还没来见我呢,大个子艾尔倒是来了。"

"你运气不好呗。当他们第一次尝试唤醒你的时候,要是你乖乖醒了,那你的家人和密州警的半数人马就都等着见你呢。那会儿你是个英雄。"

"那会儿?"

"哦,布赖森,你现在也是。不过你要知道,时间已经过去好久了。"他脸上露出一丝狡黠的微笑。

布赖森透过窗户望向明媚的冬日景色,这片土地很熟悉。他回到了密歇根，大概是在奥基莫斯中心医院，但贝丝看起来并没有长大多少。"六个月左右吧，我猜。"

斯文森点了点头。"不过，我并没有天天坐在这儿观察你的脸，寻找生命的迹象。我只是今天碰巧在东兰辛总部罢了。我那家保护伞有一些保险索赔的事要找你们公司。大宗的款项很快就付清了，但有些小项目——比如附属建筑物上的弹孔之类的——密州警却办得拖拖拉拉。反正我想着，我得过来看看你怎么样了。"

"嗯。所以，你们在曼哈顿不用向新墨西哥共和国的国旗行礼吗？"

"啥？当然不用，我们才不会呢！"这时，斯文森似乎想起自己是在跟谁说话，"听着，布赖森，再过几分钟，医护人员就会赶到，为创造了又一个医学奇迹而沾沾自喜。除了他们，你的家人也一样高兴。再然后，你那位波茨上校会把发生的一切再跟你说一遍。你真的想听大个子艾尔给你讲'三分钟了解大平原战争史'吗？"

布赖森点了点头。

"好吧。"斯文森把椅子挪到床边，"在抓住了你、我和吉姆·特纳之后不到三天，新墨西哥军就从非管辖区域撤退了。共和国方面宣称，通过果断、克制地使用军事力量，他们在大平原行动中取得了胜利。在无人管辖的荒地上，'流窜匪帮'因为虐待新墨西哥定居者而受到了惩戒，北方犯罪分子头目W.W.布赖森被歼灭了。"

"我死了？"布赖森问。

"就他们的目的而言，你已经死透了。"一时间，斯文森显得有些不安，"我不知道该不该告诉一位病人他以前伤得有多重，其实，你的后脑勺被五毫米口径的爆炸器击中了。新墨西哥军没有伤害我或者吉姆，所以我觉得这不是复仇。只不过，当他们破门而入的时候，你正好在那儿用他们的指挥设备办事。他们已经损失惨重，估计眩晕枪早就用完了。"

五毫米口径的爆炸器。布赖森知道那东西的威力。他本该死了。

如果击中的位置靠近脖子的话,他或许还会残留某些前脑组织,可正脸应该被炸掉了才对。他疑惑地摸了摸自己的鼻子。

斯文森看到了布赖森这个动作。"别担心,你还是跟从前一样好看。不过当时,你看着确实是死透了——即便是共和国最好的医护人员也是这么认为的。他们让你进入了休眠状态。我们三个人在俄克拉何马被拘留了将近一个月。等到我们被'遣返'的时候,奥基莫斯中心医院没费半点功夫,就让你的正脸长回来了。说不定连新墨西哥人也能办到。可问题在于,你少了一大块脑子。"他拍了拍自己的后脑勺示意道,"医院的人没法儿让它长回来,所以用处理设备替换了你的那部分大脑,又想办法跟剩下的组织连接起来。"

忽然间,布赖森经历了令人毛骨悚然的内省一刻。他真的死了。这一切会不会只存在于某个该死的假体程序的想象中?

斯文森看到他的表情,有些手足无措。"说实话,布赖森,那一块倒也没那么大。只是足够骗过新墨西哥共和国的那帮傻瓜罢了。"

内省一刻过去了,布赖森差点笑出声来。如果自我意识都不可信的话,那就几乎不可能有任何事物是确定无疑的了。

"好吧。这么说来,新墨西哥军的入侵取得了巨大的成功。现在跟我说说,他们离开的真实原因是什么。难道只是因为施瓦茨的炸弹?"

"我猜那是其中一个原因。"即便用上了核武器,伤亡人数并不多——可能有两千五百人——包括距离爆炸地点三四公里范围内的部队和坦克兵。按照布赖森惯常的标准,这样的人数当然很多,然而,按照水源大战的标准来衡量则不然。总体而言,新墨西哥共和国这次行动"付出的代价很小"。

但是,新墨西哥共和国的高官们亲眼看到,哪怕普通如一个农民,对核战争也能漫不经心地接受,这令他们心生恐惧。吞并中西部就像开办一所小学,这里的孩子们都拿着霰弹枪。共和国大概不知道,假设施瓦茨的邻居事先知道他配备了核武器,那他只要一走出自己的地盘，就会被私刑处死。

"但我觉得，你打的那通电话也同样重要。"

"让他们用龙卷风消灭器？"

"是啊。踩到响尾蛇是一回事，突然发觉蛇已经咬到脚踝上又是另一回事。我敢打赌，从奥基莫斯一路到格里利，气象局给成百上千座农场都配备了龙卷风消灭器。"在他仍保持清醒的上一个夏日，布赖森意识到，龙卷风消灭器本质上是一种空中鱼雷。气象局对其控制权进行协调，并向个别农民支付保管费用。遇到极端恶劣天气的警报期间，在气象局总部，协调处理人员会对远程传感器加以监测，从农场的适当地点发射消灭器。正常情况下，它们只会飞行几分钟，但也可以在空中盘旋数小时。当遥感手段发现龙卷风的时候，消灭器就会飞到龙卷风的漏斗云顶端，制造出一个直径五十米的泡泡，从而破坏龙卷风的稳定性。

利用这种盘旋能力，只要在飞行软件上做些细微的改动，一件武器便诞生了——不仅能够飞行数百公里，运送重达一吨的有效载荷，而且精准度还很高。"就算没有核武器，这些消灭器也相当可怕，尤其是如果按照你的建议来使用的话。"

布赖森耸了耸肩。他的建议其实是对付抢劫团伙时常用的那一类招数，只是规模不同而已。

"你知道特拉斯克吧——就是你最后打给小女孩的那家？托皮卡气象局曾向比尔·特拉斯克的兄弟租了一块地盘，用于存放三枚消灭器。特拉斯克家偷了其中一枚并分毫不差地照你说的做了。新闻通讯社发现马丁内斯和他的手下待在俄克拉何马的豪宅里，于是，特拉斯克夫妇让消灭器直接飞到了那座豪宅的屋顶上。我们弄到了事发现场的卫星照片。新墨西哥共和国的那些大人物从豪宅里急匆匆地冲出来，就像火海里的蚂蚁一样。"虽然已经时隔数月，但斯文森回想起这一段时仍笑出了声，"比尔·特拉斯克告诉我，他还在消灭器上涂了字，意思差不多是：'嘿，马丁内斯，下一枚就是真的了哦！'

我敢打赌,哪怕到了现在,共和国的高层人士仍躲在水泥掩体底下,不知道要把抑制器打开还是关上。"

"但他们领会了我们的意思。不出十二个小时,新墨西哥军就开始往南撤退。共和国大谈他们的政治家风范,以及给了我们怎样的教训。"

布赖森大笑起来。伴随着他的笑声,房间里顿时闪烁起五彩斑斓的光芒。这种感觉并不疼,却很令人厌恶,于是他收敛了笑容。"不错。看来,我们用不着托皮卡气象局的那帮懒汉了。"

"没错。实际上,托皮卡气象局让我以偷窃罪逮捕特拉斯克一家。可是,等他们终于帮负责人从丑闻中洗白之后,又放弃了指控,甚至假装这本来是他们的主意。现在,托皮卡气象局一边对消灭器加以改造,一边出售紧急控制权。"

布赖森听见有声音从远处传来(他想起了奥基莫斯中心医院长长的走廊),其中并没有他所熟悉的声音。该死的,医护人员要抢在他的家人出现之前找上他了。斯文森也听到了这阵喧嚣。他将头探出门外,然后对布赖森说:"好吧,中尉,我就趁这会儿开溜了。反正,这个简短版本的战争史你也知道了。"他穿过房间,拿起了数传机。

布赖森目送对方离开。"这么说,一切都圆满收场了,除了——"除了那些新墨西哥人可怜的灵魂被困在了比堪萨斯更明亮的阳光下,"琪琪和施瓦茨,我真希望他们也能知道这个结局。"

向门口走去的斯文森中途停了下来,面露惊诧。"琪琪和施瓦茨?这俩一个太机灵,一个太刻薄,都死不了!琪琪知道自己会被施瓦茨狠揍一顿,因为她把新墨西哥人带进了他的地盘。在核武器爆炸之前,她早就跟着我的手下钻到地底去了,施瓦茨则躲得更深。"

"该死的,布赖森,他俩现在甚至比你还要出名!施瓦茨已经成了中西部大受欢迎的犰狳客。我们谁也没有想到,尤其是他自个儿。他喜欢当公众人物,而且已经跟琪琪和好了。眼下,他们正在商量打造一家全球范围的狁狳客俱乐部。在他们看来，既然一人之力就可以抵挡一个国家，如果一群人，那又将干出多少丰功伟绩呢？你懂的，'把世界变成能安全生活、不受管辖的地方'。"

然后斯文森离开了。在得意扬扬的医护人员拥进病房之前，布赖森只剩下片刻时间去思考"范·斯蒂恩将军"和施瓦茨会给密歇根警务带来的种种难题。

作者的话：

我认为《非管辖区域》里的设想是确实可行的。其实，这是过去五百年间众多良性趋势的终点。我认为，如果没有深刻的个人理解（即意识到自身的长期利益所在）以及普遍存在的恬静氛围，这一设想就不可能实现，本文中发生的那些事件最好属于例外。有关这些观点的详细非虚构分析，如果读者感兴趣的话，我强烈推荐大卫·弗里德曼[1]的著作《自由的机制》。如果你想读一读关于《非管辖区域》背景年代之前和之后的未来史，那么可以看看前传《为和平而战》和续作《实时放逐》。

我在《非管辖区域》中提出的核武器观点更具争议性（但愿是过时的）。在二十世纪，我们生活在对核扩散的恐惧中，并对核垄断抱有信心。核垄断的问题在于，虽然这样做或许可以预防世界范围内的核战争，但一旦真的发生，可能会有成千上万件武器被动用。但愿不会发生这样的灾难。战后最有可能出现的情况是，核武器会被偶尔用到，但绝不会大量使用——这基本上是因为大国集团不会被较小的邻国所容忍。这样的世界会是一个危险性适中的地方（尤其对恶霸而言），但可能比我们当下的世界更安全（亨利·库

---

1. 大卫·弗里德曼（1945— ），诺贝尔经济学奖得主米尔顿·弗里德曼之子，美国自由意志主义的思想家和经济学家。

特纳[1]在小说《变种人》里阐述了一部分这样的观点。在所有于广岛核爆前创作的科幻小说中,他的小说可能被最少人记得,但也最具有预见性)。当然,从长远来看,即便是个人也会拥有巨大的破坏力——单颗星球太小了,不足以容纳一个种族安全生活,这也是原因之一。

---

1. 亨利·库特纳(1915—1958),美国科幻小说、奇幻小说和恐怖小说作家。作为"洛夫克拉夫特圈"的成员之一,他还创作了一些初代克苏鲁神话作品,可以算是初代克苏鲁神话的重要贡献人之一。

GEMSTONE

宝 石

Loading...

吴 垠 译

作者的话：

　　常言道，作者的亲身经历是创作灵感的源泉（好在这不是一条铁律）。乔治·R.R.马丁的《子女的肖像》曾生动地诠释了个人的不幸对于创作的益处。我认为，《子女的肖像》之所以斩获星云奖却落败雨果奖，是因为作家群体——星云奖的投票者——与主角产生了共鸣。我的这篇小说则脱胎于早先的某个灵感——童年的一个不快乐的假期，以及多年后在新西兰度过的快乐假期。显然，这个曲折离奇的故事是我笔下最失衡的作品。起初，斯坦利·施密特退了稿，但三个月后，他来信说想再读一遍。我很感谢他把这篇小说买了下来。虽然《宝石》没什么特别的创作意图，但对我来说，它很特别。

　　1957年的这个夏天，桑达本应该度过最美好的暑假。自从三月份得知父母的出行计划后，她便一心盼着夏天的到来，不仅熬过了拉荷亚[1]的春天，还熬过了枯燥的七年级下学期。

　　没承想，她的期待最终竟落得一场空。

　　屋外阴雨连绵，街道两旁的松树如同巨大的黑影在薄暮中轻摆，发出阵阵低语。往尤里卡市中心的方向一百米开外，一盏路灯的灯光透过树隙照在湿滑的路面上，反射出一丝微光。四个星期以来，每天太阳落山后，风好像就变大了。桑达坐在奶奶家的卧室阳台上，缩进宽大的外套里不住地落泪，任由雨雾扑面。不管怎么说，今晚总算结束了。六天后爸爸妈妈就到了，然后再过两三天，他们三人就能一起驱车回家了。桑达动了动下巴，不再紧绷着脸。剩下六天该怎么挨过

---

1. 拉荷亚，美国加州圣迭戈市北郊的一座海滨城镇。

去呢?她还得跟奶奶一起吃饭,甚至要帮忙做家务。但一见到奶奶,桑达便会愧疚地意识到自己把关系搞僵了。

不过,这也不全是我的错!桑达心想,奶奶藏着自己的秘密,还有些固执和糊涂。桑达以前拜访奶奶家的时间都很短,所以从没注意到她竟然有这些缺点。

卧室外的走廊上,宝石又活跃起来了。一时间,一阵寒意袭来,桑达周围的空气和脚下的阳台除了湿冷,更散发着彻骨之寒,让人仿佛置身于一片萧索寂寥的荒地中央。有趣的是,现在她确信这座屋子在"闹鬼"。自从知道"鬼魂"的真面目后,她心里就不再那么担惊受怕了。老实说,跟眼下紧张的人际关系相比,房子"闹鬼"无非是个小麻烦。

不过,最开始可不是这样的。桑达回想起初夏的光景:蔚蓝的天空,温暖的阳光——刚来的头几天跟她记忆里的尤里卡一模一样。奶奶的房子坐落在街道尽头,周围栽满了松树,唯有门前种着两棵低矮的棕榈树。它们不好养活。奶奶常说,她自己照料这两棵树是为了纾解圣迭戈访客的乡愁。房子一共有两层,顶上还有塔楼和天窗。在无云的晴空下,整座房子就如同童话里的城堡。多年来,房子外墙的维多利亚时期装饰得到了精心维护,仍然闪耀着绿色和金色的光芒。

桑达的父母只在奶奶家里待了一天就赶去了旧金山,因为旧金山大学的夏季会议即将开始,而他们还没定好酒店。桑达和奶奶独处的第一个夜晚很完美。天黑以后,屋外降温了,但客厅里仍然很暖和。奶奶在地毯中央放了一台旧取暖器,正对着沙发。她在一整墙书架前走来走去,似乎在寻找某样东西,迫切地想展示给孙女看。"不在这儿,也不在这儿。哎呀,我最近很少拿出来,都不记得把它放哪儿了……"

桑达跟在奶奶身后,头一次注意到那些藏书的标题——小时候,她一度只在乎书的颜色和尺寸。奶奶有一整套的《国家地理》杂志。很多人会把这种杂志收进箱子里,然后一忘了之,奶奶却把每期杂志都摆了出来,好像这是一套大百科全书似的——对于桑达来说确实如此。上次来奶奶家时,桑达花了好几个下午翻阅里面的图片,这套杂志是她对这间"图书室"的唯一印象。现在,她又认出了几十本关于极地探险、气象学和生物学的书。桑达的爷爷博尚是个了不起的人。为了怀念他,奶奶一直保存着这间"图书室",还有里面的藏书、纪念牌匾和荣誉证书。

"找到了!"奶奶从书架正中央抽出一本巨大的笔记本,领着桑达坐回沙发上,"你已经长大了,不能再坐在我的腿上了,是不是?"两人相视一笑。奶奶把笔记本放在腿上,翻开本子,然后搂住了桑达的肩膀。

笔记本里的资料整理得井井有条,每份剪报、文章和照片周围都画了框线,还配有一小段说明。有些照片是独一无二的,还有一些是二三十年代出版的《国家地理》杂志插图。雷克斯·博尚曾参加过"新大陆"探险[1],要不是膝盖受了伤,他说不定还会加入斯科特在南极的悲剧之旅。桑达倒吸一口冷气,再次提起曾经问过的问题:"如果爷爷的膝盖没有受伤,那他就会同其他人一起遇难……然后永远不会遇见你,也不会有爸爸和——"

奶奶合上笔记本。"不,我了解雷克斯,有他在一定会没事的。如果探险队等他痊愈了再一起出发,就一定能活着回来。"

桑达早就听过这个回答,但还是想再听一次。她往沙发上靠了靠,等待着故事的下文。一战后,博尚家族从英国移民到了美国。雷克斯·博尚参加了好几次探险活动,跟随美国探险家沿南极海岸线建立营地,拍摄了十来张在船上和营地生活的照片。人到中年的爷爷仍然很英俊,像年轻人一样。桑达看着照片里的爷爷,感到十分自豪,尽管他往往不是合照里的焦点,而总是出现在背景里或者集体照的第

---

1. "新大陆"探险,1912年1月,罗伯特·斯科特船长率领探险队进行南极探险。不幸的是,他和大部分队员最终丧生于南极的暴风雪中。

三排。奶奶说他不是空谈家,而是一名实干家。爷爷没有获得大学学位,只能在探险队里从事技术维修和后勤保障工作,但队员们都很依赖他。

除了冰天雪地的景象,很多探险活动发生在新西兰的克赖斯特彻奇。有一回奶奶也去了,跟爷爷在当地度过了一个美好的假期。她给这座城市拍了许多照片,不仅有宽阔的弧形海港,还有她和爷爷在新西兰北岛的毛利人部落游玩的场景。

桑达一边听奶奶讲故事,一边抬头环顾客厅,屋子里的陈设比任何照片都更生动地营造了故事的氛围:美丽的彩色玻璃台灯——奶奶在每个房间里都放了一盏——照亮了沙发这片区域。透过灯罩顶部的玻璃格,灯光在昏暗的客厅里投下蓝色、红色和黄色的光晕;地毯边缘和每条门框都镶着深色的抛光木条;旧取暖器后面摆放着爷爷奶奶从罗托鲁阿带回来的毛利人木雕。在日光下,木雕的形象有点可笑,它们纷纷抻直了舌头,像亮出武器一样,还挥舞着爪子般的手;但在昏暗的光线下,它们的白色瞳仁狡黠地闪烁着,吐舌头也不再像是孩子气的挑衅,把桑达吓得一激灵。奶奶说,虽然毛利人曾是地球上最凶残的种族,但他们现在都已经开化了。

"奶奶,你还留着玉扁棍[1]吗?"

"当然。"奶奶那头的沙发旁边有一个刺绣针线架,她从中取出一块精致的石头,约二十厘米长,一端贴合手形,方便握取,另一端则舒展成光滑圆润的卵形,看起来美极了。除了奶奶和毛利人,再无其他人知道它的真正用途。"这是毛利人的武器。他们不像美洲的印第安人那样使用长矛和弓箭。"桑达从奶奶手里接过玉扁棍,轻轻抚摩着石头的光滑表面。

"因为这种武器很短,所以你得冲到敌人跟前,对准对方的额头砰地来一下。"桑达无法想象这是一幅怎样的画面。奶奶家里有很多

---

[1] 玉扁棍,一种由毛利碧玉制成的近身格斗武器,通常一头小,一头扁宽。

精美的藏品，但桑达曾无意间听到妈妈对爸爸抱怨，说这些藏品都是从一堆古老的遗物里偷来的。桑达不明白那是什么意思，因为她确信它们都是爷爷掏钱买回来的。要不是爷爷把这些藏品带回尤里卡，很多人可能无缘欣赏它们的美。

桑达的睡觉时间已经到了，但奶奶还在自顾自地说话。在台灯的多彩光晕和旧取暖器的橘红色暖光中，桑达的意识渐渐模糊起来。恍惚间，她发现旧取暖器下面垫着几张报纸。

桑达瞬间回过神来。"奶奶，这么做不危险吗？"

奶奶止住回忆。"什么？不，不危险，我已经像这样垫了好多年了。我怕旧取暖器把地毯弄脏，所以没有直接放上去。"

"可那几张报纸已经发黑了，快要焦了。"

奶奶看了一眼旧取暖器。"哎呀，你是个大姑娘了，会为这种事操心了。那就关掉吧。你该去睡觉了，是不是？"

桑达跟着奶奶走上楼，准备睡在爸爸小时候住过的二楼房间。奶奶中途停下来，走向摆在走廊上的玻璃养育箱。这只箱子是个新物件，连桑达的父母都没见过。奶奶把玻璃养育箱安置在宽大的天窗下，使它在一天之中的大部分时间都能晒到太阳。现在，箱子沐浴在月色中，里面的几块小石头反射出苍白的光线。

奶奶打开走廊上的灯，玻璃养育箱的神秘感瞬间消散，变得无生气。这只箱子和桑达的蜥蜴饲养箱有几分相似，里面却没有活物，只有几块大小各异的石头、一堆河底的碎石，以及几朵"种"在周围的塑料假花，显出寥寥生机。

奶奶淡淡地笑了起来："你爸爸肯定以为我疯了，居然把这种东西摆在走廊上。"

桑达盯着眼前的古怪箱子，提议道："要不在里面种几朵真花？"

奶奶摇了摇头。"我喜欢假花，因为不浇水也不会枯萎，能够一直保持美丽。"她顿了顿，桑达也很懂事地没有说话，"无论如何，里面的石头才是最重要的。我给你看过爷爷协助发现的那几条峡谷的照片。虽然距离南极大陆仅几百米，那里却没有积雪。这些石头就是他从其中一条峡谷里带回来的。它们默默度过了上千年，耳边只有扫兴的风声。你爷爷之前把石头收在地下室的箱子里，但我觉得它们应该待在天窗下。这里更舒服，环境也更像之前的峡谷。"

奶奶的话激起了桑达的好奇心，她再次仔细打量起玻璃养育箱。这些石头很奇特，其中两块像是在自然历史博物馆里见过的陨石，还有一块则足有她的脑袋那么大，灰色和黑色的矿物质排列出规律的暗纹。

几分钟后，桑达躺在了爸爸小时候睡过的床上。奶奶帮她关好卧室的灯，然后回到了一楼。皎洁的月光洒在窗台上，窗外的松树在朦胧的夜色中显得分外柔和。桑达长吁一口气，露出了笑容。到目前为止，一切都符合她对暑假的期待，也符合她对奶奶家的记忆。

沉入梦乡前，桑达仅剩的意识生出了一丝疑虑：如果奶奶想模拟峡谷的荒凉环境，为什么要放几朵假花呢？

现在回想起来，桑达才察觉到万事如意的日子只有一天，暑假的不愉快在第一个夜晚已初见端倪。

表面上看，奶奶家一切如常：擦得锃亮的楼梯栏杆样式华贵，用的是桑达在拉荷亚从未见过的木料；房子处处都铺着地毯，就连楼梯上也不例外；地下室阴冷潮湿，塞满了爷爷曾经用过的古怪玩意儿。然而，奶奶的行为和观念却一错再错。像在玻璃养育箱里放假花这种做法，桑达可以不置一词；但像在旧取暖器下面垫报纸这样的行为，桑达确实觉得很危险。奶奶每次都不把她的建议当回事儿，只是笑着说她已经长大了。桑达知道，无论自己的建议有多委婉，都会伤老人家的心。于是，她干脆从后廊上取来一块塑料垫，替换了报纸。这回又换奶奶不乐意了。她觉得脏垫子给美丽的地毯留下了污渍，而她垫报纸的初衷正是不想把地毯弄脏。桑达好心办坏事，感到气馁极了。最后，奶奶提出了解决办法：她打扫地毯后，把垫子摞在报纸和取暖器之间，才圆满解决了这件事。

从那天起，类似的矛盾不断上演，桑达不禁略感疲惫。她想做出改变，却总是弄坏家里的东西，或者伤害奶奶的感情。在一番诚恳的道歉后，两个人又顺利和解。以前桑达总想留住时间，因为她最热切的愿望就是跟奶奶待在一起，现在她却巴不得暑假过得快一些。尽管她们都为改善关系做出了努力，但还是失败了。

虽然奶奶总把"你已经是个大姑娘了"挂在嘴边，可在她心里，桑达始终是那个五岁的小姑娘。她十分希望孙女能睡午觉，直到后者提出爸爸妈妈已经不这样要求自己了才让步。如果奶奶想让桑达做什么事，她从不直接吩咐，而是用"你愿不愿意"开头。面对苦差事，桑达还得摆出一副笑脸，满口答应道："我愿意，这肯定很好玩儿。"事实上，她宁愿像在家里一样听从爸爸妈妈的安排，而不必说违心话。

只过了一周，晴天便结束了。雨一直下个不停，好不容易停雨了，又是大阴天。这里的天空雾蒙蒙的，潮湿的水汽无法散尽，跟拉荷亚的阴天完全不同。奶奶说，这才是尤里卡最常见的天气，只是桑达运气好，前几次来的时候都没碰上。

从这时起，桑达开始害怕睡在二楼的房间了。虽然奶奶的房间在一楼，但她习惯看书或做针线活到深夜。万一发生什么不好的事情，桑达随时可以喊她上来。但即便如此，桑达心里仍不踏实。一开始，她只是对黑暗充满恐惧，心也比平日里更加躁动。如果碰上恶劣天气，耳畔传来打在窗子上的风声和雨声，她独自躺在床上便越发难安。但这次，桑达产生了一种不一样的感觉。它一天比一天强烈，倒不是那种有什么东西悄悄靠近的感觉，而是无尽的寂寥和绝望。桑达所在的房间，甚至整座房子好像都不存在了，她整个人仿佛置身于爷爷曾到访过的南极荒野中。虽然她看不见这幅景象，但能真切地感受到永恒的寒冷和死寂。难道是爷爷的"鬼魂"回来了？

某天深夜，桑达起身去一楼上厕所。短短一段路，她却走得艰难极了，生怕自己的动静惊扰了那个不知名的家伙。路过玻璃养育箱时，桑达感觉寒意陡增，双腿的肌肉立刻紧绷起来。她恨不得一溜烟冲下楼去，但仍强迫自己镇定下来。寒意正是箱子里的东西散发出来的，威胁就潜伏在桑达眼皮子底下。她缓缓走过去，无法抑制内心的恐惧。那个东西仿佛也察觉到自己多了一位"听众"。当晚，桑达没有回房间，而是在楼梯底下睡了一宿。

之后的每个晚上，等奶奶照顾好她躺下后，桑达就会悄悄溜下床，把睡袋拖到卧室阳台上休息。隔了一定的距离，再隔着一堵墙，她的内心便不那么煎熬了。接连好几晚都在刮风下雨，好在桑达向来喜欢露营，之前为参加童子军露营买的睡袋结实耐寒。尽管如此，一晚又一晚的露宿还是让她身心俱疲，整个白天都提不起精神，无法摆出一副好脸色。

等到了白天，桑达对二楼的恐惧减轻了不少，不知是因为走廊变得明亮宜人，还是因为"鬼魂"可能在睡觉。每次经过玻璃养育箱时，她总要往里面瞧一瞧。随着时间流逝，她发现一些石头改变了位置，五朵假花只剩下三朵了。渐渐地，桑达对那块有着黑灰暗纹、头骨大小的石头产生了怀疑。

桑达还偶然发现了另一件神秘的事情——换作平常这可能十分要紧，但现在看来无非是一个耐人寻味的谜团。有好几次，通常是狂风暴雨的夜晚，桑达都能看见一辆汽车停在街对面的草坪上。它看起来像是1954年生产的福特汽车，离房子北面约四十米。有一回，驾驶座上的人划亮一根火柴，火光照映出两个人的身影。桑达大概猜到对方在做什么，便得意地笑了笑。但她猜错了。在一个没有下雨的夜晚，满天的阴云遮蔽着星光，桑达从阳台上探出身子，看见司机突然下车，迅速穿过街道朝房子走来。他悄无声息地蹲在灌木丛里，在装了电表的墙边待了半分钟。其间，一个小光点顺着电表和电线杆的公共线缆上下游移。接着，这个幽灵般的"抄表员"起身跑回去，轻手轻脚地关上了福特汽车的门。汽车在原地停留了几分钟，仿佛在等待这座房子拉响警报，然后便开走了。

桑达本想告诉奶奶这件事，但如果她真想当一个好孙女，就应该开诚布公地讲出自己对二楼和玻璃养育箱的恐惧。可是，这么做不仅很丢脸——哪怕她说的都是真的——而且会往两人的矛盾上添一把火。奶奶是个聪明人，一旦得知神秘汽车的事情，她要么不予理会，要么刨根问底，直到发现桑达睡在阳台上。

桑达犹豫不决，最后告诉了别人。

遇见这个人实在惊喜，因为桑达根本没意识到自己需要一个玩伴。

气候干燥一点儿时，桑达总计划着出门转转。市图书馆离奶奶家有三英里远，骑爸爸的自行车去很方便。不过，奶奶对此有了意见：万一天降暴雨或者骑车溅起水花，把放在自行车篓子里的书打湿了怎么办？这只是她们的又一个小矛盾——总有一方对事情提出异议，然后另一方做出妥协，一如既往。于是，桑达只好先给书包上蜡纸，再放进后座的篮子里。

今天没有下雨，碧空如洗，飘浮着大朵白云，位于西北方向的造纸厂升起了纯白色的浓烟。阳光明媚，微风送爽，正是桑达曾经以为在尤里卡最常见到的好天气。

桑达绕弯骑上了离开小镇的街道。从奶奶家往前走约三十米，柏油路就修到了尽头。前面还建了不少房子，但奶奶不太喜欢往那边走。桑达经过一辆拖车，有人在里面安了家。她又路过几辆旧汽车，其中一辆看起来已经彻底报废了。街道两旁的树木逼近道路，遮住了阳光。尽管太阳已经晒了半日，但针叶上还缓缓滴着雨露，四周绿意盎然。桑达觉得这里跟父母之前开车途经的大森林有点相似，眼前的景象犹如一幅美丽的图画。

她继续向南，比以前骑得更远，来到了道路的尽头。路边最后的景致是一栋红墙平房，跟奶奶家的风格截然不同。虽然这是一栋真正的房子，却让桑达不由得想起那辆拖车。在气候干燥的拉荷亚，天气对建筑物的损伤非常小，但眼前的房子潮湿、发霉，仿佛遭受了无休止的折磨，早已缴械投降。

桑达在道路尽头转向，结果差点儿撞上另一辆自行车。

她猛地刹车，笨拙地停了下来。对她来说，自行车的车座有点高。"你是从哪儿冒出来的？！"她生气地问道。

对方是一个男孩，至少满十五岁了。他的个子比桑达高，看起来很结实，但五官柔和，甚至冒出一股傻气。男孩指了指红房子，说："我住在这里。你是谁？"

"我叫桑达·博尚。"

"我知道了，你和那个英国老太太住在一起。"

"她不是什么老太太，她是我的奶奶。"

一时间，男孩沉默不语，稚嫩的脸上没有一丝表情。然后他开口道："我叫拉里·欧麦利。你奶奶人不错。去年夏天，我还帮她修剪过草坪呢。"

桑达下了自行车，跟他一起推着车往回走。"奶奶现在雇了一个园丁专门打理草坪。"

"我知道。她很有钱，甚至比去年还有钱。"

桑达知道奶奶其实并不富有，但她顾不上反驳对方，因为男孩的后半句话令她困惑不解：什么叫比去年还有钱？

不知不觉间，两人走到了奶奶家。一路上，桑达发觉拉里虽然外表显老，但性格没那么阴沉，还不确定他到底傻不傻。当得知拉里的爸爸是一名伐木工后，桑达开心极了，因为她父母的朋友大都是地质学家。

他们把自行车停在台阶下，然后桑达领着拉里去给奶奶打招呼。正如她所料，老人家不太赞成下午去看电影的计划。

奶奶犹豫不决地望着男孩，说道："可电影院离这里不是很远吗，拉里？"

桑达不想让拉里破坏计划,于是抢着回答道:"不,奶奶,那里比图书馆远不了多少。要知道,我好久都没看电影了。"这句话倒是事实。奶奶家的电视机只有一个频道,上面尽播些老电影。

"你们想看什么电影?今天天气这么好,待在电影院里怪可惜的。"

"五十年代早期的电影。"桑达知道这个答案不会出错。奶奶曾不止一次地抱怨现在的影片伤风败俗。要是知道了电影名字,她准不会答应的。

奶奶看起来有些心烦意乱,但还是同意了。她陪两人走到安了纱窗的前廊上,叮嘱道:"记得四点前回来。"

"好的,放心吧。"说完,他们便出发了。

不知是因为好天气,还是因为遇见了拉里,抑或是出于对电影的期待,一时间,桑达心花怒放。

电影院的广告牌上写着电影名字《天外之物》。一想到自己欺骗了奶奶,桑达不由得感到一丝愧疚,爸爸妈妈是不会赞成她看这种东西的。但只要能看电影,她就很开心了。这里让桑达联想到了拉荷亚的电影院,给她一种回家的感觉。他们买好票,悠闲地朝电影海报走去。

突然,桑达感受到一股寒意——不是因为周围的空气变冷了,也不是出于恐怖片带来的惊悚。天外之物应该来自外太空,海报背景却是一片北极的荒野。

她下意识地放慢脚步,头一回把话题抛给拉里,然后跟他一起走进了电影院。不一会儿,电影开始了。

这种感觉太糟糕了。电影情节如同老天对她个人发出的警告,彻底说中了她的心事。桑达坐在银幕前,吓得呆若木鸡,仿佛被看似巧合的电影暗示摄去了心魂。她想到了数周来一直纠缠自己的那个东西。当然,电影有很多细节和现实存在差异,比如,故事发生在北极，而外星怪兽——也就是天外之物——具有人类的外形。看到一半时，拉里关切地推了推桑达，但后者只是木讷地点了点头。

电影里的天外之物被困在极地的荒野里。这里没有它的天敌，气温也很合适，它得以长时间存活。相比之下，爷爷发现石头的南极峡谷也许更适合外星怪兽生存：古老的未知生物没有埋藏在数百英尺厚的冰层下，而是直接暴露在地表。一旦太阳升起，温度回升——就像奶奶把石头放在暖和的玻璃养育箱里一样——它便会苏醒过来。电影里的天外之物渴望鲜血，而二楼走廊上的那个东西的欲望更感性，也更可怕。

电影不知不觉地结束了，故事情节正契合桑达内心万分强烈的恐惧。走出电影院时，下午才过了一半。群山状的乌云拥在一起，乌泱泱地压了下来。风变大了，裹挟着雨点打在桑达的毛衣上。她神情恍惚，这一切都被拉里默默地看在眼里。

他们取了自行车准备回家。返程大多是上坡路，好在风是从身后往前吹的。小镇周围的森林青翠欲滴，在薄雾中又微微发灰。但桑达对眼前的景色毫无兴趣，满脑子都是冰天雪地的景象和在家里等着她的那个东西。

拉里眼瞅着她要骑到沟渠里，连忙拉住自行车的把手。"说真的，你到底怎么了？"他问道。

于是，桑达把事情的来龙去脉全都告诉了他，包括纹理古怪的南极石头、玻璃养育箱，以及石头散发的寒意和孤寂。

听完她的话，男孩什么也没说，只是卖力地蹬着自行车。路边有很多讲究的房屋，其中几栋也是维多利亚时期的建筑风格，但都没有奶奶家的漂亮。往来的车流跟平时一样少，如果和拉荷亚相比，简直称得上没有车。他们肩并肩地骑了一大段路，上到坡顶后，又经过了一段平缓的下坡路。拉里仍然一言不发。愤怒突然冲破了笼罩在桑达心头的恐惧，她冲到男孩前方，在他面前挥了挥手。"喂！我在跟你说话呢。你不相信我吗？"

226

拉里眨了眨眼睛，脸上没有任何表情，好像没把桑达的挑衅当回事儿。他并没有回答她的问题，而是说："我觉得你奶奶是个聪明人，也一直觉得那房子里有奇怪的东西。既然是奶奶把石头放在那儿的，那她肯定知道些什么，你应该直接去问她。难道你觉得奶奶会害你吗？"

桑达放慢速度，回到跟拉里齐平的位置，心里感到一丝羞愧。她本该在几周前就向奶奶提出来，但也知道自己为什么没那么做。那时，桑达已经和奶奶闹了不少小矛盾，她担心这个吓人的故事会进一步加深她们之间的隔阂，让奶奶觉得自己还是个小姑娘。向拉里倾诉一番后，桑达的焦虑得到了缓解。但她同时也意识到，奶奶家确实有某个令人害怕——至少有些蹊跷——的东西。她对拉里露出了敬佩的笑容。虽然他没什么想象力，但跟他待在一起让桑达感到很踏实，毕竟他看起来不为任何事所困。这种感觉就像在海浪中踩到了坚固的地面，也像是从噩梦中醒来一样。

一路上雨雾缭绕，但两人到家时身上没怎么淋湿。他们在绿油油的马路牙子上道别。

"如果你明天想去沙丘玩，我们就得趁早出发。那儿挺远的。"拉里说。桑达不知道他是为了安抚自己，还是忘记了她刚才讲的故事。

"我得先问问奶奶的意见。总之，明天见。"桑达没有说出自己要问的另一件事。

拉里骑车回家了，桑达则把自行车推进了工具房。奶奶站在后廊上，一脸担心地打量着孙女毛衣上的水珠。看见桑达安全到家，神情紧张的她终于松了口气。"天哪，你去了好久。厨房里给你留了三明治。"说完，她们一齐走进了房子。

奶奶问起了电影和拉里的情况。"桑达，我觉得欧麦利家的孩子人不错，但你的爸爸妈妈肯定不喜欢你们长时间待在一起。毕竟，你

227

们的兴趣爱好完全不同。你觉得呢？"

桑达没有认真听奶奶说话，反倒牵住了她的手。这个孩子气的举动打住了她的话头。"奶奶，我想问你一件事，可以吗？"

"当然可以，桑达。"

两人坐下后，桑达告诉奶奶自己一直睡在阳台上，原因是每晚在二楼蔓延的令人恐惧的氛围。

奶奶微微一笑，拍了拍桑达的手背。"肯定是毛利人木雕的缘故，我不应该跟你讲那些故事的。木雕容易吓到人，尤其是在晚上，但那都是木头做的——"

"不是那些木雕，奶奶。"桑达尽可能不流露出懊恼的语气。她从厨房向外望去，看见客厅的毛利人木雕正对着自己吐舌头。木雕很可爱，有一种唬人的喜感，但绝不恐怖。"我觉得是玻璃养育箱，尤其是里面的一块石头。每当我靠近它时，就能感觉到一股强烈的寒意。"

"天哪。"奶奶低下头，竭力避开桑达的视线，一时间，她仿佛在自言自语，"你一定很敏感。"

桑达瞪大了双眼。她原本不指望奶奶能相信自己，但现在看来，奶奶早有头绪。

"桑达，对不起。早知道你能感觉到它，我就一定不会让你睡在二楼。"奶奶摸了摸她的手，微笑着说，"那块石头没什么可怕的。它其实是我的……呃……宝石。"奶奶吞吞吐吐地说出最后两个字，神态有点局促，"它一直是你爷爷和我之间的小秘密。如果我告诉你，你能保守这个秘密吗？"

桑达点了点头。

"我带你上楼看看。你说得对，那块石头确实能让人感觉到一些东西……"

正如奶奶之前讲的那样，雷克斯·博尚在没有积雪的南极峡谷发现了这块宝石。当时，探险队对个人发现的态度比较随意，因此爷爷并没有将宝石上交。更何况，爷爷在探险队里只是个擅长修修补补的不起眼伙计，即便上交个人发现，他也无法获得属于自己的荣誉和成果。自从退休后，爷爷便在家里建立起自己的小实验室，开始仔细研究多年来收集的藏品。宝石就是其中之一。

他把宝石存放在小实验室——也就是地下室——的一个特殊冷藏间里，希望能模拟类似峡谷的生态环境。一开始，爷爷认为宝石是某种特殊的水晶，能储存和反映环境中的情绪及氛围。当他把宝石捧在手里时，便感受到了南极的狂风和空旷。但等一小时后再接触宝石，他又隐约感受到自己上一次触碰它时的心情。有一次，爷爷试着切开宝石。就在那一刻，他和奶奶的心头同时传来一阵剧痛。两人这才明白过来，宝石不是什么特殊的水晶，而是活物。

"我们从没把这件事告诉任何人，就连你爸爸也不知道。雷克斯很害怕宝石会死，所以一直把它放在地下室里，认为温度越低越好。"奶奶和桑达走上二楼，沿着走廊来到玻璃养育箱前。窗外灰蒙蒙的，雨滴滴答答下个不停。虽然此刻的寒意和孤寂没有入夜后那么强烈，但桑达仍得鼓足勇气才敢靠近石头。

"我的想法和他不同。既然宝石能够不吃不喝地活了上千年，那就表明它很顽强，不会轻易死去。说不定，它更喜欢阳光和温暖的环境。所以在你爷爷去世后，我把宝石挪进漂亮的玻璃养育箱里，放在了二楼的阳光下。我知道它还活着，而且我觉得它喜欢待在这里。"

桑达低头看着宝石表面黑灰相间的暗纹，发现形状虽然不对称，但很匀称。哪怕没有阵阵刺骨的寒意，她也能看出来宝石是活物。"那它……吃什么呢？"

"呃，"奶奶思考了一秒钟，"它会吃里面的其他石头，还有那几朵假花。我时不时地会补充新的进去。宝石没有意识，现在的行为和雷克斯最开始注意到时没什么两样，只不过在阳光下比以前更活跃一些。"她看到桑达流露出痛苦的表情，好奇地问，"你隔这么远也能感受到宝石吗?"

奶奶把手放在宝石顶部,皱起眉说:"宝石并非有意伤害你,它只是常常投射出这种寒冷空旷的意象。难怪你受到了它的负面影响。我们稍微等一等,宝石转换情绪需要时间。它的特质更像植物,而非动物。"

渐渐地,桑达感觉精神上的寒意消散了。眼下,宝石不再可怖,却还不够稳定。

奶奶示意她靠近一点。"来,把手放在上面。这样你就明白我的意思了。"

桑达注视着奶奶的脸,慢慢靠近了宝石。雨点敲打着她们头顶上方的天窗。桑达心想,万一奶奶在骗我呢?也许宝石可以控制人的精神,迫使我们互相攻击……

然而,桑达已经卸下了心头的包袱,她认为奶奶的说法只是有点难以置信,但没有欺骗自己。桑达先试着用指尖轻触宝石,然后又把手掌贴了上去。奶奶的手还放在上面,但她们没有碰到一起。宝石摸起来冰凉粗糙。刚开始无事发生,但随着时间的流逝,桑达慢慢感觉到了:是奶奶!她的笑容和慈爱如潮水般涌来——但在心灵深处,还有失落和空虚,比宝石平时传递的情绪更温柔。曾经纯粹的寒冷,现在已裹上了一层暖意。

"奶奶!"桑达忍不住喊出了声。奶奶搂住了桑达的肩膀。几周以来,她们头一次达成真正的和解。桑达把手从宝石上挪开,轻轻摩挲着铺在下面的鹅卵石。这些都是普通石头,宝石才是箱子里唯一古怪的东西。等一下!她捡起一颗鹅卵石,把它举在光线下,并未察觉到奶奶绷紧了手臂。这颗小石头表面呈乳白色,好像是由玻璃制成的,摸起来很光滑。"这不是真的石头吧,奶奶?"

"不,这是塑料的,就像那几朵假花一样。我觉得它很漂亮,所以才放在里面。"

"哦。"桑达把假鹅卵石扔回了玻璃养育箱。放在平时,她肯定对此十分好奇，但现在，她因真相大白而倍感宽慰。长时间以来，令她胆战心惊的东西其实并不可怕，反倒很奇妙。"谢谢你，奶奶。我之前害怕极了。"她苦笑着说，"我可真傻，居然跟拉里说宝石是什么怪物。"

奶奶抽回手臂，厉声说："桑达，你不能跟欧麦利家的那个男孩出去玩。他比你大太多了！"

桑达仍沉浸在如释重负的解脱感里，便随口反驳道："奶奶，拉里只是看起来显老。他今年才上九年级呢。"

"我不管。我相信你父母也一定不会同意你单独和他出去玩。"

桑达这才听出话中的严厉语气。要说奶奶有什么大过错，那就是她会瞧不起某些人。她曾经向桑达暗示，这条街上的邻居——无论是家庭背景还是个人成就——都低她一等。桑达甚至怀疑她有种族歧视，因为有一次她管黑人叫"有色人种"。看见奶奶露出坚定的表情，桑达也下定了决心——奶奶根本没有阻止他们一起玩儿的正当理由！

奶奶的双重歧视太过分了。桑达嘴唇颤抖，开口道："奶奶，我想和他玩就和他玩。你不乐意，只是因为嫌他穷……嫌他是爱尔兰人！"

"桑达！"奶奶一时有些站立不稳，声音哽咽，难以分辨，"我本来很期待和你一起度过这个夏天，但你已经不像以前那么乖了。"说完，她绕过桑达，匆匆走下楼梯。

桑达目瞪口呆地盯着奶奶的背影，忍不住抽泣起来，然后冲进了自己的房间。

屋外阴雨连绵，街道两旁的松树如同巨大的黑影在薄暮中轻摆，发出阵阵低语。往尤里卡市中心的方向一百米开外，一盏路灯的灯光透过树隙照在湿滑的路面上，反射出一丝微光。桑达坐在奶奶家的卧室阳台上，缩进宽大的外套里不住地落泪，任由雨雾扑面。不管怎么说,六天后爸爸妈妈就到了。桑达动了动下巴,不再紧绷着脸。剩下六天该怎么挨过去呢?

桑达一连坐了好几个小时,却怎么也无法平静下来。疑虑反复叩击着她的心,怎么也找不到解决的方法。奶奶没有喊她吃晚饭,也没有叫她帮忙做饭;楼下甚至没有传出准备饭菜的动静。桑达好奇奶奶在做什么,也许,她和自己一样正待在房间里备受煎熬。奶奶最后几句话几乎泄露了她过去几周的哀怨。

奶奶看起来那么瘦小、脆弱,差不多和她一样高,桑达却从未留意过这一点。奶奶一定很不容易吧?为了招待好桑达,她得时时刻刻露出最欢欣的笑脸,可这个小客人还不断提出异议,觉得她不够周到。

不过,这个暑假也留下了几段美好的回忆。在几个天气宜人的晚上,她们在安了纱窗的前廊上玩过几次击球和填词游戏,比往年玩得还要开心。因为桑达现在能听懂奶奶开的玩笑,也能看懂她在游戏里采取出奇制胜的招数时脸上露出的顽皮笑容。

桑达叹了口气。过去几个小时,这些心理活动反复出现,但每次都以自责收场。祖孙之间的嫌隙已经太深,也许得通过新的相处方式重新开始。桑达知道自己终究会下楼道歉,而这一次……也许真的会成功。

她站起身,呼吸着湿冷的新鲜空气。宝石的哀恸如同一枚尖刺扎进她的脑海里,其中不只有寒意,还有奶奶内心的孤独。

桑达正准备转身,却被一闪而过的灯光吸引了注意。一辆汽车缓缓驶过,看起来像是之前那辆1954年生产的福特汽车。桑达站在原地一动不动,直到汽车开出了视野。她跪在地上,把脑袋探出阳台。如果今天还像前几次那样……

几分钟后,福特汽车果然开回来,停在了街道对面。这一次,车灯没有打开。室外阴风阵阵,雨也下得很大。桑达看不真切,但勉强看到两个人下了车。没错,是两个人。他们朝奶奶家跑来,其中一人直奔电表，另一个则绕到房子的左边，脱离了桑达的视线。

神秘访客的举动不同寻常，而且行动目标明确，似乎不再是踩点了。桑达从阳台上探出身子，恐惧立刻战胜好奇，攫住了她的心——不是宝石平日里传递的压抑的精神恐惧，而是下意识的本能反应。那些家伙到底想做什么？一个黑乎乎的人影搞出一点光亮，雨声中隐约传来咔嚓一声。

桑达恍然大悟——房子左侧不仅接着电缆，还有电话线。

她转身潜回卧室，脱下外套夺门而出。她飞快地经过玻璃养育箱，几乎没察觉到宝石传递出来的情绪。

奶奶站在楼梯底下，好像正打算上来。她面色疲惫，但还是露出了一抹淡淡的微笑。"桑达，亲爱的，我——"

"奶奶，有人要闯进来了！他们要闯进来了！"桑达三步并作两步跑下楼梯，倏地给大门插上门闩。本来空无一物的前廊上出现了一道人影，门把手随之转动起来。奶奶站在她身后，惊得说不出话来。桑达又转身奔向厨房，准备把另一位不速之客关在门外。可是，电话已经打不通了，她们在房子里又能做些什么呢？

在厨房里，桑达差点和那个人撞个满怀。她猛吸一口气，发出了尖叫。对方块头很大，戴着头罩，手里还握着一把刀。一度温馨、惬意、安全的厨房里站着这样一个男人，真是一幅奇特的画面。

与此同时，客厅里传来了木头裂开的声音、奶奶的尖叫声、急促的脚步声，以及金属制品落到地上的声响。然后，奶奶再次发出尖叫。"闭嘴，老太婆。给我闭嘴！"虽然对方说话的语调很陌生，但嗓音有点耳熟，"那个报信的丫头去哪儿了？"

"我抓到她了！"厨房里的男人喊道。他擒住桑达的一条胳膊，把她推进了客厅，力道大得惊人。

奶奶看起来没有大碍，只是站在控制她的劫匪身边，显得既惊恐又瘦小。虽然那个人也戴着头罩，但桑达还是一眼认出了他——一家小杂货店的店员，奶奶和她在那家店里买过东西。他身后的旧取暖

233

器面朝下倒在地上，绯红的线圈扎进了地毯里。

店员每说一个字，都要晃一晃奶奶的肩膀。"好了，老太婆，我们只想得到一个东西。只要你交出来，我们马上就走。"这不是完整的原话，只是大致意思，因为句子里夹杂了不少脏话。桑达在体育课上听粗鲁的女生说过这些词，但她们嬉笑打闹的意味更重。不过此刻，店员语气狂暴，这些词也沦为了攻击的工具。

"我有几对手镯——"

"老太婆，你很有钱，而且我们知道这些钱是从哪儿来的。"

奶奶颤抖着回答道："不，那些都是我丈夫的资产。"桑达曾无意间听到奶奶向爸爸透露雷克斯·博尚的资产数额，把后者吓了一跳。

店员给了奶奶一记耳光。"骗人！你每年都会光顾阿克塔珠宝店两三次，而且每次都会带一颗天然钻石。"他的语气极尽讽刺，"你的丈夫是个探险家，要么他从某个地方搜罗了一大把，要么是你在地下室里藏了一台钻石制造机。"说完，他被自己的笑话逗乐了。

就在这时，桑达猛地意识到了真相——"钻石制造机"不在地下室，而是放在二楼。

"我们知道你有很多钻石。全都交出来！交出来！交出来！"每落下一个字眼，店员就扇奶奶一巴掌。桑达尖叫起来，从眼角的余光瞥见了刺绣针线架上的玉扁棍。她用可以活动的那只手抓起武器，绕着控制自己的劫匪转了个圈，用扁宽的一端猛击店员的胸部，正中他肋骨下方。店员立刻跪了下去，把奶奶也拽倒在地。他坐了好几秒钟，嘴巴一张一合，但无法出声。最后，他喘着粗气说："我要……杀了……她！"他重新站起身，一只手仍抓着奶奶的肩膀，另一只手则握着刀子在桑达面前来回比画。

另一个劫匪从桑达手里夺走玉扁棍，把她从店员面前拉开。"别这样，动动脑子。"他对同伙说。

店员收回握刀的手，皱起眉头说："好吧。"他把奶奶推倒在沙发上，然后走向桑达。

"老太婆，如果你再不说实话，我就要对她动刀子了。"锋利的刀刃抵在桑达的额头，立刻把皮肤划出了一道血痕，但桑达几乎没感到痛。

奶奶立刻站起来喊道："住手！别碰她！"

店员回头看着她："怎么？"

"我带你们去取钻石。"

店员一脸扫兴："真的吗？"

"你得保证，拿到钻石后不再伤害我们。"

控制桑达的那个劫匪拉了拉头套，回答道："我们只想得到钻石，老太婆。"

奶奶思忖了一秒钟，说："好吧，钻石藏在厨房里。"

她领着他们走进厨房，打开存放面粉和蔗糖的壁橱，取出了半袋岩盐。店员一把夺过袋子，将桌面上的盐罐、糖罐和胡椒罐全部扫到地上，然后小心翼翼地把岩盐倒出来，一粒粒地铺在桌面上。

"你找到了吗？"

另一个劫匪花了好几分钟检查。"找到一颗。"他说着，从摆放陶瓷的架子边缘拨出了一粒小石子。除了表面呈乳白色，它似乎跟玻璃没什么不同。搜寻一番后，他又开口道："两颗。"

没有人说话，厨房里只能听见店员粗重的呼吸声，以及打在窗户上的点滴雨声。窗外夜色正浓，离得最近的一户邻居和奶奶家仍隔着一片树丛。

"就这些，只有两颗。"

要不是胸口喘不上气，店员此刻一定会破口大骂。不过，无声的压迫感更让人害怕。"过去三年间，你卖了整整十颗钻石，现在就只剩下两颗了？"

奶奶点了点头，下巴颤抖起来。

"你相信她吗？"那个劫匪问道。

"我不知道。但没关系，我们还有一整晚的时间。我得在这个丫头身上划几刀,不管怎样,我都要如愿以偿。"店员举起刀子向桑达示意,"你过来。"

"也好,她们好像认出你了。"劫匪加大力道,把桑达推向刀尖。突然,他问道:"你闻到烧焦的味道没有?"

店员瞪大双眼冲出厨房,"老天爷!旧取暖器把地毯和报纸点着了!"

"快拔掉电源,盖上毯子灭火。要是房子烧起来了,我们就没法搜东西了!"

"我试试!"客厅里传来一阵沉重的拖曳声,"快过来帮帮我。"

抓着桑达的劫匪看了看她和奶奶,握紧了手中的刀。"我知道剩下的钻石在哪儿。"奶奶突然对他说。

于是,那个劫匪抓住奶奶,把她和桑达二人粗暴地推进了地下室。桑达先是后背撞在扫帚架上,然后摔下台阶,消失在黑暗中。一秒钟后,奶奶脆弱的身体压在了她的身上。门砰的一声关上,随后传来钥匙在锁眼里转动的声音。

两人昏昏沉沉地躺了一会儿。桑达苏醒过来,闻到了身下台阶散发的潮气,感觉自己的脖子上好像还搭着一根拖把。"奶奶,你还好吗?"

话音刚落,奶奶便回答道:"我没事。你呢?"

"我也没事。"

奶奶咯咯地笑了起来:"幸好有你在下面垫着我。"她小心翼翼地爬起来,打开地下室的灯,露出顽皮的笑容,"他们太高估自己了。"

她领着桑达走下楼梯,打开了另一盏灯。桑达环顾四周,看见堆积如山的旧样品箱和洗濯用具,原本狭小的地下室更显逼仄。这里没有出去的路,也没有高于地面的窗户。奶奶到底想做什么?

奶奶转过身,用力关上另一道沉重的门。桑达这才反应过来:楼梯顶部的门虽然从厨房一侧锁住了,但底部这扇沉重的门是从地下室一侧锁上的。

奶奶走向位于客厅正下方的一摞箱子。"雷克斯把这里改造成了实验室。他原本打算冷冻这片区域,完全模拟出极地气候,结果发现开销太大,不得不放弃了。不过,他装的这道门倒很有用……桑达,请帮我挪一挪箱子。"

箱子很重,但奶奶不在乎是否会摔坏,把它们随意推倒在地。几分钟后,她们清出了一条出去的路——直通客厅的另一条楼梯。

"如果劫匪把火扑灭了,我们就等他们离开后再出去。即使火势不大,路人在街上也能看见,然后消防员会立刻赶过来。可万一火势蔓延,整座房子就……"奶奶的脸上布满泪痕,双腿仍微微颤抖。桑达这才发现,她走路一瘸一拐的。

桑达搂住奶奶的腰,关切地问道:"你真的没事吗?"

奶奶微笑着看向孙女,受伤的脸庞略显浮肿。"没事,亲爱的。"她低头摸了摸自己的门牙,"我的牙医恐怕要喜出望外了。"

然后,她转过身走上楼梯,擦了擦嵌在金属门上的石英窗。"我一直搞不懂雷克斯为什么要修一条通往客厅的楼梯,可能是因为他不想浪费自己买的两扇门。"

透过这块极小的窗户,桑达发现自己正以不可思议的视角观察着客厅。原来,这道门隐藏在沙发背后,被垂着的帏帘挡住了。

此时,劫匪们已经取下头套,正使劲把沙发等家具拖离火场,用地毯盖住火苗。但火势仍在蔓延,电视机和毛利人木雕快要烧起来了。

接着,地板也一道燃烧起来。

劫匪们也察觉到了事态的严重性。那个店员吼了几句,声音听不真切,然后跟同伙跑出了客厅。火焰攀上电视机底座,包裹了毛利人木雕。片刻后,木雕变成一颗灿烂的火球,火苗在爪子似的双手和抻直的舌头间嬉闹。

地下室的灯熄灭了,红色的火光透过石英窗映照在奶奶脸上。"他们没有把火扑灭。"她的声音微不可闻。

237

靠近厨房一侧的地下室大门被劫匪们捶得咚咚响，不一会儿，敲门声便停止了。桑达知道，他们根本不打算救人，而是计划把这场谋杀伪装成意外事故。届时，那两名目击者将会讲述他们的故事。

透过石英窗，桑达看见火势又蔓延到了客厅的另一边。不过，她们这边的墙壁完好无损，就连帷帘也逃过一劫。

"我得出去，桑达。"

"不，奶奶！如果他们都没办法扑灭这场火，那我们也做不到。我很抱歉。"

"我不是为了房子，桑达，我要去救宝石。"奶奶似乎在咬牙使劲，但桑达看不出她想做什么，只知道她没在推门。一时间，唯有绯色和黄色的火光映照着奶奶的脸。

"奶奶，你犯不着为了钻石去冒生命危险。爸爸妈妈还有钱，我们可以一起生活……"

奶奶发出哼声，好像在用力推什么东西。"你不明白，桑达。宝石的能耐远不止把假花变成钻石。当然，钻石确实很好，只靠雷克斯留下来的遗产，我绝对没法儿过得这么滋润。可怜的雷克斯，他明明知道宝石是自己最了不起的发现，却一直把它冻在地下室里，没能见证真正的奇迹。宝石不仅仅能传递寒意和孤寂，那只是它对南极的记忆。除了你们这些家人，宝石是我最珍视的东西。每当我触摸它时，都会获得回应，你之前也体验过。宝石很友好，尽管它不认识我。一旦接触的时间足够久，我就能感觉到雷克斯，感觉到他触摸宝石时的场景……就像在触摸我一样。"

奶奶又哼了一声，桑达听见上了油的轴承转动起来，然后发出砰的一声。现在，金属门已经打开了。

"大火还没烧过来，我有机会跑上二楼。救出宝石后，我可以从房子后面的侧楼梯逃出去。桑达，你待在这里很安全。雷克斯考虑得很周到，在整间地下室都装了隔热层，就连天花板也有。哪怕房子被烧垮了，你也不会受伤的。"

"不,我要和你一起去。"

奶奶深吸一口气,艰难地下定决心,说:"桑达,如果你还爱奶奶,就照我说的做。留在这里。"

桑达无力地垂下了手臂。如果你还爱奶奶……很多年以后,桑达才原谅当时没有做出任何行动的自己。

奶奶推开门,帏帘随之分向两侧,一股热浪瞬间袭来。到处都是家具燃烧的噼啪声,就像站在篝火堆旁一样。奶奶拉开帏帘走出去,重新关上了门。透过石英窗,桑达看见她迅速奔向楼梯,几乎从视线中消失了。她往上爬了一段,然后满脸困惑地低下头。

楼梯瞬间崩塌,奶奶消失了。大火从墙脚探出头来,整座房子哀号着轰然倒下。

"奶奶!"桑达想撞开金属门,但它纹丝不动,被天花板塌陷的横梁堵住了。房子已经支离破碎,眼前的景象宛如一片熊熊燃烧的丛林。即使隔着石英窗,桑达也能感受到热气扑面而来,就像站在窑炉窗口前面一样。金属门外,没有生命能够活下来。

外面的温度不断攀升。一股浓烟从二楼塌陷的中心升腾起来,冲出了天窗。不一会儿,热浪和冷风分庭抗礼,火焰逐渐稳定下来,仿佛地狱中迎来了短暂的平静。

桑达本可以更早感知到宝石传递出来的情绪,但她一直无暇顾及。它逃离了寒冷的环境,突然重获自由,变得无比快乐、纯净。这种温暖的情绪与桑达周围的一切格格不入。

然后,她看到了宝石。它的表面不再显现出黑灰暗纹,全身上下投射出紫罗兰色的光芒,像燃烧的木材一样闪耀。宝石移动时,匀称的身形一览无余——既像一只长着四角的海星,又像一块小枕头——它敏捷优雅地穿过这片燃烧的红色丛林,就连桑达也感受到了它的勃勃生机。

原来,爷爷奶奶都搞错了。宝石传递出来的寒意和孤寂并非来自南极的记忆,而是对现状的无声哀鸣,因为周围的环境仍然寒冷黑暗。桑达早该想到这一点的。在某个浓雾弥漫的冬夜,爸爸养的小狗蒂兰被关在门外时,就曾苦苦哀号了数小时。

宝石也是如此,而且它独自待在寒冷中的时间要长得多。

此刻,它像小狗一样在火光中跳跃,满是兴奋和好奇。接着,它停了下来,桑达感受到了它的困惑。宝石冲进楼梯的废墟里,变得越发困惑,还流露出悲伤的情绪。最后,它从废墟中爬了出来。

宝石没有脑袋,也没有眼睛,但似乎能感知到桑达,正四处搜寻她的藏身之处。它一"看见"桑达,便像锁定目标的探照灯一样,全神贯注地盯着她。

宝石从高处跑下来,敏捷地穿过废墟。它爬上堵住金属门的横梁,站在远处凝视着她。接着,它又在木头上跑来跑去,想找到接近桑达的办法,流露出了友善、热情和好奇的情绪。在之前的上千年里,它奄奄一息地待在严寒中,几乎失去了意识;在今晚之前,它切换情绪要花好几分钟的时间;而现在,几种情绪快速切换,如同它身上不断变化的五颜六色的光芒。

桑达发现宝石的智商和狗差不多。它很想触碰桑达,却不知道自己会造成致命的危险。宝石趴在小小的石英窗前,一只爪子贴在上面。窗户顿时变得朦胧起来,还溅出了火花。桑达感到害怕,宝石立刻收回了爪子。

它不再触碰石英窗,而是在金属门表面来回摩擦。然后,它靠在门边,让桑达用意识抚摸自己,就像上次在玻璃养育箱里一样。但这一回,记忆和情绪都更加强烈,而且能随心所欲地切换:

奶奶回来了。桑达感觉到奶奶的手放在宝石表面,时而伤感,时而快乐,但更多的是孤独;在这之前,还有另外一个人,正是爷爷——大大咧咧、好奇心强、性情固执;更早之前,则是无法言喻的寒冷。宝石没有清醒的意识,只能感觉到笼罩地平线的白昼,然后是黑夜⋯⋯如此循环往复。在它奄奄一息的时候,南极的季节更替如同一闪而过的片段，海星般的小脑袋无法领会其中的奥妙。

而在最初的时候……

桑达感受到比现在还要美妙的情绪。那时的宝石有很多伙伴，它们簇拥在一起，彼此珍视。这种感觉对桑达来说很陌生，但也略知一二。它们住在可移动的屋子里，拜访了很多地方：有的温暖舒适，有的则完全相反。某天，宝石出于好奇离开屋子，来到了最寒冷的地方，被冻坏了。伙伴们也找不到它。宝石迷路了。

然后，白昼和黑夜的无尽轮回开始了。

火焰的地狱只维持了几分钟。随着墙体坍塌，火苗在风中摇摆起来，桑达的脑海里传来宝石的呜咽。客厅不再炙热，但宝石依然靠在金属门边——或许是为了陪伴桑达，或许是希望她能把温暖带回来。

雨水战胜了火焰，灼热的废墟上烟雾缭绕。不远处，警笛声隐约传了过来。

桑达感觉到宝石在寒冷中缓缓失去知觉，重新发出过去几周那种无意识的哀鸣。她靠着金属门滑坐在地，失声痛哭。

作者的话：

《宝石》的故事发生在1957年，不知道桑达和她的神奇宠物后来怎么样了。这个故事还有续写的余地，而我脑海里一直有个构思：桑达最终成为一名艺术家，专攻陶艺，住在亚利桑那州。趁着陶器还没降温，她会在上面绘制釉彩，工艺令人赞不绝口。她收藏的窑炉非同寻常，所有窑炉都通过狭窄的隧道连接着一口大窑炉，里面总是生着火……

ORIGINAL SIN

原 罪

Loading...

吴 垠 译

作者的话：

　　我一直对外星人接触这个题材情有独钟。约翰·坎贝尔曾提出，跟银河系文明中更理性的智慧种族相比，人类虽然生命短暂，但更聪明、更好战。这个观点伴随着我长大。那么，我能不能反过来设想一下，能不能创造一个比人类更短命、更聪明、更好战的种族？约翰认为古老智慧种族往往执着于把人类这个"超级种族"圈禁在地球上。那么，面对日后可能造成强大威胁的原始侵略者，人类又会怎么做？

　　我个人还没读过这类小说，但凭自己对科幻的了解，肯定有人已经写过了。我必须给这个故事再加点儿料。许多人类的心中都交织着层层羞耻、孤独和仇恨，而我虚构的这个种族的内心则更加复杂。这一点该怎么表现出来呢？短暂的生命当然是一个催化剂，可我还希望有什么因素能令他们感到无比愧疚。罗伯特·西尔弗伯格和兰德尔·加勒特在合著的《笼罩的星球》中，创造了霍格一族（一种没有知觉的害虫），它们的生命周期很奇妙。也许，我可以借鉴一下，将其应用到虚构的智慧种族上。这个故事就这样诞生了……

　　第一缕曙光刺破了晨雾。阶梯从山顶逐级而下，在长阶上，一座座小十字架浮现出来。挂在矮树枝叶上的露水，此时无声地滴落在湿草地里。

　　作为负责人，这位军官很年轻。这是他的第一项任务，比其他大多数任务都紧要。他换了条腿支撑身体的重量。一定还有什么活儿可干——有事要检查，有事要操心——机枪，对，他可以再检查一遍机枪。想到这里，他快步穿过狭窄的水泥路，来到士兵部署武器的区域。弹夹已经备好，枪口也已就位，没有半点儿纰漏，和他十分钟以前的检查结果一模一样。士兵们默默地注视着军官，等他一走开，便又开始窃窃私语。

没有问题。没有问题。一时间，军官停下脚步，站在湿冷的空气中瑟瑟发抖。老天爷，他饿惨了。

在部队后方离十字架更远的区域，曙光清晰地映照出医生和牧师的身影。在潮湿的空气中，他们的声音传不过来，可一举一动都逃不过军官的眼睛。他们面容呆滞、动作散漫，手上还有大把的时间。可时间从来都是最重的负担。

军官的厚靴子踢在水泥路上，一脚紧接着一脚。他情绪低落。这里太安静了。

放眼望去，一层薄雾笼罩着低处的城镇。如果静下心来，甚至能听见下方车辆往来的声音。河面上偶尔响起船只的汽笛声；一列有轨货车行至码头，隐约发出哐啷哐啷的轻响。置身于遍地草木的山顶，犹如身处时间的尽头，唯有日常的琐事能把他拉回现实。这个地方就连空气也不寻常——不再刺痛他的双眼，杂酚油和煤油的气味也很淡。

天更亮了。地面绿意渐浓，薄雾染上了淡淡的棕色。军官沉沉地呼出一口气，看了看表。该检查山坡另一侧了。他拔腿奔入湿草地。

在一座座白色小十字架之间，生长着参差错落的矮树篱，共同组成了复杂的园林迷宫。他必须做最后一次检查。这个活儿很危险，但并不难。总共只有不到一千个关卡，更何况，他昨晚已经把计划背下来了。他时不时地停下脚步，要么扶起一棵夺命树，要么装上一枚克莱默地雷。很多十字架都是从新翻的泥土里冒出来的。他对这些白色的东西格外敬而远之。湿草地这里的空气比机枪附近的还清新，湿润的厚草皮黏着他的靴子底。他咽了咽口水，努力集中精力工作。好饿啊。他为什么非得受这份诱惑？

时间似乎过得更快了。他奔走时,脚下的地面也被照得越来越亮。二十分钟过去了。检查快做完了。在褐色的晨雾中,他能看见将近五十米开外的土地。城镇里越来越活跃,也越来越喧嚣。得快点儿了。军官沿着最后一排十字架奔跑,最后回到己方的战线上——这里有冰冷的黑水泥地、机枪和文明的标志——他的靴子在水泥路上发出咔嗒咔嗒的声音。几秒钟后,他才喘过气来。

他望着墓地。一切依然平静。准备工作已经完成。他朝士兵们跑去。

再等五分钟。五分钟后,太阳就会从东边的那层晨雾后方升起。阳光将穿过薄雾,温暖山坡上的湿草地。再等五分钟,幼崽们就诞生了。

好一座壮观的"垃圾场"!我被安排藏在城里一处比较宜居的地段,在河流以东约三公里的小山上。微咸的河水流经市中心,将城市一分为二。我站在"实验室"的小窗前眺望,只见太阳渐渐西斜,在交通工具排放的数层废气中发光发亮,如同一轮模糊的红色圆盘。还有点点灰烬从半空中坠落。

现在是交通高峰期。高速公路共有七条车道,将整座城市连成一片。交叉路口的汽车排着数公里的长队,在原地怠速,全景犹如一幅静物写生。我仿佛看见一张张鲨鱼脸的司机冲对面张牙舞爪、恶语相向。天气又热又潮,我浑身是汗,还沾染着灰烬。山上都这么煎熬,城中的盆地恐怕是炼狱。

城市另一头高楼林立,每栋都有七八十层高。每隔十五秒,便有一架载有五台推进器的飞机从东边飞来,在楼顶上空呈一百八十度转弯,最终降落在摩天大楼和河流之间的机场停机坪上。

河的对岸是高耸的山坡,隔绝了大海的视线,山腰云雾缭绕。灰绿色的大都会墓地横跨整个山坡的北端。

听起来和历史小说里的情节一样,是不是?我已经将近七十年没见过飞机了。至于墓地……这个年代哪还有什么墓地？反正我从未见过。以上种种在希玛星上却一应俱全，距离地球母亲不足十个秒差距[1]。你认不出这个名字也正常，因为地球政府把这颗行星登记为天体+56°2966。我们的帝国对附近某颗k等星的唯一命名竟然是几百年前的星表编号，这里面肯定有猫腻。不过，你如果岁数够大，应该就对这个名字不陌生。两百年前，"希玛"一词可谓家喻户晓。除地球外，它是人类探测到存在智慧生命的第二颗星球。

两百年来，世事无常：先是反战运动爆发，然后自由人类世界组织宣布脱离地球政府。从某一天开始，地球不动声色地掩盖了希玛星的一切消息。为什么这么做？要我说，无非是地球政府的疑心病犯了（翻译过来就是：他们是一群胆小鬼）。还记得人类的太空飞船吗？当我们驾驶飞船第一次登陆希玛星时，当地文明还处于旧石器时代；可短短两百年后，他们的技术水平便与二十世纪末的地球比肩。当然，区区二十世纪末也没什么大不了的。但别忘了，人类从使用石斧发展到操作蒸汽机，花了足足几千年。希玛人在短时间内取得的进步实在超乎人类的想象。

更何况，地球政府绝对没有给予任何援助。人类一听见"竞争"二字，便如临大敌，可惜又缺乏种族灭绝的野心，只好假装竞争不存在。自由人类世界组织就不一样了，在过去的一百五十年间，他们中的十多家公司想在这颗星球上开展贸易往来。然而，地球政府派出的警察把他们一个不漏地全赶了出去。

到目前为止，我是唯一的例外，不过是因为我的雇主当时撞了大运。地球政府偶尔会引进一些希玛人替自己解决麻烦。（要不是担心希玛人偷学技术，地球一定会对他们敞开怀抱。毕竟，希玛人干起没有专业要求的活儿来可麻利了。）有一个来到地球的希玛人不知通过什么手段，联系上了萨缪尔森企业在整个帝国境内的密探系统。于

---

1. 秒差距，天文单位。1个秒差距约等于3.26光年。

是，萨缪尔森找来了我。

萨缪尔森企业和这个希玛人共同收买了一名地球警察，让对方在赶人时对我睁一只眼闭一只眼。没错，有些地球警察会明码标价——光成交一单就是整个大陆的年生产总值。这笔钱花得很值，因为我个人将获得高出年生产总值一百倍的奖励，而从某种意义上来说，萨缪尔森企业将获得希玛人有史以来最高的回报。不过，现在提这些未免太早，我必须先满足希玛人的要求，否则大家都得空手而归，甚至一不留神把自己赔进去。

是这样的，希玛人想实现永生。萨缪尔森企业已经利用同一个诱饵，敲开了很多偏僻星球的大门，可这一单的顾客非常特殊，实在是求"生"若渴，因为没有哪个希玛人的寿命能超过地球上的二十五个月。

我将头探出窗外，观察着窗台上的灰烬，想把身后的"实验室"抛在九霄云外。房间里塞满了希玛人觉得我需要的设备：显微镜、超离心机、电子显微镜——这里活像个货真价实的古董店。不过，我确实用得上这些小玩意儿，如果我用自己带来的守护仪计算质数整数，不出三秒就会引得地球警察现身。我已经在希玛星上待了整整四周，考虑到工作环境，目前的进展还是很可观的。但希玛人对我的信任和耐心已经所剩无几。萨缪尔森一般通过地球上的第三方翻译与他们沟通，所以我没学希玛语，解释生物化学概念的时候只能连比带画嘟囔。这些讨厌的急性子似乎笃信，一个任务最佳的完成时间是上周。这些形似瘦袋鼠的希玛人太拼命了，就连旧派的新教伦理也不得不甘拜下风，沦为享乐主义的通行证。

三天后，他们往实验室派了三名武装警卫。我郁闷地站在窗前，听见三个伙计在我身后晃来晃去，偶尔还乱动屋里的仪器。除非我直接动手阻止，否则他们绝不愿意站在原地待命。

有时候，我坐在椅子里一抬头，便能撞见其中一人正目光炯炯地盯着我。他的视线相当灼热——我经常对牛排露出类似的眼神。一见我抬头，对方就会仓皇地别开脑袋，艰难地咽下口水。希玛人实际上是杂食性种族，大嘴上覆盖着好几排向内弯曲的牙齿，他们几乎消灭了希玛星上的其他所有活物。希玛人如今在守备森严的集体农场里种植谷类作物。这些粮食构成了庞大人口的主要食物来源，但仍然供不应求。

我感觉到他们又在盯着我看，真想索性转过身去，给他们点颜色瞧瞧——地球警察和监测器都见鬼去吧！

突然，一辆跑车从三百米开外的岗哨处疾驰而来，打断了我的小心思。我所处的地点类似于生物科学中心，外观像一座破旧的卡内基图书馆[1]（如果你还记得图书馆是什么东西），四周环绕着数公顷发黑的混凝土，再往外则是反坦克堑壕和三米高的路障。到目前为止，我在院子里见到的唯一车辆就是履带式军车。

蓝橙相间的跑车在我窗下猛地刹住，差点撞上路缘，还传出一股烧了橡胶的煳味儿。司机走出驾驶座，三步并作两步行动起来。太典型了，希玛人去哪儿都像踩着风火轮一样。

副驾驶座的门也打开了，第二个身影走下车来。希玛人普遍身着厚夹克，下面裹着一条半身裙，以遮盖宽阔的臀部和一双大脚板。但这个人从头到脚都是黑色的，这种服饰我以前只见过一两次，像是某种僧袍。对方的走路姿势也不是短促的跳跃，而是迈着又长又慢的步伐，就像……

我转身回到设备前。最多还有几秒钟他们就上来了，我根本来不及布置那些狡猾的陷阱。两人已经进入建筑。我听见司机上楼时传出的砰砰砰的动静，一声紧跟着一声；还听见另一个人缓慢攀爬的声音。他们要是再慢点儿就好了。门外传来希玛人交谈的嗡嗡声。如果这些警卫尽职尽责的话，也许能为我争取几秒钟时间。可惜我运

---

1. 卡内基图书馆，美国人安德鲁·卡内基投资创立的一系列公共图书馆。

气不佳，门打开了。司机和戴着面纱的乘客走进实验室，后者用希玛人的速度掀开面纱，把它扔在了地板上。不出所料，面纱下是一张人类的脸，而且是亚洲女性。女人冷着脸打量了一圈房间，皮肤上的汗水亮晶晶的。她拨开脸上的金发，转向我。"我来找贾马尔·吉科宁教授。"她说。那性感的双唇竟能说出这样毫无情调的话，真是暴殄天物。

"我就是。"我说。接下来，她是不是要宣读我在被捕后所享有的权利了？

她没有立刻回答，而是咬紧了牙关，太阳穴一跳一跳的。我发现她的眼睛和声音一样迷人，但同样冷冰冰的，看起来不近人情。她掀开厚重的黑色长袍，底下是一件镶着褶边的衣服，这身装扮对于日本东京人或地球警察而言都不突兀。

她站得笔直，灰色的双眼跟我保持平视。"真是难以置信！贾马尔·吉科宁，新伦敦大学的生物学教授，德威灵雇佣兵团的首任指挥官——这样的聪明人竟然会干出如此蠢事？"她平淡的讽刺变成了激动的愤怒，"我自问已经尽力了，先生！你登陆希玛星的秘密本没有被人发现。可你在这里三天两头地闹腾，想不被我的上级警官盯上都难！"

啊，原来她就是被萨缪尔森买通的地球警察，我刚才就该猜到的。她给人的印象正是地球警察中典型的自大狂。"听着，这位小姐，他们事先叮嘱过我，自打来了这里，我穿的都是本地的布料，吃的都是本地人菜谱上的玩意儿，就连洗澡都用的本地那种黏糊糊的东西，闻起来也和他们一模一样。看看周围——我一丁点小乐趣也没有。"

"行，那个东西是什么？"她指着闪闪发光的守护仪问。

"你心里清楚那是什么。我刚才说了，他们已经交代过我该如何隐蔽行事。我只在海默尔基地里使用守护仪。要不是靠它，这个任务还得拖好几年。"

"吉科宁博士，给你递话的人就是蠢材。地球警察想监测这种仪器简直易如反掌,哪怕你身处希玛星的另一边。"她重新系紧黑色长袍,"跟我们走。"又是地球警察的典型口头禅——祈使句正是他们最喜欢的句式。

我坐下来,双脚往实验室的工作台上一架。"为什么?"我平静地问。地球警察的另一个特点是沉不住气。我话音未落,她的脸色便白了几分。

"可能是津若小姐没解释清楚,先生。"我瞧了又瞧,才发现是那个司机在说英语。他的口音很正宗,不过说话速度只有人类的一半,就像迪士尼恶意地让鲨鱼发出唐老鸭的声音。

"教授,你在为希玛星上最杰出的政府工作。二十分钟前,津若小姐的上司发现了这件事。地球警察随时可能要求希玛政府把你交出去。我的同胞们都想帮助你,但地球的力量实在令人生畏。他们会尽量遵从地球政府的命令。我有权在五分钟内带你离开,再拖下去就太迟了。"

这个外星佬可比津若讲道理多了。我最好尽快转移到新的藏身点。我把脚放下来,从津若手中接过一件厚重的黑袍。她一个字也没说,面无表情。我以前也接触过地球警察,有些家伙心思活络,甚至很讨人喜欢。可眼前这一位活脱脱像一具已经凉了五天的尸体。

司机转身对我的警卫交代了几句,后者叫来了一名高级军官。司机交出随身携带的文书供对方检查。我刚把长袍和面纱整理好,军官就示意我们往外走。一行人挤进楼梯,穿过出口。外面除了哨兵的常规巡逻外,没有其他活动。

司机坐进蓝橙相间的跑车,我爬进了狭窄的后座,压得车身往下沉了沉。我的体重将近一百公斤,比普通的希玛人重得多。司机打着火,以煤油为燃料的引擎没闹腾两下就熄火了。津若坐进副驾驶座,关好了车门。

还是没听见任何警报声。

我擦去额上的汗水,从灰扑扑的车窗往外看。雾霾遮天蔽日,但仍有缕缕阳光落在地上，所照之处金灿灿的。一个影子划过南方的天空，是希玛人的飞机吗？但他们的航天器都有机翼，而这个雪茄形的影子搭载着炮塔，令人隐约想起米切尔轰炸机上的机枪塔。老天，这一切太令人怀旧了。这架航天器迅速向城市移动，穿过了一束阳光，投下的阴影至少有两公里长。

我拍了拍津若的肩膀，又指了指盘旋在城外河口上空的物体。

她抬头瞄了一眼，便转身对司机说："希尔巴，快点，地球警察已经来了。"希尔巴——如果这是司机的名字——一遍又一遍地启动引擎，终于打着了火。所有旋转的金属片都啮合在一起，我们向大门驶去。希尔巴俯身按下仪表盘上的按钮，打开了车载广播，里面传出的声音比希玛人的更洪亮，也更从容。

希尔巴翻译道："广播说，请注意城市上空的地球势力。"

广播里的声音停了下来，似乎在给所有人时间观察河口上空的那个"大铁块"。津若转身对我说："我们想打造一个符合希玛人心中高科技怪物形象的机器，因此制造了那艘地球警察旗舰。总的来说，看起来还挺唬人的。"

我冷哼一声："恐怕只能唬唬两周岁的傻瓜。"希尔巴从牙缝里发出嘶嘶声，龇出一口尖牙。可他还没来得及反驳，就开到了正门口，只好猛踩一脚刹车。一辆坦克守在铁门前，跑车嘎吱一声停了下来。我一头扑在车头的仪表盘上。

希尔巴打开车窗，挥了挥手上的文书。坦克炮塔上的机枪对准了我们，但枪手还在仰头观察地球警察旗舰。枪手愤怒地咧开了嘴唇——也可能是出于恐惧。那座飘浮的"大山"确实对希玛人的心灵造成了威慑。我不禁在脑海中回忆自己在千禧年之前对飞机的感受。

津若不动声色地关闭了车上的广播。这时，一名警卫走到车前，夺下了希尔巴的文书。随后，两人就授权问题争论起来。我听见坦克里正播放着另一则广播，声音和车载广播里的不同，语调激动，显然是一个希玛人。看来,地球警察只占用了极个别特定的民用广播频率。我们还有机会逃跑,只要在地球警察下最后通牒之前通过这个检查站。

警卫向坦克挥了挥手,枪手便缩了回去。我们前方的电动马达轰鸣起来,巨大的铁门向后打开。希尔巴伸出手,从警卫的爪子里一把抽回文书。眨眼间,跑车已经扬长而去。

城里的道路又窄又挤,可希尔巴领着我们从一条车道冲入另一条,恍若四下无人。更可怕的是,希尔巴是发疯的司机中最保守的那个。自打上次滑雪后,我就没体验过这种飞驰的感觉了。左右两边的建筑都糊成一团阴影,唯有前方的视野稍微清晰一点儿,让人得以分辨方向。汽车开往市中心的河道。透过迷宫般的电线和天线,我仍能看见公寓屋顶上方的地球警察旗舰。

汽车斜着插入一个十字路口,我不得不死死握住扶手。几秒钟后,我们一溜烟儿地冲过另一个拐角,远远望见了河道的边缘。

希尔巴打开广播,翻译着地球警察的公告:"这个人声称自己是奥哈拉上将——"

"是奥哈拉警官。"津若说。

"他命令贝列斯克市交出食人魔和罪犯贾马尔·吉科宁,否则必将降下惩罚。"

几秒钟后,天空中红光大作。车子正前方尤其亮得晃眼。一道夺目的红色光束从旗舰上直射河道,一落到水面,冲击波就炸出了汹涌的气浪。希尔巴情急之下猛踩刹车,车子擦着路缘滑行了一小段,终于在一根电线杆底下停了下来。冲击波一路席卷街区,行迹肉眼可见,震碎了车子的前挡风玻璃。

还没等汽车颤颤悠悠地停稳,希尔巴就冲了出去。津若紧紧跟在他后面。希玛人眼疾手快地撕下后挡风玻璃上的车标,然后换了一个——假的?

一时间，城里静悄悄的。当地居民的脑海中依然回响着地球警察和风细雨的劝诫。津若上下打量了一番街道，对我说："我希望你现在明白我们为什么要逃跑了。眼下，这座城市乃至整个国家的军队可能已经开始行动了。希玛人一旦受到恐吓，就会对地球马首是瞻。"

我下意识地拉起长袍上的面纱，盖住脑袋，嘴里咒骂起来："所以呢？现在该怎么办？这里离实验室还不到四公里，我们还是待宰的羔羊！"

津若皱起了眉头。"待宰的羔羊？这是哪里的方言？"

"英语，该死！"这个年轻女人总是挑剔我的措辞。

希尔巴匆匆绕过车尾，蹿上了人行道。"快走！"他使出一股蛮力拽住我的手腕，差点把我的骨头捏碎，"我听见警察的声音了。"当我们奔向一条窄巷时，我回头扫了一眼街道。如果要把年轻的浪漫主义者塞进一个真正的旧时代贫民窟，窄巷最合适不过。这里似乎刚走出黑暗时代，两侧的建筑物都不超过三层楼高，紧紧地挤在一起。窗户和阳台争夺着乱糟糟的露天空间。建筑物之间的晾衣绳上挂着刚洗干净的破布头，顷刻又被弥漫的煤烟熏得脏兮兮的。唯一美中不足的是，这里缺少垃圾的恶臭味儿。

原本待在窄巷里的希玛人从震惊中缓过神来，其中一些跑动起来，另一些则坐下来啃咬路边的石头。他们纷纷陷入恐慌，之前的举止在对比之下竟然显得十分温和。居民们一股脑儿地逃出建筑物，把彼此踩在脚下，尖叫声穿透了墙壁。如果我们离这条巷子再远十米，就来不及跑进来了。

我们挤在闷热、狭窄的巷子尽头，周围有几具摇摇欲坠的尸骸，远处不断传来哭喊声。现在我也听见警笛声了——这个低沉的嗡鸣声八成就是警笛。我转头发现希尔巴蜥蜴般的巨型獠牙近在咫尺。

希玛人开口道："你不会有事的。我对这一块很熟悉，有个地方可以长期使用，让你继续履行和希玛人之间的协议。"我忍不住想叫

255

他清醒一点，仅凭纸笔就想取得进展，这是哪门子痴人说梦？可我刚张开嘴，他就沿着来时的路跑走了。我看了看津若，她一动不动地靠在腐烂的墙脚下。厚厚的面纱遮住了她的脸，但我知道后面那双灰色的眸子此刻多么空洞、冰冷。她的眼神足以让千军万马知难而退。

我从衣袖里摸出小刀，试了试刀锋。我不知道什么人会找过来——满嘴尖牙的外星人朋友不足为信，地球警察也同样可疑。

真是一团糟。我怎么会听信萨缪尔森的鬼话离开新伦敦呢？来了这里可就身不由己了。

太阳出来了。一轮圆盘在雾中散发出淡橙色的光芒，刹那间，整个世界变得清透明亮。

四下寂静无声。一时间，来自城镇的遥远声音也消失了。和煦的阳光洒在地面上，穿透潮湿的草皮，对底下的东西发出了生的召唤，也吹响了死的号角。

希玛人紧张地站立着。沉默仍在蔓延。十秒，二十秒，三十秒。

这时，一声虚弱的呜咽传来。随后，一声又一声，直到一百种声音同时响起，虽然微弱，但合在一起便异常响亮，在周围的山谷中回响。

亡者找回了自己的嘴巴。

在绿色田野的中央，成千上万座小十字架中，有一座摇晃着倒了下来。

第一个灰色生物从打开的坟墓中爬了出来，雾气模糊了他的身影。接着，一座又一座小十字架倒下，呜咽的哭喊声消失了，取而代之的是低沉的嗡嗡声——小嘴巴一张一合，牙齿又磨又撕。随后，一团翻滚的灰色大军向田野边缘行进，途经之处只剩下棕色的地皮，满目荒夷。这一百万张嘴什么都吃：所有绿色的东西、柔软的东西,甚至彼此。大军抵达矮树篱,分流成一百个分支,在错综复杂的迷宫里来回奔波,只为填饱肚子。矮树篱稍窄或稍矮的部分,已经沦为他们的盘中餐。

只听一声令下,所有机枪数弹齐发,扫向分散的灰色大军。成千上万的灰色生物瞬间倒在剧毒的子弹下,热乎的尸体又吸引了更多同类,他们前赴后继地扑进战火中。

只有避开迷宫中最简单的岔道,才能免于神经毒素的杀害。可大多数幸存者盲目地踏入了死胡同,在克莱默地雷的轰炸中化作齑粉。

在最初的一百万个生物中,只有最聪明、最敏捷的一千个抵达了迷宫的出口。比起刚爬出父辈的坟墓那会儿,他们的身形已经胖了很多,前进速度远超人类。在他们经过的轨迹上,没有留下一株碧草。

我对自己在希玛星上的见闻有一句话要说:我曾对千禧年以前的地球心存怀念,现在已幡然悔悟了。希玛星复刻了当时地球上的一切:贫民窟、雾霾、人口过剩、饥荒——眼下又是一个。我从藏身之处俯视着下方的会众。希玛人正在吟唱赞美诗,听起来是叽叽呱呱的声音,令人既陌生又熟悉。

房间前方摆放着一座讲台——或者应该说一座祭坛。祭坛上的烛台发出微光,投射在后方巨大的木制十字架上。

我仿佛回到了1940年前后的芝加哥,类似的一幕每周都会上演。有趣的是,我私心本不愿连这点怀旧之情也一同舍弃,但看见一群鲨鱼脸吟唱着同样的颂歌时,我深知往日的地球已一去不复返了。赞美诗一曲结束,可会众仍站在原地。夜间车辆经过的声音从外面传来,偶尔还有军用车辆的隆隆声。这座城市并不平静,一百万吨的"大铁块"仍在半空中虎视眈眈。

这时,"牧师"快步走向祭坛。会众轻声呜咽起来。他一袭黑衣,我发誓,那截没有脖子的上半身绝对挂了一个教士领[1]。

津若换了个姿势,她的大腿挨了一下我的腿。外星人朋友希尔巴让我们藏在讲厅上方的狭小空间里。他大概在和牧师协商更宜居的住宿条件。烟熏玻璃挡住了我们的身影,地球警察正透过它向外窥视。她低声说:"基督教在希玛星上人气很高。大约两百年前,有几个地球的天主教福音派教徒把宗教狂热带到了这里。依我看,任何信仰只要有了传教士,就能在希玛星上找到市场。可希玛人从来没有创造过自己的宗教。"

在我们下方,牧师开始布道,会众在长椅上坐了下来。他的布道听起来有点耳熟。我回头看着津若,那张脸笼罩在阴影中,长长的金发铺满肩膀,闪烁着微光。

"吉科宁,"她继续说,"你知道地球政府为什么要隔离希玛星吗?"

奇怪的问题。"嗯,地球政府对外的口径是'文化休克'[2]一类的废话,可实际上,他们只是害怕跟这群外星佬竞争,毕竟,对方的科技已经小有成就。不过,我对此倒不担心,因为人类有的是勇气与智慧。可地球政府总是不承认这一点。"

"教授,你的问题在于只知道经济层面的竞争。你一向觉得自己是根硬骨头,却连这一层也想不到,真是失败。你看见长椅边上那两个争抢募捐托盘的人了吗?"

下方的两个希玛人一边咆哮,一边来回拉扯着托盘。终于,更高大的那个用爪子在对方脸上划出一道深红的血口子。小矮子尖叫一声,松开了托盘。胜利者笨拙地从上衣里掏出一只鼓鼓囊囊的钱包,往盘子里扔了几枚银代币,然后传给下一个人,偏偏绕过了小矮子。周围的人津津有味地扮起了观众,而牧师还在讲厅前方喋喋不休。

"你了解希玛人的生命周期吗,教授。"津若说道。这是一个陈

---

1. 教士领,一种系在脖子后面的白色带状领,基督教神职人员穿戴。
2. 文化休克,指在非本民族文化环境中生活的人,由于文化冲突和不适应而产生的深度焦虑的精神症状。

述句。

"当然。"希玛人拥有一套最经济的生命系统。从出生起,这些生物就以食为天,会吃掉任何东西,无论那是什么。一个比拳头还小的婴儿,不出两年就会长成一个平均体重为六十公斤的成人。出生二十一个月后,无须任何性行为,一千个胚胎将在希玛人的子宫/卵巢中发育。不过,希玛人偶尔会为了交换基因而进行交配。接下来三个月,胚胎的发育过程与普通的哺乳动物无异,也就是从母体的循环系统中汲取营养。当胎儿接近足月时,子宫已经占据成年人的大部分躯干,也吸收了大部分摄入的营养。最后,一千个希玛幼崽会从母体的肉身里啃出一条路,开始自己的一生。不过我不清楚最后一步的时间机制,这好像取决于某些外部因素。

"那你应该明白,弑父杀母和种族灭绝就是这些怪物的生活方式。地球政府不是你想象中的愚蠢巨人,教授。希玛人带给我们的挑战已经超越了经济范畴。他们就像一群蝗虫,平均智力远超人类。再过一个世纪,他们的科技水平将与我们齐平。到时候,你效力的企业家在希玛人手里亏的就不只是一笔钱,更是你们的小命。希玛人只有一个天生的缺陷,就是寿命短。他们无论如何也不可能在短短二十四个月内充分学习,发挥自己的天赋。"她轻声低语道,声音有点紧张,"如果你的实验成功了,教授,那人类就失去了最后一线生机。"看来,冰美人沉不住气了。

"见鬼,津若,我还以为你和我是一边的,毕竟你连钱都收了。如果你真心支持地球政府的政策,为什么不干脆举报我呢?"

地球警察将近一分钟没出声。我本以为她在观看下方的仪式,随后才发现她一直闭着双眼。"吉科宁,我曾经有一个丈夫,他是福音派信徒——一个傻瓜。直到五十年前,政府还允许传教士登陆希玛星。这可能是地球政府迄今为止犯过的最大错误。在基督教到来之前,希玛人之间从来没有相互合作,甚至连语言都没发展出来。他们唯一的集体行动就是进食。希玛人出手总是又快又狠，有时候会把大地上的所有生命都吃干抹净。到了这个地步，他们开始连同类也不放过，总人口下降到了灭绝的边缘，并维持了好几十年。基督徒登陆这颗星球后，向他们灌输了罪恶和自我否定的观念。现在，希玛人已经学会彼此合作，除了琢磨下一顿吃什么，他们的大脑终于找到了用武之地。

"不管怎样，我的丈夫罗杰是最后一批传教士。他真的相信那些神话。可能他的哲学和希玛人的教义起了冲突，也可能只是希玛人突然饿了，总之有一天，我的丈夫再也没有回来。"

我差点吹了声口哨。"好吧，难怪你讨厌希玛人。可再怎么讨厌他们，人死不能复生，除非你有一百万名技术人员和资源……"我的声音越来越小，脑海里浮现出萨缪尔森的贿金，意识到那笔数额正好可以做到这一点，"嗯——我懂了，你想两全其美：既想丈夫回来，又想复仇。"

"不是复仇，教授。你只是在给自己的目标找借口。请记住你在希玛星上目睹的一切：食人、罪恶，以及不同种族之间没完没了的战争。最重要的是，这些怪物拥有惊世的智慧。

"你觉得我很荒唐，竟然会为了一个被自己唱衰的项目接受贿赂。可就算再过一千年，发大财的机会也只有这一个。要知道，一千年太长了。你把实验搅黄其实不费吹灰之力。我并不是让你直接放弃酬金，而是让你犯一个小小的错误，等返老还童的治疗开始后再被希玛人发现，这样就万事大吉了。到时候，我们的钱早已经到手了。"

不说别的，津若实在是胆大包天。显然，她是一个理想主义者——一个用自以为是的道德粉饰恶行的人。"你的无礼和你的无知真是难分伯仲。萨缪尔森不会盲目地下注。除非实验结果让希玛人的寿命延长了一百年，否则我一分钱也拿不到。"这就是永生的悖论：不到最后一日，你永远无法知道自己是否真正获得了永生。"你得靠自己了。"

津若摇了摇头。"吉科宁，我之所以接受贿赂，是因为人类的命运在我心里只排第二位。但是，"她抬起头，语气变得强硬起来，"我了解这些生物。一旦他们的寿命超过十年，等一个世纪过后，就不存在什么萨缪尔森企业了，你也别想拿到一分钱。"啊，她真是太自以为是了。

这时，我们头顶出现了一束亮光，打断了谈话。我隐约听见希尔巴说话的嗡嗡声："我们已经把唱诗班从讲厅里迁走了，出来吧。"津若爬出去时，光线勾勒出她身体的曲线，我之前从未注意过她的身材。我跟在她身后，嘴里唉声叹气。我并不了解这个狭小空间是用来做什么的。也许，牧师会从这里监视下方的会众，毕竟你永远也不知道后排的食人魔在做什么。

我们跟随希尔巴穿过一条低矮狭窄的走廊，进入一个没有窗户的房间。房间中央的桌子旁站着另一个希玛人，看起来比我们的司机瘦多了。

希尔巴关上门，示意我们坐在桌边。我坐了下来，可还不如不坐。座椅太窄了，我连腿都伸不直。希玛人的下半身很重，他们不会真的坐下来，一般只是虚靠着。

希尔巴为我们做起介绍："这位是圣罗杰修会的格斯特修士。根据森克诺委员会的授权，他负责管理这座教堂。格斯特的父亲可能是我中学时的老师。"格斯特修士害羞地点了点头，尖牙反射出明晃晃的亮光。我们的"译员"继续说："眼下我们很安全，希玛警察和军队不会造成威胁。地球警察的飞船仍悬在河口上空，只有津若小姐能对付他们。格斯特会帮助我们，但这个房间只能待三天，星期八归教堂使用。另外，还有一个时间限制：明天早上起，我就不能来帮忙了。当然，格斯特不懂任何地球语言，所以——"

我打断了他："你在搞什么鬼?! 这个安排连五成胜算也没有，希尔巴，你小子怎么回事？"

希玛人往桌上一趴，利爪划破了塑料桌面。"不关你的事，懦夫！"他冲着我的脸怒喝道，然后瞪了我好几秒钟，下巴微微颤抖，最后才一屁股坐回座椅上。"请你再考虑一下。要是早点儿意识到地球警察的危险之处，你现在就不会这么狼狈了。如果我是你，一定会很高兴看到希玛人愿意继续合作。现在，我们的政府确实接受了地球警察的命令，但我可以肯定，他们愿以基督的名义保佑你平安无虞。希玛警察的搜捕行动不会太积极，最大的威胁还是你们的人。"

金发的地球警察心领神会。"在奥哈拉警官找到我们之前，至少还有四十八小时。"她把手伸进口袋，"好在我的装备比吉科宁教授的强一点，这是警方特供的。"

她放在桌上的东西没有具体的形状，几乎像活物一样，内部散发出缤纷的色彩。除了形状不同，她的守护仪没什么特别之处。津若把手伸进去，仪器便开始缓慢地扫描整个桌面。格斯特修士尖叫起来，拔腿奔向出口。希尔巴连忙对他说了些什么，可那个瘦弱的希玛人还是不住地颤抖。希尔巴转向我们："其实对我来说，和格斯特交流比和你们交流还困难。他只掌握了关于对和错的词汇，而我的专业知识则是语言学。我俩共通的词汇太少了。"

看来，对于学习说话、阅读、写作和接受专业教育而言，两年时间还是太短了。

最后，希尔巴将格斯特哄回了桌边。津若继续滔滔不绝地说："别慌，我只是想看看——"她说起了日语，因为古英语确实不适合描述现代科技，"就是……我想确保我们的……防探测盾还能用。目前没什么问题，可我们还是拿千禧年之前的技术没有办法。所以你们离窗户和开放区域都远一点。而且，我的守护仪也不能完全抵御——"她求助般地望着我，"'巫'该怎么解释，教授？"

"呃，希尔巴，地球警察手上有一种武器，哪怕我们藏起来也躲不掉。"

"是气体吗?"希玛人问。

"不是,这种武器没有实体,想象一下……不行,这样不行。我只能说它相当于超大剂量的厄运。如果情况一直对我们不利,可能就有'巫'在作祟。"

希尔巴相当质疑我的话,可还是向格斯特转述了这段笨拙的解释。格斯特倒是很快就接受了。

最后,希尔巴用英语说:"多么有趣。有了这个'巫',人类就不用为自己的失误负责了。我们以前也有这种东西,但现在,可怜的希玛人却为理性和科学所累。"

明晃晃的讽刺!"别指责人类迷信,希尔巴。你们确实很聪明,但想赶上我们还早得很。过去两个世纪,人类已经取得了杰出的物质成就,恐怕以你们目前的水平连用逻辑语言描述都难。而且,人类还在进步。你们根本想象不到津若在用什么手段跟地球警察抗争,连她的一点思路也摸不着。但我向你保证,要不是有她在,我们几个小时前就落网了。"我摸了摸警方特供的守护仪。它不仅是对抗地球警察的唯一防御,还是我完成希玛人生物分析的唯一希望。显然,这位地球警察真心想遵守她和萨缪尔森等人的交易。她可能以为我会为了她倒戈,但这种机会可不大。

"事发之前,我已经快要成功了。现在只剩下一个真正的问题:希玛人的死亡过程和其他大部分种族的代谢崩溃不同。从某种层面上来说,你们的死亡是在'倒带'。如果要彻底破译你们的生命密码,我必须直接观察死亡。"

希尔巴沉默了很久。我还是第一次在希玛人身上看见沉思的情态。最后,他开口道:"教授,正如你所知,我们希玛人是成群出生的。其实,七百零九天之前出生的那批人明天就要离世了。"他转身和格斯特修士交谈了几句,后者点了点头,嘴里发出嗡嗡嗡的声音。希尔巴翻译道:"有一处墓地离这里只有三公里远。集体死亡到来时,格斯特所属的圣罗杰修会的成员必须到场。他愿意带你一起去。但你跟墓地必须保持五六十米以上的距离。"

"太好了。"我说,"只要给我十五分钟就够了。"

"我们很走运,教授。如果不是明天就有集体死亡,你还得在这里多待九天。"他话音未落,我们脚下便蓦地响起一阵哀号。不一会儿,有人敲响了门。格斯特飞快地冲过去,拉开一条缝。双方歇斯底里地交流了一番,最后修士砰地关上了门,冲我们的译员尖叫起来。

"上帝保佑!"希尔巴说,"离这里两公里远的第二学校发生了砸校事故,一大群幼崽正往这边来。"

格斯特回到座椅上,又马上跳起来,在房间里踱来踱去。他死死咬着下唇,看起来情况很不妙。希尔巴继续说:"幼崽们就要来了,我们必须做出决定:逃走还是留在这里。"

"你在附近找得到其他藏身的地方吗?"我问。

"找不到。格斯特是我在这一带认识的唯一一个活人。"

"嗯……那就只能留下来了。"

希尔巴站了起来。"教授,你对希玛人的情况还不太了解,才会轻易做出这个决定。太糟糕了。你也许说得对,可如果留在这里,我们活下来的机会几乎为零……"他对另一个希玛人咆哮了两声,格斯特修士的回答很简短。希尔巴翻译道:"我的朋友同意你的决定。去楼顶吧,那里是最安全的。"格斯特已经夺门而出。等津若把守护仪从桌上抱起来,我们也跟了上去。一行人沿着旋转楼梯爬了二十米,最后登上一块平顶,四下不超过十平方米。一座十字架耸立在空地上。

时间早已过了午夜。在我们脚下,奔跑的脚步声和引擎的点火声从四面八方传来。一辆辆汽车尖啸着冲出停车场,朝西驶去。建筑物的灯一盏接一盏地灭了。交通工具的声音越来越嘈杂。过了五分钟,也许是十分钟,一切平息下来,万籁俱寂。

教堂的楼顶高出其他建筑物好几层。站在这里,我们可以看见绵延数公里的贝列斯克市,全景如同一个粗糙、暗沉的矩形马赛克。

希玛星的唯一一轮月亮升起来了，银色的月光洒在城里。在地平线附近，炸弹的闪光照亮了逐渐消散的烟雾，我们耳边传来微弱的炮声。贝列斯克市与邻居的关系并不融洽。

津若拽了拽我的胳膊。我转过身来，只见一个蓝色的庞然大物正悬在河口上空，是地球警察旗舰。我一把拉下长袍上的黑色面纱，罩在了脸上。要是在地球警察眼皮子底下晃悠，津若的设备再精良也不管用。

格斯特匆匆走向低矮的护墙，探出身子观察下方。另一边，希尔巴审视着空荡荡的街道和静悄悄的公寓。我忍不住低声问："希尔巴，他们到哪儿了？"

希玛人瞥了一眼地球警察旗舰，然后蹑手蹑脚地靠近了我们。"教授，你还不明白周围为什么一点儿动静也没有吗？在这一带，有三千多个幼崽无拘无束，正冲着我们的方向袭来。任何有脑子的人都逃跑了。幼崽们会吃掉自己看见的一切东西，而且他们数量众多、头脑聪明，正面对抗只有死路一条。等幼崽们最后吃饱喝足了，当局才能逐个控制住他们。我们可能是方圆三公里内唯一活着的成年人，所以也是这一带最丰盛的食物。"

津若就站在我身后，离十字架很近。她捣鼓着手中的守护仪，没有理睬我们。格斯特在护墙旁边低声嘶吼。"格斯特听到他们来了。"希尔巴翻译道。我望着东边，可除了遥远的车声和炮声，什么也听不见。

不知哪儿来的火光照亮了几个街区外的建筑物。空气中传来低沉、震荡的撞击声。希尔巴和格斯特一齐绝望地哀号起来。火只烧了一小会儿便熄灭了。贝列斯克市的贫民窟以石头为主要建材，不易燃烧，更重要的是，不可食用。烟雾直冲云霄，遮住了月光，在城里投下扭曲的阴影。

远远地传来一阵大笑，还有数声尖叫。来人咆哮着、争吵着，不管他们到底是什么，眼下都潇洒快活极了。一盏街灯闪烁着熄灭了，同时响起哗啦一声，是玻璃碎了。幼崽们在月光下汇成一团高速移动的阴影。这些小浑蛋很机灵。他们有组织地砸碎了沿途的每一盏街灯，不轻易暴露自己的行迹。直到他们的前锋逼近教堂，我才看见街道上奔跑的身影，后面则是更加汹涌的人潮。（这所学校到底有多少人？）幼崽们癫狂的叫嚣声已经将我们团团围住。津若终于抬起头来，开始正视我们无足轻重的小麻烦："希尔巴，这个位置有危险吗？我们距离地面挺远的。"

希玛人嘴里发出粗鲁的噪声，语调却很轻柔："就算我们待在这里，幼崽们一样闻得到。而且，这个高度对他们来说根本不成问题。其他人都逃走了，我们是附近最诱人的食物。我相信，大多数幼崽现在已经在教堂里，一边享用木头椅子，一边对我们摩拳擦掌了。"

这时，啪嗒啪嗒的脚步声从我们下方传来，我还听见了低哑的笑声。我趴在护墙上，往下瞅了瞅教堂的第一层平台。谁知脑袋一探出去，就激起了阵阵饥渴的号叫，还有东西擦着我的脸飞了过去。我立刻缩了回来，看这一眼就够了。一群幼崽正在下方的平台上起舞，他们离得很近，能看见白色的尖牙，还有下巴上喷涌的唾液。他们的外表肖似成年希玛人，只不过几乎赤身裸体。

不过，两者有什么实质性的区别吗？

津若的话也许有道理。可如果我俩今晚交代在这里，她的道理就永远只是纸上谈兵了。

格斯特就站在护墙前一米远的位置，爪子里举着一根棍子。看来，打头阵的幼崽要有好果子吃了。希尔巴还在转来转去，不知道是吓破了胆还是在想主意。那些幼崽还要多久爬上教堂的楼顶？真是令人抓心挠肺的等待。只要使用得当，津若的守护仪就能轻松击退他们的攻击，可这样做势必会向地球警察暴露我们的位置。我环顾了一圈楼顶，有几个设备隐藏在护墙的阴影下，认不出是什么。两百年前的记忆一时涌进脑海，我不禁心生一计。最大的设备是一只椭球形的罐子,就在十字架旁边。罐子的阀门上插着细长的软管。我猫着身子跑过去,摸了摸罐子表面。它的温度很低,阀门上结满了霜。

"希尔巴,"我盖过下方的声浪喊道,"这是什么?"希尔巴停下沉重的脚步,看了我一眼,然后大声询问格斯特。

"一个装液化天然气的容器。"他翻译道,"用来给教堂供暖,还有……做饭。"

一时间,我和希尔巴大眼瞪小眼。骤然登场的液化天然气罐一定也让他想到了其他妙用。他凑上来看了看阀门,我则转身去检查软管的走向,一路来到了护墙上的洞口前。

"吉科宁!"津若在一旁紧张地说,"要是你把地球警察引过来了,防探测盾可就顶不住了。"

硕大的发光体仍悬在我上方的半空中。"顾不上这么多了。再不动手,五分钟后你我就没命了。"我们甚至撑不了五分钟,因为幼崽们的声音听起来更响亮了。我只能祈祷旗舰上的人不稀罕传统的探测手段,比如使用图像扫描计算机。

这根软管拉得很松,也很灵活,足有四米长,另一头连着护墙上的小阀门。我取出小刀割了起来,希尔巴在一旁点评道:"罐子看起来能管用,里面几乎是满的,液压也很高。"我们听见了一阵撕裂的声音。"现在更高了。"

软管比看起来要结实,我花了将近一分钟才彻底将它割断。我起身时,一个长满利齿的脑袋从旁边的护墙外探了进来。我直接给了这个小崽子一下,他向后倒去,利爪撕破了我的衣袖。只剩下几秒钟了。我垂头看着手中的软管,后知后觉地意识到我们的计划出了纰漏:该怎么点着呢?我瞥了希尔巴一眼,只见这个希玛人正把大衣一股脑儿塞在罐子下面。接着,他后退一步,取出什么东西怼在罐子跟前。火星子落在大衣上,橘色的火焰很快从罐子底部蹿了上来。火势越来越旺,希尔巴转身朝我跑来,又冷不丁放慢脚步,停了下来。他怔怔地看着手里的物体,在原地站了很久。

"怎么了?打火机坏啦?"

"不是……"希尔巴慢吞吞地说。他按了按手里小巧的金属管,末端便冒出一株小火苗。我骂骂咧咧地从希尔巴手中夺过打火机,俯身守在护墙边。不下三十个幼崽正摸着墙根朝我们扑过来。津若在我身后尖叫起来,紧接着传来咚的一声。我抬起头来,发现她正舞着扫帚迎击另一个怪物。看来,我们的地球警察终于晓得孰轻孰重:远在天边的上司,还是近在眼前的怪物。格斯特修士也不清闲,只见他手持一柄木棍,沿着护墙来回扫荡。我亲眼见到他至少命中了三次。幼崽们嘶吼着坠下护墙,掉落在平台上,热乎的尸体够他们的兄弟享用好一会儿了。

我把我们的译员推向液化天然气罐。"拧开这个该死的阀门,希尔巴!"

希玛人走过去,可火焰已经沿着罐子的表面蹿了起来,把阀门裹在中间。他只好绕到十字架的另一边,捡起一根棍子,把它插在阀门的手柄上。

"拧一下,拧一下!"我催促道。希尔巴迟疑了一瞬,然后才拧动棍子。没什么动静。他又试了一下,我手中的软管立刻绷直,只见清澈的液体喷涌而出,在半空中形成一道弧线。软管立刻变冷,就算站着不动也能感觉到我的手已经麻了。我按下打火机,一簇火苗冒了出来,可惜没够到喷射的液化天然气。我又点了一回,火苗这才接触到液体。但还是没有动静。

我用长袍的一角缠住软管,可它仍然冻得手发怵。这是最后一次点火的机会,否则不等我们羊入虎口,罐子里的液压就要撑不住了。

软管口不断喷射出连贯的液化天然气,形成的弧线在五米外开始气化。哈!我又晃了晃打火机,这回举得更远了些。小火苗顺着液柱向下蹿……气化的部分没有燃烧,而是直接爆炸了。在软管口五米开外,结出了一颗蓝白色的火球,气浪差点把我给掀翻。火球要是再大一点,能把我们吹下楼顶。我对准护墙,大火呼呼燃烧,吞没了幼崽们的哀号。我沿着护墙扫荡时,看见幼崽们纷纷摔了下去。单是坠落造成的脑震荡就足以致命。我一路举着软管,感觉到脸上起了水泡,手也失去了知觉。在液化天然气耗尽之前——或者更惨的是,在罐子爆炸前——我还撑得了多久?蓝色的火球扫过第四面护墙,直到上面空空如也,墙体开裂发黑。下方的平台和街道上堆满了尸体。

这时,津若拽了拽我的胳膊。我转过身来,只见五六个灰影从楼顶中央的活板门下方一跃而起。我别无选择,只能把软管口掉头朝内。爆炸解决了这群不速之客,却也捣烂了活板门、楼顶中心和部分十字架。一时间,大块的砖石四下飞溅,楼顶也塌了一块。我不得不单膝跪地。这根软管简直是老虎的尾巴。要是一个没拿稳,火球准会炸翻整个楼顶。我费了好一番功夫,才重新掉转软管口,把气流对准外侧。

爆炸结束时和开始时一样突然,最后只留下轰然作响的耳鸣。我猝不及防地发现汗水正顺着自己的鼻梁两侧滑落,还在嘴里尝出了灰尘和鲜血的味道。我终于松开软管,低头看着麻木的双手。是月光的缘故,还是这双手真的状若森森白骨?

希尔巴正在罐子旁边扑灭自己点着的火。他没受什么伤,只不过看起来衣不蔽体。津若站在护墙旁边,面纱和一只袖子被卷走了。格斯特修士则趴在一个巨大的洞口旁边,那是我们的应急喷火器轰出来的。如果洞里还有活物,那一定是不死之身。

耳鸣消失了,我能远远听见低沉的警笛声,但幼崽们的哀号已经彻底停止。街道上飘来阵阵烤肉的味道。

希尔巴用脚推了推格斯特,后者伸出爪子,差点误伤我们的译员。修士一边坐起来,一边痛苦地呻吟。希尔巴瞥了我们一眼:"你

269

们还好吗?"

我咕哝着做出回应,津若也点了点头。她的下巴和脸颊上都留下了丑陋的瘀伤,手臂上还有四道深深的抓痕。她察觉到了我的视线。"没事,没什么大不了的。"她从口袋里取出守护仪,"好消息是,这个东西安然无恙。我们接下来做什么?"

希尔巴回答了她:"计划不变。今晚我们留在这里,明天去看你们心心念念的集体死亡。"然后,他谨慎地靠近洞口。皓月当空,月光照得这片废墟亮堂堂的。正下方的房间已经烧空了,还烧穿了部分地板,再往下一层的房间也一片狼藉。"首先,我们得想办法从洞里下去。"

格斯特修士站起来,简单地查看了一番下方的废墟,然后跑到楼顶边缘。那儿有一只小型储物柜,他从里面取出一卷绳索,隔空抛给了希尔巴。希尔巴动手把其中一端系在十字架上。我们的译员手脚不太利索,甚至有点儿笨拙。我细细地打量着他,在月光下他看起来全须全尾,似乎没有受伤。希尔巴拽了拽绳子,检查绳结是否牢固,然后把另一端扔进洞口。"按照过去的经验,"他说,"我们今晚不会再遇到麻烦了。幼崽们打架很厉害,但头脑很理智,一旦发现胜算为零,他们便会主动离开。更何况,火是他们最害怕的东西。"他握住绳索,双手交替往下,潜入了黑暗中。其他人也跟了上去。

我的双手已经恢复知觉。绳子就像烙铁一样,割得手心火辣辣地疼。我一路下滑,距离地面一米时直接松手跳了下去。我站起身来,看见两个希玛人和津若就在我附近。地球警察正在摆弄她的守护仪,努力建立防探测盾。

残存的楼顶遮住了地球警察旗舰。满月透过锯齿状的洞口,在我们周围的废墟上投下不规则的黯淡月光。地板在爆炸中扭曲开裂。一张大理石桌四分五裂地躺在我脚边。这会儿,我的眼睛逐渐适应了黑暗,也看清了幼崽的残骸。他们方才就是从这里爬到楼顶,吓了我们一跳。现在,房间内既像个屠宰场,又是个垃圾堆。

格斯特奔向西面的墙壁，开始清理瓦砾，不久便挖出一个梯井。看来我们用不上刚才的绳索了。修士弯腰钻进梯井里。希尔巴全程没有动弹，只是盯着地板，听见格斯特招呼了一声，他才缓慢地走向梯井。

爬下去的时候，我正好在津若上方。她的动作很慢，也很笨拙。幸好阶梯之间只隔了十五厘米。一束月光越过我的肩膀，照在下面几个人身上。

我向下一望，恰好撞见了隐蔽的一幕：黑暗中突然蹿出一个嘶吼的身影。格斯特已经率先抵达下一层的地面，听见声音响起，他便霍然转身，亮出了利爪。可就在那个幼崽扑上来的瞬间，他却垂下双臂，毫无抵抗之意。格斯特为自己的愚蠢付出了代价，被幼崽猛地撞倒在地。实际上，他在着地前就已经咽气了——幼崽割破了他的喉咙。现在，幼崽正沿着梯子向我们扑来。

三百年来形成的条件反射此刻派上了大用场，我下意识掏出袖中的小刀。不等幼崽碰到希尔巴，我已经掷出一记飞刀。我很了解希玛人的身体构造，可手上的伤势太重了，没法儿精准地命中目标。幸好，刀刃插进了幼崽脊索上唯一没有护甲的皮肤。他脸朝下扑倒在梯子底部，彻底没了动静。我们三人等了好一会儿，连大气都不敢出。如果下面还有幼崽，我们恐怕难逃一死。时间一秒秒过去，再也没有出现其他怪物的踪影。我们慢慢下到地面上。取回小刀时，我发现幼崽的尸体几乎烧焦了。他肯定是被爆炸吓呆了，所以没能和大部队一起逃走。

希尔巴头也不回地从格斯特身边走过。"快点儿。"他说，仿佛我不是救他一命的恩人，而是造成威胁的恶人。

从这一层开始，主楼道几乎没有受损。我们跟在希尔巴身后走了下去，进入黑暗之中。周围伸手不见五指，沿途散落着战后垃圾。除非希尔巴对我们的人身安全有什么特殊把握，否则他实在是愚蠢。

终于，我们抵达了还亮着灯的楼层。希尔巴离开楼道，带领我们进入一条空荡荡的长走廊。他停在一扇半掩的门前，四下嗅了嗅，才走进去打开顶灯。"你们今晚绝不会再遇到任何危险。"

我朝里面看了看。墙上刻了一片浮雕森林，还被涂成了绿色。中央放着三张宽大的帆布床，下面垫着一块地毯——这是我在希玛星上见过的唯一一块地毯。这个地方是用来做什么的？我可不知道。

暂且不管是什么用途，反正这里看起来很安全。墙上有一扇栅栏窗，从这个朝向看出去，应该看不到令人一惊一诧的戏码。房门是厚重的塑料门，可以从里侧上锁。

津若走进房间。"你不留下来吗？"她问希尔巴。

"不了，我留下来不安全。"他抬脚就往外走，"别忘了，最迟在日出前两小时起床，我们才能赶到墓地。准备好……你们的机器。"

真是岂有此理！这里对我们来说是"安全"的，对他来说却"不安全"。我尾随他走进长走廊，打算从他嘴里撬点东西出来。但有两点顾虑：第一，按照种族差异，可能会变成他撬我，而不是我撬他；第二，要想躲避地球警察，就得按照他说的做。我打消了念头，只身回到房间，砰的一下关上了门。门锁咔嗒一声落下来，令人心安。

津若一屁股坐在其中一张帆布床上，从口袋里取出守护仪，笨手笨脚地把玩了一会儿。在明亮的蓝光下，她的瘀痕呈现出淡紫色。她抬起头来，开口道："我们还没被发现。但今晚的事故很有意思，那所学校已经快三年没发生过砸校事故了。如果继续待在这里，我们可能……迟早会被'巫'这股厄运害死。"津若看起来兴致很高。

我哼了一声："那我今晚得好好睡一觉。我可不想再遭一次同样的罪。"我关好灯，就着最近的帆布床躺下了。黯淡的灰色月光穿过栅栏窗，照在天花板上。墙上的浮雕森林此刻显得栩栩如生。

明天还有一场硬仗在等我：在户外使用自己不熟悉的设备——

津若的守护仪——而且我的观察地点离墓地相对较远。哪怕明天上演一场死亡狂欢，我也很难进行研究。更何况，全程还要警惕阴魂不散的地球警察。还有几点细节需要斟酌，可每当我集中精神的时候，总会想起幼崽们爬上教堂楼顶对付我们的一幕。几个世纪以来，我已经和三个非人种族打过交道，其中最优秀的竞争对手是德威灵种族，一种创意智商只有人类平均水平0.8倍的食肉动物。我还从未见过恶毒及狡猾程度与人类相当的种族，直到今天——希玛人的一生从杀戮开始，而街道里的累累尸骨进一步表明，出生并不是他们杀戮的终点。如果人类想变得像希玛人一样天生邪恶，可能得经过刻苦操练。

津若的声音从房间另一头传来。她一定是读懂了我的心思，说道："他们很聪明。看看希尔巴不出两年所掌握的知识吧，他甚至能以这种效率继续学习一百年——如果能活那么久的话。希玛人的平均创造力足以媲美人类当中的佼佼者。五十年前，希玛星上连蒸汽机也没有，如今这种机器却得到了广泛应用。不用怀疑，地球政府从未帮助他们发明过一台。"

在昏暗的夜色里，我看见她站起来，走到我的床边，在我身边躺下。我情不自禁地伸出被冻伤的手，把她拥入怀中。

"人要是死了，有再多的钱也没用。我们都难逃一死，除非你明天失手。"一只柔软的手抚上我的脖子，她的呼吸就在我面前。

她极力想说服我。最后，在黑暗中，我有点儿为这位"马基雅维利[1]小姐"感到难过，因为她一直唤我为罗杰。

有人摇了摇我。我醒过来，迷迷糊糊地看见津若的脸悬在上方。顶灯的光线强得要命，我眯着眼睛嘟囔道："怎么了？"

"希尔巴说该去墓地了。"

---

1. 尼可罗·马基雅维利（1469—1527），意大利文艺复兴时期的重要人物，被称为近代政治学之父。他所著的《君主论》一书提出了现实主义的政治理论，其中"政治无道德"的权术思想，被称为"马基雅维利主义"。

273

"哦。"我伸出双脚踩在地毯上，站了起来。我的双手摸起来就像两大块剥了皮的肉，真不知道我昨晚究竟是怎么入睡的。我靠床站稳，往两边看了看。窗外是一片化不开的墨色，离天亮还有很久。津若已经穿戴整齐，只剩兜帽和面纱没戴。她把我的衣物推到面前。

我乔装打扮了一番，问道："希尔巴到底在哪儿？"话音刚落，我发现他就在门口。这个希玛人在地上紧紧地蜷成一团。他双眼充血，视线飘忽不定，最后落在了我身上。

我当场惊掉了下巴。希尔巴嘶哑地说："教授，你一直在研究希玛人的生活，却从未留意过我的状况。要不是服用了特殊的药物，我在几天前就已经是这副模样了。"他停下来，咳出一口血沫。

好吧，我确实是个傻瓜。一切证据都摆在我面前了：希尔巴的体形比其他希玛人更丰满，他在昨晚的最后几个小时行动迟缓，之前还说今天早上不再跟我们一起行动。恐怕我唯一能想到的借口是：我想当然地认为希玛人是衰老而亡，这对我来说已经是非常理论化的观念了。当然，我对衰老也有所研究，可在现实中已经有一个多世纪没接触过了。

犯一次错就够了，我已经预见到一系列纷至沓来的后果。我把黑色长袍套在身上，戴上面纱。"津若，抓住希尔巴的腿。我们得把他抬下去。"我抓住他的肩膀，跟津若一齐举了起来。希尔巴肯定接近七十五公斤了，比成年希玛人的平均体重高出十五公斤。如果他一直在依靠药物来抑制掘坟的本能，很可能还没赶到墓地就会丧命——那就彻底玩儿完了。现在，我们又多了一条及时赶到墓地的理由。

还没下几级台阶，津若就很吃力了。只见她歪着身子，左手承担了大部分重量。而我就少了这份苦恼，因为我的双手感觉都快断了。希尔巴横在我们中间，紧紧环住自己的腰。他耷拉着脑袋，张开嘴，小声呻吟起来，红色的口水顺着脑袋落在台阶上。显然，他早已过了掘坟的阶段。

希尔巴一口气一个字地说："左转，第一层。"

又走了两段楼梯，我们才抵达讲厅，向左转摇摇晃晃地离开侧门，进入了停车场。大清早，附近一个人影也没有。只有两盏灯还亮着。海雾弥漫开来，灯泡周围挂着完美的光环。雾太浓了，我们甚至看不清停车场的另一头。自从登陆希玛星以来，这里的空气第一次还算可以呼吸。

"红色的车。"希尔巴说。津若和我半拖半举地把希玛人挪到一辆红色大车前，上面还有修会的标志。然后，我们把他放在柏油路上，试着拉开车门。车是锁着的。

"格斯特的钥匙，在这儿。"他的爪子猛地向上一抬。我从他的上衣口袋里取出钥匙，打开车门，跟津若一起把他塞进了后座。

我看着津若："你会开车吗？"

她惊愕地瞪大了双眼，显然没考虑过这个问题。"不，当然不会。你呢？"

"以前会，亲爱的。"我一边说，一边把她赶上副驾驶座，"以前会。"我坐到方向盘后面，砰地关上了门。我已经很久没见过机械控制装置了，心中却无比熟悉。方向盘的直径不到三十厘米。很快我就发现，方向盘最多只能转半圈。离合器和换挡总成安装在靠近车轮的一侧。在希尔巴的指导下，我发动引擎，把车倒出了停车场。

汽车的三个前灯将银色的光束射入雾中，如同长矛一般。周围很黑，我很难看清三十米开外的景象。车外唯一的希玛人躺在停车场入口的人行道上，尸体已经被啃了一半。车子慢悠悠地驶入街道，希尔巴让我在第一个拐角转弯。

一切波折都值了！我已经很久没摸过车了。这条路一直通向河边。我敢打赌，还没驶出三个街区，车速已经达到了每小时一百公里。

"快，开快点儿——"其余的字眼我没听懂。希尔巴缓了口气，又艰难地说："你要是再像梦游的人一样开车，我们准会被拦下来的。"车速分明已经快到连两侧的建筑物都看不清了。前方一片模糊,只有车灯的反光。希玛人如果开得比现在还快,怎么能活得到两年呢?有个东西突然从巷子里冲了出来,好像是一辆卡车。我急忙打了个转弯。

我猛踩油门。引擎试图挣脱束缚,两侧的景色化作一团灰影。

三四分钟过去了——或许没这么久,我也不知道——希尔巴突然大喝一声:"左转……再往前两百米!"我猛踩刹车。感谢苍天,他学的地球语言是英语,而不是现代日语,后者没有用来描述距离的量词。如果他说的是日语,可能要等我开过十字路口,才会百转千回地告诉我该走多远、什么时候转弯。汽车唰地滑了出去,要么是因为路面湿滑,要么是因为希玛人的刹车衬里是用破布头做的。一番波折下来,两只前轮已经压上了人行道。我把车倒下来,转了个弯。

接下来的路很不好开。每隔几个街区就要转弯,有一些交通信号难以分辨。小小的方向盘根本打不动。我的双手像脱了层皮一样发疼。希尔巴没完没了地催我开快点,再快点。我已经尽力了。如果他死在车里,我们的处境就会和困在食人鱼群里一样。

雾气渐浓,但不那么均匀了。我们偶尔会开进一片清晰的地带,几乎能望见一整个街区。我们冲上一座陡峭的拱桥,抵达顶端的瞬间感受到了近乎失重的状态,然后汽车落在桥的另一端。在身后的河里,有一艘船在鸣笛。

后座的希尔巴不再喃喃自语,从嘴里吐出一句连贯的英语:"地球人,你们知不知道……自己有多幸运?"

"什么?"我问。他是不是神志不清了?

前方的路又窄又绕。汽车开上分隔城市和大海的山坡,不久便置身云端。星光下,整块大陆雾气弥漫,犹如一片宁静的棉花海洋,只有我们行驶的石头岛裸露出来。地球警察旗舰仍然潜伏在北方。

希尔巴继续道:"做个好人对你们来说不费吹灰之力。人类……天性向善,希玛人却……不得不努力学习……像格斯特那样。可我还是……落到这个地步……饿得发狂。好饿、好饿。"他的告解在汩汩声中消失了。我冒险回头一看,发现希玛人正无力地咀嚼着椅背坐垫。

我们已经出城了。在高耸的山顶附近,我看见了墓地外的数重栅栏。即便借着星光,周围土地仍然一览无余:寸草不生,侵蚀严重。

我拉下面纱,把油门踩到底,加速跑完最后五百米,到达了敞开的墓地大门前。警卫干脆地挥手放行——毕竟,他们的工作是防止幼崽跑出去。我慢慢地驶入停车场。周围有很多希玛人,好在灯光很暗,他们看不清希尔巴的状况。我停在离墓地最近的车位,然后和津若一起把希尔巴抬到了人行道上。二十米外站着一些希玛人,看清楚我们在做什么后,他们躲得更远了,还低声交谈起来。我们手握"炸弹",旁人自然唯恐避之不及。

希尔巴躺在人行道上,凝望着天空。每隔几秒钟,他的面部肌肉就一阵抽搐。他似乎在低声自语。他已经神志不清。最后,他用英语说:"告诉他……我原谅他了。"这个希玛人翻身站起来,在原地定了定,又抖如筛糠,只身奔入黑暗中。他的脚步声渐远,我们只能听见停车场里轻微的抓挠声和其他希玛人的对话。

一时间,我们静静地站在潮湿、刺骨的空气中。然后,我轻声问津若:"还有多久?"

"还有两个小时天亮。我相信地球警察不出三个小时就能破解我的防探测盾。如果一直等到幼崽们离巢,你可能会被地球警察逮住。"

我转身望着雾气渐浓的海岸。有人告诉我,这颗星球上有三百亿人口。他们建造了成千上万座墓地,每一座都实行原始的生育管控——若非如此,希玛人的数量会远远超过这个数字。每个人都智商高超,生性残暴。如果我的实验成功了,他们将会获得永生。过不了多长时间,他们便会降临在人类自己的地盘上……这正是萨缪尔

277

森的意图。实际上,这就是他向希玛人提出的报酬:要求他们向宇宙扩张,使人类获得一位有价值的竞争对手。如果确实如津若所说的那样,如果希玛人的大脑比胆小人类的强得多,届时该怎么办?届时,我们只好以他们为榜样,努力追赶上去。萨缪尔森刺耳的声音似乎就回响在我耳边。我自己是怎么想的?我不太确定。在很久以前的芝加哥,我们还是小孩的时候,萨缪尔森就热衷于街头斗殴,喜欢从交过手的硬茬身上学习——比如我。

"给我吧。"我从津若手中拿走守护仪,开始对整座墓地进行初步扫描。无论萨缪尔森和我是对是错,未来百年都将上演一出好戏。

一轮红日已经完全跃出地平线。迷宫、陷阱和机枪已经大开杀戒。在最初诞生的一百万个幼崽中,只有不到一千个活了下来。剩下的不会再面临被清理的结局了。

在队伍前列,最聪明、最强壮的幼崽正兴高采烈地循着食物的气味冲向前方——第一批教师已经在那里下好了笼子。这个幼崽兴奋地扑打着周围的伙伴,可其他幼崽都机灵地避开了他。此刻,他的饥饿感还不那么强烈。阳光照在背上,暖洋洋的。一切都太美好了:活着、自由……还有纯真。

作者的话:

《原罪》完成于1970年前后。多年以来,这仍是我所有作品里最喜欢的一篇。我觉得自己对基本的"人性"进行了讨论。我还喜欢对未来文明展开诱人设想("还记得人类的太空飞船吗?")。我故意撇开了1940年以后的技术,因为在诠释遥远的未来时,1940年应该和1970年差不了太多。作为一名词汇黑客,我对外星人使用的基础英语词汇也很感兴趣。(事实证明,只用基础英语写作的难度相当大。我曾经看过有人用基础英语重新演绎葛底斯堡演说[1],该版本几乎和原文一样雄辩。直到创作这篇小说时,我才知道那有多么的不易。)

然而,发表《原罪》比发表其他小说都艰难。早期的版本太隐晦了,结果编辑一次又一次地把它退了回来。但他们会告诉我他们喜欢哪一部分,不喜欢哪一部分。在哈伦·埃利森和本·波瓦的友好建议下,我终于改出了一个能发表的版本。

---

1. 葛底斯堡演说,第十六任美国总统亚伯拉罕·林肯最著名的演说。

JUST PEACE

正义和平[1]

Loading...

[美] 弗诺·文奇 [美] 比尔·鲁普 著

吴 垠 译

---

[1]. 正义战争理论（Just War）是一种军事伦理学说，旨在通过一系列标准确保战争在道德上是正当的，允许国家适当使用武力。本文作者以正义和平（Just Peace）为标题，通过交战国的不同需求，对和平提出了一系列标准。（牛津大学出版社曾于2006年出版《什么是正义和平？》一书，编辑为日内瓦大学的皮埃尔·艾伦教授和阿莱克西斯·凯勒教授。）

作者的话：

我只有两篇小说是和别人一起写的。一般来说，合著是一种很不错的创作方式——跟写独作小说一样辛苦，最后却只能领到半份报酬。（基思·劳默[1]曾用一篇文章的标题总结出合著的问题：《如何在不剃头的情况下进行合作》，并将其发表在美国科幻和奇幻作家协会的《通报》[2]上。）不过，我还是与人合著了两次。一次是《小贩学徒》，由我和前妻琼安·文奇[3]一起完成。当时，我写到一半就写不下去了，于是琼安续写了后半截。另一次则不同了，我和友人比尔·鲁普想合写一个冒险故事。我俩四处搜集灵感，共同构思了故事情节。比如，我们都很欣赏波尔·安德森[4]笔下的冒险，他认为万事万物都拥有某种权利。比尔先写初稿，我再进行修改，最后由约翰·W.坎贝尔发表在了《类比》科幻杂志上。（很遗憾，这是我卖给约翰的最后一篇小说，因为几个月后他就去世了。）

一颗人造星体在环绕木星的轨道上闪烁不定，实质状态在物质和能量之间反复徘徊。脉动所产生的复杂扰动以光速的数倍从太阳系向外扩散，突破了好几条经典的同时性理论。

十九光年之外，在恒星孔雀六的第二行星上，一台接收器从遍布宇宙的超声波辐射通信干扰中提取了信号，然后……

---

1. 约翰·基思·劳默（1925—1993），美国科幻作家，有四部短篇曾获得雨果奖/星云奖提名，一部长篇获得星云奖提名。
2. 《通报》，美国科幻和奇幻作家协会出版的季刊，通常发布一些与科幻或奇幻相关的有趣短文，每期还会再版一次星云奖获奖作品。
3. 琼安·文奇（1948— ），美国科幻作家，曾获1977年雨果奖最佳短中篇小说和1981年雨果奖最佳长篇小说。
4. 波尔·安德森（1926—2001），美国科幻界的元老级作家，黄金时代涌现出的优秀作家之一。

当舱内的引力骤降至新加拿大的引力范围时，森特感觉到一阵颠簸，幅度不大，但很突然。这是传输完毕的唯一迹象。舱内的指示灯一丁点反应也没有。

（"当然，我并不清楚你的上一任到底遭遇了什么。但他的报告已经延迟了整整十八个月，我们必须做最坏的打算。"）

森特深吸一口气，站在原地，细细品味兴奋的战栗：他之前坐过三次传输舱，可每一趟行程都不尽如人意。

（"我相信你已经准备好了，森特。面对一个即将在转瞬间跃迁十九光年的人，我还能叮嘱些什么呢？另外，我要怎么跟留在后方的人说呢？"）

出口在森特的座椅后面。他按了一下操作面板，舱门便悄然滑开，叠在墙上。门外是冲压发动机型星舰的控制室。森特爬过出口，进入操作鞍后方的小空间里。这里的显示器都是由计算机驱动的，相当古朴。在其中一个控制台上方，工整地写着：加拿大国际商业机器公司——当然，指的是地球老家的加拿大。为了适应这间赫赫有名的控制室，森特已经在模型舱里泡了数百个小时，但还是感觉到真家伙稍有差别。这里的空气很沉闷，好似彻底凝滞了。地球上的模型舱偶尔还会接待几名技术人员，可一百多年来，这个地方却只有森特的上一任。自从飞出太阳系以来，这艘自动驾驶星舰已经漂泊了三个多世纪。

帝国的一座丰碑已成为历史，森特在心中感慨，跨上了操作鞍。

"谁在那儿？"一个声音用英语问道。

森特看向计算机的摄像头。在传输过来之前，他已经在地球上反复操练过类似的思维盒子：别看这种机器几乎不具备知觉能力，放在古代可是尖端科技。据森特的上级推测，计算机的思维盒子在三百二十年后就会错乱。森特小心翼翼地回答道："森特·金特罗-华雷罗，加拿大霸权的代表。"他把身份证明放在读取器上。当然，这张证明是假的——加拿大霸权早在一百年前就覆灭了。不过，这台计算机大概率识别不出最新的政体授权。

"我已经接待过森特·金特罗-华雷罗。"

真是个老顽固,森特暗自嘀咕。"没错。不过地球上还有一位金特罗的复制人,并参与了最近一次传输。"

在一阵漫长的沉默过后,计算机开口了:"好的,先生,我听您的吩咐。我很少接待访客,我——您一定想要一份情况报告。"人声编码器发出悦耳的男中音,就像是盘算了好长时间的借口有朝一日派上了用场,"在恒星孔雀六的第二行星上顺利着陆后,我向地球递交了一份关于该星球的报告——先生,大多数关键指标都对移民很有利。现在,我已经认识到自己的错误……但唯有配置新程序才能避免犯下这个错误。递交报告后不久,我接待了一支共一千五百人的移民队伍,完成了首次传输。队伍还携带了大量卵子和精子,用来建立移民地。到2220年前,新加拿大移民地的人口已达到八百二十五万人。

"然而这时……发生了严重的行星波动事故。"

森特举手打断了计算机:"请停下。加拿大霸权已在2240年收到了你的报告,并和这里重新建立起联系,后来的情况我都掌握了。"

"我明白,先生。但我必须先把全部事实汇报给您。我不想背负失职的污名。在核心塌陷数周前,我就已经发出警告,可大部分移民地仍毁于一旦。那次波动实在太剧烈了,就连陆地的轮廓都发生了改变。

"先生,我拼尽全力扶持幸存者,可惜他们的后代严重退化,甚至各自建立起民族国家,战乱不断。这些人对残存的科技虎视眈眈,盗走了我的通信弹,让我再也无法向地球递交报告,甚至对星舰发起攻击,想要侵占我的身体。幸好,我的防御——"计算机突然打住话头。

"怎么了?"

"一支小队正在攀爬我们所处的山丘。"

"他们是敌是友?"

"他们一向对我怀有敌意，但这群人身上没有武器。我猜测，他们可能看见了您抵达时产生的冠状电流，便从自由城赶过来了。"

"自由城是一座城市？"森特追问道。

"没错，一座在当前战事中保持中立的城邦，就位于由我帮助建立的首次着陆地的废墟之上。您想看一看我们的访客吗？"

森特急切地前倾身子，回答道："当然！"

一块大屏幕亮了起来，画面上显示出芳草萋萋的山坡，只见十二个男人和一个女人正朝星舰前进。在他们身后，山的另一头，是一望无际的大海。

"老天爷！"森特惊叹道。在旧地图上，这座山丘位于距离海岸线三千五百公里的内陆。看来，当年的天灾确实改变了陆地的轮廓。

"先生，您说什么？"计算机问。

"没什么。"访客即将抵达，恐怕不太好对付。森特专心地等待起来，把美景搁置一边。

来人形成了有趣的对比。在队伍左边，一男一女并肩而行，却保持着一定的身体距离。男人衣着朴素，穿着一条黑裤子、一件短外套，头上戴着一顶帽子，帽檐又宽又硬。女人则一袭黑色长裙，从双肩处一直遮到脚尖。她的红发用一根黑丝带系在脑后，神情严肃，脸上没有任何妆容。在队伍中间，两个矮个子男人穿着连体服，显然是根据初代移民者的服装仿制的。在队伍右边，八个几近赤裸的男人躬身扛着一顶精致的轿子，上面坐着一位年轻男人。这时，队伍停了下来，轿子落在地上。年轻男人得意扬扬地钻了出来，头上顶着硕大的遮阳帽，上半身涂满了油，下半身穿着一条紧身马裤。队伍左边那对打扮肃穆的男女直直地望向前方，视线刻意地避开了最右边的同行者。

"您眼前正是新加拿大上演的文化分裂。"计算机一针见血地说。

"他们距离星舰还有多远？"

"二十米。"

"我最好还是去会一会他们。请卸下我随行的设备。"

"好的，先生。"一扇舱门开启，森特走入门外的气闸舱。几秒钟后，他便站在深及脚踝的绿草地上，头顶是淡蓝色的天空。一阵柔风吹来，却以惊人的力度重重地拍在他的连体服上——新加拿大的海平面气压几乎是地球的两倍。他正要和访客打招呼，那名严肃的女人却抢先惊呼起来："森特！"

森特点头致意。"你知道我的名字，女士。看来，你认识我的上一任。"

"曾经认识，金特罗自由民。你的上一任在一年多前遭到了谋杀。"身着紧身马裤的年轻男人一边解释，一边冲女人笑了笑。森特注意到，尽管他体格健壮、衣着华丽，但年纪至少已经四十岁了。近看之下，女人却比方才看着年轻得多。她没有接话，同行的男人却回敬道："人就是在你船上死的，你这个蓄奴的狗东西。"

听到这话，光膀子的花花公子只是耸了耸肩。

"请冷静，先生们。"队伍中间的胖子赶紧出来打圆场，"别忘了，你们心怀相同的热忱聚在这里。"他一会儿看看光膀子的年轻男人，一会儿又看看衣着保守的清教徒，"至少要遵守礼节。金特罗先生，我是布列塔因·弗拉贡，自由城的市长兼温德里希岛总督。欢迎你的到来。

"这位女士是玛莎·布朗特公民，新普罗维登斯联邦驻温德里希岛大使。"他火急火燎地继续说，好像生怕迟一步就会得罪人，"这位先生是皮尔·巴尔奎斯领主，安大略联邦驻温德里希岛大使。"

女人似乎已经从甫一见面的震惊中缓过来了，庄重地开口道："新普罗维登斯授予你贵宾和公民身份，我们恭候你的——"

"别急，布朗特女士。"皮尔领主横插一脚，"你们不是唯一热情好客的主人。我相信，一个不以歌舞为耻的国家才是金特罗自由民的好归宿。"

287

"诸位！"弗拉贡再次出面，"请你们把握宣传的尺度，我们的客人从故土远道而来，不要扫了他的兴致。金特罗先生，作为市长，我愿意向你提供一切帮助。我……啊！今晚我将为你设宴，当然，还会邀请来自新普罗维登斯和安大略的客人。"该来的总会来，想到这里，弗拉贡郁闷地叹了一口气，"你可以到时候再做决定。"

一阵轻微的嗡鸣声传来，是星舰的货运舱打开了。货梯顺着陈旧的金属船壳下降，里面放着森特的"行李"。

"金特罗-华雷罗先生，"内置扬声器传出人声编码器的声音，"您还有其他吩咐吗？"

"目前没有了。我会继续和你联系的。"

"离开这座山，我就无法保护您了，先生。"

"我不会出事的。"

"好的，先生。"计算机的声音听起来相当怀疑。

"该死的机器。"皮尔领主低声咒骂道，脸上的半永久微笑消失了，"它本应该帮助我们，却对所有想要入内的人开火。为了靠近这里，大部分伙计都只能留在山脚下。让我的人帮你拿行李好吗？"

森特拦在皮尔领主的奴隶和货梯之间。"不用了，谢谢。我自己来就行。"

安大略人会意地笑了笑："也许你不会出事的。"

一行人朝山脚走去，其间，森特没有说话。看来我要死在这里了，他默默地想，心里其实并不意外。不过，杀死他上一任的凶手竟然是移民者，是这项任务的援助对象，这使他肩上的担子似乎又重了一倍。在过去的一百三十年里，新加拿大究竟发生了什么？

繁茂的青草不只生长在山顶，一路上山坡都是郁郁葱葱的。森特本人不是植物学家，但觉得青草和初代移民者携带的某种陆生植被很相似。其他植物他就认不出了。高大的蕨类植物和阔叶植物散落在四处。这里的树木形似硕大的花朵：树干长得又高又直，树冠覆盖着紫色的枝叶。除了脚下的青草，这片土地展现出强烈的侏罗纪风貌,仿佛巨大的爬行动物随时会从灌木丛里蹿出来。

当他们抵达山脚时,森特的想象成为现实:一只一米宽的不明生物贴着大伙儿的头顶飞过,然后在附近的山脊上空盘旋。

"一只格雷彻。"布列塔因·弗拉贡介绍道,"它们在这一带很常见。可怜的小家伙,肯定是和妈妈走散了。"

这个"可怜的小家伙"就像是爬行动物和秃鹰杂交的产物。森特吐了吐舌头。这里真是个宜人的终生度假区。他一直对古生物学不感兴趣。

一辆巨型三轮车和一群骑着自行车的武装人员堵在山脚下。动力三轮车的驾驶舱位于乘客舱的后上方,高出一层。驾驶座下安装着黄铜气缸和活塞缸。

"是蒸汽三轮车吗?"森特爬进乘客舱时询问道。

"没错。"皮尔领主说。他翻身跃上自己的奴隶驱动轿子,俯视着森特,"能经受住时间考验的东西,才是聪明人的选择。"他拍了拍绸缎靠枕。

弗拉贡和司机爬上驾驶舱的长凳,玛莎·布朗特和她的助手则在森特身边坐了下来。全副武装的自行车手纷纷沿着道路出发,蒸汽三轮车也猛地一抖,上路了。车身没有悬架系统,即使是厚坐垫也缓冲不了一路的颠簸。刺鼻的黑烟从火箱飘进了乘客舱。皮尔领主的挑夫们游刃有余地跟在他们身后。

几分钟后,蒸汽三轮车哐哧哐哧地顺着一条长坡下行。整座自由城尽收眼底,城市环绕着月牙形的海湾;一块高耸的花岗岩据守在北面,形成岬角,其余方位都直接与大海相连。

"暴风雨多吗?"他问玛莎。

"又多又猛。"女人一本正经地回答,"但海啸更可怕。所以你会发现,船只都停得很远,就算进港也只为装货。"

整座城市分布在沿海的阶梯上。一条铜砖小道从正中间横穿每

289

一级台阶，为相邻的上下层提供了往来的渠道。

森特注意到，前三层建筑大多是仓库和棚屋，而且几乎都是木制的，外表很新。再往上却是巨大的石屋，饱受风吹雨淋，侵蚀严重。这些石屋最大的特点是它们的形状：整体又长又窄，末端尖细，其中一角整齐地指向大海。

玛莎·布朗特顺着森特的视线望了过去，解释道："自由城的居民用临时木屋来储存海运货物。大约每隔两年，海啸就会把前三层夷为平地。再往上，海啸的威力有所削弱，石屋的尖角便能把海浪劈开。"

蒸汽三轮车转了个弯，开上第四层的主干道，车速比方才更慢了。自由城的居民熙熙攘攘，穿梭在由石头搭建的集市间。

森特惊奇地摇了摇头。"你们这些人适应得真好！"

"适应？！"新普罗维登斯大使瞪着森特，头一次流露出愤怒的情绪，"大灾变几乎害我们全军覆没。山上的计算机怪物还给我们备了一份厚礼。只要掌握了先进科技，人人都能在这颗星球上和谐共处；可一旦失去技术，这世间就成了地狱。适应？你看——"她指着车窗外。蒸汽三轮车驶过阶梯的边缘，外面是一摞摞灰色碎石，还有一道道矮墙。"为了活下去，我们必须在新加拿大不断斗争。更何况，有些人还饱受万恶的有钱人欺压。"她指了指十五米开外的轿子，"他们耗尽了所有人的资源，还动不动与我们作对……"她的声音越来越小，最后静静地望着森特。她的脸上浮现出某种情绪，眨眼间又消逝了，整个人平静下来。森特突然反应过来：这一幕对于玛莎而言是昨日重现。就在十八个月前，她坐在同一辆车里，对森特的上一任说过同一番话。

玛莎伸出手，又缩了回去。她轻声说："你真的是森特……你活过来了。"她随即恢复公事公办的语气，"千万当心，好吗？你的知识、设备……很多人愿意为此搏命。"车子继续前进，她没有再开口说话。

太阳渐渐下山，新加拿大的大气中飘浮着厚厚的尘埃，将淡蓝色的天空染成了橘色、红色和茶色。此刻，森特坐在自由城的宴会厅里。西墙的顶部凿刻了平行的窄缝，天光从缝隙里漏进来，将服务员和相谈甚欢的宾客都笼罩在一片柔和的橘色和绿色中。这一幕是对火山活动最缤纷的献礼。

暮色越来越浓。最后一道菜呈了上来，味道却不怎么样。巨大的银色灯盘上挂着一只只电灯泡，在他们头顶上方亮了起来。红宝石和绿宝石簇拥着明亮的灯丝，如同一丛丛五彩星云。脚下的地面偶尔会轻微颤抖，灯盘随之摇曳，仿佛被微风吹拂。

用餐结束后，布列塔因·弗拉贡起身宣布："欢迎远道而来的朋友，祝他在新加拿大左右逢源。"森特不知道这番措辞是有意的一语双关，还是无意的口误。弗拉贡一开口就没完没了，地球人渐渐走神了。

大厅十分宽敞，前前后后铺满地面的无疑全是黄金。宴会桌的重量，加上人来人往的踩踏，将柔软的黄色金属打磨成了一片汪洋——水面平静，偶尔荡起不到一厘米高的微小涟漪。新加拿大拥有西班牙征服者[1]梦寐以求的一切，然而，这一优势却是一连串恶果的开端。这颗行星的表层富含大量重金属，成因也很简单：新加拿大的内部分化远不如地球的复杂。首次着陆时，星舰的计算机便向地球汇报了相关情况，可它万万没有料到，星球核心仍在逐渐成形。一百五十年前摧毁移民地的大灾变就是其中一个证据。此外，表层丰富的金属盐意味着，新加拿大的农业用地占比还不足百分之一，更不必说海洋生物都含有毒素。眼前的宴会厅确实金碧辉煌，可盘里的食物不过是加了香料的稀粥。

---

1. 西班牙征服者，十五世纪至十七世纪间到达并征服美洲新大陆及亚洲太平洋等地区的西班牙军人、探险家。

"……金特罗先生。"弗拉贡的致辞结束,听众纷纷报以掌声。接下来,市长示意森特发言。地球人起身微微点头致意,周围再次掌声雷动。马蹄形的宴会桌围坐着三组人:右边是安大略代表团,以皮尔领主及其三名同僚为首,还有一群衣着暴露的女奴——他们身下堆着许多宽大的枕头;森特和自由城的市民坐在中间;玛莎·布朗特和她的同伴则位于左侧。先前用餐时,安大略人忙于寻欢作乐,自由城的人在谈笑风生,只有新普罗维登斯人的席位静悄悄的。

听众们放下手,等待森特发言。他们头顶上方灯火璀璨,脚下却是浓稠的暗影。一时间,人人正襟危坐。森特感受到了他们的恐惧。就在不到两年前,他们中的许多人就坐在同一个大厅里,注视着同一个人。在理智上,他们或许能接受复制传输,但历史学家向森特保证,一般人在心理上很难真正跨过这道坎,除非已经活了大半辈子。对今夜的听众而言,森特这个人死而复生了。说不定,这份恐惧能为他所用。

"那我简单地说两句,因为在座有不少人可能已经听过一遍了。"听众们不安地骚动起来,互相递了递眼色,似乎只有皮尔领主仍然面带笑意。"各位的星球正在经历核心塌陷。一个多世纪前发生的大灾变已经沉没了半块陆地,让你们的文明几近消亡。最近,地球和自由城后山上的星舰重新建立了联系。可惜我们的联系很脆弱,无法往这里传输援助物质。但我向各位保证,地球的知识将任你们取用。最后,这颗星球将彻底完成核心塌陷,释放出高于大灾变一千万倍的能量。如果所有能量是一次性释放的,这将抹消所有微生物级别以上的生物;可如果是在一百万年间均匀释放的,在座的各位甚至感受不到这种变化。根据地震频率来看,我们已经排除了第二种可能。所以,我的任务是在这两种极端情况之间,找到另一条路。未来的大灾变可大可小,也许会直接摧毁你们的文明,也许会留你们一线生机,只要做好充分的预警和准备。"

弗拉贡点了点头。"我们明白,先生。我们将在资源有限的情况下互相合作，就像对你的上一任一样。"

这一回，森特不打算放过弗拉贡蹩脚的双关语。"是的，我对各位的义举有所耳闻。听说，我的上一任已经死了。"他挥手拒绝了弗拉贡结结巴巴的澄清，"女士们先生们，凶手就坐在你们中间。这一行为对整个新加拿大都造成了威胁。我奉劝各位不要再打我的主意，下回可能就没有继任者了。你们将再也无力回天。"森特转念一想，刚才的威胁会不会变相地鼓励对方行刺？可惜，话已经说出口了。

愁眉不展的弗拉贡再次保证会向他提供帮助，皮尔领主和玛莎·布朗特也纷纷做出类似的承诺。

"很好，我需要交通工具进行初步调查。宴会开始前，我已经和星舰的计算机商量过了，有几座岛屿曾经是破天峰的山顶，调查最好从那里开始。"

玛莎·布朗特站起身来。"金特罗公民，我国海军最好的飞艇就停在自由城内。我们可以在二十二小时内出发，一天后就能到达破天列群岛。"这时候，马蹄形宴会桌另一侧的皮尔领主也站起来，大声清了清嗓子。玛莎没有理会他，继续道："不要……不要重复上一任金特罗的错误。他拒绝了我们的款待，接受了安大略人，结果再也没有从他们的船上活着离开。"

森特看向皮尔领主。

"她的话大体正确，可惜对你有所隐瞒。"皮尔领主气定神闲地说，好似压根儿不指望别人相信自己的信口开河，又像是因为证据确凿，所以认为实在没必要自证清白。"上一任金特罗明智地选择了安大略的交通工具。他真正的死因是在船上遭到了敌国的攻击。"他望着桌子对面的玛莎·布朗特。

地球人没有直接做选择，而是转而问道："弗拉贡市长，每年这个季节，破天列群岛的天气怎么样？"

市长看向一名助手，后者说："暮春的天气一般没什么飓风。其实，岛上很少遭遇极端风暴，但海面的天气就不同了。光是我们自由城，每年就有三四艘船在那里遇难，在靠近海岸时被海啸吞没。"

"那我选择坐飞艇去。"

皮尔领主和气地耸了耸肩。"那我只好把你托付给布朗特女士了。港口没有我的飞行器。弗拉贡市长就更不用说了，整座城市都找不出一架飞行器。"

"无论如何，我感谢你的关心，皮尔领主。布朗特公民，我想和你详细讨论一下计划。"

"明天怎么样？"她的脸上几乎洋溢着胜利的喜悦。

"很好。"森特坐下来，又挺着身体，补充道，"还有一件事。星舰的计算机告诉我，储存架上本来有九枚通信弹，现在全都不见了。"

在利用超声波畸变进行传输的过程中，物质必然会湮灭。森特口中的通信弹工艺特殊，一经引爆便能以超光速传输信息。这类设备缺乏人体传输所需的"带宽"——现在有一颗小行星沿着木卫四曾经的轨道运行，地球通过它来进行人体传输。然而，每一枚通信弹都会产生相当于千万吨TNT炸药的能量。因此，如果通信弹没有在使用前被送入太空，将导致非常严重的破坏。

没有一人回应。最终，森特冷冰冰地开口道："我明白了。你们这些民族国家在玩战略性威慑。我想提醒各位，这套把戏很危险。几个世纪前，它曾夺走地球上三亿多人的性命。眼下你们已经自顾不暇，别再节外生枝了。"

听众们纷纷点头表示赞同。可森特知道，自己的话不过是耳旁风。他感到一阵恶心。

经过一天半的飞行，新普罗维登斯的"勤奋号"飞艇抵达了一号破天岛。在沿岸的隐蔽海湾里，森特看见了一座小村庄和几座农场，但其他地方只有光秃秃的黑色岩石。这座岛屿只是第一站，飞艇将继续飞行两千七百多公里到达弗拉格岛的东岸。它和格陵兰岛大小相当，曾是新加拿大上最大陆地的东端。森特之所以选择这条路线，是因为他想在赤道沿线建立观测基站，而破天列群岛地形舒展，最为适宜。在岛民的帮助下，此地的调查很快就结束了。可直到"勤奋号"载着枪炮离开，他们才露出笑容。

三天后，飞艇悬停在弗拉格岛西海岸的上空，周围电闪雷鸣。在数百公里长的海岸线上，熔岩形成鲜艳的细流，汇入海浪，在他们下方把海水变成了低洼的雾。森特向内陆放眼望去，熔岩凝固成新的陆地，已经增添了数千平方公里的面积。

森特转身望向护栏边的伙伴。这四天来，玛莎·布朗特并没有什么变化，但在他心目中已经焕然一新。首先，她换下了一身黑色长裙，穿上了紧身的灰色连体服。其次，他们对这趟旅途进行讨论时，森特发现对方虽然外表矜持，但其实内心活泼，思维也很敏捷，完全配得上现在的领导位置。有时候，森特觉得她过于关注自己的设备和计划，政治观念却异常死板。当然，他知道一方水土养一方人，自己本不该有太多奢望。对玛莎的了解越深，森特就越确信她绝不只是出于政治目的而参与进来。她似乎和上一任金特罗交情匪浅。

他透过蒸腾的热气，指着下方红黑相间的风景问道："你确定要和我的登陆队一起下去吗？"

玛莎点了点头。"当然。地上其实并没有看起来那么危险。在着陆之前，我们还要向内陆飞行好几公里呢。我自己也想侦察一下，还是第一次来这里。"

核喷气引擎启动，"勤奋号"向熔岩溪流之间的黑色山脊俯冲过去，打断了他们的对话。核喷气引擎只是新普罗维登斯各式各样老掉牙的军事机器之一。当初，幸存者从移民地最原始的直升机上把它们抢救下来。只要装上这些机器，飞艇就可以完成时速约五十公里的水平飞行。

"勤奋号"飞向内陆，下方的地面越来越坚硬、寒冷。这时候，飞艇迅速下降，然后在触底前一刻恢复水平，擦着凹凸不平的火山渣

295

滑了出去。船员将沉重的钩爪抛了出去,飞艇也随之落向地面。

森特问船长奥斯瓦尔德:"谁负责我的地面登陆队?"

"空军下士诺德。"船长指了指一个高大健壮的男人。只见他正和其他三个人一起行动,把炸药和森特的设备从狭窄的机舱里拖出来。"你下去后飞艇就会离开,金特罗公民,因为我们的飞行活动受到风的钳制。二十二个小时后,飞艇会回来接你,除非你提前给我们发信号。"他看了玛莎一眼,"布朗特公民,我建议你不要登陆。这里的环境相当艰苦。"

玛莎有点儿生气地看着对方:"我要下去。"

奥斯瓦尔德皱起眉头,但没再坚持:"好吧,我们一天后见。"

空军下士诺德和两名步枪手率先降落到地面,玛莎跟在他们身后,接着是森特和他的特殊设备,最后还有两名携带炸药的步枪手。

登陆点是山脊顶部的一块平地。一行七人开始沿着山坡往下爬。与此同时,巨大的飞艇重新启动引擎,向上抬升后离开了。他们到达山脚时,"勤奋号"已经悬在头顶上方五百米的位置了。

"我们沿着峡谷往内陆走吧。"森特说,"降落前我观察了附近的地形,峡谷会越来越宽,在爆破时可以避免雪崩。"

"听凭你的吩咐。"诺德冷淡地回答道。森特默默地看着他,后者却只顾往前走。无论如何,这次调查都不会太平凡。

新普罗维登斯人花了大半个下午,在火山渣里引爆炸药。这种炸药太笨重了,所以工作的进度很慢。然而,它们全部加起来也抵不上半吨TNT炸药的威力,对于行星内部勘探而言简直是挠痒痒。好在森特的设备并不测量单纯的机械振动,而是捕捉某些更微妙的影响。不过,他还是得依赖符合计数器和大量统计分析数据,才能推测出地面以下数百公里的情况。

傍晚,天气转阴,飘起了毛毛雨。森特叫停了大家的工作。实际上,他的调查已经完成,结果不太乐观,但不需要再进行验证了。周围的风刮个不停，没有人提议向飞艇发送信号。大家心里都清楚，哪怕能见度很高，奥斯瓦尔德也不可能逆风把飞艇开过来。

他们在悬崖之下山洞般的深坑里安顿下来，浑身都湿透了。诺德派了两个人守在入口，其他人都钻进了睡袋。

几个小时过去，雨越下越大。他们休息时，西边的熔岩一直在滋滋作响，几乎掩盖了其他所有声音。突然，森特手中的圆筒动了一下——有人在摆弄他的设备。他抬起头，四下望了望，周围伸手不见五指，他连身上的睡袋都看不清。这时候，积年累月的训练派上了用场。他放松下来，忽略所有背景噪声，将全部耳力集中到一点。在那里！他身边至少有一个人。这个家伙的呼吸很浅，听起来很兴奋。在远处放置设备的地方，他甚至捕捉到了更轻的声音。

入睡前，森特故意没扣睡袋的扣子。现在，他悄悄从里面钻出来，蹑手蹑脚地向入口移动，按照白天的记忆，避开了岩石地面上凹凸不平的障碍物。其实，远处的滋滋声和雨声都非常响亮，无论弄出什么动静，他都不会被人发现。可他不敢从地上捡起设备，只好就着手里的武器行动起来。

他在雨中走了二十米，然后转身躺在一小块尖锐的熔岩石块后面。他拔出自己的手枪。几分钟过去了。对方是他平生见过的最谨慎的杀手。似乎是要反驳他的这一观点，两名步枪手亮起了火把，黄色的光束照在他和玛莎的睡袋上。另外两名步枪手则举起枪，准备射击。

森特当即大喊："我在这儿！"众人被惊得纷纷倒吸一口气。除了一个人没有动弹，其他人都冲着声音的方向转过身来。森特举起手枪，射中了还在瞄准睡袋的步枪手。没有闪光，也没有枪声，那个人直接爆炸了。

一时间，其他人争先恐后地寻找掩护，雨水浇灭了他们的火把。"玛莎！"他喊道，"出来，躲到一边去！"

他不知道玛莎有没有照自己说的做，但还是一直帮她打着掩护。

297

岩石碎片从入口向四面八方飞溅。

这时候，有人将火把插在长杆上，举起来照亮了森特的位置。其他人转移到空地上，立即向他开火。在这紧要关头，地球人打出最后一弹——对准了炸药。

爆炸的冲击波把他掀翻在地。山石崩塌，敌人纷纷葬身在落石下。可惜，他没有听见这些动静。

有个人在摇他。恍惚间，森特感觉到某人的鼻子和额头正紧紧贴在自己的脖子后面。"森特，求求你这次不要死，求求你。"玛莎的声音响起。

森特动弹了一下，在潮湿的黑暗中睁开双眼。他的耳朵里嗡嗡作响，脑袋左侧传来一阵剧痛。

"你没事吧？"他问玛莎。

"我没事。"她紧紧地抱住了他，但声音已经镇定多了。等森特完全清醒过来，她又缩回了拘谨的保护壳里，"其他人肯定都没命了，整块悬崖砸了下来。我沿着落石的边缘找到了你。好险，你离他们只差两米。"

"你事先就知道他们的计划？"森特轻声问，语调没有起伏，仿佛在陈述事实。

"是的……噢，不是。有传言说，我国的特种武器小组试图夺走上一任金特罗的通信弹，失手后就直接杀了他。我其实相信这个传言。在317年的核武器置换中，我们已经使用了一枚通信弹，剩下两枚也预定了其他用途，配备了新的发射系统。特种武器小组还想得到更多核武器。在过去的几个月里，有多份报告声称该小组成员出于某种特殊需求，极其渴望得到通信弹。当你出现以后，我觉得安大略人和特种武器小组一定会对你下手。"

森特的脑袋传来阵痛，他摇了摇头，可这么做不仅没有缓解嗡鸣声，还让他直犯恶心。他问道："他们的暗杀手法怎么这么笨？为什么不索性一起飞就把我干掉呢?"

现在,新普罗维登斯大使已经完全镇定下来。她平静地说:"是我从中阻拦的。我知道特种武器小组在等待地球的下一任代表。当你过来以后,我指派了一艘普通海军驾驶的飞艇来护送你。我确信这么做是安全的,因为多年来,海军对特种武器小组的态度一直分为两派,而奥斯瓦尔德是反对派之一。不过今天的事,暗杀者肯定提前和他通了气,还有几名船员应该也知情。这次暗杀确实很拙劣,可在现有情况下,行动已经远远出乎我的意料。"

森特坐起来,用双手撑着头。他对新普罗维登斯阴谋的混乱程度并不感到意外,但觉得十分荒唐。即便暗杀者把他的通信弹从碎石堆里挖出来了,没有森特本人的声音解码,它也不会爆炸。早知道他在着陆后就该直接告诉他们这一点。他原以为自己向移民们警告了迫在眉睫的危险,会让他们顺利配合。核心塌陷的威胁已经板上钉钉,眼前的暗杀在这种情况下显得越发荒诞可笑。

"玛莎,你知道我在调查中发现了什么吗?"

"不知道。"话题突然一转,她似乎有些困惑。

"再过大约一百五十年,这颗星球将会发生另一次核心震动,几乎和过去那场大灾变一样强烈。你们根本没时间互相残杀,现在唯一的选择就是合作,共同开发出先进技术,以保障自己的生存。"

"我明白了……特种武器小组不仅是杀人犯,还是一群蠢材。我们应该共同努力,战胜安大略,然后把所有资源投入抵御下一场大灾变的准备中。"

森特一度怀疑自己产生了幻听。他开口解释道:"我的意思是,战争本身必须结束,既不是让你们打胜仗,也不是单纯地结束敌对状态。安大略人需要你们,你们也需要安大略人。"

她固执地摇了摇头。"森特,你不知道安大略的统治者是个多么冷酷、放荡的人。在把这个国家消灭之前,新普罗维登斯绝不会先放下武器,也绝不会先进行抵御大灾变的准备。"

森特叹了口气,意识到自己再争下去也无济于事。对于故土的历史,他再了解不过。于是他话锋一转:"弗拉格岛有人类的定居地吗?"

"没有城市,但东南方五百公里处有一座小村庄,建在弗拉格岛唯一一块耕地上。"

"听起来不错。如果我们在黎明前出发,也许能避开奥斯瓦尔德的——"

"森特,从这里一路到小村庄,沿途所有的植物和动物都有毒。"

"你难道想在奥斯瓦尔德那儿赌一把?"

"当然。显然,'勤奋号'上不是所有人都参与了这件事。"

"玛莎,我觉得我们能到达那座小村庄。"他眼下晕得没办法详细解释,"你愿意和我一起去吗?"

周围一片漆黑,可他还是从对方的回答里听出一丝愉悦。"好吧……反正我一个人也回不去了,否则他们会知道你还活着。"她的手轻轻拂过森特的肩膀。

天幕下晨光乍现,黑色的岩石间有数不清的小沟壑,他们沿着其中一条向内陆进发。雨水临时冲出一条溪流,水量很大,所以他们不得不沿着谷底陡峭崎岖的陆地前进。森特脑子里的嗡鸣声已经消失了,但还是感觉晕乎乎的。他怀疑爆炸"震碎"了自己的内耳道,导致永久性的轻微晕动病。

玛莎的情况似乎好得多。森特发现,自从她下定决心和自己同行,就把没有食物和靠谱导航的事实抛到九霄云外了。

临近中午的时候,他们就着石堆里的浅水坑解了渴。下午,森特好像两次听见"勤奋号"的引擎声,可是西边的火山隆隆作响,让他听不真切。他们大概已经往内陆走了二十公里——考虑到这里地形崎岖,目前的进度已经很不错了。峡谷越来越浅,他们终于离开熔岩地带,进入了一片古朴的平原。乌云一扫而空,夕阳挂在橘红色的天空中，照耀着稀树草原般的大地。只不过这里没有青草，只有低矮的植物覆盖地面，根系复杂，就像毛茸茸的绿蜘蛛一样。

森特望了望太阳，又看着身边义无反顾、不断前行的女人。她储存的体力已经耗尽，疲惫让脸蛋沧桑了不少。这时，两人走进了绿地。他建议道："我们休息一下。"他们瘫倒在平原上，身下的植物很柔软，富有弹性，和地球上的冰叶松叶菊很相似。这一坐下，整个世界仿佛在森特的脑袋里旋转起来。他强忍着等待眩晕消失，然后从口袋里掏出一只长方体的盒子。不一会儿，玛莎开口了："是地球的魔法吗？你要当场变出食物来吗？"她的声音很疲倦，但没有一点讽刺的意味。

"差不多。"一块小屏幕在长方体最大的一面闪烁起来。他调高画面的清晰度，可在门外汉眼里仍然是一件抽象作品，由蓝色、绿色和棕色组成的大杂烩。他一边浏览屏幕，一边问："玛莎，你知道星舰在着陆前发射过几颗绕轨卫星吗？"

她凑过去，也观察起了屏幕。"我知道。只要认得出方位，晚上就能看见它们。"

"那些卫星本来是为移民地服务的。虽然你们现在没有接收器了，但它们还在工作。"

"这个东西——"

"在读取我们头顶上方四万公里高的同步卫星的数据。这幅画面展示了弗拉格岛的大部分地区。"

玛莎渐渐忘记了自己的倦意。"我们从未想过卫星还能工作，也许上帝就是这样俯视众生的。我们很快就能找到小村庄了。"

"是的。"他握住屏幕一侧的操纵杆，视线沿着弗拉格岛的海岸线搜寻起来。

玛莎又说："这上面应该是弗拉格岛的北海岸。至少没有被云层遮挡的这一片，和我上次看的地图很接近。小村庄在我们的东南方，所以你现在看不见什么——"

森特皱起眉头，死死地盯着屏幕，然后放大了画面。放大的过程就像镜头垂直砸向地面，画面正中间芝麻大小的海湾不断变大，直到挤占了整块屏幕。现在，他们眼前呈现出一座巨大的天然海港，笼罩在傍晚的迷雾中。画面里有三四十个码头，还有不少船舶。沿海的建筑物纷纷投下狭长的阴影。他按下按钮，其中一栋建筑物上亮起了五个红色小光标。

一时间，玛莎没有说话。她仔细地观察着画面，然后开口道："这些是安大略人的船。他们竟然偷偷建了一座海军基地，这群无耻之徒！我很清楚他们在搞什么名堂：先秘密建立一支庞大的海军储备队，然后诓骗我们盲目交战。森特，这下双方海军的形势已经彻底扭转了。它——"控诉戛然而止，玛莎似乎突然意识到，眼下并不是在战术会议上，而这条情报真正的受益者也远在千里之外。

森特默默地恢复了画面的初始尺寸，没有发表任何意见。他沿着海岸线向南搜寻，终于发现了两个定居地，都是小规模的村庄。

"现在来找点吃的。"他说，"如果定位准确，我们所处的位置应该在正中间。"画面不断放大，展示出一座座丘陵，还有他们方才途经的小溪，就在半公里外。屏幕最上方有数道阴影聚在一起，形似长钉，每道大约几毫米长。森特继续放大画面。

"是动物。"森特说，"看上去有两米多长。"

"应该是秃鹫。"

"秃鹫？"

"是的，它们是食草动物。在弗拉格岛上，仅次于它们的第二大动物只有一米出头，是一种食肉动物。"

森特愉快地说："我给你把食物变出来了。"

她迟疑地说："除非我喜欢吃带铜盐味儿的肉。"

"说不定我能处理一下。"他看了看画面下方的比例尺，"没想到运气这么好，鸟群离这里还不到五千米。太阳还有多久下山，两个小时？"

玛莎望了望太阳，它与他们身后的山脊大约呈三十度角。"应该还有一个半小时。"

"我们有秃鹫汤喝了。出发吧。"

他们走得很慢，不过按照现在的状态，他们其实已经尽力了。蜘蛛般的植物总是缠住鞋履，地面也不像乍一看过去那样平坦。一个小时四十五分钟过去了，他们身后的太阳已经下山，只有红色的余晖照亮了前路。森特碰了碰玛莎的手肘，示意她弯下腰。如果惊扰了鸟群，他们今晚就得饿肚子了。两人爬上宽阔的山顶，然后卧倒在地，扫视着另一边的平原。他们的谨慎很有先见之明：鸟群就位于向下五百米的山腰上，靠近一处水洼。森特差点哈哈大笑。秃鹫这名字果然很合适！肯定不是初代移民者起的。从这个角度看，那些生物像极了驼着背的高个子男人，双翅收在背后，慢悠悠地踱着步子。

森特相中了一只体型中等、离大部队越来越远的猎物。他从连体服里摸出手枪，瞄准了目标。中弹的猎物一声长啸，狂奔十五米，最后一头扎进水洼，再也没有起来。其他秃鹫瞬间反应过来，从森特的右手边逃走了。它们既没有跑，也没有飞，而是扑着翅膀跳跃起来。那副模样让森特想到了圣华金河谷[1]的黑斑羚，两者或许占据着相似的生态位[2]。森特心想，那我们可得留意附近有没有狮子。

两人爬起来，慢慢靠近鸟群逃离的水洼。森特小心翼翼地蹚了进去。水不深，但恶臭扑鼻。子弹击穿了这只秃鹫的头顶。它可能死透了，也可能还剩一口气，森特可不敢冒险。等到余晖将尽，他才把重达一百公斤的尸体拖出水洼。玛莎负责屠宰，不过她直言这只秃鹫和她以前处理过的牲畜不太一样。显然，除了行政管理，她还干

---

1. 圣华金河谷，位于美国加利福尼亚州贝克斯菲尔德和奥克兰两市之间，从东南流向西北方向。
2. 生态位，又称生态龛，指一个种群在生态系统中，在时间空间上所占据的位置及其与相关种群之间的功能关系与作用，表示生态系统中每种生物生存所必需的生境最小阈值。

过其他工作。夜色越来越浓，他在一旁观看玛莎动手，心里美滋滋的——不仅是因为她能帮忙，更因为此刻有她的陪伴。

他们把猎物切成一小份一小份，然后森特从连体服里取出一只短筒，放了几块肉进去。一阵轻微的嗡嗡声传出，森特取出一只杯子，将肉汤倒进去，把杯子塞到玛莎手里，解释道："秃鹫汤，已经去除了重金属盐。"

在夜色中，他只能勉强看见玛莎举起手臂，把杯子送到嘴边。她呛了好几口才喝干净。等森特自己品尝时，才理解玛莎的苦衷：这口烂泥巴可不像是人能喝的。

"我们就靠这个过活？"玛莎的声音有点沙哑。

"这些肉足够我们撑几个星期。如果时间再长一点，我们就得服用营养补充剂了。"他不断把肉块塞进短筒处理器，制作出更多的"泔水"并打包装袋。

"森特，为什么地球没有把这台设备的秘密告诉我们？新普罗维登斯只有百分之一的土壤不含金属毒性，安大略也只比我们好个三四倍。只要有了这台设备，我们就能征服这颗星球。"

森特摇了摇头。"我觉得不行。这台设备比看起来复杂得多。不到三十年前，地球人才把它发明出来。仅仅从肉里去除重金属是不够的，吃起来还是有毒，至少是没有营养的。实际上，处理器的原理是把撕裂的蛋白质分子重新组合起来。这项技术要想为你们所用，就必须把一整座工厂运过来。你们只是——"

突然间，森特捕捉到细微的嘶嘶声，就在他身后的半空中。玛莎尖叫起来。他当机立断，转身拔出手枪，可还是慢了一步。不速之客无声无息地接近森特，猛地把他撞翻在地。森特和这只鸟形食肉动物一齐滚进蜘蛛植物里，他的脑袋和喉咙不断遭到扑啄，只能用前臂挡回去，可利爪和尖喙还是划伤了他的胸膛和手臂。终于，他瞅准时机扣动了扳机。不速之客顷刻间四分五裂，溅得他满身血肉。

森特翻身坐起来，将枪口冲着四下的阴影，以防周围还潜伏着其他捕食者。他只听见植物和土地中的液体沸腾的声音。

整个过程还不到十秒钟，夜晚又重归寂静。森特觉得刚才的生物更像是一头豹子，而不是大鸟。新加拿大的密集大气和低重力，让不可思议之事也成为可能。

"森特，你还好吗？"

他这才意识到自己的前臂和肋骨上的伤口正在流血，低声咒骂了一句，然后说："骨头没断，但皮肤被划破了。这种生物有毒吗？"

"没有。"他听见玛莎凑近了一些。

"那就好。我身上带了急救设备，应该可以处理这些伤口。我们赶紧收拾东西，离水洼远点儿吧，否则一整晚都别想休息了。"他挺直身子站了起来。

他们把加工过的肉汤打包好，背对着水洼走了三百米，最后在柔软的蜘蛛植物上安顿下来。森特服下止疼片，不一会儿就感觉全身轻飘飘的。夜晚气候舒适，甚至很温暖。空气湿度从下午开始就不断下降，所以地面现在很干爽。晚风在他们周围盘旋，但两人听不见任何动物的声音。新加拿大至今还没有进化出昆虫之类的物种。夜空十分清晰，但星星并没有地球上看到的多。森特猜测，上层大气阻挡了所有亮度低于三度或四度的天体。他寻找着大熊座头部附近的恒星，可又不确定那到底是不是大熊座。在迄今为止的所有见闻里，这一方天空最能让他明白自己早已独在异乡。

他躺下来，开始复盘自己一路走来的发现。自从上一任金特罗的报告延期以来，地球就为森特前往新加拿大做足了准备。然而，没有一名历史学家或心理学家提醒他，当地的社会系统有多么畸形。这种变化可以追溯到大灾变后，破碎的移民地试图重建社会秩序，通过人们炙热的忠心建立起一个个脆弱的联盟。可现在，各国之间战乱不休，白白耗尽了人力物力。民众眼中看不见和平，更看不见当务之急是放下成见、彼此合作。按照皆大欢喜的剧本，森特本应该成为新加拿大人的英雄，移民们本应该充分利用先进科技的优势，提高抵御下一次核心震动的幸存概率。可眼下,他被困在这座荒岛上,就连唯一真心待自己的人,也是一个极端的国家主义者,与其他人别无二致。

就算指望不了当地人携手自救,他还得继续完成任务。新加拿大虽然存在不少问题,但它比绝大多数星球都宜居。经过四个世纪的太空探索,地球已经深知宜居星球是多么罕见。到今天,人类的移民地仍然屈指可数。一旦全部失败,系外扩张的希望就十分渺茫了,也许最后,整个人类种族会在停滞中走向灭亡。

他必须想办法结束新加拿大的内讧,再不济,也要消除核战争的威胁。他必须让移民者为生存而战。眼下,他只能想到一个主意,成功的概率很小,而且欺瞒是它的底色。要隐瞒什么?瞒住谁?他不愿再细想。

"玛莎?"

"怎么了?"她终于放下种种礼数,凑过来和他贴在一起。

"我们不去南边的小村庄了,我想去安大略人的基地。"

她僵住了。"什么?不行!我的同胞确实对你怀有不轨之心,但安大略人只会更狠。为什么——"

"我有两个理由:第一,我们离那座海军基地只有二百五十公里,另一条路却有五百公里;第二,我要终止你们之间的战争。和平必须实现。"

"会是一种正义和平吗?让安大略人不再侵占我们的矿山,新普罗维登斯人拿回应得的农田,而封建制度将被取缔,是这样的和平吗?"

森特叹了口气。"是的。"差不多是这样吧。

"那我将不遗余力地帮助你。这些和去找安大略人有什么关系?"

"你还记得我设备屏幕上的红色小光标吗?那是通信弹的转发器发出的信号。我已经数过了,基地里可能存放着安大略人所有的核武器。我打算在他们面前卖卖惨,顺水推舟地提出合作,再趁机接近那些通信弹。"

"我觉得可行。只要通信弹还在这群极端分子手里，世界就永无宁日。你为此冒险是值得的。"

森特没有回答。他四下扫视了一圈，在黯淡的星光下，周围没有"豹子"的踪影。于是，他将玛莎揽入怀中，吻了上去。他心想，我之前吻过她多少次呢？

无痛无灾的时候，在五天内暴走二百五十公里并不算什么难事。可森特连日来头脑昏昏沉沉，身上还带着伤，步调不免越来越慢，就连玛莎也能赶上他。幸好雨已经停了，入夜后也很暖和。三天后，食物所剩无几。借助轨道卫星，两人轻松地定位到了其他水源，捕获猎物也如同瓮中捉鳖——而且这回没有发生额外的战斗。

然而，到了第五天清晨，两人都接近了体力的极限。服用止疼片和晕动症药物后，森特感觉脚下的地面逐渐失真。他意识到自己即将倒下，哪怕意志力再顽强也走不动了。

他身边的玛莎好几次都没有踩稳。她不再顾及脚上的水泡，拖着步子继续前进。奔波了整整五天，森特可以想象出她双脚此刻的状态。

前方山脉绵延，山顶大约在五千米之外。森特停下脚步，研究了一下屏幕。"只要翻过这座山，我们就到了……"

玛莎点了点头，想对他笑一笑。这个消息似乎给他们注入了新的力量。不到一个半小时后，他们就抵达了山顶，脚下正是五天前屏幕上发现的港口。再往北大约十公里，重叠的岬角隔离了港口和大海。在绿色和棕色建筑物的南面，有几块未受污染的农田，显然是这座基地的补给来源。

他们只看了几眼，便在沉默中继续前进。两人突然想到，对面也许会不按套路出牌，直接冲自己开枪，可他们此刻已经没有余力操这份心了。

两人在农田附近遭遇了一支巡逻队。士兵们倒是没有开枪，但也不太待见两位访客。他们没收了森特的设备，把他和玛莎推进一辆灰绿色的汽车里。这辆车可比弗拉贡市长的蒸汽三轮车高级多了。看来，安大略人也造得出好机器，只是有时候太讲排场，所以才选择轿子出行。一路上，森特和玛莎东张西望，士兵们也没有出面阻拦。森特已经累坏了，可他还是强迫自己记住一切细节。汽车经过几排仓库，然后开上一条砖路。这些仓库正是安大略精神的勋章：唯有缜密的计划和不懈的努力，才能安置好这么多设备和物资。为了避免新普罗维登斯的刺探，运输车队必须小之又小、慎之又慎才行。

汽车沿着码头行驶，沿路堆放着引火柴和由陶土搭建的蓄水池，里面可能装着植物油。然后，他们经过了几艘巡洋舰和一艘战舰。新加拿大的船舶比旧时代的地球海军军舰小很多。这里的一艘战舰大约重达八千吨，配备六门二十五厘米口径的大炮。一队飞艇停在码头对面的泥滩上，难怪皮尔领主在自由城里没有多余的飞行器。

最后，汽车在一栋长长的三层大楼前停了下来，它看起来比木制仓库结实多了。司机打开后排的门锁，命令道："出去。"随后，两名士兵举着看起来像是四管猎枪的武器，押送两人跟在司机身后，走上了大楼的阶梯。

大楼内部和伪装的外部形成了鲜明对比，地上铺着深蓝色的地毯，抛光的银色墙壁上悬挂着油画和挂毯。走廊里没有窗户，只有白炽灯光彩熠熠。他们跌跌撞撞地爬上三楼，来到一扇宽大的木门前。士兵轻轻地敲了敲门，一个低沉耳熟的声音传来："请进。"

他们推开门，一眼便看见皮尔·巴尔奎斯坐在几名官员和两个身材曼妙的秘书中间。"金特罗自由民，我早该猜到是你！还有我们可爱庄重的布朗特女士。不过，你这身打扮也没那么庄重了——"他扬起了眉毛，"快请坐。我真怕你们如果继续站着，会当场昏过去。不过，请原谅我不能直接安排你们去休息，出于对马基雅维利主义的尊重，我必须在二位心理防御低下的时候问几个问题：奥斯瓦尔德船长和他勇敢的船员们做了什么？"

森特向安大略人叙述了事情经过。皮尔领主一边倾听，一边从桌上拿起雪茄，点着了火。他一连吸了好几口，吐出绿色的烟雾，最后惬意地挥了挥手，开口道："特种武器小组的行动太草率了，但我猜测，他们原本想把你的死亡伪装成一场意外。我希望这件事能让你擦亮眼睛，金特罗自由民。在那个自称新普罗维登斯的极权主义小国里，要论残忍，特种武器小组确实排第一，可其他机构也好不到哪儿去。他们在科技上或许比安大略联邦更先进，但所谓的'公民'也因此过得水深火热。现在，他们还妄想把其他国家一起拖进深渊。"

玛莎阴沉地瞪着皮尔领主，但一句话也没说。森特突然回忆起皮尔领主在自由城的种种表现：不太靠谱，甚至有点儿荒唐。花花公子可未必就是傻瓜。他差点笑了出来："我怎么觉得是你故意把我推向新普罗维登斯人，才有了今天的局面？"

皮尔领主看起来有点尴尬。"你猜得八九不离十。想当初，我冒着极大的风险才争取到护送的机会。上一任金特罗完成调查，并把他的发现告诉了我——我相信，你现在也得出了同一个结论。可他不愿相信安大略这个松散的联邦能独自应对核心震动，于是号召我们和新普罗维登斯团结起来。这份好意我心领了，可他不明白布朗特女士的同僚有多么偏执古板。再后来，新普罗维登斯人杀害了他，而我的政府——尤其是我自己——成了替罪羊。

"所以这一次，我索性放你上新普罗维登斯人的贼船，反正他们迟早会对你下手，抢走你的设备。我知道，如果你不积极配合，他们根本使用不了你的设备。我还知道，你这家伙就是一根筋，谁的花言巧语也别想笼络你。要是害你丢了性命，他们会下不来台；要是暗杀失败，他们的小人之心也瞒不住了。

"可我真的很高兴看到你活下来了。现在，你愿意帮助我们吗？难道你比我想象得还倔？"

森特没有直接回答，而是问："这里归你管吗？"

皮尔领主轻声笑了起来:"按照安大略联邦的规矩,是的,这里归我管。这里聚集着四大领主储备的人力物力,领主们大半时间都在钩心斗角。但基地是我一个人的主意,多伦多的领主议院也任命我为临时负责人,拥有高于其他三名领主的地位。"

皮尔领主的回答让森特思索了一会儿。其实在他看来,这个安大略人和玛莎不相上下,都是既可爱又能干的极端分子。他们唯一的区别就是出身,一个是松散的封建联邦成员,另一个则来自工业化、集权化程度更高的国家,而且两人都把国家兴衰置于移民地的危亡之前。他开口道:"你说服了我——该死的,你说得真在理。把我被没收的东西拿回来吧,有几个好东西可以给你看一看。"他身边的玛莎脸色更差了,但还是一言不发。

皮尔领主对其中一名秘书说:"达琳,叫格鲁津斯基把他手里的设备都拿过来。其他人都出去,麦伦、特鲁多和我们的客人留下。"他指了指森特和玛莎。森特瞥了一眼身边的同伴,不明白皮尔领主为什么允许玛莎留下。随后森特意识到,安大略人已经猜到他们两人的关系不一般,他将通过这个精疲力竭的女人的真实反应,来判断森特的诚意。

一名士兵把从森特和玛莎身上没收的各种设备取了回来,放在皮尔领主宝座前方的矮桌子上。领主拿起森特的武器,它看起来有点儿像大口径手枪,但枪膛里装着玻璃质地的物体。

"这是我想的那个东西吗?"皮尔领主问。

"是的。这是一件能量武器,但辐射范围是亚毫米级。开枪后,弹道的离子化现象十分轻微,所以目标无法分辨子弹是从哪个方向打过来的。不过我想,这个更合你的心意。"森特拿起侦察显示器,按下了侧边的绿色按钮。小小的屏幕亮了起来,展现出海岸和海洋的画面。一时间,皮尔领主没有说话。"太美了,"他终于开口,声音里的戏谑消失了,"我没想到卫星还在工作。"

"卫星的使用寿命很长。移民地的规划者可不指望你们能飞上去修理它们。"

"嗯——可惜他们没有按照这个标准制造我们的地面接收器。这是什么？"皮尔领主话锋一转，指向一个小巧的白色"V"字。它漂浮在两片浓积云之间的开阔海面上。

"可能是一艘船。我再放大看看。"森特放大画面，一艘船清晰地展现在大家面前，后方还拖着长长的白色尾流。

"天哪，是'公羊号'！"一名安大略官员惊叹道，"太不可思议了！这艘船三十三个小时前就离港了，现在已经远在几百公里之外。我们竟然还能看见它，就像坐在飞艇上往下看一样。这张照片是什么时候拍的？"

"不到一秒钟以前。它是实时摄制的。"

"这台设备的观测范围有多大？"

"除两极以外的任何地区都可以观测，但只有四十五纬度以上的地区才有高分辨率的画面。"

"啊，这样一来，我们可以侦察整片内海。"皮尔领主拨动其中一个旋钮，开始自行操作，毕竟，森特已经启动了设备。"公羊号"滑向一边，渐渐消失了。他们俯视着漫天云朵和浩瀚海洋。森特吓了一跳，只见画面左边聚集着大量"V"字和后方的尾流。皮尔领主不断增加放大倍数，直到它们填满整块屏幕。

"那些船不是我们的。"一名官员说。

"当然，"皮尔领主说，"显然是新普罗维登斯的船队，麦伦上校。它们朝这边开过来了。"

"看起来有四艘雅各布级战舰、六艘巡洋舰和二十艘驱逐舰。"另一名更年长的官员说，"但尾随中队的那些船又是什么？"他眯起双眼，"是运兵船！"

"真不知道这支侵略军找我们这些良民有何贵干。"皮尔领主打趣道。

年长的官员没有理会皮尔的插科打诨。"根据尾流角度，船队的速度大约是每小时三十公里，领主。如果我没有读错屏幕上的比例尺，那就意味着我们只剩下不到四十四个小时。"

森特看着玛莎，后者也盯了回去。现在，他终于明白特种武器小组为什么急需他的通信弹了。两人的对视落在了皮尔领主眼里。

"金特罗自由民，你前脚刚到，侵略军后脚就来了，你有什么想法吗？"

"我觉得，新普罗维登斯的某些机构在好几个月前就发现了你们的基地，但当时没有进攻。他们应该是打算拿到另一枚通信弹——也就是我带来的那枚——之后，再打过来。"

领主点了点头，似乎不再追究这件事了，转身说："特鲁多元帅，我打算在海上迎击他们。我们没有海岸排炮，也没有可以在港口作战的驻军。"

官员点了点头，脸色不太好看。"就算提前得到警告，"他冲屏幕示意，"我们还是相当被动。港口上只有三艘巡洋舰、两艘战舰，还有几艘护卫舰。领主，我们是拦不住四艘雅各布级战舰和六艘巡洋舰的。"

"长官，我们还有通信弹。"麦伦上校提醒道。

"上校，你们陆军都一个样儿。"特鲁多元帅厉声说，"你们只发射过一枚通信弹，还是偷偷运进新普罗维登斯境内并在地面引爆的。在公海上，舰队和目标之间至少隔着二十公里。这个距离下，我们的飞艇或鱼雷艇很难偷偷靠近。"

对方的贬低让麦伦上校一时语塞。这时，森特突然计上心头，他不仅有机会控制安大略的通信弹，还有可能在这场对决中一举摧毁新普罗维登斯的核威胁。他说："通信弹的运载系统十分强大，连上天也不在话下。你们为什么不修改运载程序，让它自己飞过去呢？"三个安大略人顿时目瞪口呆，他身后的玛莎则倒吸了一口冷气。

皮尔领主问："你能修改吗？"

森特点了点头。"只要掌握了目标的位置，就没问题。"

玛莎从喉咙里挤出一声怒吼，扑向桌子对面的侦察显示器，将它一把砸在地上。麦伦和特鲁多上前制伏她，强迫她远离了桌子。皮尔领主捡起显示器，屏幕上的画面仍真实清晰。他朝玛莎唏嘘地摇了摇头。"就这么办。特鲁多，拉响警报。我希望舰队能在二十二个小时内启航。"

海军元帅二话不说便离开了。皮尔领主转身问地球人："你一定在想，眼下大敌当前，我为什么不把舰队留下，在敌人进入射程时直接投放通信弹？"

森特疲惫地想了想，回答道："如果你信任我的话，这确实是明智的做法。"

"没错，可惜我还没那么信任你。我会让你决定使用哪枚通信弹，让你监督整个发射过程，但我不能把整座基地的安危寄托在你的心意之上。这里的舰队确实不大，可凭借我们开发的实体工厂，这座海军基地在整个联邦境内都是首屈一指的——无论它有没有被人发现。"

森特点了点头。玛莎咕哝了几句。皮尔领主转身向她点头致意，态度不可谓不亲切："布朗特女士，你要是乐意，也可以和我们一起出发。"

"惊惧号"是特鲁多元帅麾下的旗舰，排水量为七千三百吨，时速四十公里——至少现在正以这个速度前进。森特站在舰桥上俯瞰前甲板。昨天，他接受了安大略人的医治，接下来大半天都睡了过去。现在，他已经恢复得差不多了，只是胳膊和侧腹有点儿不自在，还会偶尔头晕。

在地球上时，他对二十世纪的各类海军已经研究得相当透彻。"惊惧号"在各方面都很眼熟，但也有不少区别。安大略人的手艺有点儿粗糙，不修边幅。毕竟，联邦境内刚刚发展出标准化的生产技术。此外，由于新加拿大没有煤和石油，他们只能使用植物油或木材作为锅炉的燃料。"惊惧号"的烟囱上方浓烟滚滚，倒足了森特的胃口，更不用说他还饱受耳鸣和晕船之苦。船上人员众多，即便是甲板上的大炮也需要人工来转动和调整角度。显然，这艘船的辅助设施没有连接中央发电机。这样看来，"惊惧号"简直是罗马桨帆船和1910年战舰的混合体。

到目前为止，森特的临时计划进行得比预想中要顺利很多。经过皮尔领主的指示，麦伦上校带他参观了最高安全级别的军备地堡，安大略的五件核武器都储存在那里。这次任务只用得上一枚通信弹，可在做出选择时，地球人检查了所有通信弹的驱动器。显然，麦伦和皮尔领主都没有料到，只要对驱动器动动手脚，通信弹就会沦为一堆废铁。森特不费吹灰之力就破坏了其余四枚通信弹。

眼下，紧急组建的安大略舰队正全力前进，还有不到一个小时就要发射通信弹了。为了保护通信弹，除了"惊惧号"，他们还出动了战舰"契约号"和两艘大型巡洋舰。一旦驶入新普罗维登斯人的射程范围，安大略舰队就会撤退，而皮尔领主和森特将乘坐摩托艇继续运送通信弹。这艘摩托艇眼下就绑在"惊惧号"的船尾。在那之前，森特都别想摸到通信弹的触发器。

森特低下头来看着玛莎。她坐在森特身边，死死地盯着海面。她的手腕戴着镣铐，如果船晃得厉害，特鲁多元帅会帮她解开镣铐，让她的身体保持平衡。在过去的三个小时，她一句话也没说，像是一个漠不关心的旁观者。森特碰了碰她的肩膀，可她还是一个眼神也不给他。

右舷的舱门打开了，只见身着工作服和雨衣的皮尔领主走上前来，对特鲁多简单说了几句，然后走向地球人。"我们有麻烦了，金特罗自由民。这场风暴比气象员预测的时间来得更早，我们在侦察显示器上看不见自己的舰队了。再过十五分钟，新普罗维登斯的船队也会被云层挡住。"

森特耸了耸肩，身上传来一阵剧痛。"没关系。我们读取的卫星数据也能用来导航，它的雷达很强大，可以扫描整片海洋。我们还是能轻松地追踪到其他舰队，就像压根没有风暴一样。"

"啊，太好了，和我一起下去看看侦察显示器吧。你之前说，我们可以在二十五公里外发射通信弹？"

"这是有效范围。其实，通信弹的驱动器可以把它推得更远，但它毕竟不是一件武器，距离太远恐怕会大大降低它的打击精确度。"

森特和皮尔领主离开舰桥，小心翼翼地走下陡峭的舷梯，走向海图室。天空中乌云密布，越来越强的飓风遮住了地平线，森特几乎看不清远处那艘护卫舰的轮廓。凛冽寒风从"惊惧号"上呼啸而过，预示着暴风雨的到来。

几块装甲壁和一座炮台挡住了吹向海图室的狂风。五名全副武装的水手站在门口，认出领主以后，便直接放他们进去了。海图室和外面相对隔绝，因为室内的设备比人还要贵重。这里存放着森特的所有设备，还有通信弹——舱壁附近有一只用当地天鹅绒制成的盒子，里面是一个两米长的黑色塑料圆柱体。

海图室里唯一的守卫是麦伦，他坐在笨重简陋的无线设备旁边，手里握着一把全自动射击枪，随时准备应对突发状况。显然，皮尔领主只信任这位高级官员，因此将潘多拉盒子里的地球制品交给了他。

"一切安全，长官。"麦伦说，"我让领航员过来记录了几张海图。除此之外，没有其他人靠近。"

"你做得很好，上校。"皮尔领主表扬道，"金特罗自由民，这里就交给你了。"

森特走向黄铜海图表和侦察显示器，摆弄了两下控制按钮，屏幕就变成一片灰色。一个小光标从左往右缓缓移动，到达屏幕顶部，又回到左侧的边缘，循环往复。"这是卫星的扫描轨迹。它在海洋上空移动时，能照亮一平方公里的海面。卫星的微波接收器能力有限，所以必须通过一系列扫描组成画面。"每次扫描时，小光标都会往下移动大约一毫米,可还是没发现任何目标。最后,屏幕上终于出现了两个金色小光标,随着扫描继续往下,又出现了一个小光标。

"新普罗维登斯人。"皮尔领主几乎在自言自语。

森特点了点头。"现在的分辨率很低,看不清单独的船只,不过可以掌握他们的编队。"

"那个红色小光标是什么?"皮尔领主指着刚刚出现的幽灵问。

"应该是对方通信弹的转发器发出的信号。为了回应卫星的微波,所有通信弹都会发射超高频信号。这个设计最初可能是用来搜寻落到地面上但没能引爆的哑弹的。"

"看来,新普罗维登斯人真心以为能消灭我们。"皮尔领主说,"这比我期待的还要好。"

小光标持续地来回移动,一次比一次向下,显示出越来越多的新普罗维登斯船只。皮尔领主总算掌握了敌军的梯队结构。设备又进行了十次扫描,但没有产生新的小光标。突然间,一个红色小光标出现在敌军的南面。森特不禁屏住了呼吸。

皮尔领主隔着桌子望向他,问道:"那枚通信弹离我们有多远?"他的语气很平静。

森特举起手,示意对方等一会儿,双眼仍注视着游走的扫描光标。他记得玛莎说过,新普罗维登斯人拥有特殊的运载系统。接着,安大略的舰队主体出现了,就在红色小光标往下六行。"不到十公里,领主。"

皮尔领主没有回答。他看着侦察显示器上的刻度尺,然后举起话筒,飞快地做出指示。司令部沸腾起来。短短几秒钟后,"惊惧号"的甲板上便炮声隆隆。

最后,皮尔领主问道:"你说,他们是怎么发现我们的?"他的声音相当镇定,仿佛危险不是冲着自己来的。

"有很多种方法。玛莎说过,新普罗维登斯人设计了很多新装置。其实,他们可能还没有发现我们。通信弹可能在一艘无人驾驶的小船上,领先于船队三四十公里,一旦捕捉到推进器的声音,它就会自行引爆。"

"啊,科研和进步——真是太棒了。"

他们默默地等待着。在十公里外,重炮一窝蜂地扑向了无辜的红色小光标。新普罗维登斯人对运载系统的巧妙设计将随时公之于众。

这时,海图室外面传来数声尖叫,由于没有窗户,他们不知道发生了什么。没有其他声音,唯有此起彼伏的尖叫。森特闻到缕缕烟味,又发现舱门周围的隔热层正在冒热气。他急忙和皮尔领主扑向地面,麦伦也赶紧照做。通信弹灼热的闪光以光速跨越了两军之间的十公里,足足七秒钟后,他们才感受到从水中传来的冲击波。

上方的甲板发出令人魂飞魄散的爆裂声,砸向森特的胸部和头部。冲击波从空气中汹涌而来,掀翻了海图室的舱壁和天花板。森特两眼一黑,失去了意识。

森特醒来时,雨水打在他的脸上,弹药四下飞溅,燃料呼呼地燃烧着,声音低沉。除此之外,是一阵持续不断的轰鸣——这是核爆炸的最后一个直接证据。

地球人骂骂咧咧地翻了个身,感觉缝合好的伤口又裂开了。他的大脑嗡嗡作响,鼻子鲜血直流,耳朵里也像是堵上了棉花。可等他甩掉脸上的雨水,才发现海图室里的其他人更加惨不忍睹。在另一头,麦伦摊开四肢,头已经不见了。皮尔领主也躺在地上纹丝不动,嘴里流出一摊鲜血。

森特坐在原地,怔怔地望着这一切,不明白自己为什么还活着。接着,他回过神来。眼看安大略的舰队已经被摧毁,破坏新普罗维登斯通信弹的计划应该也泡汤了,是这样吗?他突然意识到,事态的转变或许给自己的任务带来了新的希望,而且他还能逃脱两个势力的追捕。森特挣扎着站了起来,感觉甲板正在倾斜,或者只是他的平衡感出了问题。他找回侦察显示器和手枪,然后从盒子里取出通信弹。这枚通信弹不足十五公斤,但仍是一个笨重的负担。

他走出海图室,只见水手横七竖八地倒在扭曲的金属之中。虽然下着雨,可船体的油漆还是烧焦了。熊熊大火吞没了船的后半截。他看见有几个幸存者,可他们太忙了,都没有注意到他。

玛莎。他突然停住脚步,重新考虑各种可能性,然后转身走向舰桥。爆炸震飞了舱口的玻璃,留下一个大洞。站在舱口附近的人应该都死了。

这时,他看见了玛莎。她正沿着上方的舷梯攀爬。甲板已经倾斜了整整十度。他也爬上梯子,对玛莎伸出了手。"和我一起离开这儿!"他在爆炸和火光中喊道,然后抓住对方的胳膊,扶她站了起来。

"什么?"她摇了摇头,一滴血从耳朵里流出来,滑入脖子。她满脸都是污垢和血迹。

他几乎听不见玛莎的声音,这才意识到爆炸把大家都震聋了。他抓住玛莎,对着她另一只耳朵又吼了一遍。她靠在他身上歇了歇,不一会儿又缩了回去,嘴唇一张一合:"不和……叛徒!"

"我永远不会对你的同胞使用通信弹。我之所以这么做,只是为了得到安大略人的通信弹。"这是森特对她撒过的最大一个谎,但他知道,玛莎愿意相信自己。

他指着"惊惧号"的船尾喊道:"到下水的地方去!"玛莎点了点头。两人摇摇晃晃地穿过倾斜扭曲的甲板,向火光和爆炸走去。路上碰到的每个人都和他们方向相反,似乎谁也没有心情停下脚步交谈两句。

现在只剩一条窄路上没有火苗,但路两边的温度都很高。虽然他们一路都在小跑,但身上还是起了水泡。逃离火焰之后,他们站在相对完好的船尾上。摩托艇后端的缆绳已经断开,桅杆垂在水里,拍打出阵阵水花。烧焦的甲板上躺着几具尸体，除此之外就没有其他人了。摩托艇的前端仍绑在栏杆上。两人爬了过去。就在森特确信四下无人时，皮尔领主从系泊处附近的残骸后面走了出来。

安大略人一只手抓着扭曲参差的金属杆，以支撑自己踉跄的身体，另一只手则握着一把枪。他的下半张脸浸满血迹。森特蹒跚地走向他，喊道："我还以为你死了呢。我们打算继续完成你的计划。"

那张血淋淋的脸似乎在微笑。皮尔领主指了指玛莎："不……金特罗自由民，"在水与火的鸣奏中，他的声音十分微弱，"你背叛了我们……"他举起了手枪。

地球人已经步步逼近，猛扑上去，用携带的通信弹撞飞了对方的手枪。他抡起拳头，砸向皮尔的肚子。对方痛苦地蜷缩起来。森特摇摇晃晃地往后退，紧紧抓住栏杆。眼前的打斗一定很像醉汉之间的较量，他心想。

他转向玛莎，朝摩托艇挥了挥手："我们得跳下去，另一条缆绳快断了。"

玛莎点了点头，寒冷和恐惧将她折腾得脸色煞白。大火已经隔开了船尾和其余船体。就在森特说话时，"惊惧号"又倾斜了五到十度。他越过栏杆跳了下去，怀里还抱着那枚通信弹。落差只有三米，但摩托艇一直在晃动。森特身体受伤的一侧重重地落在甲板上。随后，他整个人差点从摩托艇的后端滚下去。

接着，他上气不接下气地爬回甲板，朝上方的玛莎挥了挥手。她站在原地，一动不动，双手紧紧攥着栏杆。有一瞬间，森特以为她会退缩，可她随即翻过栏杆，伸出双臂跳了下来。森特接住她，两人双双倒在甲板上。他们笨拙地爬了起来，走向摩托艇的驾驶舱。玛莎挤进狭小的舱门，森特在她身后把通信弹推了进去，然后转身开枪瞄准剩下的那条缆绳。

摩托艇的前端一头扎下去，整艘船没入海水。森特努力跟周身的水流抗衡。不一会儿，摩托艇浮出水面，森特这才爬进驾驶舱。

先前和皮尔领主谈话时，森特得知船上有一台蒸汽发电机。安大略人通常在谍报活动时使用它。他看了看控制面板，发现这是他见过的所有安大略机器中最先进的——正是他们需要的好运气。他按下面板上最大的开关，脚下传来微弱的嗡嗡声。他往前推了推油门杆，摩托艇随即缓缓驶离正在沉没的"惊惧号"。森特似乎听见某种轻武器咻的一声擦过船壳，显然，皮尔领主不会轻易失去战斗力，但现在想要阻止他们逃跑已经太晚了。海上大雨如注，波涛汹涌，"惊惧号"很快就消失在他们眼前。森特最后一次望向安大略的舰队，在暴风雨中看到了淡橙色的光芒，接着又听见了一声可能是惊雷的巨响。最后，他们便只剩自己了。

风暴威力巨大，小小的摩托艇像指南针一样频频打转。有好几次，森特都担心船要翻了。玛莎设法绑住了设备，还从储物柜里翻出了几件救生衣。

森特把侦察显示器固定在控制面板上，打开了雷达画面。在高分辨率下，他能看见这片海域的每一艘船只，就连脚下的摩托艇也不在话下——至少显示出了通信弹转发器发出的信号。摩托艇只要不沉没，在风暴中航行完全没有问题。他感谢了一下苍天，因为通信弹和蕴含着能量的万物一样安全，几乎所有破坏性辐射都是软 X 射线。至少，两人不必担心自己会浸在充满放射性毒物的雨水里。

"现在怎么办？"玛莎终于喊道。她整个人缩在角落里，试图保持平衡。

森特犹豫了。眼下，他有三条路可以走：第一条，立刻逃离现场；第二条，继续实施他和皮尔领主的计划，用通信弹摧毁新普罗维登斯人和他们的核武器；第三条，继续背叛。第一种选择会让新普罗维登斯人拥有所有通信弹，成为世界霸主。第二种选择很难执行，因为玛莎可能比身负重伤的他还要强壮，也许得杀了她才能办到。此外，一旦引爆通信弹，他就无法向地球报告了。

那么，只剩下背叛这条路了。"我们让新普罗维登斯派船来接我们。"

二十分钟过去了。在屏幕顶端，摩托艇的小光标越来越靠近红色小光标，也就是新普罗维登斯最后一枚通信弹所在位置。他稍微斜了斜屏幕，这样玛莎就看不清楚了。

他们快要看见新普罗维登斯的船了。他凑近玛莎，问道："你知道有什么信号可以防止他们直接攻击吗？"他指了指挡风玻璃上的弧光灯。

在狂风中，她的声音十分微弱："有几个外交密码。我们每十五天会更新一次——他们应该知道这些信号。"

"那只能碰碰运气了。"森特帮她点亮弧光灯，但在暴风雨中什么也看不见。森特控制着摩托艇的航向，屏幕上的小光标渐渐接近红色小光标。这时，摩托艇在浪涌中高高地荡了起来。前方不到两百米的位置，有一个长长的灰影。它看起来像是一艘辅助船，也许是经过改装的货船。

森特把手伸到控制面板的另一边，在侦察显示器上输入了新的指令。现在，设备正通过内部的测向仪读取通信弹转发器的位置。在他身边，玛莎笨拙地操作着信号机的开关，弧光灯先熄灭再亮起。将近三十秒钟过去，对面没有任何应答。森特屏住了呼吸，猜测这艘货船的驾驶员应该是特种武器小组成员。他们喜欢开枪，而且生性多疑。不过，该小组看不起安大略人的能耐，可能会过于自信，粗心地放他们一马。

终于，在对面的桅杆上，有一盏灯不规则地闪烁起来。"他们确认了，希望我们再靠近一点。"

森特把摩托艇开向货船，玛莎则继续发射信号。现在，他们距离对面大约五十米，可以看清船身的细节。森特观察着侦察显示器，又扫了一眼货船的前甲板。只见船头附近绑着另一艘小船，与显示器上的红色小光标位置一致。他真走运，那正是差点摧毁安大略舰队的无人驾驶小船的孪生兄弟。

森特从船舵上抽出一只手，拔出手枪。子弹打穿了厚重的挡风玻璃，碎片散落在地上。他把手枪的火力调到最大值，瞄准了对面的船头。

"不！"玛莎尖叫起来，把他撞向舱壁。她又高又壮，拼命地争夺着手枪。两人在驾驶舱里疯狂地扭打了几秒钟，森特抡起拳头，朝玛莎的太阳穴狠狠地砸了下去。她一声不吭地倒下了。地球人翻身而起，重新面对那个更加致命的敌人。

货船的主炮台纷纷对准了他，但摩托艇现在已经位于他们的下方。他向整艘船开火，子弹集中落在较小的甲板炮和被绑住的小船上。他的手枪在船体上凿出一个个发光的弹坑，很快又淹没在蒸汽中。接着，无人驾驶小船上的燃料供应器炸出一团橘红色火球，热度足以熔化里面的通信弹的触发器。

货船桅杆上的自动射击枪闪烁着火光，森特周围的驾驶舱已经千疮百孔。他盲目地向上发射着子弹。

森特握住船舵，打了一圈。时间一分一秒地过去，新普罗维登斯人的枪炮声彻底停止了。船只燃烧的声音很快消失在摩托艇后方，天地间又只剩下他和玛莎两人。

摩托艇平稳地向西行驶了三个小时。海面下降了。太阳落山时，天边的云层也散开了。在地平线和云层之间的狭长天际，太阳发出红色和金色的光芒。

侦察显示器没有发现追击的迹象。更重要的是，屏幕上只显示着一个通信弹转发器的小光标，就是他自己这个。

小巧的摩托艇逐渐减速，最后森特决定点燃它的锅炉。他把油门杆拉回零挡，让船随着海浪轻轻摆动。太阳变成了金色。

"玛莎？"森特开口了，但对方没有回应，"我不得不这么做。"

"不得不？"她语气绝望，充满难以置信的愤慨。她的头发被雨水打湿，贴在脸上。她抬起头看了他一眼。"你今天杀了多少新普罗维登斯人？"

森特没有回答。一时间，古往今来自相残杀的借口哽在了他的喉咙里。他最后开口道："我告诉过你们，也告诉过安大略人，除非你们合作，否则谁也活不下去。但光说不做又有什么用？现在，安大略人和新普罗维登斯人有了一个共同的敌人：我。我拥有仅存的一枚核武器，而且有办法发射它。很快，我也能控制领地。你们这些国家只有耗尽心力不断发展技术，才能打败我。到最后，你们也许会逐渐强大起来，以应对真正的危险。"

玛莎继续打量着甲板，没有理睬他。

森特叹了口气，动手拉开锅炉上方的盖板。

太阳下山了，云层和地平线之间的天际闪耀着第一缕星光。在十九光年之外，地球正等待着森特的报告。几周后，他就会消耗安大略的通信弹进行汇报。但新加拿大人将永远不会知道真相，因为这枚通信弹是一根杠杆，日后将为他撬走安大略的一小块封地。从现在开始，他必须编织错综复杂的计划和阴谋，在未来一百年内，让阴霾笼罩这颗星球。希望人类同胞在有生之年能看一看其他世界，这份期待便是他心中小小的慰藉。

作者的话：

《正义和平》中有很多我喜欢的地方。作为一部合著作品，它写得无比顺利。比尔和我提出了很多小想法，在这篇小说里都一一实现了，例如以加拿大为背景，移民星球遭遇核心相变的危机等等。

我们故意对森特的地球背景做了模糊处理。地球已经经历了技术奇点，故事中呈现出的地球，正是我们的理解所能达到的。故事中最主要的地球科技就是将森特送往新加拿大的复制传输。虽然没

323

有进一步展开,但我觉得这个点子很有趣。如果我们能精确地复制一个人(不仅仅是克隆,而是精确到量子极限),那么自我的概念将会受到怎样的影响?这个想法在科幻界流传已久,至少可以追溯到奥吉斯·巴德瑞斯[1]的《野蛮月球》和波尔·安德森的《我们哺育大海》。它还有很多可写的内容。复制人只是我对未来设想的一个议题。人类最基本的信念,包括自我的概念,正处于艰难时期。

---

1. 奥吉斯·巴德瑞斯(1931—2008),立陶宛裔美国科幻作家、编辑。

图书在版编目（CIP）数据

孤注一掷：弗诺·文奇科幻杰作选.Ⅰ/（美）弗诺·文奇著；胡纾等译. -- 上海：上海文艺出版社，2025. -- ISBN 978-7-5321-9283-0

Ⅰ.I712.45

中国国家版本馆CIP数据核字第2025WB8258号

The Collected Stories of Vernor Vinge by Vernor Vinge
Text Copyright © 2002 by Vernor Vinge
Published by arrangement with Tom Doherty Associates. All rights reserved.
Simplified Chinese edition copyright:
2025 Chengdu Eight Light Minutes Culture Communication Co., Ltd.
All rights reserved.
著作权合同登记字号：09-2025-0056

责任编辑：张诗扬　吴　旦
封面绘制：时雨濛
装帧设计：JeeGoo design
内文设计：张广学

书　　名：	孤注一掷：弗诺·文奇科幻杰作选.Ⅰ	
作　　者：	[美]弗诺·文奇	
译　　者：	胡　纾　等	
出　　版：	上海世纪出版集团　上海文艺出版社	
地　　址：	上海市闵行区号景路159弄A座2楼　201101	
发　　行：	上海文艺出版社发行中心	
	上海市闵行区号景路159弄A座2楼206室　201101　www.ewen.co	
印　　刷：	启东市人民印刷有限公司	
开　　本：	1240×890　1/32	
印　　张：	10.5	
字　　数：	284,000	
印　　次：	2025年6月第1版　2025年6月第1次印刷	
I S B N：	978-7-5321-9283-0/I.7281	
定　　价：	76.00元	

告　读　者：如发现本书有质量问题请与印刷厂质量科联系　T:0513-83349365